HISTÉRICA Y ADORADA

I0637922

Carlos Filiberto Cuéllar

Histérica y Adorada

Cuentos de psicoanálisis en México

deauno.com

Cuéllar, Carlos Filiberto
Histérica y adorada : cuentos de psicoanálisis en México . - 1a ed.
- Buenos Aires : Deauno.com, 2008.
412 p. ; 21x15 cm.

ISBN 978-987-1462-45-2

1. Narrativa Mexicana . 2. Cuentos. I. Título
CDD M863

© 2008, Carlos Filiberto Cuéllar

© 2008, deauno.com (de Elaleph.com S.R.L.)

© 2008, Fotografía de Portada by Maximiliano Udenio "Desde arriba", Buenos Aires 2007 (detalle)

Primera edición

ISBN: 978-987-1462-45-2

Hecho el depósito que marca la Ley 11.723
Impreso en el mes de junio de 2008 en
Docuprint S.A., Rivadavia 701,
Buenos Aires, Argentina.

A mis padres:
Carlos y María Eugenia.

A mis hermanos:
Jorge, Armando y Rodolfo.

A mis amigos:
Edmundo Torres,
Edgardo González,
Jorge Valadez, Manuel Moreno,
Emilio López,
Armando Martínez,
Hugo Aguilar,
Javier Jarero,
Ulises G. Torres,
Martín Valle,
Juan Carlos Joya,
Federico Ledesma,
Germán Pintor y
Victor Fuentes.

Índice

Cuando soñamos que soñamos es que pronto vamos a despertar. Vosotros estáis soñando, ya no dormís profundamente, pero tampoco estáis despiertos. Todavía os está cerrado el mundo espiritual, aún necesitáis de intérpretes para hablar con los espíritus que nos rodean en todos los instantes de nuestra vida. Están tan cerca que no los distinguimos, porque nunca vemos lo que tenemos más cerca. Por eso vosotros, ciegos y sordos como estáis, necesitáis ayuda para hacer hablar a lo invisible... Por todas partes nos rodean los espíritus, habitan dentro de nosotros, y a nuestro lado, y a nuestra espalda. Muchas generaciones de etéreos acompañantes susurran en nuestros oídos, hostiles unos, propicios otros, unos muertos y otros aún por nacer. Cada uno de nosotros tiene muchos hermanos gemelos y nadie existe una sola vez. ¿Es qué nunca lo advertisteis? A veces, uno de tus dobles toma prestado un cuerpo y empieza a importunarte y a cruzarse en tu camino como por azar.

(PETER SLOTERDIJK –*El árbol mágico*)

La superioridad de Freud reside en que supo unir su experiencia de médico con su imaginación poética. Hombre de ciencia y poeta trágico, Freud nos mostró el camino de la comprensión del erotismo; las ciencias biológicas unidas a la intuición de los grandes poetas.

(OCTAVIO PAZ – *La llama doble*)

Capítulo 1

 *La hija del rabino*

1

La muchacha no hablaba con nadie desde seis meses atrás, y no era la simple ausencia de palabras, sino sobre todo la falta de expresividad en su rostro y una alegría de golondrina en verano, que adornó su persona desde siempre, extraviada desde el inicio de la enfermedad, lo que más echaban de menos y padecían sus ancianos padres.

Era la mirada inanimada y la risa sin sentido, las palabras rápidas y entrecortadas, producidas en un susurro y dirigidas hacia alguien inexistente. Como si el mismo Belcebú se manifestara a través de su garganta. Era sobre todo la compulsión a desnudarse frente a los vecinos y los asistentes a la sinagoga que presidía su padre, y el impulso a masturbarse rabiosamente con absoluta ausencia de inhibición. A pesar de escuchar la palabra de los libros sagrados, que los judíos de su comunidad lanzaban en plegarias para alejar la presencia del Maligno. Al sufrir aquellos ataques en que la locura le hacía arrancarse las ropas, e introducir de modo soez los dedos en su boca y en todos los orificios de su cuerpo, mostrando luego con descaro sus fluidos menstruales, excremento, saliva y mucosidades.

಄

El viejo rabino vino desde San Petersburgo hasta la Suiza alemana en busca de alivio no sólo para su hija de diecinueve años, sino que volvía a sus raices también con la esperanza de encontrar la redención para toda su familia caída en desgracia desde hace décadas.

Escuchó en su sinagoga hablar de aquel joven doctor, quien no era judío sino un gentil, un médico de origen alemán, del que se presumía su inteligencia y dotes clínicas.

Le contaron que este novel doctor iniciaba la experimentación en el tratamiento de la esquizofrenia con técnicas del psicoanálisis, un método para la cura de almas que apenas comenzaba a divulgarse en Europa. No tuvo que hacer mucho hasta que los miembros de la sinagoga, trabajosamente hicieran una colecta a pesar de los escasos derechos con que contaban los judíos en la Rusia zarista, para que pudiera pagar los pasajes de tren y la estancia por el tiempo necesario en Zurich.

El viejo Moishe Spielrein nació en Alemania hace setenta y cinco años, y trasladarse desde Rusia a la parte alemana de Suiza tenía en el fondo algo de reivindicación, un sutil intento de recuperar por lo menos un trozo de tierra y sangre perdidas tras el doloroso exilio. Ya que salió junto con su padre también rabino, muy niño expulsado de su amada y natal Colonia.

Mientras esperaban en la estancia, el anciano se revolvía inquieto dentro de un saco pobre de campesino ruso, no obstante la pulcritud de su alineo y el cuidado que imponía sobre su barba blanca y puntiaguda. Parte del nerviosismo era debido a la impresión que les causaba el lugar, pues a pesar del decorado y el mobiliario lujosos, no dejaban de temblar al escuchar el término: Clínica para enfermos mentales. La otra parte de la inquietud, cuando menos en él, era motivada por la ausencia de la nicotina que ya extrañaba su cuerpo, de aquellos deliciosos puros que acostumbraba y no podía saborear mientras estuvieran dentro de la clínica.

La señora, Martha, de sesenta y dos años aún era muy bonita a pesar de llevar un vestido gastado que le regalaron los miembros un poco más acomodados de su comunidad. Con unos profundísimos ojos azules, Martha lo miraba todo, y aunque no tenía ninguna educación formal además de el estudio de los libros sagrados y los idiomas, no dejaba de observar con sumo cuidado e inteligencia todo lo que acontecía a su alrededor.

Por su parte la chica fue vestida con bata de hospital en cuanto llegaron.

❧

—¡SPIELREIN!

Escucharon pronunciar dulcemente por la enfermera aquel apellido de origen germano, que sonó como una sinfonía para los oídos del viejo Moishe. Aquel apellido cuya pronunciación con acento alemán no escuchaba hace sesenta años.

"Los rusos no lo pronuncian con la misma elegancia." Pensó el rabino, sintiéndose luego un poco culpable por cierto sentimiento de vanidad que no era muy bien visto en su religión.

Caminaron hasta el fondo del pasillo de donde provenía la voz de la enfermera. Una mujer joven, por lo menos veintiséis años con gorro y traje blanco, delgada y elegante los recibió de modo muy amable:

—Señor Spielrein…, Rabino Spielrein …. Me llamo Salomé…

Dijo la joven mujer presentándose, añadiendo "Rabino" en un acto en que al mismo tiempo reconocía la autoridad religiosa del anciano, y se reconocía a sí misma su propia filiación genética y cultural con la comunidad judía. Ella adivinó su origen tan solo con el apellido absolutamente judío alemán, además de la pulcri-

13

tud de la letra con que el rabino llenó la ficha de identificación de su hija, una hermosa caligrafía de imprenta que sólo dan los años de estudio y profundización en las sagradas escrituras.

Salomé no dejó de observarlos desde que se sentaran junto con su hija en la sala de espera, conmovida ante la sencillez de su ropa, pero la nobleza casi aristocrática con que permanecían esperando pacientemente, y con que se comunicaban sin ninguna dificultad en alemán y francés cuando los interrogaban al respecto de su hija enferma, o después en ruso cuando hablaban entre ellos. Luego algunas frases en *yiddish* para referirse a asuntos íntimos y muy específicos de la situación de su hija entre el rabino y Martha, le dieron completa certeza del origen de ésta familia.

El viejo Moishe le sonrió a la enfermera un tanto coquetamente, tomando su mano de modo cálido y cerrándole un ojo, confirmándole que el reconocimiento como hija de Abraham era mutuo.

Luego pasaron al consultorio.

2

"Sabina Spielrein..."
Leyó nuevamente Carl en la historia clínica mientras caminaba
a través de un interminable pasillo de la prestigiosa clínica de
enfermedades mentales de Burghölzli, a la que recientemente se
incorporara para trabajar.

Su interés por las enfermedades mentales graves y en particular
sobre la esquizofrenia, además del uso innovador de técnicas psicoanalíticas en su tratamiento desde hace no mucho, empezaban
a construirle una fama de la que él presentía interiormente, sería
inmensa.

Hasta ahora no eran muchas las opciones para atender los casos
de locura grave y de esquizofrenia: si el brote de la enfermedad
y las fases de alucinaciones y delirios no cedían por sí mismos
a las autodefensas del propio cerebro de los pacientes, o a los
tratamientos de hipnosis regresiva y agua helada, el sujeto estaba
condenado a terminar sus días en la celda de un manicomio. Pese
a que el mismo Sigmund Freud señaló reiteradamente sus reservas acerca de las posibilidades del psicoanálisis ante enfermos de
esquizofrenia, Carl estaba convencido de que sería posible curar
estas enfermedades por medio de juegos de palabras en los que él
introducía a los enfermos de locura. Adaptando en cierto modo el
lenguaje del propio médico al discurso aparentemente sin forma
de los esquizofrénicos. Lo que en cierto modo le permitió incluso
innovar en la técnica psicoanalítica.

಄

Cuando estuvo en el baño y logró cerrarlo velozmente con el
seguro por dentro, pudo devolver la totalidad del contenido de su
estómago. Por un instante sintió nuevamente el vértigo y el mareo
que le atacara mientras escuchó a los viejos judíos exponer el caso
de aquella joven, y su descripción de los rituales de masturbación
compulsiva, y cómo Sabina violentaba su ano y su sexo con sus

propios dedos. Entonces sintió que primero una nausea y luego unos vértigos inexplicables se apoderaban de él.

Pero el malestar no fue tanto hasta que le describieron aquel inusual acto de contorsión: cuando la muchacha desnuda, doblara su pierna hasta colocar el talón de su pié, obstruyendo el orificio de su propio ano. Intentando al mismo tiempo que oprimía el agujero excretor con el talón, defecar, pujando y poniéndosele toda la cara y el pecho enrojecidos, en una suerte de trance diabólico.

Al escuchar esta descripción que detalladamente hacía el rabino Moishe de los actos de su hija, Carl sintió que se desmayaría. Tuvo que sostenerse con una mano discretamente de la mesa de auscultación y respirar profundo para no desvanecerse.

En eso Sabina, quien hasta ahora estuvo en absoluto silencio soltó una carcajada ronca y demoníaca, arrancándose de un jalón la bata de interna y precipitándose a introducir el talón desnudo en su ano, ese otro sexo. Luego miro fijamente a Carl con unos bellísimos ojos color azul turquesa, riéndose.

Era la primera vez en meses que Sabina miraba directamente a los ojos a alguien, cosa que sorprendió a los padres.

Fue Martha quien sin miramientos la tomó por detrás sujetándole los brazos y jalándola, impidiéndole que continuara con esa violación y defecación simultáneas que se practicaba a sí misma la muchacha. Luego Moishe la cubrió con la sábana de una camilla que estaba junto a ellos.

–Un momento… vuelvo en un momento…

Dijo Carl al salir casi corriendo del consultorio, en medio de los gritos y roncas carcajadas que producía Sabina, y de la pena y vergüenza de los viejos judíos.

ༀ

Después de devolver el estómago se limpió la boca, la cara y el espeso bigote color marrón. Era un joven gentil, hijo de un ministro protestante que se preocupó por darle una profunda educación a la vez científica y religiosa a su hijo. Nacido en Suiza como uno de sus mayores héroes: Paracelso, uno de los más grandes alquimistas de la cristiandad, cuya obra inspiraría de manera definitiva el resto de su vida y su trabajo. Como buen hijo de pastor protestante creció temiendo de los jesuitas y desconfiando de los judíos errantes. Aunque un espíritu de inmensa curiosidad y apertura le hizo desde su juventud interesarse por todas las religiones y los símbolos del mundo. Precisamente con su técnica de los juegos de palabras intuía que era posible conjuntar el psicoanálisis, el estudio de las religiones, la alquimia y la ciencia de los símbolos. Pensaba secretamente que cuando se presentara por primera vez ante Freud, el genial y controvertido iniciador del psicoanálisis, sus propuestas de innovación teórica le ganarían la inmediata aceptación del maestro y lo convertirían en su innegable sucesor.

Tras lavarse la frente y limpiar sus anteojos volvió a presentarse en el consultorio más calmado.

No era simplemente el hecho de contemplar los síntomas de masturbación de una paciente, o escuchar el discurso infectado de obscenidades e inmundicias verbales, cosa a la que estaba habituado por su trabajo como psiquiatra, lo que le desequilibraba. Es que los ojos de Sabina, su rostro delicado y de rasgos hermosamente esculpidos, y su piel desnuda color leche que se antojaba tersa al tacto, aunado a ese acto de doblamiento de su cuerpo para obstruir el ano, le produjeron una extraña reacción de fascinación y asco. Jamás le ocurrió hasta ahora algo parecido. Se autodefinía como un espíritu frío y racional, más bien introvertido y reflexivo. Incluso cuando pidió a su actual mujer que comprometieran sus destinos con un anillo de bodas, no experimentó una emoción mucho más fuerte que cuando estaba en alguna sesión de hipnosis con un paciente.

Los ojos de Sabina lo contemplaban como dos faros azules, bellísimos y amenazantes. Por lo menos así lo sintió Carl mientras evadía encontrarse con la mirada de arma de fuego azulado de la paciente, y se dirigía más bien a los padres al hablar, esquivando el contacto con la esquizofrénica.

—Presiento que le va a ir muy bien con usted, es la primera vez que mira directo a los ojos de alguien desde hace seis meses.

Dijo tímida y esperanzadamente Moishe.

—Bueno, veremos....

Terminó de decir Carl un tanto evasivo y escéptico, con su personalidad huidiza y tendiente a evitar el demasiado contacto con los otros. Luego añadió:

—Por ahora tendremos que someterla a un tratamiento de psicoanálisis... El psicoanálisis es un método nuevo para tratar las enfermedades mentales, se ha utilizado hasta ahora con las enfermas de histeria, pero....

—¡Haremos lo que usted diga doctor...!.

Dijo Martha también llena de esperanza, interrumpiendo un sermón cientificista que estaba por iniciar el joven psiquiatra. Luego Carl, algo contrariado por la interrupción volvió a retomar el control de la conversación:

—Tendrá que quedarse hospitalizada.... Sobre mis honorarios, se me ha dicho que no tienen muchos recursos...

—No doctor, venimos desde Rusia y tenemos apenas lo suficiente para pagar nuestro hospedaje y los trenes de regreso.

Aclaró el viejo rabino.

—Pues vienen bien recomendados por el director de la clínica, el doctor Bleuler ha sugerido que él pagará los honorarios, parece que siente muchas simpatías por los judíos.... Creo que es judío él también por el lado materno....

Termino de decir Carl, y dijo esto último: "judíos", con un dejo de no mucho agrado que le fue imposible ocultar.

Moishe y Martha se retrajeron con suma desconfianza, detectando un tono de racismo bien disfrazado tras las palabras cuidadosas y eruditas del médico. Martha le miró ahora con menos entusiasmo y estudiándole cada uno de sus gestos y ademanes.

El rabino conocía la actitud fría y altiva con que los gentiles solían tratar en ocasiones a los miembros del pueblo de Israel. Vivió primero la expulsión de Alemania, y luego toda su vida con los derechos apenas indispensables y sumamente limitados para la existencia en una Rusia gobernada por zares presuntuosos, una Rusia racista y antisemita. No volvía después de toda una vida a tierras germánicas para encontrar nuevamente discriminación, sino en busca de una esperanza para su hija.

–Bien, tengo que seguir trabajando.

Se despidió Carl intentando ser cordial y sabiendo internamente que había cometido un acto ofensivo, no obstante sin saber exactamente en qué consistía dicho acto. Extendió su mano al rabino tratando de reponer artificialmente una falta que estaba más allá de su entendimiento.

Moishe se negó a darle la suya, y rápidamente ocultó ambas extremidades en las bolsas de su viejo saco en un movimiento de suma dignidad. Martha estuvo de cualquier manera algo contrariada por la reacción de su marido, aunque no le agradaban las expresiones y la actitud altanera del psiquiatra, sabía que este joven médico representaba el último medio con que contaban para curar a Sabina.

–Hasta luego Carl…

Dijo Moishe simplemente, quitándole el adorno de "doctor" con que lo llamaron desde el inicio.

–Doctor Jung…, Carl Gustav Jung…

Terminó el medico de decir.

–Mucho Gusto.

Añadió Martha con una sonrisa tensa y seca antes de perderse por el pasillo tras de su esposo que ya había abandonado el consultorio sin decir más.

3

Alejandra lleva puesta tan sólo una diminuta tanga, un lacito dental, un hilo casi invisible de baba que apenas alcanza a proteger del aire y las miradas lujuriosas de los bañistas, la hendidura, como una amplia y tentadora boca tibia, que marca justo la mitad de un culo moreno, grande, hendido y perfecto, reposando bajo el sol.

Pese a que no se trata de una playa nudista en el Mediterráneo, muchas de las españolas, alemanas y especialmente las italianas también andan sin sostén.

Una buena cantidad de los hombres y las lesbianas procedentes de diversos puntos del planeta, no pueden dejar de verla asolearse, tirada panza para abajo sobre su toalla de Snoopy que compró en México DF, en algún mercado ambulante.

Así es Alejandra, podrías verla un día en algún antro de moda en Monterrey o Guadalajara, conversando sin bailar con amigos y admiradores y bebiendo tranquilamente su martini seco. Simplemente probándose faldas y elegantes abrigos en una nueva plaza del sur de la Ciudad de México. Deambulando por el tianguis del Chopo en la Capital en busca de raros discos compactos para su inmensa colección de música. O dando una rueda de prensa en alguna librería de cualquier ciudad de España, Estados Unidos, México o Portugal. Recorriendo el desierto en una vieja cafetera entre Durango y San Luís Potosí para entrevistar a algún chaman. Hurgando en las librerías de usado de las múltiples ciudades que frecuenta. Disertando como en un duelo a muerte con cualquiera sobre Freud, Lacan, Jung, Julia Kristeva, Hemingway y Truman Capote en alguna cantina después de tres copas. Saliendo bastante fresca y vestida muy *fashion* de su consultorio en Guadalajara o del que tiene en la Condesa en la Ciudad de México, justo arriba del restaurante Casa de Italia, y donde ha psicoanalizado artistas, políticos y personajes de televisión.

❦

–¡Oh muchísimas gracias doctora Spielrein, no tiene idea de lo que significa para mi….!

Dice una voz en un tono muy agudo.

–Para ti…

Responde Alejandra indiferente cuando una chica le da las gracias por firmarle su última novela de bolsillo

"Esta mujer me va a volver loca…"

Piensa Julieta, la madrileña amiga suya quien también es psicóloga, y quien no deja de sentirse incómoda siempre que se ve con Alejandra, porque la mexicana llama la atención donde quiera que se para. Ambas están tiradas boca abajo asoleándose sin sostén, pero el trasero de Alejandra y su piel morena tostada natural no tienen rival contra el culo pálido y delgado de la española. Sin embargo nunca se puede negar cuando la llama Alejandra porque está de visita en España, incluso cuando pasa mucho tiempo en que no se ven, no puede evitar el impulso de hablarle y saber cómo ha estado la mexicana. En el fondo sabe que se adoran.

಄

"Alejandra Spielrein….."

Alcanza a leer de reojo Julieta en la primera página del último libro de la serie *Sicky Teens*. Aquella saga en la que se cuenta la vida de Mindy, una chica de dieciséis años que es un personaje inventado por Alejandra. Mindy se dedica a hacer mil travesuras, es adicta a la cocaína, a las telenovelas de tono subido y a los *reality shows*, pasa hasta cinco horas diarias al teléfono, se tira como a veinte mil novios y engaña a otros tantos, quedándose al final siempre sola, deprimida y sin ninguno de ellos.

La primera novelita fue un hitazo indiscutible, escrita en un lenguaje adolescente tan digerible como el yogurt y la fruta, editada primero en inglés porque no se la quiso publicar ninguna editorial mexicana ni española, puesto que Alejandra Limón

Spielrein no era conocida en el mundo editorial, sino en el de los psicoanalistas.

Spielrein aprovechó su experiencia clínica como psicoanalista cuando trabajaba con estudiantes de preparatoria y universidad, los cuales le aburrían tremendamente en su consultorio. Pero cuyos padres eran capaces de pagar gustosos sus elevados honorarios para que la bella doctora los psicoanalizara y liberara sus culpas ante los desatendidos hijos. Luego *Sicky Teens* se volvió una fiebre en los Estados Unidos, leído no sólo por adolescentes y niños, sino por adultos frenéticos. Así es que tuvo que escribir a petición de la editorial una segunda parte que le dio jugosas regalías y le permitió vivir sumamente relajada, viajar por doquier e instalar no sólo un lujoso consultorio psicoanalítico en Guadalajara, su ciudad natal, sino diseñar otro recinto freudiano en uno de sus lugares favoritos de la Ciudad de México que tanto le encantaba.

Así transcurrió poco más de un año y medio, desconocida como escritora en su país pero adorada en los Estados Unidos, pasando una mitad de la semana con sus pacientes de Guadalajara y la otra y el fin de semana trabajando en México DF, donde además podía salir con sus amigos psicoanalistas y antropólogos con quienes también le fascinaba estar.

Luego *Sicky Teens* fue traducida en España ya para cuando iban en el segundo libro en inglés, y el éxito no tuvo igual. Comenzó a generar fervorosos debates hasta el casi fanatismo: había quien le acusaba de corromper con su literatura las mentes de los adolescentes, saturar sus conciencias de ideología basura y de penetrar culturalmente las sociedades sobre todo en América Latina, donde ya la leían sin piedad. Puesto que Alejandra aunque mexicana, vivió de adolescente en la década de los ochentas durante tres años en un internado de la Alemania Socialista. Paso luego cuatro años en Argentina donde descubrió a Jacques Lacan mientras estudiaba su licenciatura en psicología, y luego otros tres en California donde tomó un master en antropología, en la mismísima UCLA, donde estuvo Carlos Castaneda, el autor de *Las Enseñanzas de Don Juan* cuando conoció a don Juan Matus. La Spielrein, como la llamaban ya en todos lados, tenía acumuladas en su haber experiencias muy diferentes a las que vivían la mayoría de los jóvenes latinoamericanos. Sus críticos le reconocían por otro lado su lenguaje fácil, libre, directo y con cero tapujos y prejuicios, se le reconocía el mérito de que por lo menos contribuía a promover la lectura en una juventud globalizada, enajenada y en el total analfabetismo funcional. Nada de esto, ni de un lado ni de otro le importaba a Alejandra. Hasta que sus amigos de la Sociedad Psicoanalítica comenzaron a retirarle el saludo y a evitar salir con ella, un tanto por despreciar la popularidad de sus libros y otro, en el fondo, por una inmensa envidia ante la vida que se podía permitir la psicoanalista tapatía con sus creaciones. Esto sí que le dolió bastante, sin embargo la mayoría de los freudianos se fueron, no quedando más que algunos, los imprescindibles: Julieta la española, Magy, la incondicional, Rosa, una colombiana hija de Rosa Tanco, la célebre discípula de Igor Caruso y su marido, Miguel, un mexicano capitalino, alegre e inteligente. Con esos le bastaba a Alejandra. Luego estaba Fernando, también nacido en la Ciudad de México, férreo estructuralista y homosexual, y Tito un lingüista católico, antes católico que lingüista de Guadalajara, avecindado en el Distrito Federal, quien estudiaba también un doctorado en antropología en el Colegio de México, amigo, casi hermano de Fernando. De quienes meditaba en ocasiones Alejandra acerca de una presunta relación amorosa, pero también a quienes adoraba.

❦

A lo lejos suena la música electrónica que programan sintéticos músicos para deleitar a los bañistas. Unos oscuros lentes de piloto aviador cubren los ojos grandes y un tanto rasgados de Alejandra. Julieta observa cómo en un instante en que la mexicana estira el brazo para disolver una gota de sudor que resbala sobre su espalda cosquilleándole, escapa travieso un gordo pezón color carmín del voluptuoso pecho de Alejandra:

"¡Si supiera cuán hermosa es…..! … ¡Sí lo sabe de hecho!" Vuelve a pensar Julieta, recordando cuando se conocieron en la Universidad de Córdoba en Argentina en la época en que estudiaban psicología, y Alejandra era el imán que robaba la atención de los voraces y ruidosos argentinos.

4

Para mí todo comienza un lunes a las nueve de la mañana en la escuela secundaria. El profesor de física explica la teoría de los vectores y repentinamente mi cerebro se vacía.

No es sólo la falta de palabras lo que me aterra, sino una angustia cósmica que se apodera de mis brazos, impidiéndoles seguir tomando notas de la clase que en este momento imparte el viejo profesor Don Luís Q., catedrático emérito de nuestro colegio, con cuarenta años de experiencia, uno de los primeros ingenieros marxistas que organizaron la única huelga de hambre en Guadalajara como protesta contra la represión estudiantil en 1968.

Ya mi mano derecha no responde cuando le ordeno trazar las líneas de los vectores en mi libreta. Me levanto padeciendo una inmensa angustia, como si aquella incapacidad para entender la física, la química y las matemáticas representara el fin de mis días.

Me acerco a mi maestro, Don Luís me mira y cuando le quiero explicar lo que me sucede, estalla desde dentro de mí un llanto como nunca se había contenido en mi interior. Grito y escupo sollozos que amedrentan a los presentes. Estoy de pié junto al pizarrón, llorando como un pequeño de tres años. Don Luís se queda petrificado, en un acto en el que terminaba de trazar la fórmula de la velocidad en el pizarrón con su brazo estirado, como un viejo pintor muralista ante su obra. Los compañeros de clase están con las bocas abiertas y con muecas retorcidas de pánico. Alcanzo a pensar que tal vez soy el representante de un sentimiento grupal, pero que hasta ahora nadie más se atrevió a expresar sobre la enormidad aplastante de la física y la química en las vidas de los púberes de primero de secundaria.

Mandan llamar a mis padres quienes se preocupan sobremanera, piensan que una enfermedad perversa me está consumiendo.

Por la noche sufro un segundo ataque de nervios, siento que mi corazón se va a salir en latidos desesperados por entre mis tímpanos y mi cuello como a las doce AM, mientras trato de estudiar para el examen de física del día siguiente. Me agarro llorando y me doy de topes contra el libro, es imposible continuar con el estudio y asimilar cualquier noción referente al tiempo, el espacio o la distancia. Llego corriendo a la cama de mis padres, me introduzco en medio de ellos, el calor de sus cuerpos durmientes me transmite una ansiada calma: es el útero materno donde no hay preocupaciones, es el interior helado de los testículos de mi padre donde mi existencia comenzó y de donde nunca debí salir.

Cuando don Luís Q. me presenta al día siguiente mi examen con un 0 bien merecido, rompo en llanto de nueva cuenta. Algo me pasa supongo, estoy enfermo, mal, no soy normal, hasta mis compañeros que durante años fueron incompetentes, mediocres y más limitados que yo pueden por lo menos pasar con un 6. Es doloroso y me da vergüenza. Pero mi cerebro está sano, durante la primaria y los dos primeros años de secundaria fui uno de los alumnos más destacados. Me fascinaban las matemáticas y las ciencias naturales, amén de la literatura, pues fui durante dos años el único alumno que leía completos todos los libros para la clase de español en el colegio, al resto de alumnos no les interesaba en lo más mínimo la palabra escrita.

Algo más que no puedo explicarme me pasa, no me alcanzan mis pensamientos todavía para entender lo que me ocurre. Es el primer contacto que adquiero con la *neurosis* en carne propia, contacto que marcara mi futura vocación como psicólogo.

∽

Me llevan de emergencia con la psicóloga del colegio: Belinda, joven veinte añera, esbelta y con los ojos color miel, no tiene nalgas pero posé unos soberbios senos que casi le hacen encorvar cuando pasa caminando de tan grandes. Se rumora que se los injerto, es el objeto sexual más preciado por los estudiantes del colegio.

En su consultorio no atina más que a hacerme torpes e inconsistentes preguntas, las que me hacen descubrir que su inteligencia no evolucionó con ella desde la escuela primaria. Sus cuestionamientos son vacilantes, irreflexivos, de una pobreza que da pena, sin cesar de reflejar que su cerebro se rige tan sólo por estereotipos y lugares comunes acerca de cómo se tiene que comportar un psicólogo y lo que debe hacer su conejillo de indias o su paciente. Pareciera que en lugar de ir a la universidad hubiera pasado esos cuatro o cinco años viendo películas norteamericanas donde se vulgariza el papel de psiquiatras y psicólogos.

Estas reflexiones que hago mientras contemplo sus bubis con discreción, me hacen darme cuenta que mi mente sigue estando en perfecto estado y continúa funcionando como siempre: inquieta, curiosa, observándolo todo de modo voraz como en los viejos tiempos. En el léxico de Belinda no hay más que frases hechas y conceptos robados a otros no más inteligentes que ella. No obstante su escote crece, se inflama y asiente hacia arriba y hacia abajo mientras ella me habla y me aconseja cómo debo relajarme.

—¡No entiendo cómo es la respiración profunda…!

Le digo quejosamente, fingiendo ignorancia e ingenuidad cuando ella intenta mostrarme una técnica de relajación, señalándome cómo el pecho debe permitir que el aire fluya hasta el estómago y libere la ansiedad.

—¿Pero cómo, haber, dime…?

Le vuelvo a insistir para que me ponga la muestra. Belinda comienza a respirar inflamando unas bubis que se presienten gigantes bajo el escote abierto de su blusa. Luego expulsa el aire por la boca, soplando con unos labios gruesos de mordida pequeña, y me imagino podrían succionar mi verga en desarrollo.

No sé si es el inmenso calor que producen sus bubis gigantes al estar cerca de ella, o su inocente y bien intencionada estupidez, o su cándida ignorancia, pero a partir de ese momento comprendo que puede darme otro ataque de nervios en cada clase de don

Luís Q., y que entonces Belinda me mandará a llamar para hacer respiraciones profundas y estar cerca del abismo de su escote.

Aprendo que los ataques nerviosos pueden entonces ser controlados a voluntad, eso me da poder sobre mi neurosis, me convierte en amigo de ella en lugar de su rival, soy su aliado, le agradezco. En breve voy recuperándome en mi habilidad para estudiar física y sacar ahora incluso dieses en clase, volviendo a dejar en claro la superioridad de mi intelecto sobre la de muchos de mis compañeros.

Y Belinda adquiere a partir de entonces una breve y notable fama como terapeuta por haber curado a un adolescente neurótico, yo. No obstante que a los seis meses nos abandonará para casarse con un joven universitario con menos coeficiente intelectual que ella. Un pequeño pelirrojo de buena familia y de un catolicismo fanático, quien años después será asesor presidencial por el Partido Conservador, y quien al final del sexenio se verá implicado en un obsceno desfalco económico junto con la esposa del presidente de México en turno.

5

La enfermedad de Sabina evoluciona favorablemente en semanas, paso a paso establece contacto con la realidad hasta recuperar una alegría y espontaneidad que sus padres creían perdida para siempre.

Al principio Carl se mantiene escéptico sobre la contundencia y efectividad del psicoanálisis, pero los padres y el director de la clínica se precipitan con sus felicitaciones sobre él. Comienza a confirmarse no sólo su genio, sino su encanto personal y habilidades como psicoanalista.

Durante las primeras sesiones en que Sabina por prescripción de Freud, debe estar recostada en el diván de espaldas al psicoanalista, Carl no la mira mientras ella resuelve los juegos de palabras que gradualmente le arroja, y que van sentando las bases de su innovador método para la esquizofrenia. Puesto que en el psicoanálisis freudiano, paciente y analista no deben verse a la cara, sino sólo escucharse de espaldas mientras transcurre el fluir del lenguaje.

No sólo en la muchacha se van develando oscuros misterios, sino el mismísimo Carl va siendo seducido por la voz delgada como de una viola antigua y divina que proviene desde el estómago de la judía.

Durante días habla orgulloso con sus colegas de los progresos de Sabina, y de su inteligencia y sagacidad para resolver los juegos de palabras y dejarse guiar por la *asociación libre*. Su mujer quien no cesa de escucharlo hablar sobre ella comienza a sentirse discretamente celosa, y el buen Carl pasa más y más horas junto a la chica, arguyendo que todo es por el bien de la paciente.

Al mes de tratamiento no resiste la tentación de romper una de las más importantes reglas freudianas y manda voltear el diván para poder mirar directamente a Sabina en pleno acto de análisis. Aquellos ojos color turquesa por poco lo matan.

Moishe y Martha ignoran que no sólo es la efectividad y grandeza del método freudiano lo que la ha curado, sino la simple presencia del joven Carl lo que resulta de hecho terapéutico sobre la chica.

Sabina logra verbalizar y relatar al joven analista todas las circunstancias que rodean el inicio de su enfermedad, cuando hace poco más de un año, contempló cómo el viejo Moishe bajó los pantalones al hermano menor de trece años de edad, José, para darle diez fajazos en las nalgas desnudas por haberle desobedecido durante una de las celebraciones de la sinagoga. Dos días después del suceso, Sabina apareció desnuda frente a los miembros de la comunidad, masturbándose y luego contorsionándose para cubrir su ano con el talón cuando trataban de detenerla.

Carl no ha tenido hasta ahora ningún contacto directo con Freud, pero también prepara un informe sobre el exitoso caso para enviárselo al gran maestro del psicoanálisis. Aspira a ganar sus simpatías y una próxima admisión en la sociedad psicoanalítica que éste preside.

ↄ

Cada que aparece en su habitación el joven Jung para visitarla, o cuando es la hora de su sesión diaria de psicoanálisis a las cinco de la tarde, Sabina parece escandalosamente más y mas recobrada de su energía vital, se vuelve en breve tiempo la más hermosa de todas las pacientes internadas en esa clínica de Zurich. Ella también inicia la lectura, con ansia y pasión de todas las obras que hasta entonces ha publicado el inmenso Freud.

Carl se aproxima todo lo posible a ella, ya no puede estar demasiado tiempo alejado del consultorio o de la recámara de la muchacha para pasar su recurrente visita, no transcurre un día en que no desee verla u oírla hablar. Sabina está sentada sobre el diván en su sesión de análisis, con las piernas en flor de loto que se traslucen pálidas y tersas a través de su bata de interna. Esos ojos de océano abierto han acabado consumiéndolo y apoderándose de su voluntad.

De pronto se precipita sobre ella despojándola de su escasa ropa hospitalaria, encontrando un bello cuerpo de casi veinte años, la acaricia y la lame toda sin piedad, humedeciéndole desde el sexo y el monte de Venus hasta la punta de la nariz. La muchacha lo abraza gimoteando quedamente, jalándole los cabellos largos color madera. Jung se introduce dentro de ella con suavidad, y Sabina en un ataque de éxtasis muscular y orgásmico le arranca un puñado de sus cabellos color marrón.

Pero no es suficiente, quiere robársela, descuartizarla, empalarla, abrirla en canal, prenderle fuego, tragarse las cenizas y la sangre chamuscada que quede dispersa sobre el suelo y el diván, y luego echarse gasolina encima y también arderse hasta desaparecer.

Tras extraer su miembro del novel sexo de la judía, levanta en peso el cuerpo completo de la muchacha, para tener la suficiente perspectiva y espacio, tan sólo para sentir el culito blando entre sus dedos, que lo abren habilidosos como a una nuez de la India, dejándola caer luego de un sentón sobre su Tótem Sagrado, haciendo que el bastón de alquimista de Merlín el mago, penetre y se abra paso dolorosa y placenteramente a través de las entrañas.

La chica irrumpe en un alarido que Jung alcanza a enmudecer con la otra mano que le queda libre, con la diestra, mientras la siniestra le sigue manoseando las nalgas blanquecinas. Aquellas nalgas que apenas hace unos meses fueron violentadas por su propio talón pervertido.

Esto por supuesto no lo escribirá en su informe que prepara para Freud, y Dios no lo quiera que también se entere el gran Bleuler, el célebre médico director de esta clínica suiza y también investigador y apasionado estudioso de la esquizofrenia.

6

Cuando le preguntan, Alejandra dice que no firma sus libros con su nombre verdadero no por que desee negar sus orígenes ibero-mexicanos o porque prefiera presentarse a su público sólo con el apellido judío alemán que adoptó de su abuela. Ha insistido una y otra vez que se siente orgullosa de ser mexicana, que su abuelo era un republicano español avecindado en México después de la guerra civil, un veterano de las milicias, un partisano, y que su abuela, quien llego con él era una judía rusa, psicoanalista y amante tanto del lenguaje como de Freud. Que llegaron a México en los inicios de los años sesenta en busca de un lugar para establecerse, huyendo de la policía soviética. Alejandra insiste una y otra vez que le gusta mucho su nombre mexicano: Alejandra Limón, pero firma tan sólo con el apellido de su abuela materna por estrategia de *marketing*.

Han perdido ya casi cuarenta minutos de la entrevista tan solo sondeando la vida de la familia de Alejandra y queriendo calar en los asuntos privados y personales. No parecen interesarle a ningún periodista nunca sus influencias, ni sus lecturas, ni sus gustos por la semiótica, el psicoanálisis, la literatura norteamericana, ni siquiera parece importarle a nadie el desolador pero entrañable personaje de Mindy que es por quien están aquí.

La entrevistadora quiere averiguar cosas sobre su abuela Renate, psicoanalista, miembro del partido comunista, discípula del gran freudiano marxista Igor Caruso, espía disidente del gobierno ruso y profunda feminista.

Alejandra desvía el tema y se pone a hablar de la relación entre literatura y psicoanálisis. Aquí ya no la puede seguir la entrevistadora.

Luego la mujer insiste, Alejandra se da cuenta de que no es posible tratar temas serios con ella, la han enviado de la televisión española, ahora quiere hablar de Jung:

–¿Es verdad Alejandra… –le dice la periodista en acento cordobés y en un tono de suma confianza que como mexicana a la Spielrein le resulta insultante y excesivo– que el gran Carl Jung era tu bisabuelo?

–¿Lo has leído acaso…?

Pregunta la Spielrein con aire sarcástico.

–Eh sí, un poco….

–¿Entonces porqué me hablas de él como si fuera tu tío o tu amigo eh…?

Cuestiona Alejandra con cierta ironía.

–¡Hombre, es que es un tipo universal, todo mundo sabe quién fue Jung….!

Responde torpemente la española, quien evidentemente no ha leído ni los índices de sus libros.

–Entonces no puedes hacerme una sola pregunta sobre él hasta que no hayas leído por lo menos alguno de sus libros, te recomiendo *El hombre y sus símbolos*, para empezar.

La periodista se pone colorada de enojo.

–¡Tu a mí no me vas a dar clases eh!

–Pues buena falta te haría que asistieras a mis seminarios.

Dice tranquilamente Alejandra al tiempo que se levanta para contemplar la nueva novela de Antonio Lobo Antunes que exponen en esa librería de Guijón en España, donde la han citado para la entrevista. Antunes es precisamente uno de sus autores más leídos y venerados, en todo el rato de la entrevista no ha podido dejar de mirar una fotografía del portugués sobre una pila de libros de su nueva novela: *Fado Alejandrino*.

–¡¡¡¡Hija de puta…!!! ¿Quién te crees?

Grita la comunicadora y en eso, tardíamente, la española se da cuenta que acabo la entrevista antes que ella pudiera darle fin. Alejandra se pierde entre los libros y ya lleva dos en el brazo que ha elegido para comprarlos y llevarlos de regreso a México.

–¡Me voy a encargar de que acaben los medios contigo...! ¡Te aseguro que ya no te leerán en España...! ¡Pendeja...!

Vuelve a gritar la entrevistadora, pero Alejandra ya no la escucha, pues se ha alejado hasta la caja para pagar lo que ha elegido, frente a las miradas extrañadas de los clientes y los empleados de esa librería.

7

La primera noticia que tengo de ti no provino de este mundo. Me fue dada, otorgada por así decirlo desde el otro mundo, desde el fondo de mi propio espíritu, desde *el inconsciente*, o más allá, del reino de los muertos y los seres que no han nacido aún, incluso de los que no nacerán jamás.

Tenía yo cinco años de edad, y fue el primer sueño del que puedo acordarme. Recorría solo un tétrico cementerio cuyas criptas tenían inscritas los nombres de filósofos, científicos y escritores, personas sabias y ya muertas. Estaba un poco asustado, pero el saber que era un cementerio de sabios me daba cierta tranquilidad. Leía los nombres en las inscripciones, no los conocía pero sabía que fueron hombres de poderosos intelectos. Aunque no lo creas, desde esa edad yo ya sabía leer. Algo en mí intuía también que estos hombres escribieron y pensaron demasiado, no obstante ya estaban muertos.

Justo a un lado de una de las lápidas, al voltear, sentí que me mirabas, eras tú invadiendo desde otro lugar del universo la intimidad de mi subconsciente. No te invité nunca a entrar en mí, pero te filtraste hasta mis sueños desde antes. No eras algo que formara de antemano parte de mi psique, pero ya estabas alojada hasta las capas más profundas, instalada dentro como un parásito en un organismo, consumiendo parte de mi energía vital. Esos ojos grises, el cabello café, orabas de rodillas, pidiendo por el alma de un antiguo sabio, un científico que tuvo un trágico final, tal vez un médico o un filósofo condenado hasta la eternidad. Algo en el sueño me impidió acercarme, te veía y sabía que tendrías que ser para mí, no sé cómo ni de qué manera, y durante veinticinco años más me hice múltiples preguntas al respecto. Luego el sueño se acababa. ¿Quién era la niña del sueño, tendrías mi propia edad, en qué lugar estarías viviendo, o habías vivido? ¿Vendrías acaso de otra época anterior a la mía, del futuro, o de otro universo distinto del mío? ¿Acaso un fantasma que me visitaba a mi temprana edad?

ℰ℧

La segunda noticia que tuve me hizo saber que no pertenecías al mundo de los muertos ni al de la fantasía. Mi padre me llevó a los doce años a un concurso de conocimientos en un canal local de televisión.

Estaba en primero de secundaria, había sufrido hace poco, atormentado por mis nervios, la pobreza de mis padres, sus esfuerzos para tenerme en un colegio privado a pesar de sus carencias, y mi temor a la física y las matemáticas, recibido tratamiento psicológico apenas, pero ya estaba recién recuperado.

Mis conocimientos y mi memoria infalible para almacenar datos como una inmensa enciclopedia, me ayudaron a pasar a la final de ese concurso donde se exponía la capacidad de recordar información escolar de los niños, como en un circo televisivo. Se trataba de responder frente a un moderador a diferentes preguntas de conocimiento histórico, científico y de cultura general. Yo pasé invicto todas las pruebas, vencí a todos los niños contrincantes incluso de grados escolares más avanzados. No hubo pregunta hasta ahora que no fuera capaz de responder. Era la final definitiva, habría un premio de un millón de pesos viejos, que en esa época para nosotros era una fortuna. Estoy ubicado en 1988. Mis padres estaban ilusionados con ese dinero, yo ansiaba comprar también un juego de química con esa cantidad y darles el resto para que lo gastara en lo que quisieran. No lo hacía por mí sino por ellos.

De pronto apareciste. Eras la última finalista que quedaba, mi contrincante. Tenías catorce años, me ganabas por dos, eras más alta, muy seria, elegante, hermosa, con esos ojos grisáceos, venías de un colegio bilingüe para niños ricos, la seguridad emanaba a través tuyo. Yo era un enano moreno y regordete, con anteojos de fondo de botella, un pequeño indígena cuya ascendencia se perdía en el norte de Jalisco. Tú representabas algo así como la Europa y la Norteamérica inalcanzables para el hijo de un jardinero de la clase baja mexicana. Yo becado en aquel colegio gracias a los servicios de jardinería que prestaba mi padre. Tendríamos que luchar a muerte: tú para defender tu orgullo y el de tu colegio, yo para comprar el ansiado juego de química y alegrar por un momento a mis padres.

Las primeras preguntas relativas a historia de la revolución francesa las contestaste con habilidad, eras rápida y precisa. Yo cometí dos errores sobre la estalagmita y la edad de bronce, vacilé y el miedo que me proyectabas me amedrentó temporalmente. Luego observé por un momento a mi padre en el público, un humilde jardinero que me llevó hasta el canal de TV y que veía perdidos sus diez mil pesos, se revolvía sombrío con sus ropas de trabajo. Pero mi capacidad de analizar a la gente, mi instinto de psicólogo, ya en germen y en activo desde entonces, me hizo saber que había un importante defecto en ti: no tenías una mente tan flexible y plástica como la mía: guardabas datos de manera mecánica, conocías fechas, fórmulas y definiciones por memorizarlos como una caja registradora o una calculadora. A diferencia mía que aprendía gracias a encontrar patrones en común en toda la información, ya desde entonces era capaz de relacionar a Kant con la física cuántica, a Jean Paul Sartre con el marxismo y el psicoanálisis, y a Darwin con las teorías positivistas de la sociedad. Pero eras muy hermosa y la más lista de tu colegio, y eso mi inhibió al principio. Luego tome valor al recordar a mis padres y no volví a fallar una sola pregunta hasta que quedamos empatados.

La última pregunta, la decisiva:

"¿En qué año publicó Freud la *Interpretación de los sueños*?"

Y tu digitalizada memoria no fue capaz de darte una respuesta correcta:

—¿Mil novecientos veintiuno?

Respondiste a modo de pregunta, un tanto insegura y sabiendo ya que no era lo correcto.

—¡Mil novecientos....!

Dije yo casi riéndome de gozo al saber que el premio sería mío, y también todo el odio que podías mandarme a tus catorce años porque desde entonces no te gustaba perder. Seguro yo de que el premio era mío.

∽

Al final del programa, mientras me abrazaba mi padre feliz escuché que te nombraban: "Alejandra". Tu abuela te consolaba mientras llorabas de coraje, y tus dos padres estaban también junto a ti. Tu abuela, hermosa como tú te decía que no te preocuparas, que al cabo pronto te irías para Alemania a estudiar el bachillerato y que entonces verías muchas cosas nuevas que te pondrían contenta.

Y yo desde entonces nunca podría olvidar tus ojos de mar en un cuenco ni tu nombre ni tu cabello.

8

Tras ser dada de alta de la clínica Sabina no regresa junto con sus padres a Rusia como se esperaba, sino que decide quedarse a estudiar medicina en la universidad de Zurich. En la estación de tren, antes de irse el viejo Moishe se despide de ella con un vacío en el corazón, el rabino no sabe si es la alegría de que esté ya repuesta su hija o la despedida lo que le produce tanto dolor y melancolía. Sabina lo abraza y los ojos grisáceos del anciano se vuelven nebulosos cuando miran a la muchacha rehabilitada y llena de vitalidad. Ella le da un beso distraída, está emocionada por la nueva vida que le espera en la universidad y en compañía de Carl. No saben que es la última vez que se verán. Martha también se despide, es un mar de llanto.

A los ocho meses Sabina recibe la carta de su madre donde le avisan que un cáncer de pulmones acabo rápidamente con el rabino, la judía se pone triste y desesperada, pero su presupuesto de estudiante no le da para ir a Rusia al entierro. Como reacción recae rabiosamente en los brazos del psiquiatra, cada noche después de ir a las clases de anatomía y química. En las mañanas es asistir a las clases en la Universidad de Zurich, estudiar patología, bioquímica, fisiología; por las tardes es en la biblioteca, hundirse como en un mar de azufre delicioso en las obras de Freud, y por las noches hacer el amor con el doctor, antes de que éste se vaya para su casa con su mujer.

❧

Fornican hasta agonizar, porque no hacen el amor, cuando menos así lo vive Jung, pero no puede dejar de verla, por lo poco cinco de siete días a la semana, es una droga de la que no puede prescindir y que siente que puede matarlo en cualquier momento, si es que no la asesina antes él en un frenesí de loco placer. Con ella experimenta múltiples formas y posturas de acoplamiento sexual que estudió en los antiguos libros del Tao y en los textos tántricos de la India de los que ya es todo un erudito. El sexo es una forma de contactar a la divinidad después de todo.

Entró por fin en comunicación con Freud, y el gran patriarca del psicoanálisis lo ve con benevolencia y simpatía. Freud comienza a pensar en él como un sucesor. También lo invitaron recientemente a pertenecer a una sociedad secreta de iniciados y esotéricos alquimistas. Se van conjuntando en el joven Jung el psicoanalista y el místico iniciado.

℘

Después de sodomizarla interminablemente, la coloca boca abajo, desnuda sobre la cama del departamento en el que vive la chica y que él ayuda a pagar. Instala un cojín debajo de su vientre de modo que su trasero queda elevado como un montículo de la estepa rusa, luego hunde la cara entre sus blancos glúteos. Busca con la lengua certera y lame al encontrar la húmeda estrella de mar de su sexo como un sabueso sobre la carnada, o como un cerdo rastreador de trufas que encontró su ansiado tesoro y al que le dejan, por piedad o por su buen comportamiento, disfrutar una parte del botín de hongos.

La chica se ríe y respira de placer por la excitación. En un instante la lengua se desplaza como una pequeña flecha hasta encontrar el orificio del ano, jugueteando con su circunferencia. Sabina suelta una carcajada que no tiene en lo absoluto pizca de malicia ni perversidad.

—*It is a black kiss baby*….

Dice Jung con un tinte burlón, puesto que ya goza al citar en sus obras escritas y en sus charlas, frases en francés, inglés y latín, al cual comienza a habituarse profundizando en apócrifos y prohibidos textos de la alquimia.

—*¿A black kiss*….*? I didn´t know it darling*….

Agrega tan solo la muchacha riéndose.

Y luego el médico se precipita como poseído sobre aquel trasero, ensartándola con su bastón de poder por detrás, aprovechando la lubricación dejada por su lengua ensalivada.

఼

Para la madrugada cuando se separen, recostado junto a su esposa, lo perseguirán recurrentes pesadillas y tormentosas culpas:

"¡¡¡LE HAS BESADO EL CULO A UNA JUDÍA!!! ¡Infame sodomita!"

Le repetirá su padre muerto en un sueño tortuoso que no le dejara descanso nunca más.

9

Luego vinieron los finales de los años ochenta y principios de los noventa del siglo XX. Tú contemplaste la caída del Muro de Berlín con tus propios ojos, te envió tu abuela a Alemania para que vivieras el comunismo en carne propia y terminaras de aprender alemán. No esperaba ella, Renate, madre de tu madre, que se derrumbara tan rápido, como un moribundo sifilítico, tan humillantemente el sistema, todo un fracaso que le partía el alma.

Pero tú no estabas triste, para ti no tenía el significado solemne, histórico y memorable, era tan sólo una experiencia más en tu haber. Estabas feliz como todos esos inconformes jóvenes alemanes que festejaban, de cabello largo y barba descuidada, vistiendo pantalones *Levis*, tenis *Nike* y con playeras de *Peace and love*, escuchando las canciones de U2 y de *Sonic Youth*. Tú no diste tu vida por el sistema como tu abuela Renate, ni te entrevistaste en Moscú con Nikita ni en Argelia con Franz Fanon, ni viajaste a China, África y Afganistán en misiones culturales como ella. Ni asististe, aunque sé que darías la vida por ello, a los seminarios de psicoanálisis marxista de Igor Caruso en Viena y luego en México.

Cuando guardaste un trozo de ladrillo del muro demolido en tu *bag pack*, pensaste en tu abuela porque ella reprobaba la integración de Alemania, creía en el comunismo aún a pesar de que la policía rusa la persiguió después de sus desacuerdos con el Kremlin hasta España, y luego la obligó con su marido a tomar un carguero a México.

❧

Después aquel enorme chico de origen húngaro quien iba a visitarte al internado, y a quien consideraste tu novio tan sólo por tres semanas, intentó robarte la virginidad en un baño de un parque en Berlín. Quiso bajarte los calzones, meter su pito flacucho por entre tu falda. Pero no te agradaba de esa manera, no era el momento ni el lugar. No se lo permitiste, te reventó un pómulo con el puño y se fue, hablaba un rudo alemán con acento gitano y nunca lo volviste a ver. Aprendías también francés e inglés y leías con ansias todas las novelas que publicó Milán Kundera, Jalil Gibrán, y a Sartre y a Ciorán. Para finales del bachillerato descubriste a Freud, y casi al mismo tiempo a Jung como un profeta del Antiguo Testamento. En tus cartas le contabas a Renate y a tus padres que no serías médico, ni psicóloga, sino que abrazarías la carrera de letras. Pero en el fondo todos sabían que tú tampoco podrías huir del encanto de Freud.

☙

Por mi parte leía psicoanálisis por propia cuenta, casi al mismo tiempo leí en 1992 *La interpretación de los sueños* de Freud y los *Manuscritos de 1844* del joven Marx, tres años antes de entrar a la Universidad de Guadalajara a estudiar psicología. Tenía apenas 16 años de edad. Al finalizar la preparatoria era un competente hablante de inglés que leía a Jack Kerouak en su propia lengua, a Ginsberg y a Bukowsky en sus textos originales.

También tuve que trabajar como jardinero ganando una miseria. Por las mañanas trabajaba seis días a la semana, ocho horas podando el césped en diferentes residencias cada día al lado de mi padre y mi hermano, y por la tarde iba a la Biblioteca Iberoamericana Octavio Paz en el Centro de Guadalajara a leer como loco a Freud y a José Revueltas, hasta que me echaban porque era hora de cerrar.

México estaba enajenado y sedado con el opio de la promesa del Progreso y la Solidaridad que nos hizo nuestro presidente hasta antes de 1994. Creíamos que el bache económico era temporal y en el 94 se desplomó todo, hasta nuestros sueños. Entraron los zapatistas en el escenario. Mi papá pidió un año antes un crédito bancario para comprar una camioneta y un sistema de riego de invernadero para cultivar crisantemos y violetas. Pensaba que por fin sería rico. A pesar de que pudimos cultivar las más bellas flores de Guadalajara, los intereses bancarios se dispararon más de un cien por ciento. Nadie tenía dinero para comprar sus flores ni el pasto tapete que cultivábamos. Tuvimos que vender el invernadero, traspasar la camioneta, pagar con algunos ahorros que quedaban una deuda con la que no teníamos nada que ver para que se rescatara la banca de nuestro país. Nuestro presidente, por parte del Partido de Centro, terminó su mandato, entre medio disculpándose, diciendo que nos salvaba al ahogarnos en una cloaca como un padre benevolente y despiadado, y huyendo a Europa con jugosas cuentas bancarias. Mis padres estaban tristes, decepcionados, la mayoría de los mexicanos estaba endeudada, la gente se suicidaba por doquier, tenían que devolver sus autos y casas que compraron con años de ahorros y esfuerzos, los hospitales psiquiátricos y los servicios de atención mental estaban abarrotados, la gente asaltaba casas y supermercados para robar comida.

ひ

A finales del primer semestre de mis estudios en psicología, mis nervios estallaron de nueva cuenta, estoy hablando de que tenía ya diecinueve años, siete años después de la primera neurosis.

Ahorré dos meses podando césped y árboles para poder comprar una de las últimas obras de Carl Jung: *Aion*, un hermoso libro que me interesaba y el cual trataba la problemática del *sí mismo* y del anticristo. Justo después de terminar de leerlo, me dio un ataque de nervios estando recostado en mi cama, sentí que mi alma se desprendía de mi cuerpo, que mi corazón estallaría y mi mente perdería todo su precario equilibrio. En aquel entonces, ahora estoy hablando de 1995, un año después de la caída de nuestro Sistema Económico, ya tenía un semestre estudiando la carrera de psicología. Familiarizado con las principales escuelas clásicas de la psicología, creí que me hundía angustiosamente en la locura, pensé que era el inicio de una esquizofrenia.

10

Jung es muy tajante, no quiere volver a verla, le ha dicho que todo está terminado, no tiene más remedio, su esposa descubrió todo y lo castigo con su indiferencia. Sus propias culpas se han vuelto insoportables. Teme por su prestigio recientemente adquirido y por la imagen que tiene que mantener como médico serio en la clínica. Sobre todo ahora que empiezan a conocerse sus primeros libros. Ahora principalmente que Jung cuenta con toda la confianza del fundador del psicoanálisis.

Sabina desesperada escribe una carta a Freud para que le ayude a recuperar la relación con Carl, tiene la esperanza que el patriarca pueda influir de algún modo en su discípulo. Pero Jung ha puesto a Sigmund sobre aviso desde antes, se acerca cada vez más al padre del psicoanálisis para pedirle consejo. Es el mismo Freud quien le dice a Carl en uno de sus encuentros en Munich que la termine. Es más importante el futuro como psicoanalista de Jung. Pero Sabina insiste y vuelve a escribir ahora a Freud solicitándole ayuda.

Entonces Sigmund Freud escribe una carta por primera vez a la judía pidiéndole que olvide al joven psiquiatra y le deje en paz.

—Alguien como usted tiene mucho futuro y toda una vida por delante, siga como si no lo hubiera conocido….

Le dice Freud al finalizar su texto, puesto que ya conoce perfectamente todos los pormenores del caso de la muchacha.

*

Es 1907, Sabina tiene dos años viviendo sola en Zurich y estudiando medicina. Ella misma teme por su propia salud mental, a este paso prevé una recaída, todos los días se siente triste, hipocondríaca y duerme muy poco durante semanas. La esquizofrenia la amenaza de nuevo en sueños, con imágenes antropófagas y delirantes, ella lo sabe. Escribe a su madre desolada y Martha le manda desde Rusia consoladoras cartas de apoyo moral, le aconseja refugiarse en el estudio. Recordar a su padre que tanto la quería, retomar la fortaleza del pueblo de Israel que está tras de ella y que tantas penas ha superado. Martha le aconseja volver a los libros sagrados en busca de alivio. Siguiendo su recomendación Sabina abre el libro de los *Salmos* al azar y encuentra un pequeño tesoro:

> *Cuando el señor cambió la suerte de Sión*
> *creíamos soñar.*
> *Se nos llenaba la boca de risa*
> *y los labios de alegría.*
> *Las naciones decían de nosotros*
> *"Maravillas del señor".*
> *El señor hizo en nosotros maravillas;*
> *rebozábamos de gozo.*
> *Haz que cambie, Señor, nuestra suerte*
> *cual los ríos del desierto.*
> *Los que en lágrimas esparcen sus semilla*
> *en gozo segarán.*
> *Se va, con lágrimas se aleja,*
> *el que lleva la simiente.*
> *¡Ya viene!, con júbilo regresa,*
> *trayendo sus gavillas.*

Y Sabina recupera al recitar en voz alta este salmo, casi automáticamente mucha de su energía perdida. Había olvidado cuánto poder hipnótico y curativo poseen los textos sagrados. Los libros sagrados le ayudan a retomar de sus raíces judías y de las enseñanzas de Moishe durante su infancia en la sinagoga, el remedio terapéutico para aliviarse. Por lo menos ahora tiene la suficiente fortaleza para no dejarse envolver por el halo frío y desolador de la locura. Vuelve con ansías a sus libros de medicina, y aunque le ha pagado mal, a los de Freud que también son parte de su consuelo. Hasta ahora su vocación de psicoanalista no se pierde a pesar de todo. Desde estas fechas las obras de Freud y los libros del antiguo testamento serán su principal consuelo.

Comienza a escribir ella también, incluso desde antes de terminar sus estudios en medicina. Tiene pensado realizar un tratado sobre el psicoanálisis de la feminidad. El contacto con Jung la enriqueció demasiado. En los últimos dos años Jung la hizo conocer obras no sólo de psicoanálisis y psiquiatría clásica, sino prohibidos textos de alquimia, esoterismo y simbolismos universales. Los primeros libros de Carl y sus teorías sobre *el arquetipo* y el *inconsciente colectivo* tienen también mucha influencia sobre ella. Comienza a escribir su manuscrito, donde esboza la existencia de un *arquetipo femenino universal, el Anima*, lo llama ella, presente en la psique de todos los hombres. Sabina intuye que en el fondo, ella llenaba en su totalidad el arquetipo femenino de Carl, sabe que fue su ánima y que Jung la sigue amando así como ella. Tiene la idea de comenzar a realizar una obra teórica que sintetice los aportes de las obras de Jung y Freud. En el fondo es un deseo inconsciente de engendrar un hijo con Jung, deseo al que Carl siempre se opuso rotundamente.

❧

Ya es 1912. Transcurren algunos años más en los que termina sus estudios de medicina, se familiariza enteramente con la literatura psicoanalítica publicada hasta ahora y tiene listo su texto sobre psicoanálisis de lo femenino, cuando busca contactar de nuevo a Jung, no para volver a una relación mortalmente intensa y sin futuro, sino para que le ayude a publicar su obra. También tiene pensado solicitar su admisión como estudiante en la Sociedad Psicoanalítica que preside Sigmund Freud. El psicoanálisis comienza a ser un movimiento científico-filosófico revolucionario que sacude Europa causando simpatías y fanáticos rechazos.

Son cerca de las diez de la noche. La judía trabaja bajo la luz de una lámpara en sus lecturas cuando aparece después de tanto tiempo Carl. Abre la puerta como si nada puesto que siempre tuvo llave. No se dicen nada, todo es inexpresable verbalmente. Jung sin chistar la toma entre sus brazos, la besa y la incorpora para sentarla sobre su regazo en el sofá, ella es su pequeña. En una fracción de segundo ya ha extraído de entre sus ropas su miembro familiarizado hasta el hartazgo con esas caderas.

–Ahí está mi libro, se llama *Sicopatología del Alma*....

Dice Sabina señalando el escritorio antes de que el doctor la silencie con sus besos.

Él sólo gime, ruge, se ahoga con su propia respiración desesperada, es un animal salvaje, un neandertal cumpliendo su cometido instintivo. No habla en todo el rato que está con ella. ¡Cuánto ansió este momento! Hace a un lado el calzoncillo de Sabina sin quitárselo del todo, descubriendo su sexo y sin despojarla tampoco de su falda mientras la tiene sentada sobre sus piernas, aguantando la erección enorme que podría matarlo de una apoplejía. La penetra por un lado de la ropa interior y la hace saltar rítmicamente, siguiendo una música silenciosa y milenaria, proveniente de un mundo ya olvidado.

↻

Cuando despierta hacia la madrugada Sabina ya no lo encuentra ni a su manuscrito: "*Sicopatología del Alma*". Sabe que no volverá jamás a ver a ninguno de los dos.

Capítulo 2

Duelo y melancolía

El problema que nos ocupa, generalmente reprimido en la consciencia de quienes deben experimentarlo directamente, es "la vivencia de la muerte en mi conciencia", ocasionada por la separación, y, complementario a éste, el problema que narcisistamente es más mortificante para quien lo sufre: "la vivencia de mi muerte en la conciencia del otro".

(IGOR CARUSO –La separación de los amantes)

La alquimia a nuestro entender, podría ser uno de los más importantes residuos de una ciencia, de una técnica y de una filosofía pertenecientes a una civilización desaparecida.

(LOUIS POWELS Y JACQUES BERGIER – El retorno de los Brujos)

1

Alejandra solicita que la admitan como catedrático en la sociedad psicoanalítica. Siente que el trabajo de difusión y mercadotecnia de sus libros la ha alejado por más de un año de su vocación como psicoanalista. La verdad es que siempre se ha debatido entre dedicar tiempo al estudio del psicoanálisis que tanto ama y a sus pacientes de la consulta, y por otro lado a escribir sus novelas que también disfruta y le divierte hacerlo. En las ruedas de prensa ya conoció a mucha gente y ciudades que no hubiera soñado, le patrocinaron excursiones, visitas y charlas por todo el mundo, también se encontró en letra y persona con grandes escritores y personajes. A pesar de ser una joven escritora de obras comerciales para adolescentes, ya recibió comentarios halagadores de grandes hombres de las letras: Saramago dijo al aire, brevemente en una entrevista en Barcelona que le divierte leer *Sicky Teens,* lo que disparo sus ventas de manera cuántica; Amos Oz recomendó en una charla televisiva para un canal israelí a los jóvenes que leyeran por lo menos las obritas de la Spielrein en vez de pasarla frente a los juegos de video; y Antonio Lobo Antunes confesó sentirse honrado cuando supo que Alejandra lo tenía como uno de sus más grandes escritores. Al parecer en la literatura denominada como "seria" hay un modesto pero contundente lugar guardado para *Sicky Teens.*

No obstante Alejandra quiere retomar su actividad como psi-coanalista, la cátedra le hará mantenerse actualizada y volver a los textos clásicos de Freud, Lacan, Jung, Fromm y Caruso.

Al principio se opone una buena parte del cuerpo académico de los psicoanalistas, sobre todo viejos freudianos ortodoxos y pararreligiosos, que ven como una especie de secta al círculo psicoanalítico y la devoción a Freud. Pero también saben que Alejandra tiene un buen nivel y un manejo excepcional de las nociones psicoanalíticas. Hay quien le tiene envidia por el éxito con sus libros y por la vida que lleva, desenfadada y cosmopolita, hay otros que consideran insulso y escandaloso, (en el fondo la envidian también por esto otro) el árbol genealógico de psicoa-nalistas en la familia de Alejandra desde su bisabuela, y más aún, desde el mismo Jung.

Cuando le preguntan la razón por la que quiere dar clases, señala que le caería bien el contacto con los estudiantes que se están formando como psicoanalistas, al final ella paso también cinco años aquí en el círculo al finales de la década de los noventa, formándose como psicoanalista freudiana después de que regreso de Argentina y antes de irse para California a estudiar antropología. Aunque nunca fue muy ortodoxa, amaba locamente a Freud, pero también caía seducida por los textos de psicoanálisis marxista de Caruso, *La Separación de los Amantes* marco un antes y un después en su vida, y por el idealismo místico de Jung, amén de Lacan y Erich Fromm a quienes ya manejaba. Esto es una de las razones que más arguyen los profesores, partidarios de mantener un psicoanálisis freudiano puro y tradicional, ellos reprueban el eclecticismo y las revolturas teóricas que hace Alejandra.

–¿Qué piensa usted de mantener la pureza en la práctica del método de Freud…?

Le pregunta un viejo y oxidado psicoanalista.

–Pienso… –responde tranquila Alejandra mientras acaricia el antiguo ejemplar de *La Separación de los Amantes* que le heredó su abuela Renate y que ahora está releyendo– que tenemos que enriquecer al psicoanálisis con los nuevos aportes de las ciencias del cerebro, con la antropología, la sociología y las ciencias cognitivas. Tenemos que pensar el psicoanálisis desde los nuevos enfoques epistemológicos: Edgar Morin, Bateson, Maturana…A mí me interesa incluso el esoterismo, Jung y las ciencias de los símbolos…..

–¿Sabe usted –le interrumpe Emilia, una reconocida freudiana que de cualquier manera simpatiza mucho con Alejandra y quien fuera su psicoanalista en su análisis didáctico, cuando la Spielrein se formaba– que nosotros estamos a favor de la aplicación de una práctica freudiana clásica….?

–De hecho yo aplico la práctica clásica de diván y todo, pero esto no quita que dejemos de leer el psicoanálisis desde nuevas perspectivas sobre el ser humano…..

–Podemos y debemos estar actualizados –la interrumpe el viejo freudiano, Joel que hablo desde el inicio–, pero es muy importante mantener una práctica pura y refinada al estilo de Freud, aquí reprobamos el eclecticismo....

Termina de decir muy tajante.

—Pero también necesitamos un buen maestro de epistemología freudiana y de lingüística y semiótica para nuestros estudiantes....

Agrega ahora Emilia, su antigua analista y profesora, dando un punto a favor de Alejandra, después de exhalar la cuadragésima fumada de su cigarro en media hora.

Alejandra se da cuenta que la freudiana está de su lado. Ahora es conciente de tener ya un paso adentro, aunque temía que la rechazaran por su fama como ecléctica y por el exagerado y raro prestigio que le han dado sus libros.

—No obstante... —intenta decir Joel, pero es interrumpido al instante por Emilia.

—¡No obstante...! Hay que recordar que es parte del espíritu de la postmodernidad el mezclar modelos teóricos: el esoterismo con la física cuántica, el psicoanálisis con la antropología y las neurociencias, la ecología y la nueva biología... Lo único que tenemos que hacer es guiar a los jóvenes psicoanalistas para que estas mezclas duras no se vuelvan venenos que maten nuestro propio legado. ¡Jóvenes como ella son los que van a continuar manteniendo vivo a Freud cuando nos vayamos nosotros...!

Termina de decir la respetable mujer detrás de una poderosa bocanada de tabaco, con la voz temblorosa por la edad y los tumores en el pulmón, un tanto emocionada por sus propias palabras de vieja apasionada. Ella es por ahora el miembro fundador más antiguo de la sociedad que queda vivo: ochenta y dos años de edad. Emilia conoció a su abuela Renate, fueron grandes Amigas. La propia Renate en vida pidió a Emilia que se hiciera cargo del psicoanálisis didáctico de Alejandra, al que según la prescripción de Freud todos los aspirantes a ser analistas deben someterse de manera obligatoria, bajo la tutela a su vez de otro psicoanalista y profesor.

༄

En Guadalajara, en la sala de la sociedad psicoanalítica, frente a un busto de Freud que trajo Armando Suárez, miembro fundador ya fallecido desde Viena en 1957, se respira ahora un ambiente de calma donde ya se disipó la tensión. Alejandra sabe que prácticamente está dentro. Su corazón late de alegría, quisiera correr a abrazar a la vieja mujer freudiana. Extrañamente se apodera de ella un deseo inmenso de llorar. Esta mujer le recuerda a Renate de alguna manera. Todo se entremezcla, la tristeza y el entusiasmo, la melancolía por su abuela muerta y el gusto de integrarse como profesora al círculo. Los ojos grisáceos de Emilia que antaño fueron claros, la piel marchita y amarillenta por el tabaco, las manchas carmesí de la edad, los dedos temblorosos y seniles, aquella mirada inteligentísima que paso por medicina en la UNAM y luego por psiquiatría en el hospital la Castañeda, que asistió a los grupos de estudio sobre Hegel y Marx con José Revueltas en el 68, que estudió con Caruso en la propia Viena, continuando la tradición Freudiana, y que luego lo recibiera en México, cuando lo invitaron a impartir seminarios sobre psicoanálisis y teoría crítica en Guadalajara y en la UNAM.

2

Es el segundo semestre de mi carrera de psicología, estamos el año 1995 en lo más duro de una crisis económica que casi desaparece a la clase media mexicana. El Partido Conservador llegó al poder, mis compatriotas antaño desconfiados de sus colores e ideología le han dado todos sus votos como castigo al Partido de Centro por las acciones del presidente anterior.

Se pregona por doquier un cambio en todos los sentidos, pero los jóvenes no nos identificamos con él. El discurso oficial habla de incluir a los hombres y a las mujeres, se habla de nuevos tiempos. Todo adquiere una atmósfera católica y papal en el país, amén de la pobreza que nos azota. Se beatifican héroes mexicanos hasta ahora desconocidos de la Guerra Cristera y tratan de obligarnos a enorgullecernos de ellos.

La mayoría de los jóvenes de mi generación, incluso los de escuelas privadas no tienen oportunidad de viajar al extranjero ni de hacer intercambios estudiantiles a Canadá y a Europa como otras generaciones anteriores a nosotros. Sólo pueden hacerlo unos cuantos privilegiados. Tenemos que trabajar duramente desde temprana edad, se nos obliga a crecer de manera abrupta, a enfrentarnos con realidades sociales desoladoras, crecemos a marchas forzadas sin madurar, nos adultizarnos artificialmente desde los quince y los dieciséis años, nos hacemos adultos pequeños y deprimidos.

No hay mucho de donde podamos cogernos los jóvenes de los años noventa, desconfiamos de la ultraderecha por un lado, y del socialismo que se desmorona en varios países por otro. Las revoluciones sociales que surgieron en la época de nuestros padres parecen no sostenerse más. Muchos nos desarraigamos desde temprana edad de la religión, dejamos de ir a la iglesia, de persignarnos como nuestros padres y abuelos, y al final algunos de ellos comienzan a dudar también. Luego sufrimos con angustia la ausencia de una espiritualidad perdida sin remedio.

Ningún discurso ni ninguna figura política resultan convincentes. Escuchamos la música de *Pearl Jam*, a *Alice in Chains* y *Nirvana* con entusiasmo, y Edie Veder y Kurt Cobain se vuelven figuras emblemáticas a las que veneramos y seguimos. El buen Kurt se vuela los sesos con una escopeta; surgen los movimientos ecologistas y de la nueva era, nuevos mecías; resurgen la yoga y el zen, los alimentos orgánicos, las drogas sintéticas al alcance de todos, la anorexia, suicidios en masa, asesinos en serie que se vuelven líderes de opinión y figuras a seguir. Es demasiada información para nuestros cerebros, ya no es sólo la esquizofrenia, ya no son sólo dos las personalidades divididas en la locura de la humanidad. Ahora es la *multifrenia* de los años noventa, como afirma por aquella época Keneth Gergen, el entonces polémico psicólogo social.

∞

A mí los nervios me atacan durante todo el día. Por las mañanas voy a cortar el pasto con una podadora en compañía de mi hermano Hilario, a veces con mi padre, Don José, pero normalmente nos dividimos el trabajo para que nos rinda económicamente.

También leo bastante y hago mucho ejercicio por las noches, tengo que sobrecargar mi cuerpo y mi cerebro con un trabajo físico e intelectual excesivo para poder soportar las angustias y la depresión que se presienten en un sentimiento mortal y abrasador. Vivo como desahuciado, temiendo todo el tiempo lo peor, el hilo de la locura me rosa por el cuello y el pecho a cada instante, anunciándome que puedo, si me doblego y si soy más débil que mi neurosis, acabar en la sala de un manicomio público.

Los hospitales psiquiátricos me dan horror también, aunque estoy estudiando psicología ni siquiera puedo escuchar hablar de enfermedades mentales, porque se activa en mí una crisis de nervios y ansiedad, me falta el aire, me dan taquicardias, pienso que me desplomaré tras escuchar hablar de la locura, que me dará un ataque en plena calle o en medio de una de mis clases.

La neurosis es mi forma habitual de vida durante los casi cinco años en que transcurren mis estudios de psicología. No sé si sea posible imaginar, estar estudiando psicología y al mismo tiempo sufrir de horribles miedos y ansiedades ante la presencia de la locura, las cuales impiden tener un solo momento de calma.

Al mismo tiempo y a pesar de todo, estudio psicología con mucha pasión: absorbo el psicoanálisis con entusiasmo, yo soy el primero en comenzar a autoanalizarme bajo las lecturas de Freud, también descubro a Jung. Paralelamente trabajo con el joven Marx, con Piaget, Vygotsky y Lacan. Vivo la revaloriza-ción de Vygotsky y Piaget por parte de pedagogos y psicólogos a mediados de los noventa. Cae en mis manos *La Separación de los Amantes*, la obra capital de Igor Caruso, como por un accidente divino, lo encuentro olvidado por alguien en el asiento de un autobús. Caruso no sólo me enseña los principios del psicoaná-lisis de izquierda, sino que me da ánimos para vivir en esos años. Aprendo de él las razones sociales de la locura, voy aprendiendo a comprenderme poco a poco a mí mismo. Dejo de ser una masa adolescente, anónima e incomprensible a quien todas las fuerzas sociales tratan de manipular y convencer. Gracias a Jung no pierdo el contacto con mi lado místico, descubro que mi alma también está ahí. Soy una mezcla de anarquista, psicoanalista, marxista, místico cristiano, epistemólogo, *punk* y *grunge*. También comien-zo a tocar la guitarra y a escribir novelas. Me visto con pantalones de mezclilla desgastados, sacos viejos y suéteres pasados de moda adquiridos en los bazares y las tiendas de viejo. Mi cabello crece caprichoso y abundante hasta formar una tupida mata, mi cuerpo y mi cerebro se fortalecen.

3

Es 1922. El joven Jean Piaget decidió psicoanalizarse. Camina por las calles en un barrio de clase media de Zurich, escucha a unas personas hablarse en francés, sigue caminando rápido y al dar vuelta reconoce el acento suizo alemán de unos vecinos a quienes conoce de vista, lo saludan con un movimiento de mano, interiormente no quisiera que lo vieran.

Está muy nervioso, aunque su extrema inteligencia y su formación como biólogo experimental siempre le dieron una seguridad que le hace respetarse dondequiera, el hecho de enfrentarse consigo mismo a través de un psicoanálisis lo tiene alterado. Digamos que el mundo de las emociones, los sentimientos y la subjetividad no son un territorio donde se sienta precisamente cómodo. Pero hay más.

Niño superdotado. Hijo de un reconocido biólogo y de un ama de casa neurótica. A los doce años de edad realizo observaciones sobre moluscos de mar arrojados a la orilla de la playa por las olas, y descubrió que cuando aquellos animalitos marinos se veían obligados a dejar su medio ambiente para vivir en las charcas que se acumulan entre las rocas cerca de la playa, tenían que aprender a asirse de las piedras para no yacer en el fondo, a merced de los cangrejos y pequeños crustáceos depredadores. Luego se dio cuenta que a la tercer o cuarta generación de moluscos nacidos en las rocas y ya no en el mar abierto, estas nuevas criaturas ya no tenían que aprender a aferrarse a la piedra, sino que poseían al nacer la capacidad de sujetarse y sobrevivir en un medio nuevo al que llegaron previamente sus ancestros. Picado por la araña ponzoñosa de la ciencia, a partir de entonces decidirá dedicarse a la biología, pero no para ser un sencillo genetista limitado a reproducir los experimentos de sus antecesores, sino como sus jóvenes moluscos, se planteará problemas nuevos y los resolverá de formas novedosas: ¿Cuál es el origen del conocimiento? ¿Es posible que las estructuras de la mente sean realmente heredadas de una generación a otra a través de los genes?, ¿Entonces es factible sostener que el patrimonio genético de una especia se enriquece con las experiencias acumuladas de todos sus miembros predecesores?, ¿Realmente qué es lo innato y que es lo adquirido por los organismos jóvenes de cualquier especia animal, incluyendo la humana? En algunos años fundara toda una disciplina completamente original, un híbrido entre la biología, la filosofía y la psicología: la *Epistemología Genética*.

Cuando toca la puerta de la pequeña casa de uno de los barrios alemanes de Zurich, al abrirse se encuentra con una hermosa niña de unos seis o siete años. Unos ojos enormes y azulosos lo miran con simpatía:

"¡Qué bonita niña…. Debe ser su hija…!"

Piensa el joven Jean Piaget, y luego la sigue hacia el interior de la casa hasta una acogedora sala que funciona como consultorio. Está rodeado de libreros por los cuatro costados atestados de libros, un busto del maestro Freud labrado en mármol, algunas sillas y sofás discretos, y en el fondo de la habitación el sagrado diván freudiano.

–Tome asiento…

Le dice la voz suave de la doctora que apareció por detrás de él sin que la viera, y Piaget obedece, dócil y sumiso ante la voz bella y autoritaria. Sabiendo de antemano lo que implica su presencia en el lugar, se tiende en el diván, y antes de que acuerde cómo ni de qué manera, contra todas sus defensas racionales, el psicoanálisis comienza.

–Doctora Spielrein, yo en realidad no tengo problemas graves, sólo hay algunos asuntos que quiero revisar…..

Dice nervioso el joven Jean Piaget.

–Bien, veremos….

Responde Sabina colocándose en un pequeño sofá ubicado a espaldas del diván de modo que no puede verla a la cara. Conoció a la doctora desde antes que le recomendara un colega filósofo ir con ella para tomar el psicoanálisis. La vio hace un año por primera vez, en compañía de su pequeña hija en una librería de artes y humanidades de la ciudad. Algo incomprensible le hizo sentirse atraído y de hecho le arrastro hasta su consultorio. Desde hace meses estuvo rumiando la idea de pedirle que lo psicoanalizara, pero también pensaba, sincerándose consigo mismo, si no sería más fácil invitarla a tomar un café.

–¡Renate…. Por favor tráeme dos vasos con agua…!

Grita la doctora Spielrein haciéndose una pausa al inicio de la sesión analítica, refiriéndose al parecer a la chiquilla que abrió la puerta. Y su hija pronto se presenta con el encargo que le hace su madre. La niña le entrega a su madre y a Piaget un vaso con agua, y luego desaparece de la sala con la discreción de una dama.

☙

A los doce años de edad Piaget recibió una invitación del Museo de Historia Natural de Zurich para incorporarse como investigador, las autoridades del museo no sabían que era un niño el que les envió los reportes de observación sobre los moluscos. Por supuesto que su madre no le permitió irse a trabajar como zoólogo a tan temprana edad.

Apenas a los veinte años consiguió un doctorado en biología, y desde los veintitrés ya era un reconocido observador de los moluscos. Pronto comenzaría a observar el comportamiento de los niños en jardines de infantes y a establecer analogías entre el desarrollo de la inteligencia humana y el desarrollo del comportamiento animal, la evolución de la vida y el desarrollo del conocimiento humano.

No obstante algo le tiene inquieto y con desazón, algo en su vida más íntima no está bien. Algunos temores muy hondos y el miedo a las chicas. Comenzó a leer los primeros escritos de Freud cuando era apenas adolescente, motivado por la necesidad de comprender a su madre neurótica, pero el neodarwinismo y los trabajos cibernéticos de Bateson padre le hicieron olvidar el psicoanálisis durante más de siete años en que se desenvolvía como biólogo.

No obstante hace un año y medio cayó en sus manos una de las obras de Carl Jung, su espíritu escéptico le hizo burlarse cuando pensó en la teoría de *los Arquetipos y el Inconsciente Colectivo*. Sin embargo mientras leía esta obra de Jung sufrió un ataque de pánico, el rascacielos de su razón se desmoronó. La propuesta de Jung le hablaba de un mundo de símbolos que no eran elaborados por la experiencia empírica, sino que pertenecían al patrimonio de la humanidad y yacían instaurados en lo profundo de la olvidada y reprimida psique primitiva de los hombres, emergiendo a diestra y siniestra y salteando a placer las defensas racionales más sólidas. Son demasiados conocimientos y demasiada ciencia para un cuerpo tan joven como el suyo, aunque más tarde él mismo afirmara constantemente en sus libros que a los doce años los niños ya están listos para la ciencia.

"Una neurosis de angustia probablemente... Demasiado uso de la razón..."

Piensa sabina cuando lo escucha hablar de sus miedos y de su madre neurótica, de su padre, distante y genial biólogo.

–¿Puedo invitarte a tomar un café...?

Le dice intempestivamente el joven, contra toda la lógica del psicoanálisis.

–¿Perdón...?

Responde la doctora, que no ha tenido más que un contacto superficial con los hombres desde hace algunos años cuando vio por última vez a Jung.

–Si... ¿Aceptarías tomar un café conmigo...?

Vuelve a insistir Piaget aclarándose la voz.

–¿Me parece que estás en el lugar equivocado para pedir una cita no crees…?

Le responde Sabina tratando de aparentar seguridad. Cuando lo vio entrar: el cabello largo, la barba descuidada, pantalones desgastados de lona, zapatos de piso sin calcetines, un joven pero reconocido biólogo con la imagen de un bohemio, una inteligencia excepcional, no evito sentir en el fondo algo especial por este muchacho.

–Me gustaría sinceramente tomar un café contigo, o comer algo...

Reintenta su ataque el biólogo.

–Entonces me parece que no tenemos nada más que hablar…

Dice finalmente Sabina tajante, indicándole que debe abandonar su casa. El joven Piaget se pone de pie, sale avergonzado, como perro regañado, pensando que ha molestado inexplicablemente a esta mujer, como cuando lo reprimía sin razón su madre. Todo es como afirma Freud: *la compulsión a la repetición*: está condenado a no comprender a las mujeres y hacer que lo rechacen una y otra vez. Una tras otra vez es arrojarse sobre los mismos miedos y los mismos errores, primero fue su madre como un enigma incomprensible, luego todas las chicas a las que se acerca y que se espantan con su inteligencia y rareza.

–¡Espera…!

Lo detiene repentinamente Sabina.

–El domingo, a las seis…. Aquí, afuera de mi casa… pero no puedo dejar a mi hija sola… Tendremos que llevarla.

–¡Esta bien! Cómo sea…

Casi grita y dice torpe e inexpertamente el joven biólogo. Se despide de ella de mano y al dar vuelta saliendo de la calle por poco salta de alegría.

4

Tu iniciación sexual no ocurrió en Argentina como pudiera pensarse, fue de hecho bastante posterior, aunque tuviste un noviazgo que luego tú calificarías como importante, con un joven psicólogo venezolano quien también estudiaba en Córdoba. A veces con algo de nostalgia recuerdas su ternura, caballerosidad y habilidades para bailar salsa, merengue y mambos, su voz suave y paciente contigo. Pero no pasó demasiado. ¡Cómo le reprochabas y lo hacías sufrir por su inclinación hacia el conductismo! ¿Qué demonios hacía un humilde conductista en una escuela donde predominaban los psicoanalistas lacanianos? Él hubiera dado la vida por tal de ver tus bubis y tu trasero desnudo, y apuñalarte sin piedad con su miembro. Y Yo me he preguntado: ¿Cómo pudo resistir el pobre ser tu novio por más de un año, sin que le permitieras más que besarte y acariciar tan sólo en unas cuantas ocasiones, las enormes niñas de tus pechos por encima de la blusa? ¿Qué hizo para no volverse loco en todo ese tiempo en que sólo le dejabas tomarte de la mano y besarte? ¿Qué clase de amor infantil tardío viviste por aquella época? ¡Yo no hubiera podido resistirlo!, yo te hubiera violado y tal vez luego te hubiera degollado y cocinado un guisado con todo tu cuerpo, incluyendo las viseras y el pelo, y me lo hubiera tragado todo, disuelto en una sopa de sangre y mierda para calmar mi ansiedad.

Con los años recordarás a Javier el venezolano, un muchacho tierno, casi un poco afeminado de tan dulce y comprensivo contigo. Sentirás algo de culpa porque sí lo hiciste sufrir demasiado, tan sólo todo lo que él te permitió. Te asusta pensar que sentías cierto placer cuando lo reprochabas por sus preferencias conductistas; sus críticas al psicoanálisis por subjetivo y poco científico te hacían atacarlo hasta acabar moralmente con él. Has pensado que aunque lloró muchísimo cuando lo terminaste, en el fondo fue mejor para él puesto que de lo contrario lo hubieras arrastrado hasta el suicidio, y secretamente, tal vez eso te hubiera gustado.

Años más tarde te enterarás que requirió ayuda psiquiátrica para superar tu abandono. Las salsas de Willie Colón y de Rubén Blades, y las canciones de Juan Luís Guerra y Celia Cruz te recuerdan esa época extraña y también alegre a su lado. Te enseñó a bailar y a besar con la lengua. Su familia era de la burguesía venezolana, participó en el fallido golpe de estado contra el gobierno de Hugo Chávez, luego escaparía para Miami cuando Chávez ganara nuevamente las elecciones. Ahora Javier es director de una escuela de psicología en la Columbia Británica en Canadá, es doctor en neurociencias, ahí puede ejercer el conductismo a placer y a veces piensa en ti también.

∾

Cuando un par de años después te psicoanalices bajo la tutela de Emilia Vizcaíno, por recomendación de tu abuela Renate, mientras estés estudiando la formación en psicoanálisis freudiano en Guadalajara, todo resurgirá como un mar bravío de remordimientos, culpas y dolor.

Emilia te hará ver que tu comportamiento con los hombres es absolutamente *histérico*. No lo dirá directamente con sus palabras, pero te lo hará ver con una actitud fría y despiadada de psicoanalista. En el fondo, aunque tardes muchos años en reconocerlo, y horas interminables asimilándolo, le tienes miedo a los hombres y al *falo* sagrado. Toda una serie de artificios y actitudes barrocas e intelectuales con que te proteges de los miembros viriles, no oculta más que eso: un temor de fondo a lo masculino y una enorme agresividad reprimida hacia los hombres.

—Por eso te daba mucha seguridad andar con un joven sensible y afeminado que te aguantaba todo...

Te dice Emilia acotando una breve explicación tras el largo monólogo que has escupido durante casi cuarenta minutos en su consultorio analítico, tratando de evadir el ataque hacia tus puntos más sensibles. Pero no puedes escapártele:

—Internamente es más fácil para una histérica relacionarse con un afeminado o con un homosexual, por que su verga nunca representará una verdadera amenaza para ella. Es mejor estar cerca de un homosexual porque realmente no es un hombre, es mucho menos angustiante, es en cierto modo como estar con una mujer...

Te vuelve a decir antes que te desmorones por completo. Todas tus barreras mentales se caen de golpe, todo cuanto te ha servido para defenderte durante veintiséis años: libros, actitudes esnobs e intelectualoides, una mascara en apariencia racional, fuerte y autosuficiente, es por completo inútil ante la envestida de Emilia la freudiana.

—¡Pero Javier no era homosexual...!

Te defiendes llorando, ha tocado una herida profundísima, del tamaño de tu vacío emocional.

—Tal vez no, ni en el fondo, no quiero difamarlo, pero ante ti se comportaba como una víctima pasiva, como una mujer sometida a quien subyugabas... Es eso: es mucho más seguro relacionarte con otra mujer y doblegarla que con un hombre... En el fondo es un tipo de lesbianismo sádico, ¿no crees...?

Es demasiado fuerte aquello que escuchas, sales llorando a los cincuenta minutos de su consultorio. Piensas en porqué todos tus amigos son mujeres: Julieta la española, Rosa la Colombiana, Magui la chilanga, sino homosexuales como Fernando y Tito. De hecho te llevas excelentemente bien con los homosexuales, hasta has pensado escribir un ensayo sobre el psicoanálisis de la homosexualidad masculina a partir de tus experiencias con pacientes y amigos. No tienes un solo amigo varón heterosexual, cuando menos no un verdadero amigo, todos son pretendientes y admiradores, y los mandas siempre al demonio.

Sales casi corriendo del edificio donde está el consultorio de Emilia en la Avenida Chapultepec de la Colonia Americana en Guadalajara, arriba del café Don Luís. La sesión psicoanalítica ha terminado por hoy. Pero continuará durante los próximos dos años.

5

Entonces Jung conoce por fin al maestro Schöndolf. Queda profundamente impresionado con sólo mirarlo por primera vez, quizá el impacto es mayor que cuando conoció a Freud. El carisma de este iniciado, líder de una sociedad secreta de alquimistas y esotéricos posee igual o mayor poder de convocatoria y atracción que el del padre del psicoanálisis. Aunque hasta hoy, en cierto modo la sociedad psicoanalítica que preside Freud y este grupo secreto de esotéricos, tienen características similares. Incluso tal vez los fines de ambos grupos sean de un modo abstracto y último los mismos: develar los secretos del alma humana.

Después de publicar sus primeros libros en que esbozaba apenas sus teorías sobre el inconsciente colectivo, los arquetipos y la profundidad de la psicología de los símbolos, los miembros de aquella sociedad secreta creyeron encontrar el mensaje clave que por décadas estuvieron esperando. Pronto el gran maestre se pone en contacto a través de sus discípulos con Carl, y Jung no resiste la tentación de por lo menos conocer a aquel extraño mago.

Para entonces Jung ya se separó de manera definitiva de Freud tras una breve pero intensa relación. Primero los unió una rara amistad paternal, en la que por supuesto Sigmund Freud tuvo el papel de progenitor y Jung el de hijo y aprendiz. En los primeros meses de esta relación Carl rompió animoso varias lanzas luchando a favor del psicoanálisis, y arriesgo mucho de su prestigio por tal de defender a Freud y a sus teorías. Internamente estaba en deuda con él por haberlo admitido en la sociedad psicoanalítica y por haberle ayudado a liberarse de la judía. También hubo algo de su relación paterna pendiente y no resuelto que le vinculaba de manera enfermiza con el padre del psicoanálisis: su propio padre murió mientras Carl aún mantenía un profundo conflicto con él, lo consideraba un hombre débil e inseguro y un ministro religioso de una fe quebrantada. Estos juicios personales contra su progenitor no le hicieron a él ningún bien y lo marcaron definitivamente. Más tarde Freud se negó rotundamente a admitir variantes y desviaciones en su teoría, y rechazó con asco las propuestas esotéricas y de psicología mística de Carl. A Freud le interesaba sobre todo convertir al psicoanálisis en un método científico y aspiraba a volverlo toda una ciencia derivada de la medicina pero a la vez independiente de ella. Un espíritu cientificista, mecánico y afín a los principios evolutivos de Darwin era el que animaba las ideas de Freud. A diferencia de Jung, quien más bien era un psiquiatra místico y esotérico aprendiendo psicoanálisis.

El final ocurrió mientras hacían un viaje juntos en barco hacia Alemania, cuando después de una charla entre médicos a bordo de la nave, en la que Jung hablaba de ciertos cadáveres momificados descubiertos en el fondo del lago de Zurich, pertenecientes a hombres de la edad de bronce, y los cuales le interesaban sobremanera, Freud se desmayó repentinamente de modo histérico frente a sus colegas. Carl lo ayudo y prácticamente lo cargo hasta un asiento donde el patriarca pudiera recuperarse. En el momento de recuperar la conciencia, el patriarca dijo en tono muy molesto con voz resentida y agria:

—¡Lo que usted quiere es que yo me muera!, ¡esa insistencia en hablar de momias expresa un deseo inconsciente de matarme….!

Freud insistió en que lo que deseaba Carl en el fondo al hablar de cadáveres momificados era que él muriera para quedarse con la presidencia de la Sociedad Psicoanalítica, que la conversación de Carl reflejaba inconscientemente un deseo agresivo de asesinar al padre del psicoanálisis: la repetición compulsiva de un *trauma edípico* por parte de Jung.

Carl se retrajo durante el resto del viaje sin saber qué decir ni qué sentir, tal vez, en el fondo tenía razón Freud, aunque Jung nunca sería capaz de aceptar aquella interpretación. Carl explicaría después de muchos años, tras la muerte de Freud y al final de su propia vida, en sus *Memorias*, que poco antes del desmayo, el maestro se negó a rebelarle información personal sobre el contenido de un sueño que le relataba mientras navegaban en el barco: "Si le diera más información sobre mí ¿en dónde quedaría mi autoridad...?"

Insistirá Carl que eso fue lo que le respondió Freud cuando en su papel de discípulo pretendió psicoanalizar un sueño del maestro. Pero luego la propia Ana Freud, hija del patriarca y sus seguidores negarán rotundamente esta historia. Hubo una escisión completa y definitiva entre Jung y los freudianos. Después de eso no volvieron a hablarse jamás. Carl se enteraría al poco tiempo que Freud aceptó a Sabina en su sociedad analítica, y que la judía pronto se volvería una de las alumnas más queridas del padre del psicoanálisis.

Desde entonces Jung optaría por trabajar por su cuenta y desarrollar una propuesta de psicoanálisis completamente alternativo: influido por el misticismo cristiano y oriental, y las tradiciones alquímicas y esotéricas. Desarrollaría unas de las más interesantes aportaciones sobre psicología religiosa, mística y simbólica. Aunque no dejaría tampoco jamás de pensar en Freud ni en Sabina.

෴

Por su parte, los discípulos de Schöndolf dicen de su líder que tiene por lo menos poco más de dos mil años de edad. Schöndolf no promueve estos rumores pero tampoco los niega. Los aprovecha sin duda. Dicen que vivió con los escenios en las cuevas del Mar Muerto después de la crucifixión de Jesús, que viajo a la India en busca de conocimientos de medicina védica, donde aprendió sánscrito y a curar con plantas. Que luego recorrió Ispahán para estudiar con Abicena el diagnóstico físico de todas las enfermedades tan sólo al sentir el pulso sanguíneo en las muñecas de los enfermos. Que fue monje budista, que asimiló en zen y las tradiciones tántricas. Que fabrico oro al lado de un poderoso alquimista. Que durante las cruzadas se convirtió en receptor de importantísimos conocimientos alquímicos.

En su primera sesión frente a Schöndolf, Jung contempla cómo llevan ante él a Víctor, un esquizofrénico por quien no pudieron hacer nada en el hospital de Zurich.

Víctor ataco a Bleuler cuando el psiquiatra quiso atenderlo, y ante el fracaso fue encerrado de modo definitivo y catalogado como un caso acabado, cayendo luego en un hermetismo absoluto ante los tratamientos médicos y psicoanalíticos. Luego escapo y no volvieron a saber nada de él. Carl mismo no pudo hacer nada por aquel joven quien llevaba una brillante carrera como estudiante de filosofía y literatura antes de que se le manifestara un agudo brote de esquizofrenia paranoica: desnudándose y andando por las azoteas, diciendo que era una bruja y queriendo volar con una escoba imaginaria. Además mostraba un importante grado de agresividad hacia su familia y hacia quien se le atravesara.

∾

Están reunidos en una antigua catacumba druida donde el maestre atiende y habla a sus discípulos, una cueva en las montañas suizas antaño utilizada por los sacerdotes celtas adoradores de la luna desde hace miles de años, iluminada con antorchas y con una atmósfera atenuada por inciensos.

Víctor es llevado por su padre y sus hermanos, con cadenas encima, gritando salvajemente y maldiciendo como si todos los demonios de Legión hablaran a través de su pobre pecho de diecinueve años. En el momento que Schöndolf está cerca, el pobre Víctor sufre una fuerte transformación: deja de agitar su cuerpo encadenado y tenso por la locura para mirar directo a los ojos del viejo maestre que se le aproxima tranquilo y lento:

—¡Baal…! ¡Baal Cebú…!, ¡Belcebú…!

Dice aquella demoníaca personalidad esquizofrénica que tiene prisionera el alma del muchacho.

Todos los presentes incluyendo a Carl están sumidos en un profundo estado hipnótico, en un trance que revive perdidos milenios en la historia de la humanidad. Carl se toca las palmas de las manos y se descubre sudando, aunque no quiere aceptarlo, tiene miedo, es uno más de los fariseos que contemplan un exorcismo practicado por el Nazareno.

–Belcebú…

Repite Schöndolf tranquilo, siguiendo el hilo de aquella voz proveniente del inframundo, pero sin alterarse.

–¡Baal…! ¡Belcebú…!

Insiste de nuevo el otro Yo de Víctor.

–Belcebú.

Repite nuevamente Schöndolf imitando un poco la voz del enfermo pero sin perder una musicalidad en la suya que seduce a todos los presentes.

–Belcebú…

–Belcebú…

–Belcebú…

–Belcebú…

–Belcebú…

–Belcebú…

Repiten uno y otro en diferentes tonos de voz. Y el maestro primero le imita un poco, pero luego lo va guiando al modular su propia voz de modo que la voz del muchacho pierde su agresividad y agitación.

–Adán…

Dice ahora Schöndolf.

–Adán…

Repite Víctor.

–Adán…

–Adán…

Siguen repitiendo con tonalidades de voz cada vez más tranquilas, hasta que aquella voz luciferina del chico va desapareciendo minuto a minuto conforme es guiada por el mago. Luego Schöndolf introduce un nuevo cambio en los nombres:

–Eva…

–Eva…

Vuelve a seguirle el enfermo ahora con los ojos cerrados, casi adormecido por el poder sonoro del habla del mago.

–María…

Vuelve a introducir otro cambio Schöndolf.

–María…

–María…

–Maria…

–¡Tú…!

Dice en un tono un poco más elevado el mago de modo que su voz resuena por toda la caverna en los oídos de los presentes como una campana de plata. Jung se estremece.

–¡YO…!

Repite también al final esta voz que no es la del demonio ni la del esquizofrénico, sino la del propio Víctor.

–Liberen a esta criatura de sus candados…

Ordena impávido el hechicero. Y los familiares se aprestan a desencadenarlo. Víctor se incorpora como un hombre y ya no como una figura del Averno.

Los hombres se lo llevan caminando ya por su propio pié. Carl jamás ha contemplado una cura de enfermedad mental de esta naturaleza ni a tal velocidad. Lo que ve le quiebra todos sus esquemas psicológicos y conceptos científicos con los que hasta ahora entiende el mundo.

6

Por esos tiempos encuentro por casualidad, en una de esas coincidencias divinas, a Isabel. Al principio pienso que su imagen no tendrá trascendencia en mi vida, pero luego descubriré que aunque no lo quiera, su impacto se reflejará como el rastro esparcido en el cosmos, de una estrella espacial convulsionada y colapsada, a lo largo de cada día del resto de mi existencia, a través de miles de millones de años luz.

&

Soy parte de un grupo político de estudiantes que comienza por organizarse y contender como oposición ante el grupo estudiantil dominante de la Escuela de Psicología. En nuestro grupo: Sinapsis, como nos hacemos llamar, nuestro líder y candidato para presidente de la sociedad de estudiantes es Adolfo, un joven unos cuatro años mayor que nosotros, sacerdote jesuita huido de la Compañía de Jesús y refugiado en la escuela de psicología de la Universidad de Guadalajara. Un estudiante maduro, bastante leído, famoso por su erudición, pero un tanto introvertido, atormentado y gris. Pese a su moderado carisma estamos seguros de que nuestro grupo, liderado por dos intelectuales reconocidos de la facultad: Adolfo y yo, con una propuesta independiente, académica y nueva, ganaremos definitivamente.

Después de un tenso proceso electoral para presidente de psicología, bajo la presión de los otros grupos de alumnos y de algunos profesores quienes no desean nuestro triunfo, conseguimos ser elegidos gracias a una aplastante mayoría de votos. Sinapsis alberga por un lado a algunos de los estudiantes más brillantes y académicos, a los individuos medios que siguen a estos, y por otro también, gracias a mi influencia, da cabida a todos los marginales y *outsiders* que habitan nuestra facultad: hippis, anarquistas, humanistas, comunistas, psicoanalistas, psicólogos de corte social, miembros de grupos de disidencia política, poetas, pintores, trovadores, rockeros, trotamundos. Desde aquella época entre 1997 y 1999 ya estoy convencido de que la biodiversidad cultural y la aceptación de grupos sociales y culturales de las más heterogenias ideologías, tribus urbanas de variadas idiosincrasias: anarquistas, vampiros, pacifistas, místicos, punks, darkies, necrófilos, satánicos, católicos, protestantes, etc., promueve la tolerancia y facilita las relaciones entre grupos e individuos de una misma sociedad, sin importar su pertenencia ni filiación a ideologías y creencias incluso contrarias. Ahí comienza a germinar mi proyecto de Psicología Abierta: inspirado en la película de Roberto Rossellini: Roma Ciudad Abierta, filmada tras la liberación de Italia del dominio fascista, y en las propuestas de psicología latinoamericana del psicólogo venezolano: Alberto Merani, y el jesuita salvadoreño Ignacio Martín-Baró.

Adolfo no es simpatizante de integrar a tal diversidad y fauna diversa de individuos, pero al final acepta verse beneficiado por los votos de tantos grupos diferentes. Al inicio, ayudado por Chuy, un psicólogo social y cantante de un grupo de rock punk y quien tampoco es del agrado de Adolfo, logramos organizar, ya como grupo estudiantil elegido y consolidado, un importante congreso de psicología. Invitamos a gente de Centro América, de Venezuela, Colombia, Perú. Mis amigos hippis, darketos, punks y *outsiders* en general colaboran gustosos involucrándose en el proyecto, ayudándonos a organizar y ejecutar. Adolfo desde la distancia, imparte órdenes y prescribe indicaciones sobre lo que debe hacerse a través de mí.

Al finalizar el congreso de psicología, Chuy y yo recibimos una invitación para participar como estudiantes invitados en un foro de psicología política en Guatemala y en el Salvador. Mis compañeros de escuela me piden que no vaya puesto que los dos meses de ausencia que estaremos en Centroamérica podrían significar la disolución de una incipiente Sinapsis. Chuy me dice que debemos irnos, es una oportunidad innegable para salir del país, conocer y dialogar con otros psicólogos jóvenes como nosotros.

Justo antes de nuestra partida, cuando hago un viaje rápido hacia la ciudad de Zacatecas, a la Universidad Autónoma en una misión para establecer vínculos e intercambios culturales con el comité estudiantil de la homónima escuela de psicología, mientras visito el museo Pedro Coronel y caigo hechizado bajo el influjo de esta hermosísima ciudad, encuentro por primera vez a Isabel.

~

El museo de las Máscaras está enclavado en las faldas del cerro de la Bufa, un inmenso montículo volcánico que se cierne sobre el centro de la capital zacatecana como un gigantesco dragón apunto de devorarla. Fue fundado en las ruinas de un templo y monasterio católico, de arquitectura colonial. La antigua construcción no tiene techo, en las entrañas del edificio se colocaron hermosos jardines y plantas de sombra, que crecen bajo el cuidado de disciplinados jardineros donde antaño deambulaban los frailes y monjes en medio de sus meditaciones y delirios místicos.

Contemplo las inscripciones sobre la cantera en un castellano del siglo XVII cuando de reojo capto una delgada figura femenina. Es alta, no posee curvas muy pronunciadas ni voluptuosas, pero tiene una delgadez delicada y un cabello negro, largo y abundante que cae de modo sensual sobre los hombros desnudos. Me acerco un poco, soy un animal macho incitado por las feromonas que emanan de su cabello largo y de la piel morena y desnuda de sus brazos. De cerca percibo un brillo luminoso sobre la piel de esos lindos hombros, mi cerebro animal sabe de antemano que ese cuerpo es para mí.

–¡Qué bello museo tienen ustedes los zacatecanos...!

Le digo cayendo en el lugar común de alagar las riquezas culturales de su ciudad. Voltea para verme y contemplo sus ojos color miel, pequeños, profundos y fascinantes. Tarda unos segundos en responderme, sorprendida, al principio con desconfianza, estudiándome antes de decir una palabra. Percibo también unas cejas muy delgadas y curveadas, es una belleza extraña, como una modelo brasileña o de la India. No me he dado cuenta aún de que ya nunca más podré sacarme del fondo de mi alma esa cara y esa mirada, al igual que nunca más podré olvidar la impresión en mí ejercida por la ciudad de Zacatecas y de muchos otros lugares y personas amadas a quienes he conocido. Son esas imágenes que se inscriben en el fondo de la psique, las que realmente hacemos nuestras aunque no nos lo propongamos concientemente, son el patrimonio de nuestras experiencias vitales, lo único que llevaremos con nosotros a la tumba.

–Gracias...

Responde evasiva, un tanto nerviosa por lo cerca que me he colocado para poder admirarla. Ella va muy bien vestida, con una camiseta que deja libre sus brazos y hombros, un pantalón caqui de marca y unas sandalias de meter el pie. Yo llevo el cabello largísimo y suelto que sobrepasa mis hombros y va a dar hasta la mitad de mi espalda, traigo un saco viejo de pana comprando en un mercado de viejo, unos pantalones de mezclilla desgastada y unas toscas botas industriales de cuero negro a las que jamás he dado brillo. Mis gafas gruesas de armazón amplio y negro, a lo Woody Allen, mi barba muy crecida, eso sí, ando muy limpio y bien bañado siempre, sin usar perfume, tan sólo jabón, permitiendo que mi olor natural emane como mi mejor carta de presentación.

–¿Aquí fue una iglesia verdad...?

Insisto en establecer comunicación con ella, aunque capto su desconfianza y resistencias iniciales, pero no quiero darme por vencido. Desconozco qué fuerzas incomprensibles me incitan a continuar adelante con ella, aunque no suelo ser así, normalmente mi timidez me impidió hasta hoy abordar a una mujer desconocida en la calle. Mis únicos contactos hasta ahora con las mujeres, además de con mi madre y mis compañeras de psicología, fueron con Sofía, una hermosa prostituta que se hacía pasar por estudiante de medicina ante sus padres, de la que triste y erróneamente me enamoré, quien me enseñó también a ponerme el preservativo.

—Sí es muy bonito, el actual gobierno del estado ha hecho un gran esfuerzo por remodelar y conservar nuestros edificios históricos...

Responde y continúa un tanto evasiva.

—De hecho toda tu ciudad es hermosísima... ¿Cómo te llamas...?

Le digo impertinentemente, transmitiéndole en un lenguaje subliminal que ya estoy fascinado por toda ella y que no podrá escaparse de mí. Nunca me he comportado con tal confianza ante una desconocida. Isabel se ríe.

—Isabel...

Me responde ya más relajada.

Seguimos caminando y recorriendo el museo. Isabel me muestra el resto de las celdas vacías del monasterio, caminamos por los jardines, visitamos la sala donde se encuentra la colección de máscaras que hace honor al nombre del edificio, escucho el ulular de las palomas silvestres que anidan en los recovecos de las ruinas. Como de la mismísima ciudad de Zacatecas, siento que ya no podré separarme de Isabel. Una vez que la he conocido, la invito a comer y no sin algo de resistencia, acepta, aunque también con un dejo de satisfacción, haciéndome saber con su actitud que no le desagrado del todo.

No puedo creer la rapidez con la que entramos en confianza. Ya en un *Subway* cercano a la catedral, frente a un sándwich de pavo le cuento toda mi vida de veintidós años: que estudio psicología, que casi he terminado la carrera, que ayudo a liderar un grupo político estudiantil, que me iré durante dos meses a El Salvador. Ella tiene veintiún años, me escucha tranquila y paciente, esa capacidad de escuchar me fascina mucho más. También me confiesa que su familia es zacatecana desde hace varias generaciones, sus abuelos fueron mineros hasta que se agotaron los filones de plata, luego toda su familia se dedicó al comercio de ropa que traen desde Aguascalientes y de la Ciudad de México para vender en Zacatecas. Cuando le cuento que soy de Guadalajara sonríe y no puede ocultar la fascinación que siente al conocer a un forastero. Soy el nuevo chico del pueblo, *The new Kid in town* como dice la canción de los *Eagles*. Hablamos de libros y de música, es experta en Bach y en los *Beatles*, encontramos que a los dos nos gusta José Revueltas, José Emilio Pachecho y Octavio Paz.

Por la tarde la acompaño al museo Rafael coronel donde trabaja como vendedora en una tienda de recuerditos en la entrada del edificio. Por la mañana estudia pintura y por la tarde trabaja de medio tiempo en el museo, dice que gracias a ese trabajo puede estar todo el tiempo cerca de las hermosas colecciones de Pablo Picasso que tienen albergadas allí.

Llegada la noche le pido que me acompañe a una fiesta del comité de estudiantes de psicología de la Universidad de Zacatecas a la que me han invitado. Desde luego que acepta, vamos para su casa a que se cambie de ropa ya entradas las nueve. Su madre no hace un gesto de mucha aprobación cuando me mira por vez primera. El impacto que debe producirle ver a un estudiante de psicología, con el cabello enorme, oscuro y suelto, unas gafas de fondo de botella y barbudo, parecen impactar negativamente sus juicios acerca de mi persona.

Al salir Isabel de su habitación y encontrarse conmigo en la sala de su casa donde tengo que sostener las inquisitivas miradas de su mamá, me doy cuenta que ha valido la pena esperar. La veo con un vestido largo y negro, muy ajustado, el cabello húmedo recién lavado y suelto. Una mezcla de excitación, de deseo, también de ternura se apodera de mí. ¿Qué he hecho para merecer que una hermosa desconocida se arregle de tal manera para agradarme?

Tomamos un taxi que nos cobra carísimo por trasladarnos tan sólo unas cuadras a donde es la fiesta. Apenas cuento ya con una pequeña parte del presupuesto que me autorizo Adolfo para el viaje. Rozo su mano al ayudarla a bajar y siento el poder de mi tótem guardián actuando a favor mío, siento también la fuerza de Isabel provenir desde su corazón hacia mí. Lo que se avecina es muy bueno, me digo a mí mismo.

Ya en la fiesta no paramos de charlar, de conocernos y compartir nuestras experiencias, me gusta su tranquilidad, su capacidad de poner atención cuando le hablo, su voz lenta, sus pausas entre una frase y otra, su cuerpo delgado, el olor a frutas de su cabello. Bailamos aunque yo no sé hacerlo y no hago más que movimientos bruscos y erráticos que son un pretexto para tomar su cintura. Bebemos mezcal zacatecano, el olor a marihuana que fuman los asistentes la marea al igual que el alcohol. Doy un par de fumaditas de deliciosa hierba que me han facilitado y le doy a ella una sola prueba:

—Despacio, trata de no aspirar demasiado humo de un jalón. Sólo un poquito… Un solo toque…

Le digo para que no se vaya a pasar, es la primera vez que fuma hierba en su vida y la maría a veces es cruel con sus nuevos comensales. Se marea aún más la pobre, se pone mal. Me pide que salgamos de la fiesta que se lleva a cabo en la casa de un profesor de música de la universidad, muy cerca de las facultades de humanidades, donde están psicología, historia y la escuela de música, hacia el sur de la ciudad, justo detrás del cerro de la Bufa, en la Colonia Hidráulica.

Cuando salimos Isabel se pone a llorar, se siente terrible y culpable por haber dado un solo y brevísimo toque a la marihuana. La fuerza que me dan el alcohol y la hierba, aunada al impulso inicial que me hizo acercármele por la mañana, me llevan a abrazarla instintivamente para darle algún consuelo. Ella me rodea con sus brazos también. Nuestras melenas enormes y sueltas se entremezclan envolviendo nuestros cuerpos en una sola trenza bifurcada. Aspiro el olor a frutas de su cabello, le doy un beso en su cabeza mientras la tengo recostada sobre el hombro, siento la humedad del jabón y el agua con que se lavo antes de acompañarme a esta fiesta. No digo mucho, he aprendido a no hablar demasiado cuando mi cuerpo puede hacerlo por sí mismo. Cuando levanta su rostro, ya más tranquila para mirarme, le doy un ávido beso con el que aprehendo su boca con la mía, como unas tenazas cariñosas de un cangrejo en celo. Ella trata inexpertamente de responder, pero no parece saber mucho del arte de los besos. De todos modos me encanta su actitud solícita para con mi boca.

Caminamos de regreso a través del centro de Zacatecas. Conforme avanzamos desde el sur de la ciudad hacia la catedral puedo ver los reflejos de las luces de los edificios coloniales y los comercios proyectados sobre la cantera de la calle y las banquetas. ¡Qué ciudad tan más linda! Llevo abrazada a Isabel, la traigo rodeada con mi brazo y ella se deja hacer. Estoy abrazando a una desconocida a quien siento conocer de antes, de toda la vida. Al pasar cerca de la Catedral barroca de cantera rojiza acaricio el deseo de no irme nunca más de Zacatecas, o de volver para quedarme. O de regresar para llevarme a Isabel.

7

Sabina se abre por completo con el joven Piaget: le cuenta de su relación con Jung, y de lo mucho que sufrió al separarse de su amante. En ningún momento se refiere a Carl con rencor ni resentimiento, pero no puede evitar rebelarle la situación de su libro y de su teoría del arquetipo femenino: el ánima. En los últimos años Jung publico varios escritos donde describe como si fueran descubrimientos propios, la existencia de dos arquetipos universales presentes en la psique de todos los hombres sin importar su credo ni su cultura: el ánima y el ánimo, la imagen femenina y la masculina. El manuscrito de Sabina titulado *Sicopatología del Alma* jamás vio la luz desde que se lo llevó Jung y desde que este desapareciera definitivamente de su vida. Luego Jung presento su teoría del arquetipo femenino como si fuera suya, sin darle el menor reconocimiento a la judía.

—¡Un plagio de ideas…. Un robo…!

Grita Piaget ansioso mientras beben el café en un lugarcito enfrente de una parroquia. Renate está quietecita, escuchando a ratos a su madre, con perfecto conocimiento de la situación de esta, y observando en otro momento con cuidado e interés al joven biólogo.

—No quisiera llamarlo de esa manera, me duele muchísimo pensar así. Prefiero creer que es como un homenaje que hizo Carl de lo nuestro, como lo único que sobrevivió a nuestra relación….

Responde Sabina. Y Piaget se siente profundamente triste. La verdad es que sus intereses por la doctora son absolutamente románticos y sexuales, la desea, siente que ya la quiere desde que ella aceptó tomar el café con él. El hecho de saber cuánto sigue amando la judía a Jung lo hace sentirse celoso aunque recién la conoce.

Apenas alcanza Piaget a intuir algo de lo mucho que ha sufrido ella. Fueron años y años durante noches y días de pensar interminablemente en Jung. Era como si Carl se hubiera quedado dentro de ella de manera definitiva desde su separación y no hubiera manera de sacarlo, ni siquiera en sueños podía sustraerse de los tormentosos síntomas de melancolía ante la pérdida de su amante. Más adelante, en sus seminarios didácticos en Viena y en su propio análisis bajo la tutela de Freud, Sabina aprendió de la teoría psicoanalítica del *duelo*, que lo que ocurre cuando uno se separó de un ser amado, es que aunque se fue el ser querido, muerto o huido, ha quedado dentro del deudo o del que se queda, una imagen del ausente que se conserva en la psique de manera definitiva. Entonces el *duelo* ya no es tan sólo una separación física, sino sobre todo una pérdida en la que el Yo del sufriente o del amante, tiene que debatirse para tratar de sobrevivir a la embestida de una muerte que lo puede liquidar a él, porque no es sólo la muerte o la separación en un plano de la realidad, sino un duelo psíquico en que se debate con la imagen del otro que sigue viviendo como un parásito interno, anexo al mismo Yo que tanto lo amó y con el que acabó identificándose. Cuando se ama se introyecta al objeto amado, se vuelve parte de uno mismo, pero al apartarse de él por muerte o abandono, es el propio Yo del deudo el que muere al ver amputada una parte de sí mismo. Un duelo que puede conllevar la propia muerte o la locura de por medio, se muere un poco definitivamente con cada separación de un ser amado.

Piaget intuye también que Renate es hija de Carl, no necesita ni se atrevería a preguntárselo a la doctora, pero está seguro de ello.

A pesar de que el psicoanálisis de Piaget se ha suspendido debido a que comenzaron a salir para tomar un café e iniciar más bien una relación de amistad, cosa que tiene prohibida tajantemente Freud, pues el patriarca desaprueba en sus discípulos el hecho de orillar la relación psicoanalítica a convertirse en una relación íntima, un atentado a la ética psicológica, de cualquier manera mucho de su conversación parece un psicoanálisis. No sólo es Sabina la que se sincera y le rebela al joven biólogo una gran parte de sus sentimientos y asuntos íntimos, sino el mismo Piaget, quien además de escucharla atentamente también le cuenta mucho de su relación con las mujeres. Hasta ahora, veintitantos años de edad, el genial biólogo y epistemólogo, nunca ha tenido novia.

En más de tres horas que tienen conversando, no se han dado cuenta que ya ha anochecido.

–Podemos irnos ya, es muy tarde y Renate tiene que ir a dormir…

Sabina le pide que paguen la cuenta puesto que ya tiene que regresar para acostar a su hija. Piaget llama a la mesera, esta feliz por el acercamiento con la hermosa doctora.

8

Después de varios años de psicoanalizarte y descubrir justo lo que no querías ver, confrontarte con aquello que más detestabas de ti misma, encontrar que hay zonas abominables dentro tuyo, y también hermosos paisajes internos, piensas que la etapa de Freud y los psicoanalistas, cuando menos en cuanto a tu formación en la sociedad psicoanalítica llega a su fin. Fueron duros años de asistir tres veces a la semana por la noche a los seminarios sobre psicopatología, epistemología freudiana, técnica psicoanalítica, historia del psicoanálisis. Devorar las obras enteras de Freud, Lacan, Winicot, Adler, Erikson, Klein. Casi tres años enteros de ver a Emilia Vizcaíno los martes y jueves a las 5 PM invariablemente para que auscultara y diseccionara tu psique como una anatomista experta e incisiva, y te destruyera gran parte de tus creencias y nociones más pueriles sobre ti misma y sobre tu manera de concebir tu mundo. ¡Cuánto te hicieron sufrir sus interpretaciones, pero cuánto aprendiste de ella! El mayor aprendizaje, no sólo el teórico, sino el de la experiencia, es el que te dejo ella.

Estamos en la mitad del año 2000. Tu abuela Renate falleció apenas hace siete meses. Bajo la supervisión de Emilia revisas tu relación con tu padre, tu madre, la poderosísima e ineludible influencia de tu abuela en tu vida, vives el duelo y lloras en su consultorio durante meses en lapsos de cerca de veinte minutos por la vieja freudiana muerta de un paro cardíaco. Pero Emilia te acompaña para superar la pérdida de Renate. También poco a poco, muy lenta y paulatinamente, mejoras tu relación con los hombres. Permites que se te acerquen un tanto más aquellos caballeros heterosexuales que te desean y se acercan buscando en ti no una conversación inteligente y erudita, sino admirar tus ojos, tu rostro, tu piel, el bulto erecto de tus senos y la masa crecida y compacta de tus nalgas, o tal vez sólo tu amistad.

Gracias a tu psicoanálisis aprendes, no sin bastante dolor al hacerte conciente de ello, que Renate nunca acepto del todo a Osvaldo, el joven y ferviente católico nacido en San Ignacio Cerro Gordo, en los altos de Jalisco, quien se caso con tu madre Martha. Te das cuenta de lo mucho que tuvieron que luchar tus padres para consolidar su amor y separarse de una Renate que les desaprobaba. Osvaldo estudiaba Ingeniería en la Universidad Autónoma de Guadalajara, era hijo de unos sencillos ganaderos de los Altos, personas sumamente religiosas. Su abuelo Osvaldo Limón, miembro de los Caballeros de Guadalupe fue capitán de un regimiento cristero y recorrió desde 1926 Guanajuato y Aguascalientes, hasta Huejuquilla el Alto y Zacatecas, metiendo en jaque al gobierno federal. Se confrontó con los mismos curas iniciadores del movimiento en 1931, cuando a la hora de los tiros, una iglesia católica convenenciera no dio su apoyo a los defensores de la fe, y con un clero ventajoso que negocio en las sombras con el presidente Calles el término de la guerra que sólo beneficiaba a los poderosos, sin tomar en cuenta a los campesinos alzados.

No tenía Osvaldo el ingeniero mucho que ver con una judía laica, educada por la propia Renate en el ateismo y en diversas tradiciones liberales: en los griegos clásicos, en Marx, Freud y los enciclopedistas franceses. Sin embargo se conocieron en un autobús en 1972 yendo de Tepatitlán a Guadalajara. Martha tu mamá era maestra de preescolar y trabajaba en Tepatitlán de lunes a viernes, mientras que tu padre venía de regreso de unos ejercicios espirituales en una casa religiosa del mismo pueblo, junto con su hermano rumbo a la capital del estado.

Hasta después de la muerte de Renate te cuenta Osvaldo orgu-lloso de lo que sintió la primera vez que vio a Martha, dormida en el asiento del autobús rural que los llevaba desde Tepatitlán: una mujer de tez clara, con los ojos cerrados como una bella durmiente, lo más hermoso que había visto jamás, sintió que estaba predestinado para estar con ella. Se le acerco y la despertó para decirle que tenía que darle un mensaje venido desde las profundidades de su corazón. Martha al inicio se sorprendió, luego comenzó a charlar y a reírse por la divertida conversación del ingeniero, y no pudo negarse a darle su dirección a este joven cuando llegaron a la central camionera en Guadalajara. Todo el inicio del noviazgo Osvaldo tuvo que esconderse de Renate porque la vieja detestaba a los católicos y despreciaba a la gente provinciana y conservadora. Sin embargo Martha siguió viendo a su religioso novio.

En una ocasión en que Renate acepto verlo tan sólo una vez, lo primero que hizo fue cuestionarle su catolicismo, opio del pueblo que tenía a los mexicanos alienados e incapaces según ella de vivir una revolución real como los rusos y los cubanos. Osvaldo quien no era ningún tonto ni pelele se defendió diciéndole que le respetara por favor, que él solo había venido para saludar a su suegra, no a discutir sobre religión. Entonces Renate lo echó insultándolo y diciéndole que era un idiota fanático, y él quien tampoco se quedó callado le dijo que ella era una comunista amargada e insoportable, como un trago venenoso de bilis y que no quería volver a verla. Cuando se casaron Renate por supuesto que no fue a su boda en San Ignacio en un templo católico, no comprendía ella, comunista y psicoanalista, quien vivió en carne propia los avatares del pensamiento freudiano y el destino fenecido de la izquierda internacional, cómo su hija se convertía al catolicismo y dejaba atrás toda su educación liberal.

Pero su venganza, como te hace ver durísimamente Emilia, aunque quería mucho a Renate como su amiga y compañera de religión freudiana, fue secuestrarte de tu padre. Cuando naciste pidió que le permitieran cuidarte mientras Osvaldo tenía que trabajar de sol a sol para la Comisión Federal de Electricidad como técnico y tu mamá que dar clases ahora en un preescolar en el centro de Guadalajara, para que pudieras estudiar en el colegio alemán y tener una educación bilingüe. Cinco días a la semana estuviste en casa de Renate cuidada y amada por ella, te leía las *Fábulas de Esopo, el Principito*, la *Odisea*, a Oscar Willde, te llevaba a la escuela, te alimentaba, te hablaba en francés y alemán. Fue para ella una manera de encontrar consuelo no sólo del abandono de su hija Martha, sino de una historia y una vida demasiado dura en donde todo salió exactamente como ella no quería. Primero su propia madre y dos hermanas fusiladas por los batallones de Hitler cuando la invasión a Stalingrado. El estalinismo que desvirtuó todos los valores humanistas y de reivindicación de la revolución rusa. A pesar de todo Renate siguió apoyando al gobierno ruso, aunque luego en el Kremlin la acusaron de *pequeño burguesa* y traidora por su profundo amor a Freud, ya que el psicoanálisis según los marxistas ortodoxos, no era más que un paliativo para tranquilizar la neurosis burguesa, una ideología totalmente antirrevolucionaria. Luego el triunfo innoble de Francisco Franco, la guerra civil en España, Renate apoyo incondicionalmente a comunistas y anarco socialistas en su lucha contra el fascismo. Después la muerte y desaparición de miles de republicanos y al final el beneficio absoluto de los conservadores de España; la falta de apoyo de Rusia y las negociaciones de Franco, Mussolini y Hitler con Stalin, todo era un engaño para beneficiar solamente a los poderosos.

Renate conoció en España a Oscar, un joven anarquista que luchaba del lado de los partisanos, poeta, músico, experto en explosivos. Una bomba le arrojo ácido en la cara mientras operaba con su dispositivo antes de volar un tren y fue llevado a la enfermería donde Renate, una profesora de lenguas y psicoanalista rusa, colaboraba como voluntaria con las mujeres comunistas como traductora y maestra. Acabaron casándose, fueron espías para el gobierno Ruso, estuvieron en China, en África, en Afganistán. Era inminente la monstruosidad desencadenada por los comunistas rusos, los gulags y campos de concentración, desapariciones de grandes intelectuales, científicos, artistas, persecuciones por criticar el autoritarismo del sistema, muchos de ellos amigos suyos. Renate siguió durante un tiempo en compañía de Oscar, hasta finales de los cincuenta colaborando con Moscú. Luego tuvo que huir con su marido después de defender apasionadamente el psicoanálisis de unos funcionarios fanáticos y ciegos, representantes del ministerio de educación comunista. Prefirió huir con Oscar y con sus libros de Freud de regreso a España a través de los Pirineos y de Francia, viajando en tren, a lomo de mula, caminando días enteros, cruzando campos y poblados entristecidos por guerras en las que los fines ya no estaban tan claros. Haciendo el amor con su marido cerca de una fogata a la intemperie, leyendo en los momentos de descanso a Caruso, a Walter Benjamín, a Freud, a Bakunin, los salmos, el antiguo testamento. Fue el mismo Igor Caruso y los amigos freudo-marxistas de Viena los que les ayudaron por medio de sus contactos, para que pasaran la frontera de Francia con España a través de las montañas, asediados por espías de Moscú, por fascistas españoles y por individuos de bandera roja que antaño fueron supuestos amigos y colaboradores. Un tiempo breve, seis meses en España, en Cataluña con la familia de Oscar, aprendiendo español, la atmósfera franquista era insoportable y había demasiado peligro aún, luego tuvieron que huir hacia un México que los acogió sin condiciones. Renate venía en cinta de tu madre Martha. Ya en México a los diez años de que nació Martha, Renate perdió a su marido en un oscuro accidente, quedando viuda y sola, por poco muere en el proceso de superar una enorme melancolía por la muerte de Oscar.

Creciste escuchando disertar a Renate con sus amigos españoles exiliados y con los intelectuales mexicanos y los psicoanalistas que la iban a visitar a su casa para hablar sobre Freud, sobre Aristóteles y Platón, sobre Román Jakobson, Akhmatova y Cervantes, sobre literatura y lingüística. De niña conociste en su casa a Rosa Tanco la psicoanalista colombiana, a Armando Suárez, a Raul Páramo, a Santiago Ramírez, a Octavio Paz y a Ikram Anthaki. Renate era toda una erudita que impartía clases en la sociedad psicoanalítica de Guadalajara y en el ITESO. La esperabas leyendo

Rayuela de Cortázar en la sala de su casa en el barrio de Santa Teresita mientras ella atendía su consulta en las tardes. El olor a café por las noches, su enorme biblioteca, su colección de arte, sus flores, sus canarios y periquitos, sus gatos. Sólo veías a tus padres los fines de semana.

Cuando tenías doce años y la situación económica de Osvaldo y Martha mejoró y te llevaron con ellos, de cualquier manera ibas casi diario por las tardes a ver a Renate, la amabas y te quería muchísimo también ella. Muy pronto te hiciste una radical feminista a su imagen y semejanza, leías los clásicos del feminismo desde los doce años y reprochabas a Martha su papel de madre tradicional que abandono su trabajo como educadora para cuidar de ti y de tus dos hermanas para convertirse en una ama de casa tradicional. También te confrontabas durísimo con tu padre, cualquier cosa que hacía el pobre Osvaldo la interpretabas como una afrenta y un insulto para los derechos inalienables de las mujeres, no le diste tregua ni oportunidad en todos esos años. Eras la reencarnación de Renate persiguiéndolo y acosándolo todos los días. Ese fue el mayor triunfo de tu abuela sobre tu padre. Tus hermanas comenzaron a ser influidas también por ti. ¡Cómo les estaba afectando la influencia tan dura y devastadora de Renate, sobre todo a ti! Luego, para respiro de tu familia, te fuiste a Alemania, tu abuela financió una parte del viaje, consiguió con sus contactos una beca para un internado en Alemania y el resto de los gasto los pagaron entre ella y Osvaldo para que pudieras estudiar tres años en el viejo continente. Después Argentina y la psicología.

❧

Hasta que tienes 26 años te das la oportunidad de buscar y recuperar a tu padre secuestrado por tu abuela. Después de psicoanalizarte y haberte llenado de Freud por todos lados, antes de tu partida para California, pasas más de un año hablando con Osvaldo todos los días sin parar y conociéndolo, escuchándolo narrarte las historias de la Guerra Cristera que le contaba su abuelo, contándote de su pueblo en los Altos de Jalisco, del origen de tu familia paterna mexicana. También hablas horas con Martha, por fin revalorizas su papel de madre, aprendes a cocinar porque lo detestabas, llena de conflictos con tu imagen materna y paterna, todo lo que te hiciera parecerte a Martha te resultaba abominable. Encuentras que tu sazón no es tan desagradable al preparar platillos que te enseña ella, recuperas mucho de lo más tradicional de tu familia mexicana que estuvo extraviado todos esos años y te impedía también relacionarte con los hombres. Comprendes lo sabio que es tu padre, a pesar de que no compartes su catolicismo y de que Osvaldo no es un hombre de ideas grandes ni rebuscadas sino de actos, un hombre de acción como lo fue también tu abuelo Oscar, el músico y experto en bombas. Te das cuenta que ésta inteligencia práctica le permitió enfrentarse con tu abuela y triunfar en el amor con Martha, a pesar de las oposiciones y obstáculos, y construir una pequeña fortuna de clase media para mantener a su esposa y a sus hijas. Ves con benevolencia por fin como Miriam y Rosana, tus hermanas se casan muy jóvenes, sin haber estudiado carrera universitaria ninguna de las dos, y se convierten en sendas y jóvenes amas de casa. Aunque eres el opuesto radical a todos ellos, vas encontrando que también tienes muchas cosas en común con tus padres y tus hermanas. Piensas que en cierto modo tal vez ellos han triunfado en algo que en el fondo también es muy importante para ti: en el amor, cosa en la que has fracasado varias veces rotundamente. ¿Tendrá que ver tu conflicto con tu padre y tu radical identificación con Renate, viuda, feminista, comunista y exiliada amargada, en tu fracaso en el amor y en relacionarte con los hombres? Te das cuenta que estabas como poseída por el espíritu de tu abuela y que Emilia ha hecho un magnífico exorcismo.

Capítulo 3

El vacío y la falta

Los sueños suceden en mí, son una parte mía. Todo aquello que aparece es yo mismo. Esos monstruos son aspectos míos no resueltos. No son mis enemigos. El inconsciente es mi aliado. Debo enfrentarme con las imágenes terribles y transformarlas. Comprendí que era yo mismo el que alimentaba mis terrores. Supe que aquello que nos atemoriza pierde toda su fuerza en el momento en que dejamos de combatirlo. Comencé un largo período en el que, cada vez que soñaba, en lugar de huir, me enfrentaba a mis enemigos y les preguntaba qué querían decirme.

(ALEJANDRO JODOROWSKY – La danza de la realidad)

En las páginas que siguen trataré de describir a las personas dentro de un sistema social o "nexo" de personas a fin de comprender algunas de las maneras en que cada persona afecta la experiencia que cada una de las otras tiene de sí misma y del modo en que la interacción toma forma. Cada uno contribuye a la realización, o a la destrucción del otro.

(RONALD LAING -El yo y los otros)

1

Mi propio psicoanálisis no comenzará sino hasta mucho después que el tuyo.

Regreso en 1999 a Guadalajara, tras una estancia que se extendió más de lo previsto en la Universidad Centro Americana, UCA, con sede en San Salvador. Ahí Chuy y yo conocemos a Mauricio Gaborit, el jesuita director del departamento de psicología y algunos de los discípulos del psicólogo social y también sacerdote jesuita Ignacio Martín-Baró, asesinado durante la dictadura militar en 1988 junto con Ignacio Ellacuría, el célebre teólogo de la liberación y otros profesores de la UCA.

Estamos más de dos meses conviviendo con estudiantes y maestros salvadoreños, con jesuitas, religiosas y psicólogos que aplican la psicología social de la liberación esbozada por Martín-Baró. Aprendemos que los psicólogos latinoamericanos durante décadas no hemos hecho más que importar teorías creadas en Europa y Estados Unidos y muchas de ellas para oprimir a otros o para segregarlos, como el conductismo norteamericano y la psicometría.

Me obsequian dos obras capitales de Martín-Baró: *Acción e Ideología y Sistema, Grupo y Poder:* psicología genuinamente latinoamericana.

Aunque teníamos que estar sólo los dos meses que duran las vacaciones de verano, permanecemos casi tres meses tan sólo en el Salvador, participando en simposios, dando y asistiendo a charlas, participando en densas fiestas, bebiendo aguardiente, ron, fumando hierva salvadoreña, comiendo puerquito al horno, plátanos asados y frijoles. Los salvadoreños nos cuidan demasiado bien y están muy interesados por lo que hacemos los psicólogos mexicanos.

Luego un vuelo a la ciudad de Guatemala para participar en un foro sobre psicología de la pobreza. Chuy se enamora de una monja nicaragüense que está con nosotros en el foro.

Cuando cruzamos a México desde Guatemala a través de Tapachula Chiapas por un puente de madera con todo y monja, Margarita ya sin hábito, a quien Chuy convenció de venirse con él, ha pasado tres meses desde que salimos de nuestro país.

Yo cruzo la frontera marihuanísimo, bebiendo un aguardiente que nos regalaron en Guatemala y fumando una hierva que me traje desde San Salvador, con riesgo de que nos atrapen los militares y policías que custodian la frontera de ambos países. Si antes me acercaba un poco por curiosidad, con intensiones místicas, de autoexploración y rituales a la marihuana, en estos meses me hice demasiado adicto. Hace un mes y medio yo debía estar en Guadalajara en la Universidad para asistir a clases porque mi último semestre de la carrera ha comenzado. No obstante Chuy me invita a recorrer Chiapas con algo de dinero que nos dieron en la Universidad Centroamericana por impartir unos talleres psicológicos. Visitamos la zona chamula, San Cristóbal de las Casas, vamos a los municipios zapatistas, conversamos en La Realidad con algunos de los alzados. Chuy se mueve como pez en el agua. Cruzamos hacia Tabasco y nos estamos un par de días más en Villahermosa antes de tomar un autobús hacia la Ciudad de México y por fin a Guadalajara.

ও

Adolfo está muy enojado con nosotros puesto que tardamos mucho más de lo previsto, su explosión lo lleva además de gritarnos miles de insultos por abandonarlo cuando apenas estaba en formación Sinapsis, a echarnos a Chuy y a mí del grupo político.

Para el fin de mi licenciatura en psicología Chuy y yo en compañía de varios amigos con intereses en la psicología social y la psicología teórica en general, comenzamos a reunirnos en seminarios y pequeños grupos de discusión para analizar la obra de Martín-Baró, para revisar los textos de Freud, de Alberto Merani, Henri Wallon, Jacques Lacan, Marx, Vygotsky y Alexander Luria. Yo llego a la conclusión al Igual que Augusto Comte, el joven Marx, Miguel de Unamuno, Octavio Paz, Edgar Morin, Rouseau y Tolstoi que la educación de los hombres y la revalorización de toda la cultura humana, es lo único que puede salvar a un pueblo de la pobreza y la ignominia.

En la época de nuestra graduación, hacia el final de nuestros estudios en psicología, Adolfo termina su periodo presidencial aislado, frustrado y en el olvido, su intensión de proyectarse hacia las altas esferas de la política universitaria fracasa. Termina rodeado tan sólo por algunas de sus guapas admiradoras quienes siempre giraron en torno suyo, eventualmente ellas se van también de su lado. Ante la falta de oportunidades laborales en nuestro país, Adolfo se verá obligado a cruzar la frontera con los Estados Unidos para trabajar como inmigrante ilegal en una fábrica de herramientas. Cada uno de los miembros de Sinapsis seguiremos nuestro camino por separado.

◈

En ese tiempo de finales de mi último semestre de la universidad decido ir para Zacatecas a buscar de nueva cuenta a Isabel. En toda mi estadía fuera del país nos mantuvimos en contacto mediante cariñosos correos electrónicos, la llame cuando menos una vez a la semana desde San Salvador y luego desde San Cristóbal de las Casas y Guadalajara. No obstante tampoco hay nada claro al respecto de qué tipo de relación sostenemos a la distancia. Abordo un autobús de segunda que atraviesa la carretera federal a Colotlán, a través de varios pueblos del Norte de Jalisco y sur de Zacatecas durante más de ocho horas, hasta que me encuentro de nueva cuenta con su hermosa y amada capital.

Al reencontrarme con Isabel la siento un poco distante. Pasaron casi cinco meses desde la última vez que nos vimos. Personalmente en todo este tiempo he tenido inmensos deseos de estar con ella, sin embargo también tenía que vivir todo lo que me ha pasado en los últimos meses y caminar lo recorrido.

Isabel se comporta rara, como si no me conociera, lo cual es cierto de alguna manera. Pues no es más que la verdad, apenas nos hemos visto una sola vez en la vida, nos besamos una noche medio ebrios y drogados, y nos enviamos durante todo ese tiempo prolongados *e-mails* donde nos confesábamos ante el otro, nos platicábamos toda nuestra vida, nuestros sueños, pasiones No obstante el impacto de vernos cara a cara y ya no solo a través de la Red y el teléfono es totalmente distinto a lo que esperábamos.

Recorremos el centro de Zacatecas, me lleva al museo Francisco Goitia, el que tengo muchas ganas de conocer desde la primera vez que vine. Está ubicado en una antigua y suntuosa casa que albergo al gobernador del estado durante décadas. Ya dentro, el cuadro de El Colgado que tienen ahí es el que más me impresiona. Isabel me cuenta que Goitia ató un cadáver de verdad de la rama de un árbol y espero a que se descompusiera y a que los zopilotes hicieran lo suyo con la rapiña. Luego, al final del proceso de putrefacción, cuando no quedaban casi más que los huesos, el viejo pintor, con su barba y su melena enormes, como San Juan Bautista, se dio a la tarea de trazar una de sus obras más enigmáticas. A cualquiera que lo vea por primera vez le produce escalofríos y también fascinación.

Al salir del museo, frente a la fuente de un hermoso parque, sin previo aviso la tomo por la cintura, rodeando el lindo abrigo que lleva puesto en torno a su talle perfecto que me mata de deseo, y le doy un profundo beso. Hay algo de tensión inicial en ella pero al final acaba cediendo ante mis labios hambrientos.

–Tengo novio…

Me dice al desprenderse de mi boca, todavía entre mis brazos, con un tono de voz moroso, como queriendo no decírmelo pero no teniendo más remedio que hacerlo.

–Vente conmigo…

Le respondo veloz, queriendo no escuchar eso que me duele aunque no lo quiera.

–¿A dónde quieres que me vaya….?

–Conmigo a Guadalajara…

—Pero no tienes trabajo… ¿De qué viviríamos…?

En los últimos meses Isabel comenzó a pintar de un modo cada vez más profesional, con toda la intención de vivir de su obra en cuanto sea posible, dentro de dos días tendrá su primera exposición. Sinceramente sus cuadros no me gustan, parece imitar un surrealismo a lo Frida Kahlo y a lo Leonora Carrington de manera descarada y poco original. A pesar de todo no lo hace nada mal, no obstante lo que pienso en aquella época y que no deseo rebelarle, es que aunque tiene talento y es hábil, le falta sobre todo mucho por vivir y por aprender de las experiencias en la vida antes de sentirse una artista consolidada. La misma Leonora Carrington no logro sus mejores obras sino hasta que padeció un brote de locura después de la muerte de su primer marido Es seguro que a mí también me falta mucho por vivir todavía antes de sentirme psicólogo y escritor profesional.

—Estoy dando clases de inglés en una de las preparatorias de la Universidad de Guadalajara y en cuanto me titule comenzaré a dar clases de psicología en una universidad particular, en el ITESO con los jesuitas. ¿Cómo ves…?

Agrego orgulloso para convencerla.

Veo que no le desagrada la idea del todo. Pero su novio, ¿qué hará con él?, piensa la pobre, siempre pensando demasiado y explicándoselo todo a sí misma con tanto detalle.

Por medio de un prolongado beso no permito que diga nada más, sólo la contemplo, hermosa como la dejé antes de irme, creo leer su mente al ver sus ojos brillantes viajar hacia la parte superior de su rostro y luego cerrarse, siento que la conozco demasiado bien, de antes, de siglos atrás. No hablamos nada más y nos separamos. Me da un besito breve parando sus labios contra mi boca al despedirse. Estoy seguro de que le sembré el gusanito de la tentación. El resto de la tarde, la noche y la mañana siguiente no la veré, seguramente tiene que ver a su novio, ir con su maestro de pintura, trabajar, ver los pormenores de su exposición que se aproxima. De mi parte decido permanecer en Zacatecas hasta después de la exposición.

Me hospedo en el hostal las Margaritas, muy cerca de la catedral, en la parte del centro que más me gusta, me cobran barato y no me dicen nada por el olor a marihuana. No quedamos de vernos sino hasta el día siguiente por la tarde, después del medio día para comer. Llevo varios libros y una buena dotación de maría oculta en el fondo de una botella de *shampoo*. Camino durante toda la tarde hasta el anochecer por el centro de Zacatecas, escuchando en mi estéreo portátil de discos compactos el *Dark side of the moon de Pink Floyd*, el *Vitalogy* de *Pearl Jam* y el *Dynamo* de Soda Stereo.

Subo a pié el cerro de la Bufa hasta el Museo de la Revolución y contemplo fascinado los retratos de Pancho Villa y sus dorados durante la toma de Zacatecas. La historia también es una de mis paciones junto con el psicoanálisis, la literatura, el rock, la marihuana, Zacatecas e Isabel.

A las cuatro me como una *bagette* de lomo canadiense, camino un poco más, visito una librería y una tienda de discos, adquiero el *Tapestry* de *Carole King*, su disco más exitoso y de mejores líricas y el *In útero* de Nirvana, sinceramente el mejor de esta banda, con los cuales me acompañare esas largas horas, solo, en una ciudad que no es la mía.

A las siete me encierro con una botella de vodka Oso Negro que compré a bajo precio en una vinatería y otra de jugo de mango. Estoy leyendo uno de los *Seminarios* de Lacan sobre la técnica psicoanalítica y los *Diálogos* de Platón que me encantan. Forjó en el interior de mi cuarto del hostal un cigarrito de marihuana y vierto en un vaso de papel una parte de jugo de mango y otra de vodka. Me quito los zapatos, enciendo mi cigarrito y un tabaco sin filtro. Me quito los zapatos y me desabrocho la camisa de lana a cuadros que llevo, me tiendo sobre la cama con Platón, doy un trago a mi baso de jugo con vodka, una fumada a la mota, otra al tabaco y me sumerjo con interés en Fedro, el diálogo que habla de la muerte de Sócrates, del amor platónico y de la trasmigración de las almas. Tengo la impresión como algunos especialistas, que Fedro fue el más apasionado amante de su maestro Sócrates, y quien más parece lamentar la inminente ejecución del anciano.

Conforme Platón en voz de Sócrates me describe la manera en que las almas van recordando sus aprendizajes previos, la reminiscencia, y reencontrándose con almas gemelas de otras vidas, pienso en Isabel. Me parece que su situación es distinta a la de hace cinco meses, ya no es una chamaquita que le pide permiso a su mamá para salir, ni una ingenua estudiante de artes plásticas, ahora está muy ocupada y con una gran claridad acerca de su futuro como artista. Una parte de mí teme que dado el tipo de vida que tiene Isabel ya tan construido en su ciudad no quiera venirse conmigo, no obstante otra parte de mí, mi lado siniestro, mi otro yo, mi cerebro animal, mi nagual, presiente que sí puede apoderarse de esta muchacha y llevársela consigo. La otra opción es venirme yo a vivir acá, pero no hay muchas opciones de empleo para mí en Zacatecas.

El humo de la marihuana, en particular de esta que me consiguió un alumno de la preparatoria es muy pesado, me marea un poquito y satura el techo de mi cuarto en el hostal. Sin embargo no dejo de atizarle ni de encender un tabaco tras otro ni de dar tragos a mi vaso. Estoy subrayando con una pluma roja un pasaje de Platón sobre el amor cuando mi puerta se abre.

La densa cortina del humo en mi habitación se rompe para dejar pasar su amplia melena suelta y azabache. No sé porqué pero no me sorprende que haya llegado hasta aquí. Cierra la puerta tras de sí, camina como un tigrillo rapaz y bello, salta sobre mi cama y se precipita sobre mi boca. Esta vez no desaprovecho, la abrazo, la beso, dejo que se pose sobre mí, introduzco mi mano helada por el frío zacatecano debajo de su blusa, acaricio su estómago esbelto y tibio, sin un gramo de grasa, mis dedos caminan como duendecitos hasta ubicarse en el contorno de sus pechos y saltear la barrera del sostén. Son unos senos pequeños, pero erectos como el cerro de la Bufa que es un diminuto volcán. La circunferencia de sus pezones se amalgama contra mis labios anhelantes, huelo el sudor sobre su vientre, mi lengua topa y se entretiene con el ombligo al descender en el inframundo. Su sexo huele a sudor, debió venir caminando desde su trabajo en el museo Rafael Coronel hasta aquí, es muy cerca del hostal pero se tiene que subir muchas pendientes para llegar. Gime cuando le acaricio el gatito lanudo de su sexo, que me araña y me muerde conforme interactúo con su carne.

–¿Venías bien preparado verdad…?

Me dice al verme colocar con avidez el preservativo que traigo en mi morral de cuero. La verdad es que vine con toda la intención de llevarme algo más que buenas impresiones de la ciudad.

જ

Su exposición resulta mucho menos concurrida de lo que pensaba la pobre, a pesar de una gran inversión en tiempo repartiendo invitaciones elaboradas con sus propias manos como manifiestos surrealistas, haciendo llamadas, confiando en sus amistades, parientes y conocidos, muy pocos le responden.

Su novio es un trozo de grasa blancuzca que se desplaza con dificultad y sin el menor encanto por la galería. Es un actuario que le presentaron unas primas, mira los cuadros de mi querida Isabel como si fueran ideogramas extraterrestres que le hablan en un lenguaje ininteligible el cual lo deja pasmado. Me conoce tan sólo por los comentarios que seguro no dejo de hacer estos meses sobre mí su novia, ni se imagina que ayer ella durmió conmigo: Isabel, a la que según él está esperando caballerosamente para que le entregue su virginidad cuando esté lista. Se me acerca y me estudia con discreción, una parte de él, su inconciente sabio, muy oculto en su interior, verdaderamente muy guardado en el fondo de su enorme cabeza, parece presentir la irremediable ruptura con su chica y mi huida con ella. Pero aún ni siquiera lo sueña el incauto. Si todos nosotros hiciéramos mayor caso a la sabiduría de nuestro inconsciente, a nuestro *Yo Superior*, nuestro cerebro primitivo ubicado en el tálamo y el hipotálamo, quienes lo saben ya todo de antemano, nos ahorraríamos mucho sufrimiento en la vida, cosa que pronosticaron muy bien el buen Platón, Freud y Jung.

La exposición se lleva a cabo en la entrada del teatro Calderón, un antiguo edificio para espectáculos públicos de bella arquitectura afrancesada. Son pocos los que van verdaderamente a admirar sus cuadros, los cuales no están nada mal, se ve que puso todo su amor y empeño en su obra mi querida Isabel. La veo de lejos, observando las miradas de los asistentes, con ojos esperanzados, con el deseo de que se venda por lo menos alguna obra. Luego se satura la estancia y el mezanine del lugar, llegan demasiados comensales que asistirán a la función de las siete en el teatro, hoy se presenta un conocido y patético hipnotista y las masas se preparan para saturar su espectáculo. El novio no deja ahora de estar cerca de ella, parece un perro faldero, un cachorro rondando a su madre para que no lo abandone. Siento que ya no tengo mucho qué hacer ahí, el novio no me permitirá acercarme tanto como quisiera, tal vez no es mi momento con ella, tal vez todo fue tan sólo una colorida ilusión. Es mejor retirarse, aunque me da pena no poderle brindar apoyo en un momento al parecer difícil.

Durante la exposición llevo mi cabello largísimo agarrado en una cola para parecer un poco más formal, pero conforme camino y regreso rumbo a mi hostal con el fín de pasar la noche, fumar hierva, escuchar música y dormir para tomar el autobús de las siete de la mañana hacia Guadalajara, lo suelto para que se libere a sus anchas, en una enorme y poderosa mata greñuda. Paso junto a la catedral sacudiendo mi melena leonina, me conmueven como siempre sus grabados barrocos, el aroma de maderas preciosas que emana de su interior. Traigo en mi estéreo portátil el disco compacto de *Carole King* que compré un día antes: *It's too late baby, now darling, It's too late...* Me dice la buena de *Carole* en la tercera canción del disco, ya lo sabía también yo, le respondo a la *Carole King.* Siempre he vivido en medio de la época que me toco vivir y el tiempo de los hippis. *I don't live today,* tal cual recitaba Jimi Hendrix en 1967, siempre estoy escuchando a los grupos de rock contemporáneos, pero también seducido por el rock de los sesenta y setenta, con nostalgia y obsesión por años perdidos que no me correspondió vivir. Escuchando a Nirvana pero también a Eric Burdon, a Santana y a Frank Zappa, leyendo lo último de Edgar Morin y de Octavio Paz, pero también a los viejos marxistas y a los teólogos de la liberación. Intentando resucitar anacrónicas utopías de tiempos y héroes perdidos.

En eso, una mano delgada se posa sobre mi hombro y me sujeta cariñosa. No sé cómo, pero se le escapo a la masa grasosa de su novio y a los pocos asistentes a la exposición. Sus labios nerviosos y entristecidos por todo lo que han vivido el día de hoy, me besan con una ternura que me desvanece por dentro. Busca consuelo ansiosamente en mí, por supuesto que se lo doy rodeándola con mis brazos, besando luego su cabello, su boca, su nariz, su frente, su cuello, su tercer ojo, el globo de sus párpados cerrados.

Nos arrastramos mutuamente hasta el hostal tan rápido como podemos, cerramos por dentro la habitación con seguro. Enciendo una porrito de marihuana, ella mezcla vodka con jugo de mango que quedo de ayer. Quemamos, bebemos, se desnuda sin inhibiciones, me encuero, mi cabello se derrama sobre su rostro como la telaraña de una viuda negra atrapándola cuando me coloco sobre ella. Me inclino para ensartarla con el báculo de alquimista de Carl Jung. Grita. No sabe que difícilmente podrá escapar ya de mí, o yo ignoro ser como el macho de la araña capulina, quien al acoplarse frenético por detrás de su pareja, desconoce que será devorado por ella para el bien de la especie. Me ofrece en otro instante en posición de decúbito sus nalgas, como una monita en celo, no muy voluminosas pero perfectamente redondeadas y suculentas. Avanzo sobre su trasero, aprehendiendo sus dos glúteos contra mi pubis, al igual que la roca cuando Merlín introdujo la espada en la piedra, para que sólo un hombre puro de corazón pudiera volverla a extraer.

ℰ℘

En la madrugada, todavía despiertos, recostados en mi cama del hostal escuchamos con un solo audífono cada uno a mi querida *Carole King*:

I always wanted a real home with flowers on the window sill

But if you want to live in New York City, honey,

You know I will.

I never thought I could get satisfaction from just one man.

But if anyone can keep me happy, you are the one who can

And where you lead, I will follow.

Traduzco para ella la lírica de una canción de *Carole King* que adoro: *Where you lead*, porque no conoce mucho el inglés, y me escucha muy atentamente, con las pupilas incendiadas. Mi dedo le acaricia el interior de su ombligo, el vientre y un pezón moreno. Luego lanzo, tomándola desprevenida una pregunta para mí acuciante:

−¿Te vendrías conmigo a Nueva York, a Jerusalén, a Praga, a Guadalajara, preciosa…?

2

El escenario para una psicoanalista y para una judía en general no es muy alentador en la Rusia de inicios de los treinta.

Antes de la revolución no tenían los judíos el derecho a estudiar una profesión liberal por prohibición de los zares y los gentiles, sólo podían poseer modestos comercios y ostentar puestos medios de la administración pública. Ahora después de la revolución, cuando los burgueses y los nobles ya no controlan el gobierno ni la educación, sigue habiendo un racismo y un antisemitismo muy sutil y disfrazado. Simplemente son los supuestos obreros quienes extienden una nueva ola de tiranía y prohibiciones.

El psicoanálisis al inicio es visto de cualquier manera con mucha desconfianza por los comunistas ortodoxos y fanáticos, pero no es el caso sólo de Rusia, el resto de Europa continúa mostrando aversión y temor hacia aquella teoría que habla sobre la sexualidad y el erotismo infantil: "¡Qué infamia asumir que un recién nacido ya posee impulsos sexuales hacia el pezón de su madre!" Dicen los espíritus tradicionalistas y retrógrados. Freud es condenado por unos y amado con locura por otros.

Los primeros años de Sabina en Moscú son bastante duros: su madre murió hace poco, noticia que le hizo tomar la decisión de dejar Zurich y marchar con su hija de regreso a su país. Antes de partir le entrego a un Piaget, triste y enamorado, una serie de cartas y documentos que guardo en secreto de la época de su ruptura con Carl Jung y de la conspiración con la complicidad de Freud para dejarla. Cartas de Jung y Freud en las que se revela por un lado el amor que hubo entre ella y el psiquiatra suizo, por otro un cambio radical en la actitud de Carl que se tornó indiferente, los ruegos desesperados de ella, y la participación de Freud como un elemento a favor de la separación. También le entregó a Piaget documentos epistolares de sus intercambios con Jung sobre la teoría del ánima que podrían ser la evidencia de un plagio premeditado de parte de Carl, o por lo menos un no reconocimiento de la autoría de la judía. Otras cartas con Freud posteriormente para negociar su ingreso a la sociedad psicoanalítica de Viena. Una relación de amor y odio, años de encuentros y desencuentros entre Sabina y el psicoanálisis.

Piaget pensó que había suficiente información como para comprometer públicamente a dos de las más importantes figuras del psicoanálisis, sin embargo, por petición de ella decidió guardarlos en su apartamento de Zurich, y no serían encontrados sino hasta cincuenta años más tarde. El pobre biólogo, cuando se despidió de ella sintió que se iba una parte suya, sin embargo también aprendió muchísimo sobre psicoanálisis, y se quedó como recuerdo de su amistad con la judía, con un profundo respeto hacia la teoría de la *libido freudiana.*

જ

Esos años de finales de la década de los veinte, Sabina intenta ejercer el psicoanálisis en la Rusia estalinista. Monta una consulta en su departamento y comienza a lograr cierta fama, los miembros de su comunidad, por lo menos los judíos que conocieron a su padre rabino y los hijos de estos, son los primeros en asistir a psicoanálisis en la Rusia comunista.

Por otro lado la religión no es bien vista por el gobierno rojo, aunque sigue habiendo celebraciones con discreción. Ella asiste a la sinagoga habitualmente, lanza sus oraciones al igual que sus correligionarios, penetra en las sagradas escrituras, pero también domina el psicoanálisis gradualmente más y más con la práctica y la lectura.

Pero este período no dura mucho: para su desgracia llega una prohibición tajante desde las altas esferas del gobierno. Moscú y el comité de educación comunista por fin asumen una actitud definida contra el psicoanálisis, acusándolo de ser antirrevolucionario y burgués. Su aplicación, la posesión de libros de Freud y sus alumnos, siquiera mencionar su nombre es por completo prohibido. Las perspectivas de Sabina son tristes y poco esperanzadoras.

Sin mayor alternativa se dedica a dar clases de idiomas y literatura en la sinagoga, viviendo de las contribuciones de los miembros de su comunidad y del rabino quien la emplea también como secretaria y traductora. Pero no todo es negativo: los judíos, por lo menos muchos de los miembros de los círculos que rodean a Sabina, empiezan a pensar en Freud como un nuevo Moisés. Cada vez surgen más adeptos del psicoanálisis entre judíos y no judíos.

En las sombras, a escondidas como los primeros cristianos en las catacumbas de la Roma pagana, Sabina imparte seminarios sobre Freud. Los alumnos aumentan con los meses y también aportan sus contribuciones económicas como pago por el conocimiento freudiano: judíos simpatizantes, comunistas de mente abierta, artistas, científicos deseosos de conocer las aportaciones del psicoanálisis.

A sus seminarios, impartidos en su apartamento a altas horas de la noche, asisten algunos de los más importantes cerebros rusos, muchos de ellos en franca oposición al dictador Stalin. Por ahí desfilan Ana Akhmatova, la inmensa poetiza rusa y su marido etnólogo, quien al regresar de uno de sus viajes de África es detenido y luego asesinado en un campo de concentración en Siberia en represalia por sus críticas al gobierno.

La fama de la freudiana pronto hace que reciba una importantísima invitación de trabajo por parte de otro psicólogo judío.

∾

Lev Semionovich Vygotsky tampoco tuvo al inicio de su vida muchas oportunidades. Deseaba estudiar literatura o medicina antes de la revolución, pero las prescripciones antisemitas le obligaron a conformarse tan sólo con la normal para profesores. Su madre políglota desde muy pequeño le enseñó a leer y hablar en inglés, francés y alemán con los poetas: Heine, Cervantes, Shakespeare, Schiller y Goethe. Su padre, un funcionario medio de gobierno poseía pese a los no muchos recursos económicos, una enorme biblioteca de la cual abrevaban sus hijos. Recibió a los inicios de su educación enseñanzas particulares mediante el método socrático de parte de un gran talmudista y filósofo. Ya en la etapa de juventud se introdujo de lleno en el mundo del teatro y la literatura, es por medio de la profundización en el lenguaje escénico y de la poesía que llegó a la psicología. Su primer libro: *Psicología del Arte* ya es toda una obra maestra de erudición e intuiciones psicológicas geniales, aunque Vygotsky aún era muy joven cuando lo publicó.

Influido por la poética rusa de Tolstoi y Dostoyevsky, por las ideas pedagógicas de Rouseau y los primeros escritos psicológicos de Piaget, a quien tradujo él mismo directamente del francés, comenzó a realizar experimentos y observaciones con niños en jardines de infantes.

Contrariamente a Piaget, descubrió que el lenguaje no surgía de los niños por sí mismo obedeciendo a leyes naturales inherentes a la psique infantil. Sino que observó que tanto el lenguaje y el pensamiento eran procesos por completo de origen social, surgidos de las relaciones sociales y las interacciones de los niños con los adultos y otros niños.

Aunque Vygotksy es a cada paso más dialéctico y más marxista en sus teorías que muchos de los incultos funcionarios de gobierno, quienes ni siquiera lo leyeron pero son capaces de asesinar por la ideología socialista, acabo siendo acusado de psicólogo y artista burgués. Tuvo que desplazarse entre varios empleos mal pagados, como profesor de educación básica, soportando discriminación y persecuciones. Hasta que consiguió un puesto en Bielorrusia como jefe de una clínica de defectología. El contacto con niños deficientes: retardo mental, sordera y ceguera le permitió aplicar y desarrollar mucho más sus teorías. Entonces publicó otro libro: *Fundamentos de Defectología*, donde plantea una serie de explicaciones y propuestas para la educación de sujetos con deficiencias físicas. Es aquí cuando su inmensa curiosidad le hace leer y traducir las obras hasta entonces publicadas por Freud, sin importarle las prohibiciones al respecto. Entonces su interés lo lleva a escuchar hablar de una psicoanalista judía que vive en la capital.

જી

Lev Semionovich usa el cabello casi al rape, como soldado, tiene unos inmensos ojos de gato, almendrados en los dos extremos de su cara semítica. Viste siempre con pobres pero presentables trajes y corbatas. Sus seminarios impartidos a colegas y alumnos en el Instituto de defectologia de Bielorrusia siempre están abarrotados de jóvenes que acuden para conocer sus teorías histórico-culturales sobre la psique humana. Es una suerte de antropología de los procesos mentales, una arqueología de la mente que revolucionará todo el conocimiento psicológico. Vygotsky afirma en contra de los filósofos y psiquiatras quienes hasta ahora tenían en su poder las cátedras de psicología en toda Europa, que la psicología es una ciencia independiente, despertando polémicas acaloradas y sentimientos encontrados. El psicólogo hace citas en alemán, latín, inglés, francés, conoce toda la filosofía, toda la literatura y toda la psicología que se ha publicado hasta entonces, es una enciclopedia con pies. También está enfermo de tuberculosis desde hace años.

Sabina escuchó que Vygotsky es uno de los hombres más guapos y brillantes de Rusia. Sin embargo esto no le preocupa tanto como el trabajo de desplazarse desde la capital Rusa con su hija Renate que ya es adolescente, sus libros y el resto de sus pertenencias, dejando atrás a sus dos hermanos y a su comunidad judía.

Cuando se conocen, a Sabina le fascina su inteligencia y carisma. En ocasiones se pregunta si este novel psicólogo ruso no podrá llegar más allá que el propio Freud, puesto que todo apunta a que su teoría supere al psicoanálisis. Al inicio su relación es estrictamente profesional puesto que Lev Semionovich es un hombre demasiado serio y formal, parece un caballero del siglo diecisiete. Pero luego Vygotsky, interesado sobremanera en el psicoanálisis se permite una relación amistosa con Sabina, para entonces él ya está casado con una psicóloga de su grupo de discípulos. Lev Semionovich inaugura tan sólo para que Sabina se incorpore a la clínica, el Departamento de Neurosis y Psicosis Infantiles, al cual la asigna como directora. También es invitada a participar en los seminarios didácticos que se practican semanalmente en la clínica. Los discípulos del joven maestro se fascinan con las teorías de Freud que les muestra la judía. Vygotsky al escucharla piensa en la posibilidad de ampliar su propia teoría para abarcar el estudio del *inconsciente y de la pulsión de muerte* descubiertos por Freud, que hasta ahora no han sido abordados por sus investigaciones sobre el pensamiento y el lenguaje. Ahí está Alexander Luria, colaborando y aprendiendo con Vygotsky, encargado del área de trastornos cerebrales, pero también muy interesado en el psicoanálisis. Igualmente Leontiev, el futuro premio Lenin por sus investigaciones sobre el desarrollo de la personalidad desde la teoría de Vygotsky. La hija del maestro Vygotskaya quien no deja de estar cerca de su padre aunque es muy joven, estudiando y colaborando en los experimentos.

എ

Entre los discípulos de Vygotsky Sabina conoce a un psicólogo unos doce años mayor que ella: Pavel Scheftel, antiguo alumno de Ivan Pavlov y también judío.

En todo ese tiempo Sabina no ha dejado de pensar en Carl. Mientras estudió con Freud yendo a Viena cada mes, escribió varios artículos donde insistía en la posibilidad de crear una teoría capaz de conjuntar los aportes jungianos y freudianos, buscando las semejanzas entre ambas teorías en lugar de acentuar las diferencias. Pero el pensamiento de Sigmund Freud evolucionó cada vez más rápido y radicalmente, primero de la teoría de la *represión sexual*, esbozada a partir del análisis de sus pacientes histéricas, hacia la explicación de las enfermedades mentales por medio del *complejo de Edipo*. Freud, uno de los hombres con mayor capacidad de autocrítica que hayan existido, desechó una y otra vez sus propias teorías con tanto trabajo estructuradas en una época, para desarrollar otras mejores que superasen a las otras. De modo que resultó imposible para Sabina alcanzarlo en su desarrollo teórico. Para las últimas fechas el pensamiento de Freud evolucionaba hacia una especie de sociología cultural del inconsciente, inspirada en la crítica hacia los movimientos fascistas y nacionalistas que ya sacudían toda Europa y preparaban el escenario para la segunda guerra mundial. De esta época surgieron obras como *Psicología de las Masas y Moisés y la Religión Monoteísta*, donde queda más que esclarecida la genialidad de Sigmund. Al final los artículos y las reflexiones de la doctora quedaron guardados en los archivos de Piaget y no verían la luz hasta muchísimo tiempo después.

Scheftel se acerca para pretender a la judía y ella no se resiste. No lo encuentra demasiado atractivo: un hombre entrado en los cincuenta, con la barba canosa y una panza que sobresale de la bata blanca de clínico. El hombre aunque gruñón a ratos, le resulta simpático y dulce. Después de un cortejo de un par de meses se casan. Sabina hace el amor con el hombre sin demasiado apasionamiento pero sin dejar de sentir cariño y ternura. Nunca más volverá a ser presa de pasiones tan poderosas como cuando conoció a Carl. Tienen en los primeros cuatro años otras dos hijas: Karine y Karla a las que Renate les lleva más de diecisiete años.

കൗ

Por su parte Renate se involucra con las juventudes comunistas, la chica se distancia cada vez más de manera definitiva de la religión en la que nacen ella y su madre, y no volverá a los libros sagrados más que por curiosidad intelectual. Asimila a todo Marx y Lenin, coloca en su habitación un retrato del Padre

Stalin, como le llaman los jóvenes comunistas. Aborrece como la mayoría de los comunistas ideologizados al psicoanálisis, sostiene con su madre calurosos debates que no dejan de acabar en gritos y llanto, donde habla con desprecio de Freud y sus aportes sin haberlo leído, tan sólo recitando las críticas que ha escuchado de sus camaradas. Sabina no la entiende, dividida y ocupada con su familia y su trabajo en la clínica. Renate consigue una ansiada beca universitaria y no quiere desaprovechar la oportunidad de marcharse a Moscú a estudiar idiomas, literatura y música, y dejar una aburrida Bielorrusia donde no hay nada para ella. Sabina no sin mucho dolor le permite irse, quedándose ella al cuidado de su marido y sus otras hijas.

⁊

Se acerca el fin de los treintas. La clínica de Bielorrusia es clausurada y Vygotsky acusado de antirrevolucionario. El maestro despide a sus colaboradores con tristeza y continúa trabajando ahora de manera independiente. Los discípulos se dispersan, Leontiev y Luria marchan hacia la Universidad de Moscú. Lev Semionovich Vygotsky, un espíritu que nunca dejo de superarse a sí mismo al igual que Freud, quien al final de sus días estudiaba un doctorado en medicina con su más preciado discípulo, Alexander Luria, es alcanzado finalmente por la tuberculosis. Después de una jornada de trabajo y estudio durísima, consumido por el trabajo extenuante y las persecuciones, se detienen sus pulmones. Muere a los 39 años, demasiado joven, es el Mozart de la psicología. Tras su muerte los funcionarios del Gobierno Rojo retiran de la circulación sus obras, su lectura al igual que la de Freud queda prohibida tajantemente. Tan solo algunos de sus discípulos y en especial la hija, Vygotskaya, guardaran sus manuscritos para que sean conocidos cuando la pesadilla estalinista termine. Los movimientos fascistas y nacionalistas cobran cada vez mayor fuerza, como el advenimiento inevitable de un monstruo devorador de hombres. Se reviven antiguos odios en toda Europa, el gobierno republicano en España apenas puede sostenerse, Franco prepara el ataque, Hitler y los nacionalsocialistas ganan adeptos y poder; son liberados rencores religiosos y raciales como demonios salvajes; algunos líderes oportunistas asumen discursos incendiarios y violentos contra los judíos y los comunistas, toda Europa parece que reventará.

Son demasiadas penalidades: la falta de empleo, las persecuciones, decepciones. Pavel Scheftel es derrotado por la locura, sufre un ataque de esquizofrenia y Sabina tiene que internarlo en el psiquiátrico de un hospital comunitario. Ahí, al lado de lunáticos, frenéticos y agitados locos, muere tan sólo dos meses más tarde, en medio de convulsiones y sacudidas cerebrales, el viejo psicólogo sin haber superado la psicosis. Sabina se retira definitivamente de la práctica del psicoanálisis, se refugia en la religión y en el cuidado de sus hijas.

3

La *compulsión a la repetición*, término acuñado por Freud para explicar la necesidad del neurótico o del histérico de arrojarse una y otra vez sobre los mismos síntomas a lo largo de años, incluso a pesar de estar conciente de ello, parece quedarte a la medida.

A ratos, aparentemente no sirvió de mucho, piensas, tantos años de analizarte a ti misma y asistir con Emilia a su consultorio, porque de todos modos te sientes estancada emocionalmente. Y eso te pone triste, nerviosa y desesperada, con ganas de volver a la casa del barrio de Santa Teresita, como cuando vivía Renate, te escuchaba y te daba consejos frente a una deliciosa taza de café, acompañada por los trinos de sus canarios, sus ojos atentos y su charla paciente y cariñosa. O volver con tus padres a la Colonia Providencia en Zapopan, y decirles que mejor te regresas a Guadalajara y que no quieres estar más en los Estados Unidos.

❧

Al llegar a California y encontrarte con Julieta la española, quien también estudiara la maestría en antropología, te refugias en un inicio en tus libros, en abrazar obsesivamente las tareas y pasártela todo el día trabajando en los cursos, aunque tampoco los puedes disfrutar del todo. Nuevamente te dan miedo los hombres heterosexuales que se te acercan atraídos por tu belleza: compañeros antropólogos de Francia, Turquía, la India, Egipto, Colombia, Brasil. El conjunto de la masa estudiantil de la UCLA es de lo más heterogéneo y multirracial. Te sientes como al inicio de tu adolescencia: temerosa del contacto con los hombres, al mismo tiempo que atraída por ellos.

Cuando menos acuerdas ya te hiciste amiga de un antropólogo mexicano y homosexual, quien nada más de verte supo que contigo entablaría una confianzuda y sincera amistad: Fernando, un diminuto y moreno azteca, nacido en la capital de tu país, con una acento musical y afeminado al hablar, que te permite identificar su procedencia de un barrio bajo del norte de la ciudad.

El problema es que ahora estás conciente de todas tus taras y contradicciones, lo que te hace sufrir más al retornar involuntariamente hacia tus viejos patrones de comportamiento de antaño. Pero tampoco puedes escapar ni abstraerte de lo que has sido por veintisiete años.

Pasas una crisis de adaptación de más de seis meses con depresión y dolores de cabeza, en lugar de estar contenta como quisieras por asistir a los seminarios de los discípulos de Harold Gardfinkel que tanto añorabas, donde aprendes métodos etnográficos y cualitativos. Tu proyecto de conjuntar los métodos antropológicos con el psicoanálisis, uno de tus más ambiciosos sueños: practicar etnopsicoanálisis, se posterga muchos meses después de iniciada la maestría, aunque hace tiempo que tendrías que estar trabajando en tu tesis.

Julieta comparte la habitación de estudiante contigo, se te acerca para tratar de consolarte porque siempre estás triste, te encuentra llorando un día dentro de la regadera y no desaprovecha la oportunidad. La española se desnuda sin que te des cuenta mientras tus lágrimas caen con el agua, y se introduce al escuchar tus sollozos. Cuando menos acuerdas sientes sus manos como los tentáculos de un calamar gigante, acariciando tus senos enormes que siempre la han vuelto loca. Piensas por un segundo en el grabado medieval pagano que Jung publicó en su libro: *Los Símbolos de Transformación de la Libido,* de una mujer joven copulando con un pulpo.

Contrariamente a la reacción de rechazo que esperarías en otro momento, a tu cuerpo parece gustarle ese tipo de contacto innoble, tus pezones le responden anhelantes y erectos cuando los rozan los tentáculos de sus dedos largos. Pasa sus manos por todo tu cuerpo, te unta de jabón los pechos, la espalda, el sexo, los pies, y luego te besa toda. Mordisquea cuidadosa tu clítoris y te lame interminablemente el sexo, la ingle, el ano. No sabes porqué pero no te resistes, lo que padeces te hace estremecer, tiemblas y gimoteas, te sacuden hondos escalofríos.

Por primera vez en tu vida durante la vigilia y no en sueños, experimentas un verdadero orgasmo: después de acariciarte Julieta durante eternos minutos, toda tú, adormecida por la histeria y los miedos, como si fueras su estatua sagrada de una diosa griega, te introduce los dedos índice, anular y medio hasta donde le alcanzan sus largas extremidades de pianista. Gritas de dolor y de un picante placer orgásmico por completo nuevo y desconocido hasta entonces. La estatua sagrada de Julieta llora cuando eyaculas sobre su rostro lascivo.

જી

Durante días tratas de aparentar que no ocurrió nada y de evitarla. Curiosamente se han ido la tristeza y los dolores de cabeza, puedes concentrarte mejor y tu mente está más clara. Te das cuenta que los cursos de antropología, etnociencia, evolución humana y cultura te fascinan. Julieta adopta una actitud más fuerte y posesiva sobre tu persona que hasta ahora ignorabas de ella, trata de alejar de ti a las compañeras norteamericanas y a una francesa que querían amistar contigo, o tal vez te deseaban también. Sólo tolera al pequeño Fernando, por quien parece sentir especial simpatía. Es sólo entre homosexuales, piensas, que puedes funcionar mejor. Pero ya no estás tan triste. Avanzas con buen ritmo en tu tesis, preparas tu trabajo de campo que será una investigación sobre la relación con la figura paterna en mujeres universitarias jóvenes de México.

Una noche, después de acostarte en la madrugada tras una jornada de duro trabajo intelectual, Julieta se mete en tu cama, no se han dicho nada al respecto, tu no quieres enfrentarla, pero no eres capaz tampoco de rechazarla, te molesta su actitud posesiva, pero también, hasta cierto punto te gusta. No sabías lo que eras capaz de sentir bajo las caricias de otra mujer. Estás confundida con respecto a qué sentir y cómo proceder. A pesar de todo te das tiempo de reflexionar como buena investigadora psicoanalítica: ¡La enorme cantidad de sujetos que no deben ser en realidad homosexuales!, sino simplemente seres confundidos, carentes de amor, que se atreven a experimentar con su propio sexo por tal de recibir afecto y cariño de quien sea. Sin tomar en cuenta desde luego, piensas también, a los homosexuales de nacimiento, quienes desde pequeños se sintieron atraídos por las personas de su mismo sexo. En tu caso, vuelves a meditar, es el vacío, el miedo, la confusión, las ganas de ser acariciada por alguien y el miedo enorme a los hombres, aunque te encantan.

Julieta olisquea tu tanga a la altura de la ingle mientras permaneces inmóvil. Luego, morosamente comienza a acariciarte el sexo con su nariz griega sin retirarte la ropa interior.

—Este pastelito es mío…

Te susurra con su acento madrileño que suena tan diferente a cuando estaban en Argentina y pensabas que era heterosexual.

Te lame el pubis por un lado de la tanga y luego va recorriendo tu ropa interior, rozándote con cuidado tus partes que ella ya identifica como más sensibles, te estremeces. Lame sin apresurarse al encontrarse en pleno con tu carne, y encuentran sus labios tu clítoris a quien ya conocen. Luego introduce su torso entre tus muslos, se desliza dentro de ti hasta que su sexo afeitado contacta con el tuyo, su homónimo, y te frota con él. Gira y se retuerce: tú y ella son un par de medusas marinas, una danza de dos seres asexuados de otra dimensión. Dos organismos no compuestos de células ni estructuras proteínicas, sino de energía pura.

❧

Cuando se despierta en tu cama y descubre la pobre que has mudado tus libros y todas tus pertenencias a otra habitación, y una hora más tarde le asignan una nueva compañera de cuarto en los dormitorios universitarios, sentirá ganas de matarte. Pediste cambio de habitación. ¿Porqué te le fuiste ahora que creía que por fin eras suya? Le es muy difícil perdonarte, tardan casi un año en volver a hablarse.

Tú regresas a México por ocho meses para iniciar tu trabajo de campo y entrevistar a mujeres estudiantes de universidad e indagar sus relaciones paternas. Te concentras en la población de chicas que asiste a una universidad privada, cuyas alumnas y egresadas solían ir a tu consulta psicoanalítica.

Con la investigación encuentras cosas fascinantes: tu caso no es aislado, hay muchas mujeres con abiertos conflictos hacia la figura paterna. En una enorme cantidad de familias parece haber una conspiración para aplastar a *la figura del padre*. Las madres de familia de una importante cantidad de casos, provenientes de entornos patriarcales, ahora se han convertido en tiranas que controlan y castran a los varones de sus propios hogares. Los padres en las familias son reducidos a muebles y a simples proveedores, cuando no son autosuficientes las esposas y prefieren mandarlos al diablo. Te haces conciente del discurso feminista que satura los medios de comunicación y es aprovechado por el mundo comercial y los políticos ignorantes y oportunistas, contribuyendo a educar mujeres dominantes, incapaces de relacionarse equilibradamente con los hombres.

Por otro lado los varones se vuelven sumisos, feminizados, débiles, extremadamente frágiles y dependientes. Los roles tradicionales parecen invertirse. El universo conspira para acabar con la imagen masculina tradicional.

También te das cuenta que las consecuencias son horrorosas: las chicas inmediatamente asumen al iniciar un noviazgo o matrimonio, una actitud dominante al igual que sus madres autosuficientes y liberadas en apariencia, y los hombres, castrados y ambivalentes no saben cómo relacionarse con ellas.

Las relaciones de pareja duran demasiado poco, los sexos opuestos se tienen poca paciencia entre sí, no se entienden, hay multitudes de mujeres jóvenes y hermosas, solas, divorciadas, vírgenes a edades maduras, frustradas, desesperadas, con tumores en los ovarios y la matriz por represión y desuso. Muchos varones al no tener alternativa experimentan relaciones homosexuales por confusión, ignorancia, falta de afecto. Otros recurren como desde la antigüedad a las prostitutas por ausencia de alternativas. La gente se consuela, o trata de olvidar sus deseos y pasiones comprando objetos inútiles de manera compulsiva: autos, ropa, colecciones de objetos novedosos e inservibles, de los cuáles se aburren al poco tiempo de adquirirlos. Las relaciones afectivas están a la venta, al igual que un par de zapatos nuevos o un bolso; pocos noviazgos duran más de uno o dos meses, los matrimonios, con suerte superan el año de duración, los divorcios se incrementan. El cáncer crece principalmente en órganos de reproducción: ovarios y testículos; también la depresión y la melancolía. Oleadas de sujetos insatisfechos y tristes, una nueva generación de seres asexuados, sombríos y consumistas.

ജ

Es aquí cuando germina la idea, además de terminar tu tesis, de escribir una novela para adolescentes que retrate tus experiencias personales y científicas: *Sicky teens* parte 1.

4

Vivimos casi dos años como en un paraíso para enamorados, hasta antes de que todo se vaya al diablo. Nos mudamos junto con Chuy y Margarita la monja, a una casa vieja en el centro de Guadalajara, en la calle San Felipe, cerca de la preparatoria 1 de la Universidad de Guadalajara. Chuy y la monja se quedan con todo el piso de arriba, donde mi cuate ensaya con su grupo punk y con otro de cumbias y baladas para tocar en fiestas, del cual obtiene sus principales ingresos. Mi chica y yo nos quedamos con todo el piso de abajo, espacioso, con un patio interior enorme sembrado de macetas con rosales, malvas, gardenias y crisantemos a las cuales gustamos de regar y cuidar.

Tenemos un perro gigantesco y lanudo que encontramos desde cachorrito abandonado en la calle, crece bajo nuestros cuidados y nos encariñamos con él: Caballo lo bautizo por sus enormes ancas.

Isabel se dedica a pintar de tiempo completo a excepción de los ratos en que deja sus lienzos y dibujos para prepararnos la comida. Yo trabajo en una preparatoria de la Universidad de Guadalajara por las mañanas, como profesor de inglés, psicología y literatura. En las tardes voy al ITESO en el tren para impartir clases de historia de la psicología, filosofía y epistemología. Por las noches pasamos largos ratos con Margarita y Chuy bebiendo tequila, fumando marihuana, comiendo frijoles y tocando la guitarra.

Chuy termina de enseñarme a construir mis propios acordes en el instrumento musical y algunas escalas para hacer acompañamientos. Hago una traducción del inglés al español para una editorial mexicana independiente, del célebre texto: *Psicoanálisis de los Cuentos de Hadas* de Bruno Betelheim, la cual disfruto mucho. Con el dinero me compro una guitarra eléctrica *Fender Stratocaster,* blanca como la de Jimi Hendrix y un modesto amplificador. La estabilidad emocional que me brinda la compañía de Isabel durante un tiempo, y el trabajo me permiten volver a escribir cuentos y novelitas breves como ejercicios literarios, además de canciones acompañadas por mi guitarra nueva.

Isabel consigue exponer en una galería de la Colonia Chapalita y vende dos cuadros, nunca la he visto hasta ahora tan contenta, con el dinero me compra un abrigo nuevo que adivino debe costarle bastante dinero y nos invita a cenar a todos.

 espace

Con el transcurso de los meses también descubro mi ambivalencia hacia la relación de pareja. En ocasiones soy demasiado manso y poco seguro con Isabel, permitiéndole que tome algunas de las decisiones más importantes con respecto a la casa, la manutención, los gastos, el manejo del dinero. Al principio creo que no me importa. Luego sin darme cuenta le doy el control del sexo: después de hacer el amor, cuando ella ha terminado, le permito dormirse satisfecha mientras yo no he logrado aún desahogar toda la carga de mi energía libido y semen acumulados en el cuerpo. Ella logra el éxtasis y yo me preocupo y esfuerzo tan sólo por satisfacerla y tenerla contenta. Ignoro porqué, pero el temor a que pueda aburrirse de mí e irse me ataca de forma irracional.

Me producen miedo y enojo las miradas lujuriosas de los amigos de Chuy que la contemplan pintar en el patio desde el piso de arriba, esos músicos punks y cumbiancheros que vienen a los ensayos. Pero tampoco puedo hacer nada. Después trato de esforzarme por recuperar el control y la fuerza en mí mismo mediante enojos y celos infundados, tratando de manipularla, haciéndome la víctima y el mártir ante ella. Eso la enoja muchísimo y también sin que me dé cuenta, le va dando más y más poder sobre nosotros, poder que tampoco ella está preparada para manejar. En un momento determinado ya no me permite tomar la iniciativa para hacer el amor y terminamos haciéndolo sólo cuando ella quiere, tiene ganas o le indican sus hormonas.

Mi consuelo es tornarme hacia los porros de marihuana que aumentan su quemazón en nuestro patio, y leer desaforadamente densos textos psicoanalíticos y filosóficos. Acaricio la idea de volver a El Salvador a estudiar una maestría en psicología social comunitaria. Pasamos más de un mes sin tocarnos, ella pintando como enajenada, mejorando su estilo, obsesionada con sus obras y yo coleccionando discos compactos de todos los grupos de rock progresivo y alternativo que no pude comprar durante mi humilde adolescencia de jardinero. Me refugio con pasión en las lecturas de mis psicólogos y filósofos. Creo ilusoriamente que recurriendo a mis amados autores podré encontrar la respuesta para mejorar esta relación que se vuelve cada día más agria y dolorosa. Es una época de mucha acumulación de conocimiento pero de bastante dificultad para aplicarlo en mi propia vida.

Isabel comienza a reírse de mí, a portarse sarcástica y a regañarme como si fuera su niño frente a mis amigos. Margarita intenta hacerse su cómplice y aplicársela igual a mi amigo Chuy, pero mi querido punk lo maneja con mucho más carácter: hijo de un anciano zapatero, don Pancho, para quien a pesar de sus ochenta años aún su palabra es ley en su casa y con sus hijos, Chuy se encarga de ponerla en su lugar incluso frente a nosotros. Isabel acaba aborreciéndolo y primero se queja conmigo de su machismo y misoginia, pues según ella no deja a la monja expresarse. Ingenuamente le doy la razón a ella. Al poco tiempo acaban peleándose y mi chica le prohíbe a mi querido cuate bajar a fumar marihuana conmigo por las noches. Estoy entre la espada y la pared, Isabel no era así, todavía no me doy cuenta que he contribuido a convertirla en un monstruo abominable. Ahora yo soy el que sube hacia el piso de Chuy a quemar con él y sus amigos, me brinda consuelo escuchar su música y las conversaciones alegres de sus músicos.

El acabose ocurre cuando un buen día Isabel sube a buscarme y me grita frente a ellos para que baje, pues le desagrada que fume hierba y menos al lado de Chuy. Mi amigo interviene defendiéndome pero Isabel se pone enloquecida de enojo, la desconozco, le tengo miedo, acabo cediendo ante mi mujer y me retiro con humillación frente a los amigos.

Las relaciones en la casa pierden su añorada armonía inicial, hasta el Caballo, nuestro perro está triste. Cada vez puedo estar menos tiempo sin fumar marihuana. En las escuelas donde trabajo tengo que refugiarme en los lotes baldíos donde nadie me ve, o acercarme a los adictos irremediables para que me compartan a escondidas su material.

Se corre el rumor que un par de maestros y unos alumnos hemos quemado hierba en la cancha de fútbol de la Universidad. Los tiempos ya no son como en los setenta cuando los pachecos éramos bien vistos y le brindábamos personalidad a las instituciones educativas, son tiempos de intolerancia, la globalización pretende homogeneizar y hacer iguales de superfluos a todos los jóvenes.

Ocurre un cambio importante: durante los años noventa la marihuana que consumíamos era cultivada de manera un poco más natural, en macetas de las casas de pequeños distribuidores. O si llegaba del gran mercado del narcotráfico, de cualquier manera se sentía su calidad y pureza. Luego con el arribo a las drogas sintéticas nos dimos cuenta que la maría que nos vendían estaba mezclada con alguna sustancia extraña, se corrió la voz de que la rociaban con éter y gasolina blanca. Antes, cuando fumabas podías trabajar a pesar de haberte metido incluso medio cigarro o un porro entero, ahora unos cuantos toques producían mareos, alteraban la capacidad de mantener la atención y sobre todo la memoria: nos olvidábamos de trabajar y cumplir con nuestras responsabilidades. Se trastornaba nuestra capacidad de vivir el tiempo y el espacio. No quiero decir con esto que no tenga culpa de manera personal por haber comenzado a descuidar mi trabajo, desde luego que tuve muchísimo que ver yo mismo por mi falta de voluntad y carácter ante las circunstancias que se me presentaban, pero la calidad de la droga contribuyó mucho a distraerme de mis compromisos y trabajo. Durante los noventa mientras estudiaba psicología investigué con interés sobre las repercusiones físicas y mentales del consumo de la marihuana: los reportes aseguraban que era inofensiva e incluso terapéutica, no estaban documentadas secuelas psiquiátricas o físicas. Pero a partir del 2000 nos dimos cuenta que algunos conocidos y varios de nuestros amigos se iban para los psiquiátricos medio locos. Al parecer, con los años la maría era uno de los factores asociados a la manifestación de psicosis tóxicas y esquizofrenia, sobre todo si existían antecedentes familiares. Luego un boletín del New York Times en el 2000 señalaba la relación de la maría con los síntomas psiquiátricos de pacientes jóvenes. El temor a la locura se apodero de mí nuevamente.

જી

En el mes de Junio del 2002 Isabel me rebela estar embarazada. Se alegra muchísimo por el asunto, pues siempre ha dicho que su mayor ilusión es tener hijos, en especial hijas, y vuelve por un par de meses a estar nuevamente cariñosa y tolerante conmigo. Se disculpa con Chuy y éste con muchas reservas, las acepta, más por mí a quien siempre ha apreciado desde la facultad, por mantener la armonía en la casa y con Margarita, que por respeto a Isabel, a quien es evidente que detesta.

Pasamos seis meses cuidándola, recupero mi interés en el trabajo y dejo de fumar hasta por plazos de dos semanas enteras sin volver a quemar nada.

Ahora Isabel inicia por recriminarme porque al parecer yo no estoy contento con su embarazo. Me dice según su percepción, que ella es la única embarazada, en estos días está de moda señalar sobre una pareja: "están embarazados", en plural como si el hombre también llevara en su vientre parte del nuevo ser. No quiero negar la importancia de involucrar al padre en el proceso de gestación, pero es devastador lo que hacen los medios de comunicación con la gente al tratar de enseñarle lo que debe o no debe ser. Efectivamente también existe ambivalencia de mi parte con respecto a la paternidad. Desde que éramos niños escuché a mi hermano Hilario hablar sobre cómo le gustaban los niños pequeños, jugaba a arrullar muñecos de peluche y perros que se dejaban abrazar. Pero yo soy completamente distinto. Tampoco me desagrada la idea y actúo en consecuencia ahorrando dinero para pagar el hospital de maternidad y todos los gastos que se avecinan, estoy pendiente de ella, pero es verdad, no salto de gusto, me tomo las cosas con demasiada naturalidad. Isabel llora y se deprime, en parte por la susceptibilidad del embarazo y en parte por mi supuesta indiferencia. Nada de lo que digo puede convencerla de que sí me importa el hijo.

A los siete meses sabemos que es niña, el estudio médico revela la realidad del sueño más preciado de mi chica: una hija. Vienen nuevas recriminaciones por mi supuesta falta de entusiasmo, me dice que nunca me he acercado a tocar su pancita como los buenos padres, es verdad, lo hago y de todos modos chilla porque no es de manera espontánea.

✑

Para el mes de Diciembre del mismo año, antes de las vacaciones de navidad me busca Chuy con urgencia en la escuela de psicología del ITESO. El embarazo se ha complicado y se llevaron a Isabel al Hospital Civil. Volamos en un taxi atravesando toda la ciudad desde el periférico. El médico, un estudiante de ginecología nos anuncia que se perdió la niña, tuvieron que aplicarle un legrado para extraer los restos de la hija que ya estaba muerta y putrefacta en su vientre. Isabel padecía hipotiroidismo sin darse cuenta y un desequilibrio hormonal provocó la muerte de la criatura, intoxicada con los propios fluidos biológicos de la madre. Luego el médico de piso corrobora que llevaba varias semanas muerta, era un cadáver desde hace casi un mes. Es verdad, Isabel se quejaba de que hace semanas no se movía la niña.

Si nada de lo que yo pude hacer o decir durante los meses anteriores sirvió para demostrarle mi interés y convicción en el asunto, ahora ni siquiera me permite hablar. No me contesta, me ignora, gélida e indiferente desde su cama de interna cuando tomo su mano y le hablo.

—Es tu culpa, no la deseabas….

Son las únicas palabras que atina a pronunciar con total certeza.

Es el colmo, pienso, por fin despierto: me he cansado del asunto. Una charla previa la noche anterior con mi padre Jardinero, don José, un hombre entero, sencillo y trabajador, esculpido a la antigua, me hace tomar distancia de la actitud agresiva de Isabel. Mi padre me aconsejo no permitirle que me maltrate ni humille, e ignorarla cuando trate de involucrarme en sus emociones destructivas. No sé cómo, pero por fin, a los veinticuatro años valoró la habilidad de mi padre, hombre sencillo y fuerte para haber mantenido un matrimonio por más de treinta años con dos hijos, sin perder el rumbo con su mujer, o recuperándolo cuando fue necesario.

Me alejo y la dejo sola antes que comience a recriminarme y agredirme nuevamente con su actitud. Soy responsable por el trato que me da, no por el aborto, aunque trata de hacérmelo ver así, lo entiendo ahora perfectamente: he permitido que las cosas se tornaran de esa manera al no mantener mi dignidad en pié. Me mantengo cerca de ella pero a la distancia, tratando de encontrar los pensamientos que me fortifiquen ante esa situación. Sé que Isabel tiene razón tan sólo en una parte: ignoro completamente porqué, pero no puedo sentir nada ante la pérdida de la criatura. No lo lamento, no me alegro tampoco, pero no lo lamento.

5

Al principio rechaza el estudio de la literatura inglesa aunque ya domina el idioma gracias a las enseñanzas de su madre desde que era muy niña. Es un abierto prejuicio hacia los norteamericanos y los ingleses, prejuicio debido a su educación comunista. Pero cae en sus manos por recomendación de su extraño profesor de literatura, Virginia Wolf. *La señora Dalloway* la seduce: su manera de contar la vida de una mujer simple, sus bellas descripciones de la feminidad en mínimos retazos de existencia, en breves recortes de ficción que son capaces de expresar tanto de la vida de una mujer. Renate se siente culpable por quedar tan fascinada y conmovida ante la vida burguesa de las damas en Inglaterra, sin embargo el lenguaje de la novela le transmite algo conmovedor, poético y universal.

&

El profesor: Cuasimodo, como lo apodan los crueles estudiantes es un ángel justiciero: duro e implacable para analizar un texto, o para atacar un argumento infundado de algún estudiante poco preparado, como un topo afanándose sobre la montaña, con riesgo a ser denunciado por sus propios alumnos entre quienes hay espías de Moscú. Les habla de T. S. Elliot, William Blake, Goethe, de Walt Whitman, también de Freud. El hombre mide poco más de un metro noventa y tantos de estatura, lleva unos lentes del grosor de un garrafón que hacen parecer sus ojos diminutas hormigas, desde donde controlan, cual macho alfa, la totalidad de su clase. Nada ni nadie se le escapa, es temido y respetado.

Aún a pesar que el comité de educación comunista prohibió la lectura y difusión de aquella literatura catalogada como burguesa, Cuasimodo siguió enseñando por amor y por obligación moral a muchos de los autores considerados tabú, a quienes adoraría hasta la muerte aunque no fueran del agrado de los comunistas.

Cuasimodo fue soldado en las filas que acompañaron a Lenin con los bolcheviques triunfantes al término de la revolución, participó como traductor y oficial de cierto rango en el Ejército Rojo, y su fe inicial en la revolución de Octubre lo hizo abandonar una carrera como intelectual que prometía bastante.

Apoyó luego a Trotsky en su oposición contra Stalin, fue su secretario, su amigo íntimo y tradujo sus obras al alemán para que se difundieran en Europa, compartía con el gran León el amor por la literatura y el sueño de extender un comunismo humanista y justo por todo el mundo. Después de la traición de Stalin y la persecución a Trotsky, tuvo que huir en numerosas ocasiones a lo largo de toda Rusia, evadiendo la muerte y los campos de concentración, también escribiendo bajo seudónimos y promoviendo a la literatura como método de análisis científico y humanización.

Volvió a Moscú para ocupar un modesto puesto de profesor en la Universidad bajo un nombre falso. Publico de su propia pluma varios estudios sobre teoría literaria donde proponía su genial hipótesis de la *multiplicidad de voces* en el lenguaje, la cualidad del habla humana y de los textos literarios de evocar al mismo tiempo a miles de personajes y a diversas obras en un solo párrafo, lo que le gano fama y respeto a pesar de considerársele un intelectual ruso poco ortodoxo. Sus obras salieron primero con el pseudónimo de Boloshinov, luego como Bajtín. Ahora precisamente se le conocía en la universidad como el profesor Bajtín, famoso por su estudio publicado sobre la *Psicología del Personaje en la obra de Dostoyevsky*. Este texto fue el que hizo que Renate se animara a inscribirse inmediatamente en sus cursos.

෨

Boloshinov, Bajtín o Cuasimodo, llamado así por la curvatura discreta en su espalda. Hoy les habla precisamente sobre el carácter de los personajes en la literatura: el miedo en el *Ulises* de James Joyce, la moral burguesa de *La señora Dalloway*, la ambivalencia de *Ana Karenina*, el tema del otro Yo en *Crimen y Castigo* de

Dostoyevsky y en el *Señor Jekill y Mr. Hide*, de Stevenson. De ahí pasa inevitablemente a Freud.

El psicoanálisis no le interesa en su vertiente terapéutica, él mismo se declara como un esquizofrénico incurable en plena clase, los alumnos sueltan carcajadas, Renate padece una mezcla de interés y fascinación. El tipo es un actor nato, un narrador genial. ¡Cómo se embebe en sí mismo cuando les lee el *Canto a Mí Mismo* de Whitman a los jóvenes estudiantes! Él mismo es la máxima expresión de la *multiplicad de voces*, al escucharlo hablar se asiste a un espectáculo donde confluyen la literatura, la lingüística y la psicología, entremezclándose hasta volverse una coctelera inquietante y deliciosa.

Freud le interesa por sus aportes al estudio de la personalidad, de los cuales retoma varios puntos para sus propios análisis sobre el carácter de los personajes en la obra literaria. De hecho no es benevolente con el psicoanálisis, presenta ante los estudiantes de su clase de literatura, sin piedad ni consideración alguna, un listado preciso de todas las limitaciones que él encuentra en la obra freudiana. No saben estos jóvenes e ingenuos comunistas que con esas reflexiones, Bajtín prepara una de sus más importantes obras dedicadas al padre del psicoanálisis. El profesor conoce todos los textos de Freud de principio a fin. También admite ante sus alumnos todas las bondades del método freudiano, a ratos parece absolutamente convencido de la ineludible genialidad de Freud. Los jóvenes comunistas no pueden rebatir sus argumentos poderosos y eruditos, la visión de Cuasimodo es objetiva, justa y enciclopédica.

Renate siente la curiosidad de sumergirse en la obra que por décadas ha inspirado e influido la vida entera de su madre. Curioso que no un psicoanalista sino un profesor de literatura sea quien la incite a hundirse en sus raíces familiares freudianas.

Al finalizar la clase, Bajtín se acerca con la chica, una de sus estudiantes más disciplinadas y bellas. Mira a Renate desde los densos diamantes de sus gafas:

–Tengo un trabajo para ti… Sé que te gustó mucho Virginia Wolf, leí tu ensayo sobre su novela y es muy atinado… ¿Sabes bien inglés no…?

–Me enseñó mi madre a hablarlo…, pero bien, bien, no…

Dice tímidamente la muchacha. La verdad es que se siente halagada por el acercamiento inusual de Cuasimodo, lo admira y le atrae de algún modo.

–¿Bien, bien… eh?

Agrega el hombre.

℘

Se trata de *The Voyage out*, la primera novela publicada por Virginia Wolf. Bajtín consiguió un original en inglés con sus derechos de publicación por medio de sus contactos en el exterior, aunque la autora no goza de las simpatías de los ministerios de cultura y educación soviética. Quiere que Renate la traduzca al ruso para hacerla circular entre sus colegas: algunos amigos, alumnos cercanos, intelectuales de confianza, mentes que han sabido mantenerse libres de la enfermedad ideológica del sistema. También le entrega un original escrito a mano, firmado con su pseudónimo: Boloshinov.

Renate contempla el título: FREUDISMO, UN BOSQUEJO CRÍTICO.

–¿Sabes también francés no…? –Le dice Cuasimodo.– Quiero que me hagas el favor de traducirlo perfectamente al francés, necesito enviarlo cuanto antes a los colegas en París. Te pagaré bien.

Casi parece una orden. La voz del profesor refleja estar acostumbrado a mandar. Nadie más que su pequeña hija de diez años vive con él, nadie más que la niña y su inmensa biblioteca. Se rumora que la esposa lo abandonó debido a la vida de persecuciones y penalidades que gozaba al lado de un intelectual sospechoso por sus ideas enemigas del sistema, y por su amistad con Trotski. También se rumora que lo abandonó por su mal humor.

La chica se pone manos a la obra. Primero trabaja con entusiasmo en el libro de la inglesa, la novela le encanta. No puede creer cómo se conmueve tanto con un autor prohibido por el sistema. Cada martes y jueves por la noche asiste a la casa del profesor a contarle sobre sus avances. En tres semanas, realmente muy rápido, termina con Virginia Wolf y comienza a traducir el libro escrito por Boloshinov al francés. Es un análisis desde la perspectiva del profesor que condensa años de estudio sobre Freud desde la perspectiva de alguien ajeno a la disciplina psicoanalítica y la psicología.

Aunque se presentan en el trabajo severas críticas al psicoanálisis, el profesor le tiene demasiado respeto y admiración a Freud.

Coincidentemente en esos días, en el departamento en que vivían cuando estaba con Sabina en Moscú, Renate encuentra un tesoro entre algunos documentos dejados por su madre antes de la partida a Bielorrusia. Son los dos volúmenes en alemán de *La Interpretación de los Sueños* que su progenitora daba por perdidos y que tanto lloró, son de la primera edición, dedicados por la propia pluma y mano de Sigmund Freud a su madre: "Con cariño a una gran amiga y estudiante."

La caligrafía finísima y cuidadosa del patriarca le hace pensar y contactar a la distancia con Sabina. ¡Qué increíble fortuna que alguien tan importante le haya autografiado personalmente uno de sus libros!, piensa Renate y la posee la nostalgia al recordar a su madre, cuánto la quiere, cuánto ha luchado y sufrido la pobre Sabina por defender las cosas que ama. Hace mucho que no le escribe por cierto, enojada sin saber porqué contra la religión judía y con el psicoanálisis.

Le envía una carta a su madre y a la semana recibe respuesta: Renate está encantada con el descubrimiento y más aún porque la hija le cuenta que comenzó a leer los dos tomos de Freud, con reservas pero sin dejar de sentir interés. Sabina la alienta entusiasmada y le recomienda otros trabajos del patriarca para continuar con el conocimiento del psicoanálisis: sus *Estudios sobre la Vida Sexual y Duelo y Melancolía*, como dos trabajos fascinantes.

୧

Al término de la traducción, cuando Bajtín envía a Francia su manuscrito y entabla deliciosos diálogos con la muchacha al respecto de Freud, los martes por la noche, es acusado por un estudiante anónimo ante la policía rusa de *enemigo de la revolución*, categoría más ambigua y confusa, piensa aún con buen humor Cuasimodo.

Una noche que Renate se dirige a la casa del profesor para visitarlo, encuentra a dos sujetos vigilando la casa a varios metros de distancia. Los reconoce, son estudiantes, miembros de las juventudes comunistas, también espías. No tiene miedo, piensa, mira a uno de ellos directamente a los ojos hasta que el chico se inhibe y baja la mirada, como diciéndole, "el traidor eres tú…" Y toca la puerta, Melisa, la hija de Bajtín es quien le abre:

—¡Pasa, pronto…!

Le susurra la chiquita con su dedo índice sobre los labios.

Boloshinov se prepara para desplazarse con sus libros, sus apuntes, su bello gato persa y su niña. Esa noche saldrá en tren ayudado por algunos amigos con rumbo a Suiza, de ahí transbordará directo a París donde lo espera su editor al francés y amigo, Louis. Dejará a Melisa al cuidado del editor y su esposa y luego irá directo a España. La guerra civil estalló: comunistas, anarquistas y hombres justos de todo el mundo como los de la Biblia, están viajando hacia allá para luchar contra el fascismo y ayudar a los republicanos.

Irá como traductor: los países hermanados con el ejército republicano están enviando armamento, explosivos, medicina y alimentos en conserva con instructivos y nombres en ruso, polaco, checo. Cuasimodo es experto en lenguas eslavas, también sabe alemán, es el traductor al germano de *Literatura y Revolución* de Trotsky. Nadie mejor que él puede prestar sus conocimientos al ejército republicano. Le sugiere, sin decirlo directamente, subrepticiamente a la muchacha que lo acompañe. No es un sentimiento erótico ni amoroso el que los une, Bajtín no piensa en ella como una amante o una esposa, es simplemente la inteligencia y el encanto natural de la muchacha lo que le incita a solicitar su presencia y su amistad. Renate acepta, prácticamente ha terminado sus estudios superiores en arte y humanidades, es hablante de cuatro idiomas, su ayuda resultará igualmente útil como maestra y traductora. Acuerdan encontrarse cerca de Barcelona en un mes. La muchacha irá a visitar a Sabina por un par de semanas antes de alcanzarlo por tren.

Capítulo 4

Las ciencias sociales contra la sociedad

En el hombre, el desarrollo de la personalidad se produce a tropezones, es aleatorio, incierto y requiere traumas, pruebas, riesgos, sufrimientos. Los ritos de iniciación de las sociedades arcaicas ritualizan y "normalizan" el paso al estadio adulto mediante pruebas del cuerpo y del espíritu. (…) Tal es, sin duda, el sentido del Edipo: poco importa aquí que se trate de un síndrome antropológico o limitado a nuestra civilización: lo importante es que al menos haya una civilización en la que el niño encuentre en forma de trauma, en un determinado estadio de su desarrollo, el problema de la transformación de su relación con su padre y su madre: en unos la prueba será la ordalía que autorizará la expansión sexual: en otros dejará un bloqueo duradero; puede incluso que en la mayoría la crisis edípica sea a la vez rebasada pero no superada.

(EDGAR MORIN: El Método II: La vida de la vida)

El historiador, que descifra un jeroglífico trazado en una piedra, en las profundidades de los siglos desaparecidos. El médico establece el diagnóstico de la enfermedad a base de unos pocos síntomas. Tan sólo en estos últimos años va superando la psicología el temor ante la valoración cotidiana de los fenómenos y aprende por minucias insignificantes –residuos del mundo de los fenómenos como dijo Freud, quien pedía mayor atención para la psicología de la vida cotidiana–a descubrir con frecuencia importantes documentos psicológicos.

(LEV SEMIONOVICH VYGOTKSY –Método de investigación)

1

Si como precisa Edgar Morin, la necesidad de superar el complejo de Edipo no es una misión universal compartida por todas las culturas humanas, a la que tengan que enfrentarse la totalidad de los hombres en cualquier sociedad. Pero sí es bastante universal como insiste el teórico francés, la necesidad de pasar por un *trauma de iniciación*, como prerrequisito para llegar a un periodo de madurez en su vida. La circuncisión, los rituales con plantas sagradas y hongos alucinógenos, los viajes de iniciación inscritos en los mitos de prácticamente todas las culturas; traumas de separación de la familia y los padres, incestos simbólicos y reales, ritos de introducción a grupos y sectas de las más variadas costumbres; muertes espirituales y resurrecciones, procesos alquímicos de transmutación; hablar con los muertos como Hamlet; multiplicación de los alimentos, transformación de la materia en espíritu; luchas intestinas contra dragones y monstruos: el mito del héroe con que tanto insistió Jung; creación de oro; contacto con el más allá, invocaciones, exorcismos. Todos hacen referencia obligada utilizando los más diversos lenguajes, a lo largo de toda la historia humana, al trauma de nacer, crecer, desarrollarse, integrarse sexualmente con el otro, madurar y saber cuándo es momento de morir.

Entonces el complejo de Edipo es para nuestras culturas occidentales, el trauma inicial, el doloroso proceso de iniciación que tenemos que vivir pasivamente los hombres occidentales para, una vez superado, o cuando menos rebasado dicho complejo, y transformadas nuestras relaciones con el padre y la madre, convertirnos en adultos

Encuentro que Morin y Jung tienen muchísima razón: la mitología y la historia de todas las sociedades, desde las más antiguas: los primeros grupos humanos de la edad de piedra y la era de bronce, las desaparecidas sociedades ancestrales del norte de África, Oriente Próximo y Medio, fundadoras de nuestras actuales culturas occidentales, todas cantan y recitan la misma metáfora: vivir es confrontación y conflicto constante para crecer. Crecer es morir, morir es vivir y es el único camino, como también me dice Edgar Morin en cada uno de los libros de su Método. ¡Pero cuán doloroso me resultan esos traumas y la superación de mi Edipo, recuperar a mi padre y separarme sanamente de mi madre!

❧

Mi hermano Hilario me lleva bajo mi petición todos los libros del *Método* de Edgar Morin y *Psicología y Alquimia* de Carl Jung al hospital. Me dedicaré a leerlos y estudiarlos en todo lo largo de mi internamiento, aunque el doctor Ricardo, el jefe de psiquiatría, me aconsejó descansar la mente algunos meses.

Mi papá, don José se sienta al lado de mi cama como cada día cuando llega a visitarme. Al inicio nos cuesta trabajo entablar diálogo y conversar. Pero con los días, como invariablemente llega don José a hacerme compañía en las tardes, vamos conociéndonos cada vez un poco más. No me doy cuenta aún, pero sin quererlo mi padre desencadena el inicio de mi tratamiento psicológico. Curioso que nos recuperemos mutuamente en la habitación pestilente de una sala psiquiátrica en el Antiguo Hospital Civil de Guadalajara.

En ocasiones, mientras estudio obsesivamente en el libro II del *Método: La vida de la vida* de Morin, recostado en mi cama de interno, don José se queda silencioso, quieto, simplemente adormilado o pensativo junto a mí, transmitiéndome su energía, comunicándome en un lenguaje silencioso mucha de la fortaleza paterna que tanto me falto durante todos esos veinticinco años de mi vida. ¡Cuánto me conmueve su silencio sabio, cuánto me transmite su presencia humilde! Me avergüenza querer seguir leyendo en su presencia e intento sacarle plática o simplemente compartir su callada espera, pero me cuesta muchas angustias soportar los silencios y la nada. La verdad es que hasta ahora he sido un tipo muy ruidoso, no paro de hablar donde quiera que ando, soy el prototipo del neurótico social que describe Erich Fromm en sus obras: el sujeto quien no soporta el silencio y la tranquilidad, para quien libros, drogas, amigos y música todo el tiempo le ayudan a huir de sí mismo porque no se aguanta solo.

Esas pausas prolongadas y mudas, la mirada de don José, tranquila, observando el techo de la habitación psiquiátrica y la gruesa puerta de hierro para contener a los locos furiosos, me transmiten su tranquilidad y su fortaleza en un momento en que en verdad los necesito. Pierdo el miedo duramente padecido en mi vida a ingresar en las salas psiquiátricas, mi miedo a la locura, no me queda más remedio que saber esperar por la anuencia de los médicos para ser dado de alta.

∽

Yo soy un paciente muy tranquilo. La verdad es que las tres semanas en que transcurre mi internamiento me sirven para descansar y tomar distancia de todo lo que he vivido en los últimos tiempos. En el plazo de una semana me quede sin novia y sin mi principal fuente de trabajo como profesor de psicología. Isabel se fue repentinamente y no me sentí con las fuerzas para detenerla, tomó sus cosas más personales y se marcho, lo cual ahora me parece mejor, la quiero lejos, no podíamos hacer nada para seguir juntos.

También se negaron a contratarme para el nuevo semestre como maestro en la Escuela de Psicología donde trabajaba, descuidé en los últimos meses, con tantas preocupaciones, dolor emocional y drogado, mi trabajo. Dejé de asistir a clases y los estudiantes no me importaban nada.

En una noche, la misma que se fue Isabel, acabé yo sólo con poco más de medio kilogramo de marihuana, fumándolo sin parar y bebiendo una botella de ron, ese fue el inicio de la crisis cerebral. Chuy dice que tenía dos días sin verme en la casa, pensaban que no estaba y siguieron alimentando a mi perro y regando las flores, ni él ni Margarita se dieron cuenta de los inicios de mis delirios, encerrado como estaba en mi habitación, sin comer, cagándome en mis propios pantalones una y otra vez, hablando solo y llamando a mi chica. Desde el otro lado de la puerta escuchaba al Caballo, escandalizado por la peste de mis pantalones sucios y llenos de mi propio excremento que olfateaba, recuerdo que entre sus ladridos logré comunicarme con él. El Caballo me preguntaba por Isabel, la adoraba, me echaba en cara el dejarla irse, lloraba y me reclamaba. Yo le respondí y le dije que no podía hacer nada, necesitaba liberarme de ella, Caballo se ponía muy triste. Luego me encontró Chuy al darse cuenta por los ladridos del perro, de mi presencia: encerrado, sin comer, sonámbulo, loco, cagado. Un *brote sicótico*: la por tanto tiempo temida locura me atacó por fin. Mi amigo me encontró suçio, embadurnado con mi propia caca, rodeado de una pestilencia inmunda y de moscas, como un animal muerto, llamando a Isabel. Chuy me llevo al hospital y llamó a mis padres, quienes se precipitaron en mi ayuda.

✧

–Una *psicosis tóxica*. Excesivo consumo de marihuana…

Enuncia categórico el obeso estudiante de psiquiatría señalándome, tratando de impresionar al médico jefe y a los psicoanalistas que lo acompañan: un grupo de tres freudianos de la sociedad psicoanalítica siguiendo al jefe del servicio y a dos estudiantes médicos. Están frente a mi cama mirándome como a un animal en disección.

✧

Es la tercera noticia que tengo de ti.

Te llevan a visitar las salas de psiquiatría del Hospital Civil de Guadalajara. Eres una importante psicoanalista y antropóloga, también una reconocida escritora, tus amigos psiquiatras de la Sociedad Psicoanalítica te invitaron a observar a los pacientes, estas muy interesada en el estudio de la esquizofrenia. Piensas realizar una profunda investigación sobre la locura en las clases bajas de México, la manifestación de delirios y síntomas demenciales entre los pobres. Pretendes darle un giro a tu carrera como escritora de *best sellers* y publicar estudios psicológicos más científicos pero de cualquier manera escritos al alcance de las masas, aprovechando tu experiencia como psicoanalista y tu habilidad como narradora. Es una curiosidad científica pero también tienes intenciones comerciales: te gusta la vida desenfadada y plena de lujos que te proporcionan tus libros. Es posible, aunque sólo tú lo sabes, que en realidad lo que haces es buscar un nuevo personaje para tus novelas. Secretamente estás pensando más bien escribir una nueva serie de libros de bolsillo, buscando nuevos personajes en los cuáles inspirarte para fabricar tus novelas tan vendidas.

Yo sé que también te aterra la experiencia de sumergirte en el nosocomio. En el interior del psiquiátrico te proteges con tu máscara de racionalidad y sabiduría, y sin saber con exactitud la razón, yo la identifico a la perfección cuando te miro, soy capaz de desnudar tus defensas. Tratas de aparentar que no te impresionan ni te asustan los vagabundos e indigentes, ni los locos gritones y delirantes que desfilan por el patio hablando solos. El olor a excremento y a orina, la pobre comida sin sabor que nos sirven, el aroma de la locura que te ves obligada a respirar; o aquellos enfermos pasivos que reposamos casi en el mutismo, resignados, en espera del término de nuestro tratamiento.

Todo ocurre con calma aparente y lunática para ti, hasta que nos vemos por tercera vez en nuestras vidas. Me miras leyendo sobre mi cama, tengo el grueso volumen de *Psicología y Alquimia*, para mí la obra más importante de Jung frente a mis anteojos. No sé porqué tiemblas, vacilas y te espantas al verme, o al ver el libro que conoces como a ti misma. Es un sentimiento anómalo el que te produce mi presencia, como si pensaras que yo no debería estar allí con mi libro, que también es uno de tus favoritos. No esperas encontrar en un miserable internado, en una sala de locos a alguien capaz de acceder a conocimientos que consideras exclusivos de iniciados. La relación entre Jung y tú es íntima y personal, aunque has conocido a mucha gente capaz de citar al psiquiatra suizo, en realidad muy pocos son capaces de comprender sus teorías y darles su verdadero significado y contexto, lo sabes a la perfección. Tú te consideras una de las pocas iniciadas jungianas, tu abuela te introdujo en su obra y te ayudo a asimilarla y comprenderla. Aunque no lo creas yo llegué por mi propia cuenta a las profundidades de la obra de Jung, fueron mis intereses y mi perfil de psicólogo híbrido y poco común, mezcla de psicoanalista, psicólogo cultural, músico y literato, los que me dieron la llave de acceso a los secretos jungianos.

∾

Vuelve a decirte nuevamente el estudiante de psiquiatría, el obeso, que lo que me ocurrió fue el brote de una psicosis tóxica, inducida por el consumo excesivo de marihuana. A los médicos les interesa mi caso puesto que poco se sabe en México de la relación entre síntomas sicóticos y el consumo de *cannabis*.

–Es un joven psicólogo, casi recién egresado. Fue uno de mis alumnos de la clase de psicopatología en la facultad.…

Comenta el doctor Ricardo, jefe de psiquiatría refiriéndose a mí. Pero yo lo interrumpo entrometiéndome en su monólogo, antes de que termine el doctor de decirte los medicamentos antipsicóticos que me están administrando.

–¡Déles más información Doc…, no me hicieron bien mi historia clínica tus alumnos psiquiatras….!

Grito interrumpiendo y cortando de tajo su discurso médico relativo a los medicamentos para controlar mis delirios y mi agitación. El médico hace como que no me escucha, acostumbrado desde que fui su alumno a mis críticas ante su miope visión de las enfermedades mentales. El doctor Ricardo, psiquiatra bastante leído, pero poseedor de una perspectiva excesivamente médica y limitada. Ni los diez años transcurridos en su formación como psicoanalista le sirvieron para superar su visión extremadamente parcial del hombre: para él la mente humana es como el bulbo raquídeo de un pollo, o los lóbulos frontales de cerdo con los que hace practicar a sus alumnos de psiquiatría. Lo conozco bastante bien, puesto que en sus clases nos insistía que los trastornos mentales eran debidos exclusivamente a desequilibrios bioquímicos en la dinámica cerebral. Sus comentarios médicos limitados no podían sostenerse ante mis críticas frente a mis compañeros de clase, de la necesidad de entender las enfermedades mentales como procesos no sólo biológicos, sino sociales y culturales, incluso místicos. En mis días de estudiante Ricardo hacía como que no me escuchaba al igual que hoy, al no poder sostener sus argumentos tradicionalistas y mecánicos en plena clase, y lo que hacía el doctor era procurar hacer como si yo no existiera. Hoy no es la excepción. Al igual que yo no puede quitarte los ojos de encima, se ve que le gustas aunque ya tiene mujer e hijos, y trata de quedar bien contigo con sus teorías biológicas, las cuales estoy seguro tampoco te convencen.

Tú no puedes escucharlo. No logras dejar de mirarme, te intriga el libro que llevo en las manos, y descubres entre mis objetos personales que no dejas de escudriñar con discreción, tratando de averiguar más de mí, todos los tomos del *Método* de Edgar Morin. ¿Cómo, si acabas de descubrir tú también a este fascinante antropólogo-biólogo-ecólogo-filósofo, este increíble hombre universal?

๑

Ricardo te pregunta tu opinión acerca de si soy susceptible de tratamiento psicoanalítico. No se conocen muchos datos sobre la aplicación del psicoanálisis con sujetos adictos a la marihuana.

—Se me ocurre Emilia, ella tiene mucha experiencia con pacientes esquizofrénicos y sicóticos...

Respondes evadiendo la responsabilidad de psicoanalizarme tú. Te evoco angustia y ganas de irte lo antes posible. El doctor Ricardo asiente, se prepara para irse contigo y con el grupo de estudiantes y psicoanalistas. Los médicos no me ven a mí, en todo el rato no se dirigen jamás conmigo para preguntarme quien soy, qué siento, dónde lo siento: no soy un sujeto ni un ser humano, soy un conjunto de procesos biológicos mecanizados, como los intestinos pestilentes de una vaca recién extraídos en una carnicería. Yo no estoy de acuerdo con la categoría que utilizan para nombrarme: simplemente sicótico, ni siquiera me llaman por mi nombre.

Cuando se preparan para retirarse de la sala que comparto con otros dos internos, detengo al grupo de especialistas:

–¿Se acuerda cómo me llamo Doc...?

Le digo a Ricardo antes que desaparezca con rumbo hacia las salas de mujeres. El médico no me responde, no lo sabe, me ignora para ocultar sus severas limitaciones personales y profesionales, como cuando yo era estudiante y él mi profesor.

–¿Cuál es el nombre de este paciente...?

Preguntas tú, tratando de hacer parecer que no es tan inhumana la práctica psiquiátrica.

El doctor busca en mi expediente, no lo sabe y no lo tiene a la mano.

–¡José... José Modesto...!

Recita como niño aplicado el obeso aspirante a psiquiatra quien ya me había diagnosticado.

José Modesto. Ese nombre me suena ajeno, desconocido, anormal, nunca lo he escuchado, no me identifico con él. ¿Soy acaso ese nombre que es igual al de mi padre, coincido con él...? Es la primera vez en mi vida que parezco escuchar mi nombre. ¿Pero cuál es mi verdadero nombre si no éste...?

2

Tras el fallecimiento de tu abuela, debido a aquel mal cardíaco que la aquejaba desde años atrás, te informa un abogado que eres la heredera de su casa en el barrio de Santa Teresita en Guadalajara. Justo antes de tu viaje a California, del término de tu psicoanálisis con Emilia y los inicios de una convivencia más relajada y profunda con tu familia, tramitas los documentos necesarios y las firmas, tu familia está de acuerdo: la vieja casa tan preciada por Renate y por ti queda legalmente a tu nombre.

Montas tu consultorio, o más bien te apropias del que diseño Renate, en el cual trabajo ella desde su llegada de España a principios de los sesentas. Vives y trabajas en su casa, tu casa. Tus amistades de la sociedad psicoanalítica y la gente que fue psicoanalizada por tu abuela, comienzan a enviarte pacientes y a recomendarte con sus conocidos. Te resulta muy útil y benéfico el prestigio construido por ella durante años en México. Pronto tienes la consulta llena por las tardes. Dedicas las mañanas a leer, practicar yoga y escuchar música, a visitar a tus padres y conversar con tus hermanas. Entre las personas que asisten a psicoanálisis en tu consultorio, te llama sobremanera la atención el hecho de que hay bastantes mujeres jóvenes y solas, enojadas con su padre y con sus parejas, o molestas con los novios que nunca han podido tener. También atrae tu atención la cantidad de hombres deprimidos y en crisis emocionales, debilitados sentimentalmente, subyugados por la figura de la madre, castrados psicológicamente, temerosos, incapaces de entender a sus novias, amantes y esposas.

♥

Cuando te marchas a California, gracias a los cursos de etnología y antropología cultural, logras darle forma a tu hipótesis. Tu tesis: *La relación con la figura paterna en mujeres jóvenes universitarias*, no es producto sólo de experimentos intelectuales aislados. Es tu propia experiencia personal y tu propio psicoanálisis el que te hace reflexionar que lo que te ocurre es muy representativo de drásticos cambios culturales en la humanidad entera. De profundos quiebres en la cultura humana, los cuales sacuden a los individuos de muchas sociedades de diversas geografías. Ya no es posible pensar que lo que le ocurre a alguien es un suceso aislado y un caso fortuito. Todo lo que le pase a cualquier individuo afecta al resto de los hombres en todo el planeta.

ᔥ

–¡La necesidad de estudiar el complejo de Edipo y de replantear la relación con el Padre y la Madre está más vigente hoy que nunca...! ¡Freud es más actual estos días que todo lo que resultó en el siglo XX...!

Afirmas profética en tu inglés perfecto en el mes de Enero del año 2000, recién comenzado el milenio, en un congreso de ciencias sociales en la *New School* de Nueva York. Quienes se reían de ti por tu afán de replantear los postulados básicos del psicoanálisis y unirlos a las ciencias sociales se quedan sorprendidos y callados. Son muchos los investigadores de todo el mundo los que coinciden contigo, no necesariamente desde el psicoanálisis, pero diversos estudios de género, feminidad y masculinidad presentan perspectivas coincidentes: la figura paterna se debilita, o pretende ser atacada por todos los frentes, las mujeres y los hombres pierden la seguridad en sus relaciones, la pareja humana tradicional está en crisis.

Un feminismo ciego y deshumanizado, promulgado a quemarropa no sólo por los medios de comunicación y los discursos políticos oportunistas, sino por las mismas ciencias sociales, se cuela en el lenguaje y las relaciones cotidianas de la gente simple. Es un cáncer cultural que puede acabar con los seres humanos, enloqueciéndolos, deprimiéndolos, propiciando mutaciones anormales de sus células y tumoraciones en sus órganos sexuales.

En algunos lugares de Europa, afirman psicólogos sociales y sociólogos de la cultura provenientes de Francia y Alemania, los nativos están condenados a desaparecer porque la gente no se está reproduciendo, o se muere de soledad. Varios países de primer mundo acceden a nacionalizar oleadas de emigrantes venidos de África y América Latina ante la ausencia de nacionales. El problema no es la migración ni las mezclas de razas, todo lo contrario, sino el surgimiento de grupos asexuados, consumistas, híbridos e individualistas. Es el paso al *metrosexualismo*: ni masculino ni femenino, que ingenuamente aplauden las modas y los medios de comunicación, el que prepara el cáncer cultural de nuestros días.

✧

Yusef Mafú te escucha con sumo interés. No es sólo el sentido que le hacen tus afirmaciones ni los polémicos resultados de tu trabajo lo que le mantiene en un estado hipnótico ante tu ponencia: le fascinas, es para él la aparición de un ángel cuando te ve.

LAS CIENCIAS SOCIALES CONTRA LA SOCIEDAD, es el título de tu conferencia frente a cientos de estudiantes y profesores de todo el mundo.

No tardan en sobrevenir los ataques, sobre todo de las feministas más radicales, quienes adoptan como bandera una reivindicación de la mujer que ya está de sobra, piensas al escuchar sus críticas contra los resultados de tu investigación. Te parece increíble cómo son las propias científicas sociales: antropólogas, sociólogas, psicólogas, sobre todo latinoamericanas pero no sólo, quienes están a favor de la promoción de un feminismo agresivo e incendiario, sumamente radical.

En lugar de contestar sus afrentas, presentas una serie de críticas muy severas hacia el feminismo más excesivo, con muestras de casos clínicos de tu consulta, donde sostienes el daño mezquino y de terribles proporciones que es capaz de causar un feminismo fanático e intolerante, abanderado por las mismas científicas sociales y mujeres universitarias. Penetrando culturalmente las sociedades tradicionales y las en transición, confundiendo a la gente, haciéndola desarraigarse de sus valores tradicionales básicos.

—¡¡¡¿En qué momento los valores familiares tradicionales, benéficos y útiles muchos de ellos aún, incluso indispensables en esta época de barbarie, inhumana y mecánica, se volvieron enemigos de la mujer...?!!!

Alzas la voz dirigiéndote a tus opositoras y afrontándolas, quienes tristemente son investigadoras provenientes de Brasil, Perú, Colombia y el mismo México. ¿Qué trágico destino le espera a una América Latina envenenada por sus propias mujeres universitarias?, piensas.

℘

Te tiemblan tu voz y las piernas por la excitación cuando terminas tu ponencia y desciendes del estrado. Apenas puedes sostenerte al bajar los escalones. Recibes aplausos de una parte del público, otra parte de los asistentes, en especial mujeres, te abuchean y gritan en inglés y español pidiendo tu cabeza.

Estás a punto de resbalar en el último escalón cuando Yusef se precipita en tu ayuda, te toma por el brazo con una de sus enormes manos y con la otra por la cintura. Hasta después reflexionarás que la segunda extremidad alrededor de tu torso está de más. Lo primero que percibes, porque no puedes ver nada ante tanta excitación y pasiones desencadenadas dentro y alrededor tuyo, son los brazos poblados de bello de Yusef, los brazos peludos de un príncipe persa.

Yusef Mafú te guía tomada del brazo hacia la salida del auditorio, en medio de gritos, aplausos, también de los balidos, ladridos y berridos de la masa fuera de control. Tu percepción está nublada, sólo sientes la mano del iraní llevándote cogida con fuerza de tu brazo, y escuchas un murmullo ensordecedor.

¿Quién es él…? Te preguntas sólo un segundo, luego piensas en el libro *Psicología de las Masas* de Sigmund Freud, en las pasiones colectivas fuera de control y en la pérdida de la individualidad del hombre ante la influencia de la masa embrutecida: los emociones se vuelven grupales, el sujeto pierde su juicio personal, la masa se vuelve un solo ser acéfalo, irracional y enceguecido.

∽

–Yusef Mafú… Me puedes llamar Mafú…

El hombre sabe hablar español. Es una entre las siete lenguas que domina a la perfección: árabe, alemán, chino, indio, checo e inglés, además se defiende en italiano y portugués. De hecho para entablar mayor confianza, una vez que conoció tu nacionalidad, decide hablarte en tu lengua materna. Mide dos metros de estatura, usa anteojos pequeños y redondos a lo John Lennon. En toda la parte superior de su cráneo brilla el cuero cabelludo de su diminuta cabeza sin pelo. El resto de su cabeza, en los lados, la parte occipital y la nuca se ha dejado crecer el cabello, lo poco que le queda, largo, y lo tiene atado en una discreta colita de caballo. Extraño personaje: un antropólogo iraní, descendiente de príncipes persas, inmensamente alto, con los modales de un caballero educado en *Cambridge*, y un *look* hippi fresco.

Cuando te habla con un acento discreto que te evoca fascinantes civilizaciones del Oriente Próximo, percibes una aroma a incienso y maderas preciosas que no te explicas cómo puede emanar de su persona. Te invita a recorrer *Nueva York* y conocer *Brooklyn*, aceptas como en una somnolencia, sobreviviente aún del impacto emocional de tu polémica conferencia, es una oportunidad para escaparte del congreso de ciencias sociales, donde finalizó ya entre angustias y agresiones tu conferencia.

∽

En su compañía pruebas la comida Salvadoreña, te encanta la Yuca con carne de puerco y bebes café colombiano, Mafú tiene una profunda cultura en gastronomía, vinos, tabacos y café de todo el mundo. Te lleva luego al *Central Park*, es la primera vez que lo contemplas y te fascinas por sus lagos y jardines. Caminas por las calles del centro de Nueva York con tu traje sastre y los tacones con los que te presentaste por la mañana en la *New School*. Te acuerdas de las películas de Woody Allen que amas tanto: *Annie Hall* no sólo te encanta, sino te ayuda a vivir. Visitan librerías, tiendas de discos, se comen unos pastelillos con el café.

La personalidad del iraní también te fascina: políglota, egresado de una licenciatura en geografía por la Universidad de Israel, para luego doctorarse en antropología en Inglaterra, becado por sus padres de la nobleza persa. Ahora trabaja como asesor para el partido demócrata norteamericano, no te lo dice por su modestia sincera, que es amigo íntimo de Hillari Clinton y es el asesor de los diputados demócratas sobre cuestiones religiosas en Medio Oriente.

Yusef Mafú: practicante disciplinado aunque sin ser fanático, del zoroastrismo, especialista en religiones orientales, lector de los *Vedas*, el *Corán*, la *Biblia*, los *Discursos de Buda*, el *I Ching*, el *Baghad Ghita*; pasa su tiempo dividido entre Washington, Palestina, Israel, Siria, Irak, Irán, las montañas de Afganistán y su amada Nueva Delhi. Te platica de las noches mágicas en la India donde tiene un departamento de descanso, de su amigo: Pankaj Mishra, un joven escritor indio quien es encantador y te asegura Mafú como la más grande verdad, promete muchísimo literariamente.

Yusef Mafú estudia los conflictos religiosos y participa como mediador entre los Estados Unidos y Medio Oriente, sueña secretamente con una integración pacífica de todos los países árabes y sus hermanos, y con un resurgimiento y florecimiento cultural, artístico y científico de los pueblos de Oriente Medio. Tiene cuarenta y dos años, es divorciado, padre de dos hijas con una dentista inglesa, a quienes se da tiempo de ver una vez al mes. Ahora trabaja en el norte de Irak y Afganistán alternativamente, exponiendo su vida para investigar y entrevistar a los líderes religiosos de etnias minoritarias y escuelas rurales del Corán. Te cuenta del peligro inminente que representa para Norteamérica no tomar en cuenta ni respetar la influencia de los líderes religiosos en Oriente Próximo. Para entonces George Busch hijo goza de las simpatías del pueblo americano, ya se suscitaron los escándalos de infidelidad de Bill Clinton en plena Casa Blanca, su imagen se deterioro por completo aunque pidió disculpas públicas. Los demócratas perdieron posiciones, los republicanos se apoderaron del voto popular y las simpatías de una buena parte de Norteamérica.

Yusef teme el advenimiento de tiempos bélicos y de muerte. Te dice esto con un tono grave, en su español casi perfecto, sumamente preocupado y un poco triste. También, por afición y amor a la India, te cuenta que prepara un libro sobre rituales chamánicos y exorcismos en las diferentes religiones y sectas en el país del Buda. No para de hablar, lo hace muy rápido, es pasional, idealista, parece a ratos un joven soñador de dieciocho años, a pesar de estar entrando a los cuarenta.

Lo escuchas embebida, sin saber exactamente los motivos, emocionada por tantas cosas tan interesantes que vives en cuatro, cinco horas en compañía de este desconocido, sacas de tu bolso tu computadora portátil y la enciendes.

—Estoy terminando una novela, me gustaría que la leyeras….

Le confiesas tímidamente al abrir el archivo en la terraza de un café, frente al humeante líquido colombiano.

—Bien…, bien…, soy un amante de la poesía…

Te responde usando la palabra "poesía" cuando se refiere a la literatura universal, así como utilizan el mismo término en el libro de las *Mil y Una Noches* para hablar del lenguaje de Dios.

Le permites adentrarse en tu mundo, porque hasta ahora nadie sabe que al finalizar tu tesis de maestría también te acercas al término de *Sicky teens* 1, tu primera novela de bolsillo.

Mafú comienza a leerla en voz alta, se ríe como loco, le resulta divertidísima. A ti te agrada su paciencia para con tu obra, no es crítico literario pero son buenos y útiles los comentarios sobre estilo que te hace.

–¡Es una excelente novela para jóvenes....!

Grita entusiasmado cuando va cerca de la mitad de Mindy 1, leyendo en la pantalla de la computadora. ´

–¿De verdad te parece buena....?

Preguntas no muy convencida, pensando que lo dice por adularte y ganarse tus favores. Estás acostumbrada al coqueteo de hombres y lesbianas, y a la hipocresía de sujetos simples y superficiales por tal de ganarse un espacio en tu cama. Pero Mafú, aunque se muere por ti, es bastante sincero en sus comentarios, hay demasiada transparencia en su ser, resultaría imposible que pudiera engañar a alguien, tal vez por eso se ha ganado la confianza de algunos de los más huraños y desconfiados líderes religiosos de las montañas en Afganistán e Irak.

–Yo conozco editores aquí en América... Dame tiempo para buscar a un amigo de una editorial comercial y te contactaré con él.

Al escucharlo no puedes creer que surgiera así, de repente la oportunidad de publicar tu obra. En tu país se negaron a comprarte la novela puesto que no eres una famosa escritora. Ya estabas decepcionada porque pensabas que Mindy nunca vería la luz.

❧

Cuatro días después, ya en California en la UCLA, al medio día, a punto de presentar tu examen profesional de postgrado en compañía de Julieta, con quien te has reconciliado, de tu amiga Rosa, la psicoanalista de Colombia y Magy de México, justo antes de presentar tu trabajo final, te avisan que te busca un tal Yusef Mafú en la entrada del Salón de Usos Múltiples. Tus amigas se sorprenden, Julieta se enciende claramente del rostro por los celos endemoniados. Sientes aletear algo en el interior de tu pecho, una mariposa o un colibrí del que jamás en tu vida tuviste noticia: la verdad es que nunca te has enamorado verdaderamente, hasta ahora lo percibes plenamente en una rápida premonición.

Aunque sólo viste a Mafú una única vez en tu vida en Nueva York, te das cuenta que comienzas a desvanecerte por él. No es sólo el interés de que se publique como te prometió tu novela lo que te emociona, es toda su persona, su voz, sus conocimientos, su aroma, la mirada inocente de un niño con el cuerpo de un hombre de cuarenta y dos años. Por cierto, es más grande que tú con dieciséis.

Ya en el pleno de tu examen profesional no logras poner demasiada atención a los comentarios de los profesores de tu tesis, casi no escuchas que les ha gustado mucho y te felicitan, te darán mención honorífica. No has visto aún al persa, pero presientes su mirada a tus espaldas. Mafú se coló al examen y desde un rinconcito del auditorio, medio escondido, un tanto tímido ante tu presencia, algo asustado, te espía. Aunque ha contemplado exorcismos en la India y es capaz de encararse con guerrilleros chiítas y con clérigos radicales islámicos cuando está trabajando, te contempla con discreción. Tu belleza no deja de intimidarlo, le has robado sus ojos con tu mirada.

⁊

Termina el examen, Mafú espera a que te feliciten tus amigas y los profesores, se acerca descendiendo en grandes zancadas por los estrados del auditorio hacia el centro del espacio donde te encuentras.

De tu parte nunca te has sentido tan vulnerable, es una opresión insoportable sobre tu vientre y tu estómago, pero a la vez te agrada. Tiemblas, te recorre un extraño calor por la nuca y la espalda, tus manos se deshacen: ningún hombre, ni el pobre Javier el venezolano, ya sabemos que no, logró jamás provocarte algo parecido. Es la falta de aire, los latidos de tu corazón, el raro perfume de inciensos y maderas que emana de él y que reconoces cuando se pone frente a ti para mirarte. Casi se desploma también Mafú cuando te ve aunque lo disimula, ¡porque estás hermosísima!, esos ojos, el color de tu piel, tu cuerpo, el lindo vestido azul que confeccionaron Martha tu mamá y una de tus hermanas, y que te enviaron desde México especialmente para tu examen profesional.

Te abraza aparentando que es una felicitación solidaria, cuando no tendría ninguna razón lógica para estar allí en California, si apenas te acaba de conocer. Hasta después sabrás y te conmoverá como nada en la vida, que apenas ayer andaba en Turquía por asuntos de trabajo y tuvo que volar toda la noche, transbordando en Londres y Madrid, tan sólo para llegar justo a la hora de tu examen. Su rostro se hunde en tu cabello al abrazarte, lo sientes aspirar e inhalar como feliz opiómano el aroma de tu pelo, su mano te roza el hombro derecho, ése, plagado junto con tu espalda de pecas marrón por los baños de sol en Nuevo Vallarta y las playas de California.

—Ya tengo editor para tu novela aquí en América.

Dice "América" el buen Mafú, para hablarte de los Estados Unidos.

༄

Como pocas veces, experimentarás en esa época uno de los momentos más felices de tu vida, puesto que se han conjuntado el éxito académico, la oportunidad soñada de publicar por primera vez un libro, y el amor que hasta ahora nunca tuvo la piedad de posarse en el valle de tu corazón.

3

Renate se despide amorosamente de Sabina en Bielorrusia. Hizo un viaje relámpago desde Moscú antes de partir hacia España. A la chica le duele, la conmueve y la lastima, ver a su madre viuda sobrevivir con un ínfimo e inestable sueldo como maestra particular de idiomas en compañía de las dos pequeñas hijas. Se lamenta y no puede creer cómo en esos últimos años estuvo molesta sin razón con su madre, renegada del legado del psicoanálisis y las tradiciones judías. No es que se haya reconvertido al judaísmo, todo lo contrario, sigue pensando al igual que Marx y Engels, que la religión es el opio del pueblo y algo opuesto a la liberación del hombre y a la revolución internacional anhelada por los soviéticos. Pero por otro lado Freud ha fecundado su cerebro a partir de la lectura de *La Interpretación de los Sueños*, el patriarca la sedujo al igual que a su madre. Ella misma no puede dejar de leerlo, ni de redactar su propio diario de sueños donde analiza los símbolos revelados por su inconsciente durante la noche.

A la hora del abrazo de la despedida se estrechan con tristeza, Sabina llora y le humedece a la hija el rostro con sus lágrimas. Son tiempos de incertidumbre: todas las verdades supremas se quebrantaron y falsearon: los movimientos fascistas y nacionalistas parecen empezar a reinar por toda Europa, las contradicciones e injusticias del sistema soviético ruso no pueden ocultarse. La actitud de los bolcheviques y en especial la de Stalin ante el fascismo en España y ante la consolidación de Hitler en Alemania es ambivalente. Se supondría que el apoyo de Rusia al ejército republicano español debería ser incondicional. Pero Renate y su madre se dan cuenta que no está siendo enviada toda la ayuda necesaria a España, muchos bolcheviques parecen apoyar a los republicanos tan sólo con buenos deseos y consejos.

Al lado de los republicanos españoles se enlistan multitudes de comunistas y anarco-socialistas de todo el mundo, sin embargo, estas innumerables filas de voluntarios, están constituidas tan sólo por entusiastas hordas de jóvenes soñadores e idealistas. La mayoría de ellos son apenas estudiantes universitarios o de bachillerato, campesinos pertenecientes a comunas y ligas hermanadas por el amor a la tierra y su repartición justa, obreros sindicalizados, padres e hijos de familias trabajadoras, mujeres voluntarias, pastores, bibliotecarios, maestros, ancianos. No poseen ninguna experiencia militar. Se están organizando en grupos de partisanos que luchan desde las montañas, utilizando la emboscada, la guerrilla, el saboteo y el acto terrorista. Pero Franco cuenta con el apoyo de todo el aparato militar del gobierno español, la iglesia católica, los empresarios y la burguesía en general. Los fascistas tienen de su lado soldados profesionales, capital de la iniciativa privada, artillería pesada, aviones y la bendición de los curas.

Sabina piensa que su hija se expondrá demasiado como voluntaria, trata de detenerla, pero la muchacha esta ya muy decidida. Se abrazan una y otra vez antes de la partida, la madre besa a la hija dos veces en cada mejilla y luego en la boca. No lo sabe bien, lo presiente, que es la última vez que estarán juntas.

ငာ

Ya en Cataluña la muchacha acude a la hostería de barrio donde le ha dicho su maestro Bajtín que deberán encontrarse: El Huevo, le dijo el profesor que se llama el merendero donde se verán. Le cuesta mucho trabajo dar con el lugar desde la estación de trenes, pues no sabe hablar español ni catalán y no todos los catalanes entienden francés, el cual es la lengua en la que tiene más probabilidades de comunicarse. Pasa toda una tarde esperando, pide unos trozos de jamón serrano, pan y vino tinto, luego café. Siguen transcurriendo las horas, se llega la noche y no tiene noticias del profesor.

En esos largos ratos de espera, es la lectura de uno de los tomos de Freud que le regaló Sabina, un estudio psicoanalítico sobre Leonardo Da Vinci, la que le acompaña y reconforta.

Todo el ambiente se siente impregnado de miedo, la inminencia de la guerra satura el aire, la gente se cuida de hablar en voz alta, un pavor silencioso ahoga las ciudades españolas.

Se hace demasiado tarde ya y decide ir en busca de hospedaje. La dueña del lugar, una catalana regordeta y rosada de las mejillas, quien entiende un poquito de francés le da las indicaciones de un hostal barato para pasar la noche.

ↄ

La mañana siguiente la pasa rondando con discreción la hostería del Huevo sin acercarse, sabe que hay espías de Moscú por toda Europa, existen órdenes de detención inmediata en cuanto se detecte la presencia de Cuasimodo, ella misma peligra enormemente por su relación con Boloshinov y por ende con los grupos marginales de trotskistas. Camina por una plaza pública cercana al merendero y se pone a leer a Freud en una de las bancas del jardín.

—¿Renate…?

Es la voz de un chico a quien ella no conoce. Le habla en un francés mocho y pésimamente pronunciado.

—No… no…

Responde la muchacha con miedo. El aparato de la policía secreta rusa es implacable. Se cuentan historias espantosas de desapariciones y secuestros de personas consideradas enemigas de Moscú, incluso arrestadas en países ajenos a la Unión Soviética como Francia e Italia, muchas de ellas llevadas directamente a los campos de forzados en Siberia, torturadas, algunas llegan en muy mal estado, de otras sus familiares no vuelven a saber nunca. Aunque no se le tiene identificada como espía o enemiga de Moscú, e incluso goza de las simpatías del ministerio de educación por su pertenencia a las juventudes comunistas y sus altas calificaciones en la universidad, no obstante debe tener mucho cuidado.

—No te preocupes soy amigo de Bajtín…

Insiste el muchacho en su lamentable francés. El chico se esfuerza por parecer amable, la mira con agrado e interés. No puede ocultar que la rusa le parece bonita.

—¿Dónde está el profesor...?

—No pudo llegar a España, pero él y su hija están bien. Trataron de detenerlo en París, pero los amigos lo ayudaron a escapar. Louis su editor y un hermano suyo tuvieron que golpear a un oficial de la KGB...

—¿Está bien... seguro? ¿Dónde está...?

La voz de la muchacha casi se quiebra de miedo y preocupación.

—Te digo que está bien, por ahora no podemos decirte a dónde huyo, pero tenemos indicaciones suyas para ayudarte a contactar a los republicanos.

La chica se enjuaga unas lágrimas, trata de aparentar ser fuerte ante el joven español.

—Mi nombre es Oscar....

—¿Oscar nada más...?

Responde ella secamente.

—Oscar Iturrarán...

—¿Iturrarán...? ¿De dónde diablos salió ese apellido...?

—Mis ancestros eran pastores de ovejas, vinieron desde el País Vasco en el siglo XIX y se quedaron en Cataluña... Pero debemos ponernos en marcha, seguiremos hablando en el camino.

—¿En el camino... tendremos que viajar más...?

☙

Una carreta desvencijada tirada por bueyes es el medio de transporte a través de los caminos rurales de España. Oscar le entrega una carta sin remitente del maestro. Boloshinov está bien, le cuenta que lo reconocieron cuando ya estaba en París, eran tres oficiales de Moscú. Por fortuna, Louis y su hermano estaban ya muy cerca. Louis llevaba una pequeña pistola rusa en el bolsillo con la que pudo amedrentar a los oficiales disfrazados, y su hermano, Arthur, un joven e impulsivo periodista, asestó en la cabeza con su portafolio, durísimo a uno de los soviéticos que trató de arrebatar de su brazo a la hija del maestro.

"Todo saldrá bien querida –le dice Cuasimodo, esta es la experiencia de tu vida, aprovéchala, puedes sacar muchas cosas de ella, sigue estudiando, no dejes a Freud. Yo me pondré en contacto contigo y te diré donde estoy en cuanto me sea posible."

Oscar hace todo lo posible por agradarla, dándose a entender como puede en su mal francés, mencionándole los nombres de los lugares que van recorriendo, contándole historias de cada lugar de su amada España. Renate hace como que no lo escucha, le molesta la excesiva confianza que se toma el español, la autoridad con la que pretende hablar de los escritores anarquistas, de Freud. Conforme más se esfuerza el joven anarquista por quedar bien con ella, más la aburre y se le vuelve distante la chica.

෴

Para cuando la rusa entra en contacto con la Liga Internacional de Mujeres Comunistas en el primer campamento de los republicanos en las montañas, el pobre Oscar está de sobra. Ella acaba mandándolo al diablo sin importarle que este muchacho de veinte años de edad, tres años menor que ella, la ayudó a ponerse en contacto con los republicanos y le pasó el recado de Bajtín. Renate encuentra a Katerina, la líder de las mujeres comunistas, una filósofa de origen polaco especializada en estudios sobre lenguaje, a quien conoció en la Universidad de Moscú. Las dos mujeres comunistas comienzan a hablar en ruso sintiéndose en total confianza, y Oscar queda rezagado aunque trataba de ligar con Renate y se esforzaba por crear un lazo con ella. Al anarquista le parece ya demasiado distante la rusa, hablando con su camarada en una lengua eslava que le es por completo incomprensible.

Pronto le llega al muchacho una orden de su comandancia de marchar al frente. Aunque es demasiado joven, es ya todo un maestro calificado en explosivos, uno de los mejores manipuladores de bombas con que cuentan los republicanos. Además parece no tenerle miedo a nada. Oscar toma las pocas pertenencias que lleva: su abrigo de cuero grueso y largo hasta las rodillas, una mochila con algo de ropa y alimentos en lata, dos volúmenes de las obras de Bákunin, el gran teórico del anarquismo, un volumen de *La Guerra y la Paz* de Tolstoi y su guitarra. Es un profundo amante del canto, en especial del flamenco y un cantaor que no le pide nada al mejor.

Con tristeza, llevando a cuestas su guitarra y su mochila, Oscar observa mientras se incorpora a la larga fila de partisanos que ya se puso en marcha rumbo a las montañas al grupo de la Liga de Mujeres Comunistas: extranjeras la mayoría de ellas, voluntarias, orgullosas y bellísimas, en especial Renate quien ya se involucró por completo a la actividad de traducir los manuales para ensamblar el armamento y utilizar las vacunas y medicinas.

Al inicio de la guerra los republicanos logran dar durísimos golpes a los fascistas. En especial son las explosiones de puentes y trenes las que ponen en jaque a Franco y sus partidarios. Los republicanos se apoderan de importantes plazas y ciudades, la totalidad de la base del pueblo y las masas de hombres comunes están de su lado, los fascistas parecen retroceder. Por un instante parece que comunistas, anarquistas y hombres idealistas de todo el mundo pueden ganar la guerra, tan sólo por un momento puede suceder que el fascismo no se extenderá ni ganará la batalla.

Es en esa época que Renate conoce en España a importantes intelectuales y artistas de todo el mundo, reunidos para discutir sobre las maneras de impedir la extensión del fascismo. Octavio Paz le parece un hombre guapísimo y de una sabiduría encantadora, aunque apenas pasa por los veintitrés años, exactamente la misma edad que ella. El joven mexicano posee unos ojos inmensos y luminosos que se le encienden cuando habla, es ya todo un experto en literatura y filosofías de todo el mundo, también conoce y respeta al psicoanálisis, esto le fascina a la rusa. Sin embargo Paz ya está casado con Elena Garro, una hermosa mexicana quien le acompaña. Entre ellos están también Silvestre Revueltas, un enigmático y agradable violinista mexicano de compleja personalidad, y Federico García Lorca, el poeta. Es un breve período de promesas, sueños, el pacto de crear una comunidad internacional de intelectuales, unidos por el amor al arte y a la humanidad.

Sin embargo Franco no tarda en hacer uso de toda su maquinaria bélica: poderosos cañones aniquiladores y sobre todo aviones bombarderos hacen sentir su poder sobre las inexpertas resistencias de republicanos en todo el país. El pueblo, campesinos y obreros que dieron su apoyo incondicional y fiel a los comunistas, tiemblan de miedo ante la dura represión que inician los fascistas. Los bombardeos por aire hacen replegarse a los republicanos, las ciudades que colaboran con los rebeldes y aquellas que fueron conquistadas, son perdidas irremediablemente. Los partisanos tienen que confinarse en la sierra, ocultos en cuevas y densos bosques para no ser detectados por los pilotos fascistas. Pierden cada vez mas posiciones, también los sacerdotes están del lado de Franco, y no dudan en condenar y delatar a aquellos quienes colaboran con los comunistas y ateos.

∽

El batallón de partisanos de Oscar pierde a su comandante en un bombardeo, y él es ascendido de manera improvisada para liderar a los hombres.

El joven anarquista se lamenta al ver a sus soldados divididos, en particular los comunistas, afiliados al partido de Stalin, quienes siembran la confusión y dividen a las filas republicanas, impidiendo el trabajo en equipo con sus reclamos y habladurías.

No son sólo los golpes dados por los tanques y los aviones bombarderos del enemigo, piensa Oscar, los que más destruyen a la República, sino las divisiones internas entre comunistas, sindicalistas y anarco-socialistas. Todos creen poseer la verdad absoluta sobre el rumbo que debe llevar la guerra. Es evidente que hay intereses internacionales de por medio, pareciera que Stalin no desea que triunfe la República, aunque se supondría que Moscú y la República Española son hermanas. Es muy claro que las tropas republicanas están infiltradas por células que rinden cuentas a Moscú, las cuáles fungen como saboteadoras al entorpecer las acciones de los partisanos.

Oscar recibe duras críticas por sus decisiones y debido a que apenas acaba de cumplir los veintiún años. En particular son los viejos comunistas quienes forman parte del batallón los que desconfían y se burlan de él. Pero el muchacho demuestra su integridad: él mismo vuela un puente cerca de Valladolid con misiles soviéticos aéreos a los que les adapta un dispositivo activador. Ordena a los soldados atar esos misiles en las bases del puente y con ayuda de sus hombres más cercanos, hace las adaptaciones a los explosivos para detonarlos manualmente.

El enorme puente vuela mientras lo van cruzando un centenar de tanques alemanes al servicio de los fascistas. Las columnas de infantes a pie y la caballería franquista que les seguían por la retaguardia quedan anonadadas y desvalidas al ver hundirse en el río a casi noventa tanques alemanes. Los fascistas tratan de retroceder por donde vinieron, en completo desorden y perdiendo su formación. En eso, desde las partes laterales del camino, donde previamente Oscar mando ocultarse a sus hombres la noche anterior, caen los republicanos sobre el ejército enemigo como una horda asesina. Al igual que sus ancestros, los bárbaros hispanos, quienes al lado de las tropas celtas, germánicas, libias y los jinetes númidas, marcharon contra Roma liderados por el temido comandante africano Aníbal, hace más de dos mil años.

Se oyen gritos agudos, tiros, alaridos de los militares franquistas que mueren bajo las bayonetas, puñales y espadas de los republicanos. Las columnas fascistas son exterminadas, el camino queda cubierto por una alfombra de sangre y vísceras; es una de las batallas más memorables para la República.

Oscar es ascendido y enviado a una misión especial cerca de Madrid para volar un tren. Es una acción desesperada y sangrienta, de cualquier manera ya se presiente la inevitable derrota de la República. Oscar no está muy convencido de destruir un tren repleto de familias y niños, aunque estos sean fascistas, no está de acuerdo de cualquier manera en matar inocentes. Pero algo impide la consecución de este plan. Es aquí, mientras prepara el dispositivo de una bomba, cuando éste se descompone y estalla arrojándole gas líquido sobre los ojos, que se presenta para su fortuna el rencuentro con Renate.

⁋

Por su parte la rusa gana notable fama entre los republicanos por comenzar a utilizar la terapia de sueños freudiana en sujetos con traumas psicológicos. Le llevan un caso tras otro de sujetos traumatizados emocionalmente por los eventos bélicos. La guerra es horrorosa, todos quisieran que ya terminara, pero no parece tener fin. Es sobre todo el desgaste psicológico y la frustración de los partisanos, que ven a sus camaradas morir despedazados por las ráfagas fascistas, y la sensación de no ir hacia ningún lado, lo que más los acaba. Hay una confusión de ideologías e intereses dentro de la República, todos desconfían de todos, nadie sabe para quién trabaja, muchos ignoran ya las razones por las que pelean. Es la cordura la que está en juego en una guerra donde los fines ya no están tan claros.

La chica se coloca con paciencia cerca del respaldo de las camillas de los enfermos, y escucha atenta la narración de los sueños aterrorizantes de los sujetos en crisis mental. Comienza a dominar el español no sin un enorme esfuerzo, cada vez comprende un poco más la compleja gramática del castellano. Hasta ahora ella no ha recibido una preparación psicoanalítica formal, su cultura en psicoanálisis se reduce a la profunda lectura de las obras de Freud que por supuesto no ha dejado de hacer, a las clases de Boloshinov y al contacto de toda su infancia y adolescencia con su madre analista. Sin embargo una especie de instinto freudiano le indica qué hacer y cómo proceder, lleva a Freud en la sangre, y a Jung.

∽

En uno de los campamentos, recostado junto con otros heridos, Oscar la escucha hablar en su encantador francés con acento eslavo.

—¡Muchacha Rusa…! ¡Quiero ver a la rusa…! ¡Renata…!

Grita el anarquista con los ojos vendados, pues se los han cubierto para tratarle la inflamación.

—¡Renata…!

La muchacha a regañadientes se acerca con él cuando le dicen que el chico no deja de llamarla. No lo sabe del todo, ni lo presiente, ni siquiera lo intuye aún, que se acerca a su destino al entrar a la tienda de campaña donde reposa convaleciente el joven guerrillero herido.

5

Mi propio psicoanálisis comienza hasta mucho tiempo después que el tuyo. Es una de las épocas, ya como adulto joven y no como adolescente, más difíciles de mi vida, estoy en los inicios del año 2002.

Me dan de alta de la sección psiquiátrica del Hospital Civil, tengo que ingerir medicamentos de altísimas dosis para controlar mis estados emocionales trastornados. Mi hermano Hilario vende mi guitarra eléctrica para sostener mi tratamiento. Mi padre usa sus ahorros para complementar los gastos de la medicina. Mantenerme medicado cuesto casi cuatro veces más de lo que puede ganar un obrero en México durante una semana de trabajo. Pero sin los medicamentos, corro el peligro de ingresar de nuevo en la caverna sin fondo de la locura. Por lo menos eso dicen y temen los doctores. Las medicinas neurolépticas logran liberarme de los delirios y las alucinaciones, a cambio me producen insoportables síntomas secundarios: temblores involuntarios de manos y piernas, parezco un anciano con síndrome parkinson, dolores de cabeza punzantes en mi cráneo, una angustia mortífera de la que no me libera nada. Tengo que alejarme del *cannabis*, pero no es mi cuerpo el que me demanda fumarla, sino mi estado de ánimo desesperado, oprimido, volátil, quien la necesita.

Con los temblores en mis extremidades, la angustia, la depresión y la falta de sueño no puedo volver al trabajo, al único que me queda como profesor de preparatoria. Paso cuatro días confinado en la casa de mis padres, solamente mirando la televisión, sin ganas de leer, con un ánimo endemoniado. A mis pobres padres les resulta muy duro tolerar mi presencia amarga, mi mal humor, mis reclamos y gritos ante la más mínima incomodidad, mis terrores que acometen mi conciencia hasta recluirme en el cuarto de servicio de la casa paterna, en donde por ahora habito. ¡Qué humillante me resulta ser alimentado por mi madre de nueva cuenta!, no poderme desabrochar ni los pantalones para hacer mis necesidades en el baño, debido a los temblores de mis manos y dedos, no lograr ni limpiarme yo solo el culo después de ir al baño. Caigo en el llanto, sintiéndome el ser más triste y solo en el planeta, extrañando a Isabel, llamándola en sueños, despertando en la madrugada y extendiendo mi brazo en su búsqueda, como si todavía durmiera a mi lado. Mi cuerpo buscándola por instinto, porque se habituó en esos dos años a abrevar del suyo, a nutrirse de sus hormonas y fluidos.

Ahora más que nunca entiendo a Igor Caruso en *la Separación de los Amantes* y a Freud en *Duelo y Melancolía*, ya no es sólo la teoría sino la experimentación en carne propia, lo que me corresponde vivir: lo más duro de perder al amante no es sólo la ausencia física, sino la conciencia de que el ser amado se muere dentro de uno mismo conforme se produce la dolorosa separación psíquica. Y como el amante ha sido interiorizado al haberse identificado nuestro *Yo* con él, en el proceso de enamoramiento y en la fusión a través del sexo, la cotidianidad y la vida en común, precisamente mientras muere su imagen anexada a nuestra alma, va desgarrándonos interiormente y matándonos un poco cada día.

El clímax de ese abismo de mi vida ocurre mientras duermo: en un sueño donde soy perseguido en el interior de una prisión y luego violado por una multitud de reos frenéticos y deseosos de mi cuerpo. En el sueño se me presenta en todo su colorido cómo aquellos personajes me penetran y me rompen mi adorado culito con sus enormes y afilados penes. Despierto esa noche llorando, ahogándome con mi propia angustia y las taquicardias, ¿Cómo poder huir de mi propia mente Dios mío…? ¡Es horrible la sensación de estar atrapado en mi propia cabeza…! ¡Soy prisionero de mí mismo! Me arranco los cabellos, me golpeo cabeza con mis manos empuñadas pero entorpecidas, que no paran de temblar ni en la madrugada. Pienso en matarme, no tengo nada a la mano, la única opción es arrojarme desde el segundo piso, desde donde está el cuarto de servicio de mis padres en que duermo. Salgo a la intemperie, la madrugada aún es muy oscura, son como las tres de la mañana. Miro el vacío, no tengo valor para lanzarme, si no muriera, pienso, quedaría con los huesos rotos, quizá el cráneo o la columna vertebral, entonces mi situación sería peor. Luego me dirijo a los cables de la corriente eléctrica con la intención de electrocutarme. Mis manos temblorosas están a punto de aferrarse a la muerte, cuando me doy cuenta que no puedo hacerlo, la idea de una muerte horrible, achicharrado, me da miedo. Regreso llorando, arrastrándome, reptando, soy el animal más triste sobre la tierra.

ꝏ

—Quisiera que me enumeras a las personas que has conocido, a las que les da por la autocompasión.

—¡No es autocompasión, en verdad, sufro espantosamente!

Lloro frente a ella como un pequeño en su consultorio, pero no logro conmoverla.

—Por favor, haz el esfuerzo, ¿Quién o quienes son los que se han compadecido a sí mismos?

—Mi madre…

Le respondo limpiándome las lágrimas, con mis dedos erráticos de enfermo mental.

Parece una pregunta demasiado ingenua para provenir de una psicoanalista con sus años de experiencia y su preparación. Pero creo saber por dónde va, quiere llevarme a reflexionar sobre mi imagen materna y paterna, a explorar sobre la relación con mi madre y mi padre.

Me dieron su teléfono. Previamente la pusieron sobre aviso para adaptar sus honorarios a un paciente que apenas puede costear sus medicamentos. Me dijo que su cuota era de seiscientos pesos por sesión, pero que me cobraría la mitad a mí. De cualquier manera trescientos pesos me resultan una cantidad muy difícil de sostener, sobre todo ahora que no estoy trabajando.

Tiene como cien años de edad, la piel rugosa de millones de eras acumuladas, sus ojos grisáceos, casi blanquecinos han perdido buena parte de la función visual. Prácticamente ya no ve, los libros que saturan la sala de su consultorio, viejos tomos de medicina, psiquiatría, psicoanálisis, antropología, filosofía, etología, dan testimonio que sus corneas y pupilas se desgastaron sobre ellos.

No sólo es una clínica experimentada, también tiene demasiada experiencia vital acumulada: dos matrimonios y dos veces viuda, tres hijos y seis nietos. Se formó como analista en Viena con Igor Caruso en los años cincuenta, fue una de sus alumnas más queridas, de hecho ella lo trajo junto con Armando Suárez a México, para impartir seminarios psicoanalíticos en la UNAM y en la Sociedad Analítica de Guadalajara. Asistió a los círculos de estudio impartidos por José Revueltas sobre Hegel y Marx, mientras la Universidad Nacional estuvo tomada por los estudiantes en el 68. Sufrió las múltiples represiones y persecuciones a los universitarios en los sesenta e inicios de los setenta, huyó de la ciudad de México y emigró a Guadalajara. Marcho tras la caravana fúnebre que sepulto a José Revueltas en 1976, luego de años de cárcel y enfermedad, iba del brazo del viejo poeta Efraín Huerta, quien ya había perdido el habla y apenas podía caminar. Dicen que de joven era muy bonita.

※

Emilia no para de fumar en la sesión al igual que yo, eso es algo que me hace no percibirla tan distante, con el tabaco encuentro de inmediato un canal de comunicación y simpatía con ella, creo, si es que se puede simpatizar con este dinosaurio freudiano, frío e inquebrantable.

Desde la primera sesión me hace meditar sobre mi excesiva identificación con mi madre. Me hace ver que en algún momento de mi desarrollo y de mi vida, dejé de seguir a mi padre y de identificarme con él. Todo lo que hice desde finales de la preparatoria e inicios de la universidad cuando abandoné la jardinería para comenzar a estudiar psicología con mayor profundidad y luego impartir clases, fue pretender alejarme y contradecir mis raíces paternas. Emilia me lleva a reflexionar que todos mis gustos personales, mis inclinaciones intelectuales y artísticas, son contrarias a la personalidad práctica y sencilla de mi padre jardinero. Cada libro cuya lectura yo creía que me volvía más inteligente, en realidad estableció una brecha cada vez más honda entre mi padre y yo.

De niños mi hermano Hilario y yo crecimos escuchando a mi madre, Juanita, quejarse todo el tiempo de mi padre José, porque no le daba todo el dinero que quería, o porque no la escuchaba ni le tenía las consideraciones exigidas por ella. Ciertamente mi padre se comportaba tal como seguramente actuó mi abuelo, su padre, un tanto distante y autoritario, pero a su manera, siempre estando cercano a nosotros y proporcionándonos devotamente todo lo que necesitábamos para nuestro desarrollo. Don José siempre quiso tener el control total de su casa, incluyéndonos a su esposa Juanita y a sus hijos. Su palabra era y aún lo es, una ley irrevocable e indiscutible que nosotros teníamos que obedecer. Es curioso como mi hermano y yo después de la adolescencia nos quisimos convertir en algo por completo opuesto a la personalidad sencilla y tradicional de mi padre. Nuestra rebeldía auspiciada por Juanita consistió en luchar por no ser como él: un hombre frío y machista según sus palabras. Pero también nos perdimos esa aportación suya de un carácter decidido y viril, que nos proporcionaría la fuerza necesaria para relacionarnos de una manera más equitativa con las mujeres y no permitirnos sucumbir ante ellas.

Hilario abrazó el derecho, se casó hace poco tiempo con una muchacha también abogada y se sometió por completo a los designios y órdenes de su joven esposa, algo parecido a lo que me ocurrió a mí con Isabel, lo cual continuaría si yo hubiera mantenido la relación con ella, o si hubiera corrido a buscarla y rogarle que volviésemos cuando me dejó.

–Una identificación excesiva con tu madre, de ti y tu hermano... Como ella no podía o no se atrevía a enfrentarse directamente con tu padre José, lo que hizo fue sabotear su autoridad a
través de volverlos sus aliados. Lo grave es que Juanita feminizó
a sus hijos para hacerlos de su bando...

Me dice Emilia con frases precisas y tranquilas. Mi primera
reacción consiste en un vacío emocional en el que no puedo
identificar mis sentimientos ante la experiencia de enfrentarme
con mi propia historia personal. Luego siento mucho miedo,
casi pánico al escucharla descifrar mi pasado como un exegeta
de antiguas escrituras. Y al final, entre temblores de mis manos
y piernas, me quedo pasmado oyéndola, sin saber qué contestar.
Tiene toda su anciana boca llena de verdad.

–¡Peor aún...! –Insiste Emilia... Como probablemente no
logró superar el enamoramiento y la idealización de su propio
padre, o sea de tu abuelo, tu madre se dedicó a combatir con
los más ruines medios la imagen de tu padre, su esposo, porque
nunca fue como el príncipe azul con quien ella soñó toda su vida
hasta antes de casarse.

Emilia Vizcaíno me hace reflexionar que fue mi propia madre,
Juanita, al no superar el enamoramiento en la *fase edípica* de su
padre, quien contribuyó a que no nos separáramos de ella, a que
no superásemos nuestro Edipo. Requisito necesario para llegar a
un estadio de madurez y autonomía en nuestras vidas.

Por desgracia, un hombre en exceso identificado con su madre,
quien no se ha separado sanamente de la imagen materna dadora
de vida, carece de los elementos viriles necesarios para enfrentar
el mundo. Eso explica mucho de mis neurosis, inseguridades,
de un constante sentimiento de debilidad e incapacidad para
sentirme dueño de un lugar en el mundo, un fracaso constante
para adaptarme y enfrentar con valor cualquier cosa que me era
necesario vivir. Ocurre que un hombre quien no es aún del todo

suficientemente hombre, con dificultad puede reclamar un lugar en este mundo como suyo, y más difícilmente puede llamar a una mujer: mujer, nombrarla como su mujer, como dice Alejandro Jodorowsky en los *Evangelios para Sanar*.

Pero si mi madre nunca hasta ahora logró superar el enamoramiento y la adoración de mi abuelo materno, a quien ella amaba demasiado, en otra parte según la psicoanalista, tiene también cierta culpa mi padre, José, por haber permitido que Juanita nos secuestrara y apartara de su imprescindible influencia paterna sin hacer nada al respecto. Ante los sabotajes, chantajes, llanto y manipulación de mi madre, don José reaccionaba apartándose y distanciándose de nosotros cada vez más. Reforzándonos la imagen ajena y autoritaria que nos creó Juanita de él.

—¿Es el *contra-edipo* verdad…?

Le pregunto a la mujer, haciendo referencia a la tesis de George Deveroux, el físico y antropólogo psicoanalista, huido de Europa en la época de los nazis, quien habla en sus trabajos no sólo de la reacción pasiva del niño ante la relación edípica con los padres, sino también de la importante actitud de los progenitores hacia dicha relación. Deveroux señala que los padres con su conducta ante el desarrollo del niño, favorecen, o incluso fijan y castran al hijo para mantenerlo atado a determinado estadio de su ciclo vital. El hecho de que un sujeto quede retenido en una etapa de su desarrollo psicosexual, no es culpa exclusiva de la criatura en crecimiento, sino en mucho también de la actitud madura y propiciadora, o egoísta y castrante de los padres.

—Desde luego…

Me responde indiferente a mis conocimientos de psicoanálisis. Dándome a entender que de nada me servirán para ayudarme a mí mismo estos conocimientos mientras no me enfrente con valor a los demonios que me habitan.

❧

–Tu sueño –prosigue analizándome el dinosaurio– me parece que refleja de una manera bastante vívida, tu actitud pasiva ante las mujeres y ante la vida. En el inconsciente estás actuando como la mujer, en apariencia receptiva que es penetrada por el miembro del varón. Ese sueño tuyo con los presos que abusan de ti te pone en el lugar de la mujer, de tu madre. Y para tu desgracia, es el pene de tu padre el que te penetra, y el que eres incapaz de usar por ti mismo para convertirte en penetrador.

Luego prosigue su ataque sobre mí, que la escucho pasmado, sin poderle rebatir nada de lo que me dice:

–No se trata de que el varón tenga que ser siempre el activo sexualmente y el que siempre penetre a la mujer. En realidad a todos, hombres y mujeres, nos corresponde en la vida ser a la vez pasivos y activos, penetrados y penetradores, iniciados e iniciadores, aprendices y expertos según las circunstancias y el momento. Ese es el doble papel que tiene que jugar un ser social y cultural como el hombre, ser a la vez pasivo y activo en diferentes circunstancias, sino no habría desarrollo para ninguna persona. La cuestión es que en tus relaciones con las mujeres has asumido siempre el papel del penetrado, del pasivo, del sufrido…

ॐ

Con mi psicoanálisis también se me vuelve a abrir el apetito intelectual y científico. Le pido a Emilia que además de continuar con mi tratamiento, me ayude como asesora a realizar mi tesis de licenciatura. Hasta ahora no logré titularme aún de la carrera de psicología, entretenido en mi vida amorosa, experimentando como músico y escritor amateur, viajando, drogándome, yendo de aquí para allá. El dinosaurio psicoanalítico acepta, interesándose en mi tema, y me aconseja empezar a entrevistar varones jóvenes, recién casados o viviendo noviazgos formalizados de más de un año de duración. Investigaré la imagen paterna y materna en hombres jóvenes y su influencia en sus relaciones con las mujeres.

Emilia parece también entusiasmarse mucho con el proyecto, la investigación no es sólo parte de una curiosidad intelectual que es evidente, la estimula sobremanera a ella al igual que a mí, sino una etapa complementaria de mi tratamiento, según sus palabras, la cual me ayudará a entender en qué contexto cultural y social, y en qué etapa de la historia de la humanidad, se sitúa mi propia historia personal y mi propio drama personal como paciente de psicoanálisis y como psicólogo en formación. Una especie de psicoanálisis histórico en donde me haré mi propio exorcismo al investigarme y situarme como hermano del resto de los hombres.

La veo levantarse no sin grandes esfuerzos, prácticamente ciega, y hurgar en su biblioteca, guiándose en el lugar tan sólo con su memoria espacial y su tacto diestro, utilizando sus dedos para buscar algunos libros que me pueden según ella servir. En todas las sesiones que llevamos ya trabajando, a lo largo de seis meses, nunca la vi ponerse de pié ni manipular sus libros con tanta familiaridad a pesar de su ceguera, y hablar ya no como una analista distante y meticulosa, sino como una mujer apasionada y jovial.

En un momento dado, mientras abre uno de sus libros más adorados: *El psicoanálisis, Lenguaje Ambiguo*, de Caruso, y me habla de él, su voz parece como la de una mujer de veintitantos años de edad: aguda, sensual, llena de fuerza y adorable. Me conmueve mucho su voluntad de ayudarme e involucrarse en mi trabajo y no sólo en mi tratamiento psicoanalítico. También, como una revelación, alcanzo a intuir que en su juventud fue una mujer hermosísima y sumamente brillante. Desearía haberla conocido cuando apenas era estudiante de psiquiatría, pienso.

∾

Las entrevistas empiezan, ella misma me facilita el trabajo contactándome con algunos de sus ex-pacientes a quienes dio de alta hace tiempo, incluso pone a mi disposición su consultorio a la hora que ella no atiende, para que pueda trabajar con los hombres jóvenes a quienes me citó su secretaria. Es un trabajo arduo, transcurre casi un año en que no sólo la veo para que prosiga con mi análisis personal, sino que asisto dos o tres veces por semana a su consultorio para trabajar con los sujetos de mi investigación, entrevistándolos, grabando las conversaciones, transcribiendo, leyendo muchísimo, viendo a Emilia una vez más a la semana para que me asesore y me dé sus sabios puntos de vista y dialoguemos sobre los casos en que trabajo y sobre mis lecturas que no dejo de hacer. Mi tesis avanza segura y sólida.

చు

–¡Yo no te voy a quitar lo drogadicto, de ninguna manera, ni siquiera lo sueñes...! ¡El psicoanálisis no hace milagros...! ¡La adicción al *cannabis* no es una gripa que pueda quitarse con un jarabe...! Lo único que puede hacer el psicoanálisis por ti es ayudarte a reflexionar sobre tu historia personal y tu situación vital. A lo mucho, para lo único que puede servirte es para ayudarte a comprenderte a ti mismo, que sepas porqué recurres a la droga y porqué fracasas una y otra vez con las mujeres. Eso, me parece, ya es demasiado....

చు

En un momento dado Emilia me prescribe dejar definitivamente los medicamentos psiquiátricos, lo cual es un alivio para mi bolsillo y para mis padres. Los temblores en mis manos y piernas cesan, vuelvo a trabajar con mi padre, también por consejo de ella, en la jardinería. Paso las mañanas cortando el césped y cultivando flores con don José, luego leyendo, haciendo ejercicio; recupero mis clases en la preparatoria de la Universidad y regreso con mis alumnos a impartir cursos de psicología e inglés en los turnos vespertino y nocturno. Me siento bien al estar cerca de don José, el trabajo en su compañía me va fortaleciendo.

Regreso a vivir a la vieja casa con Chuy y Margarita, vuelvo a cuidar los rosales que sembró Isabel, abandonados en nuestro patio desde que nos fuimos, a estar cerca de Caballo mi perro, a tocar la guitarra. Planeo escribir una novela, algo sobre la historia del psicoanálisis en México, centrado específicamente en el psicoanálisis social. Pero no una historia como la oficial, narrada por psiquiatras y psicoanalistas ortodoxos, quienes consideran a Freud como patrimonio exclusivo suyo. Las múltiples lecturas que me proporcionó Emilia pueden darme los elementos necesarios para hacerlo.

ॐ

Es un proceso muy difícil en el que también me cuesta, como un doloroso parto, aceptar y asumir el hecho de que deseaba inconscientemente arrebatarle mi madre a don José. Respiro y descanso de un modo que aún no logro entender, cuando reconozco la relación de Edipo en que estaba atrapado. Pero el trabajo verdadero, en la vida práctica, apenas comienza.

Esa tarde después de mi sesión de psicoanálisis, me extraña mucho que Emilia me acompañe bajando las escaleras del condominio donde está su consultorio en la colonia Colomos Providencia, cerca del club de fútbol de las Chivas. Baja con trabajos todos los escalones desde su apartamento hasta la entrada de su edificio para despedirme. Desciende conmigo tomada de mi brazo y ubicándose con su mano izquierda teñida por el tabaco y las manchas seniles sobre el pasamanos y sobre la puerta de la portería.

—Te agradezco mucho por todo lo que he aprendido y que me has ayudado.

Le digo porque ya se ve venir con claridad el final de mi investigación y me he sentido cada vez mejor con el psicoanálisis.

—Yo te agradezco también porque me trajiste muchas cosas interesantes.

Me dice con cierta coquetería que resulta encantadora para su octogenaria edad. Y se despide de mí dándome un beso en la mejilla, cosa rarísima que jamás se hubiera permitido para con un paciente, este dinosaurio freudiano.

Parto con rumbo a la preparatoria, al turno nocturno donde imparto clases de psicología. No lo sé aún concientemente, tal vez lo presiento un poco, y lo sabré del todo hasta tres días después por conducto de su secretaria, que esa noche al acostarse, morirá esa inmensa mujer de un derrame cerebral. En parte debido a su adicción irremediable al tabaco, parte también a los ochenta y nueve años y al casi siglo de historia que llevaba a cuestas. Emilia nació entre la década de los diez y los veintes del siglo veinte, al igual que Octavio Paz, García Lorca, José Revueltas, Jean Piaget y Alexander Luria, y muchos otros hombres fascinantes. Poco a poco se fueron extinguiendo ya todos.

6

El pensamiento de Carl Jung evolucionó mucho en los últimos veinte años. Si su trabajo en la época en que conoció a Sabina estaba centrado en la innovación y perfeccionamiento de las técnicas psicoanalíticas desarrolladas por Freud, así como en la noción de *psicología de la transferencia* y el método de los juegos de palabras, su actitud intelectual se transformó por completo. Hacia la década de los cuarentas el estudio de *la transferencia* en la psicoterapia lo llevaba al descubrimiento de la *sombra*, de ese lado oscuro, ese aspecto desconocido de la personalidad humana que todos los hombres tenemos y que muy pocos nos atrevemos a admitir, o con el que ni siquiera soñamos que pueda habitar en nuestro interior. Pero al descubrirla, *la sombra* se vengó y ensañó duramente con él, torturándolo en sueños donde aparecían duendes, demonios, gnomos, hadas burlonas que amenazaban con llevar su vida hacia el caos y el pánico. Y no sólo eso, pronto estas criaturas del averno escaparían de sus sueños para molestar también a su familia.

ೞ

Cada día vivía acosado por las propias imágenes, deidades, espíritus y criaturas fantásticas quienes Carl. Se atrevió a rastrear y develar sus orígenes. Tampoco había día en que no recordara a Sabina. Interiormente sabía que mucho de aquello que robaba su paz tenía que ver con los eventos vividos al lado de la judía, esa mezcla de loco deseo, amor y crueldad que le hizo romper con ella después de desearla tanto. Y aunque lo negara, también estaba presente aún el fantasma de Freud, fallecido hace no mucho, persiguiéndolo y acosándolo insidiosamente, recordándole con persistencia su relación de Edipo irresuelta.

Su fama como psicoterapeuta le proporcionó no sólo un floreciente nicho de casos clínicos para sustentar sus teorías, sino también incontables admiradores y seguidores por doquier, y también fortuna. Su adhesión a la sociedad de ocultistas del maestro Schöndolf le abrió innumerables puertas a herméticos y antiguos conocimientos que acabaron de dar forma a su teoría sobre el *inconsciente colectivo*. Según Carl, debajo del *inconsciente individual* descrito por Freud, existe un océano sin límites de *energía libidinal*, cuya naturaleza no es exclusivamente sexual, en la que habitan todos los mitos, figuras y personajes pertenecientes al patrimonio de la humanidad. Lo llamo el *inconsciente colectivo*.

El *ánima y el ánimo*, el masculino y femenino son entonces entidades pertenecientes a todas las culturas y habitantes de cada uno de nosotros. Pero también viven en *el inconsciente colectivo* multitudes de entidades míticas y simbólicas, seres oníricos y fantásticos que no son ni buenos ni malos, buscando emerger en la conciencia humana para torturarla o apoderarse de ella, o incubados durante milenios, sepultados en las profundidades de nuestra alma y dispuestos a surgir en las circunstancias precisas para influirnos.

Ahora a mediados del siglo veinte, cuando la humanidad se creía gobernada por la razón y la ciencia, pensaba Carl, era cuando más tenían oportunidad de surgir determinados arquetipos en la conciencia colectiva, y llevar a los hombres al Apocalipsis, si estos no fuesen capaces de comprenderlos y escucharles. Mientras más ingenuamente se sienten confiados en su razón y su ciencia los hombres del siglo XX, y nieguen su lado místico, fantástico y religioso, se repetía Carl, con mayor facilidad pueden ser poseídos por determinados demonios y arquetipos.

೮ഠ

Torturado por diablos, íncubos y súbcubos, faunos, ninfas, duendes y entidades sin clasificar de la más extraña naturaleza, Jung se trasladó con su familia desde la capital de Suiza hacia el norte del lago de Zurich en busca de tranquilidad. Pero estas criaturas persistentes e inconformes lo siguieron hasta su nueva casa de campo, invadiendo aquella privacidad y calma que Carl tanto añoraba.

Mando construir una torre aislada en las proximidades de su bella propiedad, la vista al lago de Zurich era incomparable, la soledad, el aislamiento para poder estudiar. No poseía luz eléctrica y el agua debía ser acarreada en baldes desde un pozo a varios metros de la residencia. Era una gran oportunidad para aspirar a una vida tranquila que le permitiera seguir sus trabajos de investigación y criar a sus hijos.

ભ

Los primeros dos años intentó recluirse en su torre, tapizada de libros en todo su redondo interior, para trabajar y concluir sus investigaciones sobre el mito y los arquetipos. Pero la calma no duró mucho: sus pequeños hijos se dieron cuenta que la casa del lago estaba encantada. Se escuchaban risillas y blasfemias producidas en lenguas arcaicas, desaparecían objetos personales de la familia, y luego reaparecían bajo el influjo de sobrenaturales manos, alguien le tiraba los bigotes mientras el pobre Carl dormía. Su esposa e hijos no sabían cómo entender y enfrentar semejante situación diabólica. Pero Carl en su interior sabía que la casa no era la encantada, sino que estos seres lo perseguían desde hace años y se vinieron tras de él con la mudanza. Él era el culpable de haberlos resucitado y animado, al tratar de rastrear su naturaleza y origen psicológico.

El acabose ocurrió cuando su hija más pequeña, aquella que más seguía a su padre y en quien Carl veía una posible sucesora en las investigaciones psiquiátricas, observó a la figura transparente de un hada deambular sin preocupación por la sala de la casa. Cuando la chiquita les narraba a sus padres este evento, llena de sorpresa y miedo, escucharon una poderosa explosión proveniente de la cocina. Corrieron hacia el sitio donde se originó el ruido y encontraron al trinchador de la cocina y la estufa por completo destrozados. No había una explicación racional: la estufa era de carbón y no estaba encendida cuando la explosión, peor aún el trinchador de roble inglés, pues para desbaratarlo se necesitarían la fuerza de muchos hombres y varias hachas afiladas.

Su esposa e hijos rompieron en llanto, temblando de miedo ante tales fenómenos inexplicables. Entonces Carl decidió que era el momento de enfrentarlos y encararlos, se acerco hacia el destruido trinchador hecho añicos, se paró muy derecho y enunció:

—¡¡¡¿Quiénes sois ustedes, seres que violentan mi tranquilidad y la de mi familia, sin que ninguno de nosotros les hayamos hecho nada...?!!! ¡¡¡¿Qué buscáis aquí...?!!! ¿De dónde habéis venido?

Hubo un silencio de quince segundos, y luego se escucho un coro de vocecillas provenientes de todos los rincones de la casa, no hablando sino cantando una especie de villancico infernal, producidas por seres que no se dejaban ver:

—¡Somos los pastorcillos, que íbamos a Belén, a conocer al niño, pero llegamos muy tarde ya...!

Su esposa grito de espanto, los niños se refugiaron en su regazo, y Carl por poco se desmaya de miedo.

Capítulo 5

La batalla de stalingrado

Quizá no sea exagerado decir: amar a alguien para hacerle distinto significa asesinarle.

(IGOR CARUSO –La Separación de los Amantes)

Lo único seguro es que la institución matrimonial, tal como se muestra hoy en día, no es todavía un lazo libre entre personas libres. Si se examina más de cerca la cosa, su carácter opresivo aparece tanto más claramente cuanto que su opresión inminente a través de la lucha de intereses entre el hombre y la mujer es introyectada por ambos y produce una ideología cuya falsedad ninguno de los dos puede ver. La lucha de clases domina la familia y en las relaciones entre los progenitores, por una parte, y entre ellos y sus hijos, por otra, es perceptible, aún, la ideología de clase.

(IGOR CARUSO –La Separación de los Amantes)

Un verdadero cristiano no debe ser malvado ni aun con los malvados, no debe ser injusto ni aún con los injustos, no debe ser cruel ni aun con los crueles, sino que debe ser un tentador del bien aun con los tentadores del mal. Debemos, pues, acercarnos a Satanás con un espíritu de caridad y de justicia, no para hacernos sus admiradores e imitadores, sino con el propósito y la esperanza de liberarle a él de sí mismo, y, por supuesto, a nosotros de él.

(GIOVANNI PAPINI –El Diablo)

1

Aníbal permitió a sus hombres dormir, comer y beber hasta satisfacerse, quería que a la mañana siguiente estuviesen por completo descansados y frescos. Buena parte de la noche hablo con sus comandantes reunidos y con los representantes de todas las tribus sumadas a su incursión en Italia. La odisea comenzó en España y les hizo cruzar Europa y atravesar los Alpes, llevando casi cien mil hombres, equipo bélico, elefantes de guerra y caballos. La finalidad era sorprender a Roma, y en lugar de enfrentarla en una actitud defensiva en los dominios de Cartago, invadirla y aniquilarla en su propio territorio. Ningún otro ejército bárbaro hubiera imaginado hasta ahora la posibilidad de invadir a los romanos y combatirlos en su propio país.

Los traductores ayudaron a los jefes celtas y germanos a entender las órdenes del comandante supremo. Por su parte el líder cartaginense dominaba las lenguas del norte de África y la lengua bárbara de los hispánicos, así que se dirigió personalmente a estos, quienes conformaban su Batallón Sagrado, la elite del ejército imperial africano. Pronto quedaron claras todas sus instrucciones, cada contingente tendría un papel muy específico dentro de la batalla y aunque realizarían acciones en apariencia contradictoria para un ejército en campaña, estaban dispuestos a entregar su vida al marchar al día siguiente contra las legiones romanas.

Aníbal perdió a más de la mitad de su ejército en el primer año de la Segunda Guerra Púnica, si iniciaron la marcha cerca de cien mil hombres, después de cruzar las montañas y los pantanos del norte de Italia, le quedaban tan sólo poco más de treinta mil guerreros.

Después de las dos primeras batallas en que salió triunfante, Aníbal envió a Magón, el jefe de la caballería cartaginense y a Monómaco el capitán del Batallón Sagrado, valiéndose de traductores, para convencer a las tribus célticas y germánicas de Francia, Suiza e Italia, enemigas de los romanos, de sumarse a la campaña.

En el primer año Aníbal dio dos golpes mortíferos a Roma. Cuando los romanos se dieron cuenta que eran invadidos por los africanos desde los Alpes, intentaron detenerlos, pero Aníbal los barrió con sus elefantes guerreros. Luego, ya sin paquidermos, emboscó a Flamínido, el cónsul romano y exterminó por completo a sus dos legiones, el mismo cónsul murió bajo una lluvia de lanzas cartaginenses.

Pero ésta batalla sería diferente, Roma temblaba de miedo ante su adversario, por lo que reunió a más de cien mil legionarios, y Aníbal tendría que enfrentarse con un disciplinado ejército que le superaba en más de tres tantos.

༄

Con las luces iniciales de la mañana los primeros en ponerse en marcha fueron los comandos de la caballería, formada preponderantemente por jinetes númidas traídos del norte de África, su mejor adquisición, y jinetes celtíberos que marchaban en la retaguardia de los primeros. Magón, uno de los más fieles de Aníbal los encabezaba, y los hizo adelantarse para ser los primeros en entrar en combate.

Tras de ellos, guiados por el sanguinario Monómaco, un mercenario de origen egipcio, a trote ligero iban las filas del Batallón Sagrado de a pie, conformados por cartagineses, hispanos y guerreros originarios de África occidental. Gente muy experimentada, quienes estuvieron con Aníbal desde las primeras incursiones en España, cuando Cartago extendió sus dominios desde el norte del continente africano hacia la península Ibérica. Incluso había entre los soldados de vanguardia, mercenarios veteranos quienes lucharon con Amílcar, el padre de Aníbal en la Primera Guerra Púnica.

Aníbal mando ocultarse al Batallón Sagrado en los dos extremos del inmenso valle de Canas, resguardados entre los sembradíos de trigo italianos para evitar ser vistos. La caballería siguió a toda marcha hasta perderse de vista en las profundidades del valle.

Con la aparición del ejército romano, los hombres de Aníbal no evitaron sorprenderse, Jamás se vieron reunidas a tantas legiones romanas. Los infantes italianos formaban una fila inmensa que hubiera amedrentado a cualquier otro ejército en el mundo antiguo: poco más de cien mil soldados marchando al unísono. Tuvieron que convocarse a dos cónsules romanos para comandar semejante masa bélica tan difícil de liderar. La orden fue marchar directamente contra el ejército bárbaro y aplastarlo con un solo y contundente golpe de fuerza. Pero no era tan sencillo, los romanos tenían miedo, el solo pronunciar el nombre de Aníbal les hacía respirar con angustia y orinarse en sus trajes de legionarios.

Los romanos dividieron a su caballería en dos grupos y la colocaron en los dos extremos del ejército, para proteger a sus legiones de a pié de la temida caballería cartaginense, y para dar la impresión de que el ejército romano era aún mucho más grande de lo que podían soñar los bárbaros.

Aníbal estaba al frente de su infantería pesada, conformada por cartaginenses, hispanos, libios, etíopes, sirios, germanos y celtas: un ejército polígloto y multirracial. El africano ya sólo veía con un ojo, astuto e inteligente, el otro lo perdió hace seis meses al cruzar los pantanos italianos, donde también murieron todos sus elefantes. Apenas tenía treinta años, era mucho más alto y fornido, al igual que el resto de los africanos, en contraste con los pequeños romanos de las legiones.

Adorador del dios fenicio Baal, el joven jefe supremo se encomendó a su deidad con rostro de carnero y se colocó el casco guerrero, prometiéndole mucha sangre a cambio de su ayuda en esta batalla. Pero la sangre que se le ofrecería al Divino Carnero no sería de niños, sino de soldados romanos. Hacía décadas que los cartaginenses dejaron el sacrificio humano ritual. También pidió por su familia en la capital imperial de Cartago, hacia el norte de África, donde le esperaban su madre, esposa y pequeño hijo. Él mismo estaría al frente del contingente que golpearía por delante a Roma, guiando a los hombres para evitar que los galos desertaran como solían hacerlo al verse impresionados por sus enemigos.

En el primer choque de los ejércitos pareció que los romanos vencerían a las filas cartaginenses. Roma actuaba con una ordenada lógica de fuerza y resistencia que tenía como objetivo pasar por encima de los africanos y aplastarlos por completo, avanzando siempre de frente. Pero Aníbal hizo retroceder tan sólo a los dos costados de sus filas, sobre todo en donde se encontraban los celtas y germanos, pareciendo que se batía en retirada, al mismo tiempo que manteniendo de frente a su infantería pesada de africanos e hispánicos, quienes seguían abriéndose camino entre los romanos.

Los cónsules creyeron que ya estaban penetrando a las filas de Cartago, y dieron la orden a las legiones a través de las trompetas de seguir avanzando. Entonces, de manera automática el ejército de Aníbal adquirió la forma de una cuña afilada que traspasó e hizo perder su formación a la inmensa masa romana, acostumbrada a marchar al unísono y guerrear siempre en orden, y siempre siguiendo un mismo camino de formaciones perfectas. Los africanos y los galos pudieron darse gusto destrozando a los legionarios desorientados, rompiendo aún más sus filas. Los cartagineses llevaban armaduras ligeras y espadas cortas, copiadas de la misma técnica romana, los galos poseían sobre todo hachas, enormes escudos y gigantescas espadas de dos filos con las que podían partir en dos a un hombre de un solo tajo.

Para entonces la caballería africana, comandada por Magón barría sin piedad a su homóloga romana. Los jinetes númidas no llevaban armadura en lo absoluto, vestían pieles de antílope y cabra, con el cabello largo y ensortijado de las tribus africanas, portaban espadas ligeras y tan sólo se protegían de las armas romanas con pequeños escudos de cuero. Pero podían luchar sin tomar las riendas de sus monturas, guiando a sus animales tan sólo con la cadera, al mismo tiempo que tenían las dos manos libres para herir a sus enemigos o protegerse cuando fuese necesario. En cambio los romanos no podían montar sin dejar de sostener con una mano las riendas de sus animales, haciendo una doble función con un único brazo disponible para luchar. En menos de una hora no quedó un solo jinete romano con vida.

℘

Una vez que las legiones romanas de a pie perdieron su formación y Aníbal avanzaba con sus hombres hacia el corazón del ejército romano, los contingentes del Batallón Sagrado, previamente ocultos en los extremos del valle alrededor de los romanos y hasta ahora sin participar en el combate, guiados por el egipcio Monómaco, salieron de su escondite y cargaron en trote ligero contra los dos costados de las legiones italianas. Su impacto se extendió contra sus enemigos como una suave marea mortífera.

Las unidades del Batallón Sagrado portaban armaduras ligeras y no utilizaban escudo. Luchaban con un estilo cartaginense único, caracterizado por el uso de una espada mediana en el brazo derecho y un puñal o espada corta en el izquierdo, permitiéndoles la posibilidad de herir doblemente a sus enemigos. Su ventaja consistía además en el experto uso de ágiles movimientos aeróbicos, con los que podían esquivar los escudos y espadas romanas, hiriendo luego en las axilas, cuello y cara, donde no estaban protegidos por sus armaduras los legionarios.

Los cónsules aún creían que estaban acabando con Aníbal y no se percataban que el africano ya los tenía atrapados por los tres costados, por lo que seguían dando órdenes a las legiones de continuar avanzando sobre el ejército cartaginense. Acercándose ciegos y por propia voluntad, tal como lo previo Aníbal, hacia su exterminio.

No fue sino hasta que la caballería africana y celtíbera de Aníbal, una vez que dio cuenta de la romana, viró ciento ochenta grados para regresar y golpear durísimo a la retaguardia de las legiones de Roma, que los cónsules cayeron en la cuenta de que habían sido rodeados por un ejército mucho menor numéricamente. Ya sólo fue cuestión de que los italianos esperaran pasivamente por una muerte inevitable, encerrados, a que les cortaran el cuello o les destriparan los africanos. La masa romana fue reducida de un inmenso y orgulloso ejército, a una capa de viseras sanguinolentas que cubrió el valle. En la batalla de Canas, la más sangrienta del mundo antiguo, murieron cerca de noventa mil romanos y veinte mil mercenarios cartaginenses. Una cifra mayor que la de norteamericanos muertos en toda la guerra de Vietnam, más de dos mil años después. La historia seguiría hablando del triunfo del comandante africano todavía muchos siglos adelante.

∽

El Valle de Canas en 1941 aún estaba cubierto de cultivos de trigo y de variados tipos de hortalizas, irrigados por los pequeños conductos hidráulicos naturales del fértil terreno. Aunque estos no eran tiempos menos horribles y sangrientos que los del imperio romano, ya que Italia y la casi totalidad de los países europeos participaban en la guerra, en Canas se respiraba una bella tranquilidad veraniega, contrastante con las batallas libradas no muy lejos de allí con tanques y aviones. Los campesinos italianos continuaban cultivando con tradicionales técnicas conservadas desde el medioevo y tal vez desde mucho tiempo atrás, preocupados momentáneamente más por sacarle al verano la mayor cantidad de frutos para abastecer a sus pueblos y familias, que por las consecuencias de la guerra a la que les arrastro Musolini.

El joven tomo la mano de la chica entrelazando sus dedos con los de la mano izquierda de ella, quien se dejó guiar con suavidad. Él llevaba en la otra mano libre un ejemplar de *Salambó*, el libro de Flaubert sobre la Primera Guerra Púnica que devoraba con ansia, estudiando la historia del imperio cartaginense. "¡Aquí exterminó Aníbal a las legiones romanas, una tras otra!", pensaba entusiasmado al mirar la total extensión del hermoso valle de Canas.

Oscar era un admirador de Aníbal, soñaba con la posibilidad de que el africano hubiera ganado la segunda guerra púnica y con el rumbo que hubiese tomado la historia del mundo. Entonces África no habría sido la colonizada, le decía a su joven esposa, sino Europa la que tuviera que rendirse ante el esplendor de África. No sería Jesús el hijo de Dios, sino Baal, el guerrero con cabeza de carnero, Belcebú quien triunfara y se convirtiera en la encarnación de los poderes divinos en el hombre.

Renate, formada sobre todo en la tradición greco latina no compartía del todo las desconcertantes disertaciones de su marido anarquista, pero le escuchaba con paciencia y resignación. Oscar soñaba con el abatimiento de todo tipo de dictadura y gobierno, y con la posibilidad de darles a los hombres simples y trabajadores de los pueblos, el control de su vida y sus instituciones. Todas las decisiones con respecto a política, educación, sociedad y negocios serían discutidas por gremios de trabajadores y campesinos, sin gobierno ni estado. Oscar leyó todas las biografías publicadas hasta entonces sobre Aníbal, se le revolvía el estómago de tristeza al pensar en la guerra de desgaste que luego emprendió Roma contra los africanos, quienes al final, sin apoyo de su corrompido imperio, y con Asdrúbal el bello, hermano de Aníbal, derrotado y muerto mientras trataba de llegar desde España para auxiliar a su comandante, se desencadenaría la derrota final de Cartago, y después su destrucción absoluta.

Caminaron durante un buen rato, tomados de las manos y Oscar saludo con las únicas tres o cuatro frases en italiano que conocía a un campesino, quien parecía muy sencillo y amable.

❧

Al principio la muchacha estuvo muy renuente a aceptar los coqueteos e insinuaciones del anarquista, le huía y lo despreciaba, le parecía un tipo poco teórico y bastante impulsivo, con una cultura a medias en todas las cosas: medio anarquista, medio cristiano, medio místico, medio pagano, expresándose tan sólo con frases inconclusas en diferentes idiomas, por completo irreverente y desconfiado ante cualquier tipo de autoridad, incapaz de mantener un trabajo común y corriente por demasiado tiempo. Ni siquiera podía terminar de leer un libro completo, siempre llegaba hasta la mitad, o sólo tomaba lo que necesitaba de los textos, abandonándolos o tirándolos posteriormente. Esta falta de disciplina e impulsividad hacía enojar a la rusa.

Sin embargo Renate amaba su determinación, valentía y nobleza. Pero sobre todo amaba su fidelidad a la justicia. Oscar, un hijo de pastorcillos de origen vasco encarnaba, así lo pensaba Renate sin habérselo confesado nunca, los más hondos ideales de justicia, compasión y bondad en la práctica, sin necesidad de hablar de ellos en voz alta. Un hombre con mucho más congruencia que los altos funcionarios de Moscú, quienes despotricaban incansablemente en sus discursos sobre el hombre renovado, la justicia y la repartición de propiedades para todos. Pero quienes luego eran capaces de enviar a un padre de familia o a un profesor inocente, a morir en los campos de concentración en Siberia tan sólo por sus opiniones políticas. También amaba sus manos, esas manos enormes que arreglaron las radios y las armas descompuestas de los republicanos con los ojos vendados, porque todavía no sanaba su vista hacia el final de la guerra civil. Las mismas manos que ayudaban a los campesinos españoles a cultivar el campo o a cuidar a las ovejas. Las mismas extremidades expertas que desarmaban explosivos de la República española. Mismas que aquella primera noche acariciaron sus pechos en un campamento cerca de Bilbao, antes de que terminara la guerra civil y los republicanos tuvieran que exiliarse.

Se casaron en Barcelona en una pequeña iglesia de barrio, sólo por darle gusto a Oscar porque Renate se decía atea.

Gracias a los contactos de la chica, después del término de la Guerra Civil Española comenzaron a trabajar en el servicio secreto ruso. Ahora estaban de misión en Italia, haciéndose pasar por ministros de cultura. Trabajaban principalmente en Francia, Austria e Italia conforme recibían órdenes de Moscú.

Su labor consistía en viajar, recorrer ciudades y pueblos, hablar con determinadas personas, observar ciertos eventos políticos y sociales que eran del interés soviético, y sobre todo esperar nuevas órdenes de Moscú. Renate no podía regresar a Rusia desde su salida para España, sobre todo debido a la situación política en el continente, a la devastación de la guerra y el peligro que se presentaba por donde quiera.

ↂ

Al estallar la segunda guerra mundial Hitler pacto con Stalin un acuerdo de mutuo respeto, ambos se repartirían Europa como un pastel de carne. Si los rusos permitían a los alemanes hacer lo suyo en el Occidente, a Rusia le quedaría la parte Oriental de Europa y toda Asia Central. Sin embargo, ahora que los nazis ganaban más y más terreno y que cada día caían más países bajo su dominio, era evidente que Hitler no respetaría el pacto previo de no agresión. Los nazis preparaban una campaña bélica sin precedentes contra Rusia. El enorme país blanco, según los planes de Hitler, sería invadido por tres frentes: por el Caucazo hacia Moscú, por la parte de las petroleras de la Unión Soviética y hacia la zona industrial de Stalingrado. Sería un ataque en tres frentes y los rusos no resistirían una embestida de esa magnitud. Hitler se proponía cumplir el cometido en el que Napoleón Bonaparte fracaso: someter a la nación de Tolstoi y Dostoyevsky. Por su parte Renate temía por la seguridad de su madre y las dos hermanas jóvenes, sobre todo con las políticas antisemíticas de exterminio de las que ya se tenía noticia.

ↂ

En todo ese tiempo la muchacha tampoco dejo nunca de leer psicoanálisis. No sólo terminó todas las obras de Sigmund Freud, sino que profundizo en el hermético lenguaje de Jung, sentía que algo muy íntimo la unía a él y no se equivocaba. Trataba no sin demasiado esfuerzo, de compaginar su actividad política y cultural para el partido comunista, con el estudio autodidacta del psicoanálisis. Por las noches, a escondidas se dedicaba a estudiar las obras de Freud y sus discípulos por cuenta propia, pero no siempre era fácil mantener esta pasión en la clandestinidad. Si llegara a ser descubierta su filiación hacia el pensamiento freudiano, pensaba temblando de miedo, corría el peligro no solo de perder su trabajo, sino incluso de ser deportada a Siberia junto con su esposo. Hasta ahora no tenía ningún estudio formal en esta disciplina, tan sólo contaba con sus abundantes lecturas y su práctica empírica interpretando sueños de pacientes traumatizados por la guerra. Dentro de ella se llevaba a cabo un angustioso conflicto interno, luchando por conciliar su ideología comunista, aparentemente opuesta a los postulados psicoanalíticos, con el pensamiento freudiano. No poseía aún noticias de alguien que hubiera logrado conciliar la teoría y la crítica social del marxismo con las propuestas de Freud. Los comunistas y marxistas iban de un total rechazo y censura hacia las obras psicoanalíticas, o cuando mucho de una importante consideración, no sin dejar de criticarlo duramente como Boloshinov y Vygotsky, a una completa indiferencia e ignorancia.

Los psicoanalistas europeos por su parte se mantenían con una actitud poco comprometida en política, buscando complejos de Edipo por doquier, analizando fantasías neuróticas y entreteniéndose con los sueños de sus pacientes burgueses en sus lujosos consultorios. Estos médicos de diván en su mayoría, mientras no fueran molestados o afectados directamente por la situación bélica en Europa, se abstenía de hacer comentarios, o cuando mucho hablaban de política, pero sin inmiscuir al psicoanálisis en la situación social apremiante que se vivía.

Contrariamente Renate estaba convencida de que en Freud había mucho de crítica social y de una interesantísima propuesta antropológica. En esto coincidía con su madre, con quien mantenía una rica correspondencia sobre el asunto desde Rusia. Sabina también consideraba que obras como *Tótem y Tabú, El Porvenir de una Ilusión, Psicología de las Masas, Moisés y la Religión Monoteísta,* hablaban de un Freud que concibió al psicoanálisis no sólo como un paliativo para tranquilizar a los burgueses neuróticos e histéricos, sino de toda una propuesta crítica para explicar las causas sociales y culturales de la locura, y los sufrimientos morales de los hombres modernos.

Poco después se enteraría Renate que en Alemania y Austria surgían recientemente algunas propuestas muy originales para unificar el pensamiento marxista y el freudiano. Hasta sus oídos llegaron alegrándola, las noticias y algunos de los primeros libros de la gente de la escuela de Frankfurt: Herbert Marcuse, Teodoro Adorno, Walter Benjamín, Horkheimer, Erich Fromm. Eran en su mayoría judíos o descendientes del pueblo de Israel como ella, llegados al psicoanálisis no desde la medicina como Jung, Lacan y Freud, sino del campo de las ciencias sociales, la antropología, la lingüística y la sociología. Gente que tuvo que huir hacia América y hacia otros países, perseguida por los nazis, tanto por sus orígenes judíos como por sus posturas contrarias a la ultraderecha y a los totalitarismos comunistas. Estos libros que le llegaban por medio de algunos contactos no pertenecientes al partido, encontrados en aisladas librerías de Munich y Viena, prohibidos por los nazis y los soviéticos, le brindaban la esperanza y la idea de que sus intereses no eran aislados, había otros al igual que ella, con el mismo proyecto de encontrar en Freud y Marx una síntesis que diera respuestas y posibilidades de acción y pensamiento en una época de barbarie como la que vivían.

❧

En esa época, precisamente en Italia, mientras volvía con su marido desde el Valle de Canas para que Oscar contemplara el escenario del mayor triunfo de Aníbal, Renate escuchó una conversación en el tren donde se hablaba de un increíble psicoanalista, no médico, sino psicólogo de formación. Escuchó a dos hombres, al parecer profesores, decir que vivía en Viena, trabajando con suma discreción ante la ocupación de los nazis en el país de Freud, donde tras su muerte Hitler prohibio y mandó quemar sus libros. Él es quien continuó manteniendo vivo el círculo psicoanalítico freudiano tras la muerte del patriarca, pero no se trataba tampoco de un psicoanalista ortodoxo.

Quienes charlaban en voz baja eran dos hombres, hablaban entre ellos cuchicheándose, decían que el tipo era un psicoanalista de izquierda, estaba tratando de incorporar al método freudiano todas las aportaciones sociales del marxismo y la antropología moderna, una especie de psicoanálisis social. Renate no pudo evitar ser indiscreta y escuchar tal conversación. Oscar dormía mientras viajaban a través de Italia, fue un largo y agotador día recorriendo Canas. Ella los interrumpió, también con suma discreción pero sin poder ocultar sus ansias, en esos tiempos todo el mundo estaba cuidándose las espaldas:

–Disculpen, no pude evitar escucharlos, pero me interesa muchísimo lo que están diciendo, ¿Quién es el hombre de quien hablan...,? Necesito conocerlo.

Los dos profesores se asustaron por la interrupción y trataron de callarse y hacer como que no la oían, podría tratarse de una espía fascista.

–¡Por favor...! –Les rogó–. ¡Es justo a quien he estado buscando...! ¡Por favor...!

Se ahogó en un suspiro.

–Caruso... Igor Caruso... En Viena.

Es lo único que le susurró uno de los hombres, el más viejo, en francés. Luego cayó en un completo silencio. Era de noche, el tren seguía su trayecto hacia París.

2

Le dices al editor en Nueva York, con quien te contactó Yusef, que deseas que aparezca tu seudónimo en la primera edición de *Sicky Teens*, bajo el nombre de Alejandra Spielrein.

No te das cuenta por más explicaciones racionales que le das a Yusef Mafú, que al negarte al apellido de tu padre: Limón, y adoptar como tu apellido paterno el de tu abuela: Spielrein, para presentarte como escritora, estás dándole nuevamente poder y asumiéndola a ella como tu padre simbólico, negándote y negándole el lugar a tu verdadero padre. No importa que Renate ya esté muerta, ni importan tampoco todas las interminables horas transcurridas en psicoanálisis, para que te dieras cuenta con tanto trabajo de la magnitud del poder de tu abuela sobre ti y del daño hecho a tu imagen paterna. Renate desde el mundo de los muertos continúa influyéndote y mandando en tu persona, no alcanzas a vislumbrar aún las repercusiones y las penas que nos causarás a todos con ello.

Al final *Sicky Teens* es publicado en el año 2000 bajo la autoría de Alejandra Spielrein. Resulta que en el primer trimestre la novelita ya es todo un éxito en Norte América, leída no sólo por jóvenes de *junior hign school* y *high school* en quienes pensabas cuando la escribías, sino por adultos quienes comienzan a adorarte. No cabe duda que para muchas cosas en la vida naciste con estrella. Pero para tu desgracia, no para todas, como hubieras querido.

A los seis meses recibes el cheque de las regalías en dólares, nunca hasta ahora tuviste tanto dinero junto. Durante tu época de estudiante viajaste con el apoyo de tu papá y de Renate, aprovechando los contactos de ella en Argentina y Alemania, auspiciada por el dinero que te enviaba tu padre hasta California, ayudándote también con una beca de la UNESCO para sostener los gastos de tu postgrado en antropología.

ജ

Yusef te lleva hasta Londres para conocer a sus hijas y como agregada, a su ex-mujer. Notas que Laura, la dentista y ex-esposa, las ha puesto sobre aviso de tu visita y no es muy cálido su recibimiento. No eres conciente sino hasta mucho después, que al tomártelo como personal, enojarte con ellas y querer competir por el cariño del persa, estas nuevamente repitiendo antiguos y olvidados pasajes de tu historia vital, expresando con tus actos cuánto te hizo falta en verdad la figura de tu papá, y cómo añoraste su protección y cuidados personales en la infancia. Pero es inútil que compitas con esas inglesas refinadas, ellas tienen la ventaja porque están en su país y en su casa, y tú no eres más que su invitada.

No dura mucho tu estancia en Londres, regresas con tu novio a México, a Guadalajara y se instalan en la casa del barrio de Santa Teresita donde vivió Renate. Mafú viaja constantemente a Washington y al extranjero, no puede abandonar su carrera como diplomático pero tampoco deja de estar contigo todo lo que puede. Haces el amor con él sintiéndote como nunca, sin temor ni inhibiciones, te ayuda muchísimo la paciencia y el cariño de Yusef Mafú para contigo. Piensas ingenuamente que todos tus problemas y traumas familiares, sexuales y emocionales fueron superados. En un momento dado, a los seis meses apenas de noviazgo, Mafú te habla de formalizar su relación contigo: la verdad es que está muy enamorado de ti, y aunque no te des cuenta, tú también de él:

—Me gustaría tener hijos contigo, casarnos…

Te dice distraídamente una noche antes de dormirse en la casa de Guadalajara.

Te quedas helada por la sorpresa, no pensabas que Mafú iba tan en serio.

—No se… Por ahora hay que vivir el presente, ya se verá…

Le respondes un tanto fría, ocultando que te da miedo su proposición y la manera en que te la hace. Ocultándote también a ti misma que en el fondo sí te gustaría formalizar tu relación con él.

꿍

Te lleva también en unas vacaciones de verano, antes de Septiembre del 2001 hasta la India, a la población de Mashobra, donde su amigo Pankaj Mishra, un escritor de la casta de los brahmanes, de quien tanto te habló Mafú, lleva casi diez años trabajando, moviéndose por el norte de ése extraño país, siguiendo los pasos del Buda a través de las rutas que el Iluminado caminó para prepararse espiritualmente, hasta antes de convertirse en maestro e iniciar sus enseñanzas y sus discursos.

Mishra te toma la mano con las dos suyas y te sonríe con una expresión bellísima, llena de bondad, amabilidad y transparencia. El joven escritor finaliza ya una inmensa investigación y revalorización del pensamiento budista, y su trascendencia en el mundo a inicios del nuevo siglo. Ha pasado casi diez años leyendo, moviéndose entre la India y el Tíbet, hablando con monjes, campesinos, eruditos y gente simple relacionada con el Buda. Comparando las enseñanzas del Iluminado con el pensamiento Occidental, encontrando diferencias, algunas semejanzas y encontrándose también a sí mismo.

La India te fascina, aunque te cuesta mucho trabajo comprender sus contrastes: su pobreza, el hambre, los leprosos, los niños mutilados y obligados a mendigar. También te seduce su profunda espiritualidad, las circunstancias aún similares a las que vivió Buda y que continúan separando abismalmente a las castas y las clases sociales entre sí. En su pobreza y contrastes te recuerda un poco a México, pero este país es diferente. La India asimila los modelos económicos e industriales de Occidente con gran rapidez, se prepara para dar un paso a una industrialización y tecnologización que pueden colocarla a la par de los países del primer mundo. A diferencia con tu propio país, la India está apostándole a invertir en educación, investigación y desarrollo tecnológico como ningún otro lugar del tercer mundo. México se va quedando a la saga educativa, cultural y económicamente, piensas. También son cada vez más las hordas de pobres y hambrientos que dejan el campo para emigrar a la ciudad en busca de una vida mejor, huyendo de las enfermedades, la falta de oportunidades. La gente parece haber olvidado el legado del Buda.

Mishra te lee algunos de los fragmentos de su libro: *"Para no sufrir más: El Buda en el mundo"*, como se titulará su obra cuando sea entregada a la editorial. Tu y Mafú lo escuchan frente a una taza de espumoso té *chai* con leche, embelezados por la espiritualidad y belleza que destila su escritura, el texto será una combinación entre diario de vida, novela, relato antropológico, discurso histórico y ensayo filosófico. Mishra ve en el Buda más un psicólogo y un filósofo preocupado por el sufrimiento de los hombres, que un profeta anunciando a un nuevo dios. Ustedes caen en un estado hipnótico, producido por el efecto de la cafeína y el clavo de olor del té indio, y por los bellos párrafos leídos en un inglés delicado y suave de Mishra.

Esa noche haces el amor con Mafú como nunca, con tal libertad y destreza, aplicando los consejos de los textos tántricos que te facilitó tu hombre y que ahora lees en tu estancia en la India. Te quedas luego profundamente dormida junto a Mafú, sobre el tapete en el piso que les facilitó Pankaj Mishra para descansar en su humilde cabaña en Mashobra.

೧

Le obsequias a Mishra un ejemplar de *Sicky Teens* parte 1 en su versión inglesa. Se lo lee en dos días, rapidísimo y te dice una mañana después del desayuno, con su mirada sincera y alegre, que no le ha gustado mucho el contenido de tu libro. Que posees un estilo admirable de narración y un dominio de los diálogos de tus personajes muy notable, pero el contenido de la obra le resulta en exceso superfluo y vacío, tu obra le parece no tener alma. Esa historia de una adolescente vacua llamada Mindy, adicta a las drogas e incapaz de relacionarse con los hombres, le parece que no llega a ningún lado, no tiene vida ni propone nada más que seguir girando en torno a inacabables círculos viciosos.

–Sobre el vacío y la falta de sentido ya han escrito mucho los existencialistas y de muy bella forma, Alejandra…

Te dice Mishra en un tono suave pero sin pensárselo mucho. No es lo que Mishra espera de una obra literaria, vuelve a decir. Para el indio la literatura debe describir la evolución de las personas y retratar el hecho de que los seres humanos somos procesos incesantes, como señalaba el Buda, no reproducir un vacío sin alma como si se tratase de la vida de unos maniquíes en un lujoso aparador, te da a entender el indio en un tono tranquilo y espontáneo. Le parece que no hay nada de verdaderamente humano en tu obra.

No sabes qué responderle, hasta ahora todos los comentarios que recibiste sobre tu novela son halagadores, de hecho ya preparas la segunda parte de una saga que será larga. Estás acostumbrada a que todo el mundo te alabe y te diga lo que quieres oír, nadie más que Emilia Vizcaíno se atrevió a confrontarte y decirte tus verdades. La editorial está muy contenta, tus lectores exigen una nueva entrega. Nadie te dijo hasta este momento que tu obra es superficial y hueca.

Te retraes el resto de los días y te vuelves desconfiada del pobre de Mishra, quien te resultaba adorable hasta que se sinceró contigo.

స

Terminan su estancia en la India ése verano y se preparan para regresar a México, en un vuelo con escala en París, luego en el DF y al final hasta Guadalajara.

Cuando te despides de Pankaj Mishra, el indio te parece más enigmático y desconcertante, pues te dice al tomar tu mano con las dos suyas y sonreírte, sin que tú ni Mafú le hayan hecho revelación personal alguna, pareciendo que puede leer tus pensamientos y penetrar hasta lo profundo de tu espíritu con sus ojos grandes y negros:

—Yo adoptaría nuevamente el apellido de mi padre para firmar mis libros, y abriría un poco más mi corazón... ¡Alejandra, el amor ha tocado a tu puerta, ábrele...! Tal vez eso le daría un poco más de alma a tus libros...

Te dice con total apertura y de modo sumamente directo, como si estuviera al tanto de todos tus secretos y de todo aquello que agita tu alma.

Pero no lo comprendes aún, tardaras mucho tiempo todavía en entender lo que quiere decirte, te molestas y te hieres malamente en tu orgullo personal con sus palabras. Regresas con un amargo sabor de boca a tu casa en Guadalajara.

ↀ

Para el 11 de Septiembre del 2001 la aparente tranquilidad que vivías se verá alterada. La destrucción de las Torres Gemelas en Nueva York cambiará el rumbo del mundo. La paranoia sacudirá Norteamérica, los políticos demócratas con quienes colabora Mafú perderán cada vez más posiciones, los republicanos esparcirán un discurso de agresión, aprovecharán el miedo para apoderarse del control de los Estados Unidos y justificar sus invasiones a Oriente Medio. La intolerancia se alzará como en añejas épocas de barbarie en la humanidad. Nuevas preocupaciones sacudirán tu pecho y tensarán tu relación con el persa. Será cada vez menos el tiempo que estará Mafú contigo, las crisis políticas y militares que se avecinan lo tendrán demasiado ocupado.

3

A lo largo de una importante parte de su carrera y de su producción teórica, Freud tuvo la creencia de que la curación de las enfermedades mentales y la madurez en general del ser humano, dependía de su facultad de hacer concientes los múltiples conflictos desprendidos de sus relaciones con los padres en la infancia y durante su desarrollo.

Creía que era posible curar los trastornos mentales y vivir una vida de madurez y equilibrio por medio del ejercicio de la razón. Un sujeto que se conociera a sí mismo en todos sus oscuros rincones internos y poseyera una imagen racional de sí mismo, sería el modelo ideal de hombre saludable mentalmente. Sin embargo su propia experiencia con su autoanálisis y el trabajo interpretando sus sueños, le hizo darse cuenta en un momento determinado de su vida personal y sus investigaciones, que no bastaba con ser conciente de los traumas personales y conflictos, o que siéndolo, los síntomas neuróticos no desaparecían automáticamente.

El problema central era si la razón por sí misma era capaz de curar las enfermedades emocionales. Pero todo indicaba lo contrario. El camino hacia la curación y la madurez del hombre no se dirigía sólo en el sendero de la racionalidad y la conciencia. La razón no ganaría la batalla contra el inconsciente tan fácilmente.

Este problema le dio vueltas en la cabeza durante años, sobre todo psicoanalizándose a sí mismo, puesto que sufría desde la juventud de miedos irracionales y ataques de pánico repentinos que le impedían andar por la calle y cruzar solo. Ciertamente aventajaba cada vez más en su desarrollo teórico y científico, y en el conocimiento de sí mismo que lograba con los años, pero sus más acuciantes síntomas mentales no lo abandonaban de ninguna manera. Él mismo sufría interiormente demasiado, torturado por sus propios males que no podía curar. Su adicción al tabaco y la cocaína crecía como sus teorías.

Había pacientes que no mejoraban completamente, o recaían en antiguos síntomas tras años de psicoanalizarse. Hubo muchos momentos en que se pregunto si el rumbo que tomaba su teoría era el correcto. En innumerables ocasiones se dio cuenta que era necesario dar marcha atrás, incluso retractarse de aquellas teorías que defendió durante años para mejorarlas o reconstruirlas por completo desde sus cimientos.

Los pacientes neuróticos tras cinco o más años de psicoanálisis volvían a sus antiguos síntomas, a sabiendas de que repetían relaciones de Edipo no resueltas con los padres, trasplantadas luego a sus relaciones adultas. Incapaces de abandonar esquemas infantiles de actuar que les mantenían atados a pesar de ser adultos y vivir una vida aparentemente normal.

Freud llamo a esta tendencia a regresar a síntomas básicos por parte de los neuróticos, la *compulsión a la repetición*. El paciente tendía a arrojarse una y otra vez sobre los mismos errores y las mismas taras. Ciertamente también muy conciente de las causas que lo orillaban a tales actos, después de ir con el psicoanalista, pero incapaz de arrancarse de ese torbellino histórico que le aprisionaba desde edades muy tempranas de la infancia, y le hacía hundirse una y otra vez en las mismas viejas y destructivas acciones.

También observó que el psicoanálisis al proporcionar conciencia a los pacientes de su propia historia y de las causas de sus sufrimientos, les brindaba trabajosamente y no de manera automática, una libertad de elección que no proporcionaba ningún otro tipo de tratamiento médico o psicológico. A Freud le dio mucho alivio ir sabiendo que el psicoanálisis hacía libres a los sujetos, al hacerlos darse cuenta de los orígenes de sus padecimientos, y más libres aún de elegir arrojarse sobre sus viejos esquemas de acción o detenerse y reflexionar. Incluso libres para elegir el no sufrimiento aunque fuera inevitable caer en la añeja y neurótica repetición, gracias a la conciencia de que los vínculos familiares que atan a los seres humanos son indestructibles, pese a toda lucha y vano esfuerzo.

El psicoanálisis se convertía poco a poco en un instrumento crítico de análisis ético y moral, capaz de develar la maldad y perversidad ocultas en los actos aparentemente más nobles y santiguados. Mucho del mecanismo neurótico, fue reflexionando el patriarca, se mantenía por las resistencias infructuosas de las personas ante lo inevitable, ante lo ya ocurrido, o ante lo imaginado. El neurótico luchaba por romper con sus padres, o era incapaz de separarse de ellos por más que se proponía cortar con sus lazos familiares y culturales. Impotente ante síntomas emocionales que no cedían y que incluso se fortificaban mientras más se empeñara en eliminarlos.

El simple conocimiento y aceptación de los vínculos tan fuertes e irrompibles con los padres, de los aspectos más oscuros y enfermos de ésos vínculos: incesto, asesinato, abandono, traición, prostitución, castración, esclavismo, canibalismo, sodomía, y la imposibilidad de abstraerse de ellos, ya podría brindar un margen de acción y libertad un poco más amplio. Aunque un margen de acción humanamente limitado, que proporcionaba la elección de seguir adelante con la propia vida y el desarrollo, a pesar de la oscuridad y el mal que rodea a todos los seres humanos.

ꙮ

Entonces Freud aconsejó como indispensable el hecho de que los psicoanalistas en formación tuviesen que pasar por un psicoanálisis didáctico previo y obligatorio, antes de dedicarse a la práctica clínica.

Freud cayó en la cuenta como nunca hacia el final de su vida, que el psicoanálisis no era una técnica que pudiese aplicarse de manera mecánica a diestra y siniestra. Sino que el psicoanalista era el propio instrumento del tratamiento, por lo que resultaba indispensable entonces un análisis didáctico, y que el mismo analista se analizara y se conociera a sí mismo antes de pretender curar a otros.

Freud saboreaba aquel precepto de Sócrates, de que el mejor y más valioso conocimiento es el que se logra descubriéndolo en uno mismo. De tal manera que a la hora de la terapia psicoanalítica, en realidad el propio paciente analizado era el responsable de su análisis y el más importante medio para conocerse a sí mismo. El psicoanalista no era más que una especie de espejo, a través del cual el paciente se miraba y descubría sus lazos enfermizos, sus vínculos infantiles y vanas resistencias que le impedían desarrollarse. De ahí la utilidad de la noción de *transferencia* en psicoterapia, como elemento necesario para la cura psicoanalítica, al propiciar la identificación o el rechazo por parte del paciente hacia su analista. Sacando a flote en el proceso analítico sus antiguos vínculos y estériles maneras de relacionarse con los otros. El psicoanálisis era un escenario artificial en donde se revivían las experiencias enfermizas infantiles, y donde el paciente tenía oportunidad después de actuarlas, de analizarlas y dejar de identificarse con ellas con ayuda de su psicoanalista.

&

Mi psicoanálisis sigue practicándose en mi persona a pesar de la muerte de Emilia Vizcaíno, pero a manera de *autoanálisis*, ahora soy yo mi propio terapeuta, el que continúa el trabajo conmigo mismo.

Su secretaria me avisa que Emilia me heredó sus libros en una última voluntad. Con eso basta para echarme encima a toda la Sociedad Psicoanalítica cuyo deseo unánime es anexarse su biblioteca tras su muerte por considerarla como patrimonio único suyo, puesto que Emilia fue una de sus fundadoras.

Me avisa su secretaria también que algunos freudianos intentarán demandarme, me entero por otros colegas psicólogos que tú estás entre ellos y que nuevamente me odias al verte despojada de algo que consideras exclusivamente tuyo. Sé poco de ti: sólo que eres una reconocida escritora de *best sellers*, que tu nombre es Alejandra

Limón Iturrarán, pero usurpaste el apellido Spielrein de tu abuela, y también eres parte de la junta académica de la Sociedad Psicoanalítica. Que estás entre quienes deciden quién será discípulo de Freud y quien no. Que has hecho mucho dinero y fama con tus libros. Que eres hermosa y tienes unos ojos y un cuerpo glorioso. Personalmente no he leído tu obra, no me interesa ése tipo de literatura aunque yo escribo también. Ya trabajo en los inicios de mi novela histórica sobre la llegada del psicoanálisis a México, tengo mucha información bibliográfica, la biblioteca de Emilia me ayudará. Aún ignoro que ésa novela y mis investigaciones para escribirla me llevarán irremediablemente a ti.

Intentarás junto con otros freudianos meter un recurso jurídico y rebatir el testamento de tu profesora y psicoanalista, pero hasta mis conocimientos limitados en el derecho y la jurisprudencia, me hacen saber de manera obvia que no podrán despojarme de la biblioteca de Emilia, puesto que su testamento es muy claro al respecto. Sus libros coleccionados a lo largo de poco más de sesenta años, son sólo míos. Los psicoanalistas argumentarán ante un juez que Emilia ya no estaba en sus cabales antes de fallecer, al dejarle sus libros a un paciente psiquiátrico y drogadicto como yo.

Me parece que no te das cuenta de la relación de Edipo que estás actualizando al querer revocar la voluntad de Emilia, tu maestra y analista, enfrentándote con ella aún a pesar de que está muerta. ¿No estarás rebelándote en el fondo contra tu madre, y más aún contra tu abuela Renate…? ¿No será un vano esfuerzo de repetición neurótica que te llevara de nueva cuenta a donde mismo, de donde no has conseguido salir jamás…?

No obstante sé que seguirás a tu orgullo por encima de todo.

පා

Chuy me ayuda a mover la biblioteca de Emilia e instalarla en una habitación de nuestra casa del centro que utilizamos los dos como consultorio, en la casa donde vivimos y donde trabajamos dando psicoterapia a nuestros primeros pacientes.

Vamos logrando cierto prestigio como terapeutas, atendemos por lo menos entre dos y tres pacientes cada uno a diario. El ejercer la psicoterapia nos emociona demasiado y nos va dando experiencia vital y profesional como psicólogos. No somos psicoanalistas entrenados, pero sí un par de psicólogos eclécticos con tendencias sociales, esotéricas y simpatías por Freud, Jung, Lacan, Fromm. Nos gusta la psicoterapia Gestalt, el existencialismo, los enfoques sistémicos que ya se han divulgado por doquier y que hemos asimilado de autores como Gregory Bateson. Paul Watzlawick, Jay Haley.

Entre nuestras influencias se encuentra también la psicología social de Martin-Baró que conocimos en El Salvador, los trabajos de Keneth Gergen, Tomás Ibáñez y los teóricos franceses de las representaciones sociales como Moscovici. Por lo menos los hemos leído a todos ellos con más cuidado y devoción que muchos ruidosos psicoanalistas, o que algunos incultos y presuntuosos psicólogos sociales que han estudiado en el extranjero. También nos damos el lujo de prescribir y practicar actos de magia ritual con nuestros pacientes. Nos encantan todos los libros de Carlos Castaneda y Alejandro Jodorowsky, y amamos la *Rama Dorada* De Frazer.

Insisto que nos vamos haciendo cada vez más eclécticos y menos ortodoxos y apegados a un credo psicológico en particular.

En esto pienso que mi generación se distingue radicalmente de la generación de mis profesores de psicología y de la de Emilia Vizcaíno, aún más vieja. En pocas palabras, de la generación de nuestros padres y abuelos. Personas para quienes la posibilidad y la necesidad de autodefinirse era obligada: eran católicos, liberales, demócratas, socialistas, psicoanalistas freudianos, marxistas, estructuralistas, mexicanos, españoles, rusos. La indefinición les producía enorme angustia y vértigo, una sensación de que se desintegrarían si no estaban parados en una postura determinada, teórica o práctica, o ubicados en un lugar geográfico específico. La gente de mi generación no siente ésa necesidad imperiosa de autodefinirse. Simplemente agarramos un trozo de una ideología o de una teoría, un fragmento de una estructura de pensamiento o de otro y lo incorporamos a nuestro haber. Entre nosotros es muy difícil encontrar una distinción tajante para señalar si alguien es ateo o creyente, de izquierda o de derecha en política, psicoanalista o marxista, científico o espiritualista y esotérico. Incluso si pertenece a una nación o es extranjero.

Si alguien intenta autodefinirse rígidamente en nuestra época, pronto queda superado por una corriente abrasadora de información, hechos, datos que resultan muy difíciles de conectar y ordenar con un solo sistema lógico. Parece que el mundo que nos toco vivir desde los finales de los años noventa, aparenta ser mucho más complejo de lo que vivieron los seres humanos de otras épocas. Y la confusión crece para las nuevas generaciones que nos siguen.

Nosotros mezclamos fácilmente cuestiones de arte como la música y la literatura que nos gusta, con la psicología teórica más científica y la antropología más abstracta. Sin dejar de lado la religión, que nos atrae sólo si es tomada desde fuera de las depredadoras iglesias.

En nuestras habitaciones puede encontrarse igualmente *la Biblia*, el *Corán*, las obras de Marx y Engels, novelas pornográficas y de ciencia ficción, el *Kamasutra*, libros de magia negra y hechicería, y *Rayuela* de Julio Cortázar. En nuestras discotecas álbumes de jazz, música pop divulgada por la radio, lo último en rock alternativo y música electrónica, y también todos los discos de los *Beatles*, *Jimi Hendrix*, *Led Zeppelín* y todas las obras de *Mozart*. Lo pasado y lo presente se confunden ante nuestros ojos, lo clásico y lo contemporáneo se desdibujan también. Igualmente nos atrae la magia y el chamanismo que los seminarios de Lacan o los últimos libros del Método de Edgar Morin. Las investigaciones más recientes sobre el funcionamiento del cerebro, las complejidades de la genética y la biología molecular, la física cuántica y la historia de toda la humanidad.

Al escuchar a alguien de nuestra generación hablar, se encontrarán efectivamente serias contradicciones en su discurso, pero la necesidad de pertenencia y exclusividad hacía una opción teórica, política, religiosa o científica no existe entre nosotros. Si alguien se pronuncia categórico refiriéndose a su propia filiación hacia una religión, forma de pensamiento o política, prontamente es ignorado, olvidado u obviado.

El fanatismo religioso y sectario no puede manifestarse entre la gente de nuestro tiempo tal como se dio en personas de otras generaciones. Lo que no quiere decir que no seamos fanáticos ni hombres masa como decían Jung, Marx y Freud, sino todo lo contrario. Los fanatismos que nos esclavizan a nosotros son de otra índole: la necesidad desesperada de fama y reconocimiento, de ser el centro del mundo. Caemos hipnotizados ante los objetos materiales y la tecnología que deseamos siempre poseer en su última versión. Idealizamos el amor, pero al mismo tiempo es una utopía inalcanzable que dura poco en nuestras manos o se agria prontamente. No estamos del todo seguros si el amor es para nosotros tan sólo un mito del cual oímos hablar a nuestros padres.

También está nuestra hambrienta búsqueda de guías espirituales y credos, que fácilmente pueden seducirnos, pero igualmente pueden aburrirnos y hacernos abandonarlos con rapidez. Tememos con enorme angustia ante la muerte y las enfermedades, nos asusta el dolor físico y emocional como a ningún otro hombre de otras épocas. Toda forma de sufrimiento y de complicación de nuestra existencia es temida con horror. Nadie como nosotros ha diseñado maneras tan sofisticadas para evadirse del presente y de sus realidades, todo en nuestro tiempo está hecho para distraernos, para evitar la introspección y la reflexión, para alejarnos de nosotros mismos, para anestesiarnos y evitar sentir y experimentar con todos los órganos sensoriales. Nadie como nuestra generación ha olvidado el arte de escuchar y disfrutar los silencios, puesto que solamente queremos hablar sin parar, y nos angustia la calma.

Las jornadas laborales poseen horarios interminables que nos roban toda posibilidad de intimidad y vida personal, son semilleros donde fructifica la neurosis y la locura, enmascarada de nueva cultura laboral y compromiso con el trabajo. El conocimiento de uno mismo parece más que nunca vedado e inaccesible, por ello también figuras como Freud adquieren más que nunca relevancia y necesidad de revalorización de sus obras. Incluso la experimentación pura es saboteada y disfrazada de adrenalina, experiencias límite, drogas y deportes extremos. No se nos enseño, o se nos hizo desaprenderlo, que el presente en nuestra vida es lo único que realmente poseemos. Que la información y el conocimiento provenientes de uno mismo, tal como decían Sócrates y Freud, son las cosas que más importan en la vida.

෴

Chuy toca el bajo eléctrico y canta en su grupo de punk hasta que sus miembros lo echan debido a un estancamiento prolongado de su banda, aunque él es el miembro más antiguo, compositor principal y fundador.

No eran una banda que ganará enormes cantidades de dinero, pero ya tenían muchos años tocando, desde que eran adolescentes, con una importante cantidad de seguidores en los estratos sociales bajos de nuestro país. Capaces de llenar escenarios medianos con multitudes de jóvenes de escuelas públicas y sectores juveniles populares. Probablemente no cuentan con el prestigio ni el éxito de una banda apoyada oficialmente por televisoras y medios de comunicación masivos. Pero el objetivo de Chuy es convertir a su banda en un grupo de culto, seguida por melómanos fieles y honestos, sin importar que su música no llegue a un público más masivo y con mayor poder adquisitivo. Tocar una música igualmente honesta y de buena calidad que pudiese disfrutarse igualmente en un agitado concierto, que escucharse con atención en un reproductor de discos compactos, en la casa o el auto. Pero sus músicos están cansados de una vida de privaciones y carencias económicas. Al parecer un nuevo vocalista negoció con ellos sin que mi amigo se diera cuenta, ofreciéndoles el capital suficiente y los contactos para grabar en una reconocida disquera internacional, siempre y cuando cambien de cantante para dejarlo a él como líder del grupo en lugar de a mi colega. Los músicos deciden venderse.

Sin embargo la cosa no ocurre de manera transparente: Chuy descubre por medio de conversaciones y comportamientos contradictorios de los miembros de su grupo, que su gente a escondidas se reúne para ensayar con su nuevo miembro, sin que nadie le haya dicho nada a él. Cuando los encara no pueden ocultarlo más, de cualquier manera ya tienen el ofrecimiento para firmar un gigantesco contrato con una disquera trasnacional. Lo dejan fuera sin deberla ni temerla. Nada puede detenerlos, se irán en quince días a grabar a la ciudad de Los Ángeles. Chuy se queda como amputado, le han quitado su más importante proyecto. Siendo que él fue quien los recluto desde que estudiaban la escuela secundaria, quien enseño a tocar a varios de ellos cuando apenas podían cargar torpemente una guitarra, quien compuso las canciones con las que ya son conocidos por sus seguidores fieles. Le dicen que puede quedarse con sus canciones. Se hunde en una oscura depresión, ahora me toca ser a mí y a Margarita su novia, el apoyo moral para mi amigo.

Probablemente nuestro consultorio no es un proyecto de la magnitud que implicaba el trabajo de años con su banda, pero le ofrezco seguir trabajando como psicoterapeuta conmigo en nuestra casa. Al principio no parece muy motivado aunque con los primeros pacientes, nuestras lecturas y los análisis de casos que hacemos entre los dos, logra entusiasmarse. Ahora comenzamos a tocar, solamente él y yo, él con su bajo y yo con una guitarra eléctrica comprada con mi sueldo como profesor y los honorarios de mis consultas.

Descubro que yo no canto tan mal, algunos ejercicios de vocalización ponen en marcha una voz de barítono a la que acompañan nuestros instrumentos.

Transcurren un par de años de calma en la casa y el consultorio, también de abstinencia sexual y mayor moderación con el *cannabis*. El inicio del milenio es un período de aprendizaje, *autoanálisis,* reflexión, investigación por mi cuenta, lectura, escritura y música. Los síntomas mentales que me atormentaban van disminuyendo, o si retornan, son recibidos de mi parte con amabilidad para que su visita no se prolongue ni ocasione nuevas tormentas interiores.

∽

Las múltiples lecturas de ésa época me llevan al descubrimiento de un personaje femenino fundamental para la historia del psicoanálisis: Sabina Spielrein. Inmediatamente asocio su apellido con el tuyo, me parece excesiva coincidencia que ambas sean psicoanalistas y se apelliden de la misma manera. Por lo visto tu presencia comienza a perseguirme de manera más insidiosa como una enfermedad heredada, incluso en las investigaciones que realizo para mi novela.

Resulta que en 1980, hace veinte años, un psicoanalista junguiano llamado Aldo Carotenuto encontró en los archivos de Jean Piaget en Suiza, los documentos personales y escritos psicológicos que la judía le dio a guardar al biólogo. Luego Carotenuto publicó un estudio sobre la influencia de Sabina, que cuestiona la solidez moral de Carl Jung y Sigmund Freud hacia con la judía.

Desde el inicio la historia me fascina: Jung la curó de esquizofrenia para después involucrarse sexual y emocionalmente con ella. Al parecer luego la abandonó y la rusa nunca consiguió olvidarle. En la biblioteca que me dejo Emilia encuentro un libro de Bruno Betelheim, aquel psicoanalista austriaco quien se suicidó y de quien traduje años atrás su obra *Psicoanálisis de los Cuentos de Hadas*. Este texto de Betelheim titulado *El Peso de una Vida*, es una colección de ensayos y reflexiones autobiográficas, pero en él dedica uno de los capítulos a la historia de Sabina, y a la influencia de su persona y sus escritos, sobre todo en la persona y obra de Carl Gustav Jung. Habla de la necesidad de que se le reconozca a ésta mujer su trascendencia y aportaciones a la historia del psicoanálisis.

Me precipito a buscar más información sobre la relación entre Sabina y Jung. De por sí el pensamiento de Carl Jung me fascino desde los inicios de mi formación como psicólogo. Entre los libros de Emilia encuentro las *Memorias*, Sueños y Recuerdos de Jung dictadas en vida a su secretaria, y un libro biográfico sobre él de Mary-Louis von Franz. Sin embargo Jung jamás hace revelaciones ni comenta en lo absoluto nada acerca de la judía, como si no hubiera existido. Al parecer Carl no se atrevió jamás siquiera a mencionar su nombre después de romper con ella. ¿Quién sabe qué incomprensibles vínculos los unían?

Yo necesitaba una idea general para comenzar mi novela. La relación entre Carl y Sabina sería la idea general de la que partiría mi obra. Estaba convencido de que la ambientaría en el mundo del psicoanálisis. Pero no sería una obra erudita que agregara nuevas reflexiones sobre ésta disciplina, de la cual se ha publicado demasiado y no todo se lee, ni todo vale la pena. Sino que el psicoanálisis sería el ambiente donde se moverían mis personajes, como los habitantes de un denso y fascinante bosque, el bosque sería el psicoanálisis. Un psicoanálisis mexicano de corte social, puesto que es en el que más he trabajado con

Emilia para culminar mi tesis. Una novela que a la vez hiciera justicia a algunas de las principales figuras de este pensamiento, replanteara la necesidad de volverlo a leer en el nuevo milenio y repensara los acontecimientos culturales actuales desde su teoría. Pero también, la obligación de enfatizar que se trata de una obra de ficción, que contará literaria y humanamente las contradicciones del mundo de los psicólogos y psicoanalistas. Sobre todo que nunca se pierda de vista el hecho de que es una novela por encima de cualquier cosa.

Leo todo lo que tiene Emilia sobre Jung, biografías de Freud, algunas obras capitales del padre del psicoanálisis. Unas notas al pié de página en un libro de historia de la psicología me hacen vincular luego a Igor Caruso, el psicoanalista de izquierda a quien tanto admiro yo con una hija de Sabina, Renate Spielrein, de quien nunca tuve noticia.

Hablo con la secretaria de Emilia largamente sobre la fundación de la Sociedad Psicoanalítica en Guadalajara, sobre los personajes que viajaron a Viena en los cincuentas y sesentas para estudiar con Caruso, de la venida de Renate con su esposo a mi país y las visitas de Caruso a México. Ella me entera de todo, pero aún no de tu existencia. Olvida mencionar tu nombre, el cual obviamente debía ser vinculado ya concientemente a mis investigaciones. Yo también olvido preguntarle sobre tu relación con Sabina y Renate, aunque sé que adoptaste su apellido. Es un olvido involuntario, pero con él manifiesto que aún no estoy listo para encontrarme contigo.

Me encantan las traducciones de Armando Suárez de las obras de Igor Caruso. Es éste psiquiatra mexicano uno de los alumnos que más convivió con él. Pronto consigo hacer un vínculo literario y teórico entre Caruso, Jung, Freud y Sabina. Incluso Piaget, pues me entero que se psicoanalizó con Sabina en Zurich.

El ambiente para mi novela está listo y la idea general de la cual partiré ya es demasiado clara. Recuerdo la frase de Umberto Eco en *el Nombre de la Rosa:* escribir una novela no tiene nada que ver con las palabras, sino que es un acto cósmico. De pronto todo concuerda: todos los hechos y sucesos que me precedieron desde hace más de un siglo y aún más atrás, todas mis lecturas en casi diez años, mis propias vivencias, viajes, pasiones y sufrimientos, y mi propio psicoanálisis. De pronto todo está relacionado entre sí y nada está desconectado.

❧

Repentinamente también reaparece Isabel en mi vida tratando de inquietarme.

Un día se presenta en nuestra casa después de tres años como si nada, mientras Chuy y yo trabajamos en una discusión de casos clínicos en el patio interior de nuestra guarida, frente a una taza de café chiapaneco, nuestros libros y notas, y unos tabacos.

Trae sus cosas y sus pinturas consigo, y sin dar demasiadas explicaciones pretende instalarse en mi habitación como cuando éramos novios. El Caballo se deshace de alegría, moviéndole la cola al verla después de tanto tiempo. Chuy retorna a su piso de arriba disimuladamente, yo sé que él no la aguanta.

Discutimos una buena parte de la noche en mi buhardilla de la casa. Ella trata de imponerse sobre mí, al principio me amedrenta y me impacta como antes, cuando nos adorábamos y nos hacíamos pedazos. También me seducen su silueta y sus ojos, hace dos años que no estoy con una mujer. ¡Cómo me gustaría encamarla! Pero no logra intimidarme ni seducirme de la manera en que ella lo quiere, siempre tratando de ganar sin conceder nada a cambio. Ella no para de hablar, interrumpiéndome, queriendo culparme y evocando un pasado en el cual yo he trabajado demasiado gracias a mi psicoanálisis. Ella parece seguir hablando desde un pasado que no se da cuenta, ya se ha perdido y transformado. Su estrategia fue siempre hablar sin parar con su voz aguda, atacarme y luego seducirme.

Esta vez la silencio con mis besos. Estoy que me muero por acostarme con una mujer, mis testículos están hinchados y doloridos desde hace semanas por falta de evacuación. Se resiste, introduzco mi mano en su pantalón, parece enojada al inicio, ella lucha, pero su memoria biológica recuerda también mis caricias a las que tanto se acostumbró. Muy pronto he conseguido desnudarla y doblegarla con mis manos que la modelan y estremecen.

≈

Mis reflexiones me llevan también a la necesidad de superar mi vanidad y mi narcisismo, el cual me atrapó ya varias veces en la locura y la neurosis.

Con los primeros párrafos escritos de mi obra, me planteo el objetivo de seguirme autoanalizando permanentemente durante el resto de mi vida. Tal como proponían Freud y Sócrates, avanzar ya no sólo en el almacenamiento de conceptos y teorías, sino en el conocimiento de mí mismo.

No sólo es la acumulación de información en las lecturas y libros lo que me permite ir creando mi obra, sino el trabajo interno de clarificarme, definirme, descubrir con exactitud qué es lo que quiero y a dónde quiero ir a parar con mi libro y con mi vida. La novela empieza a reflejar no sólo mis conocimientos y mi capacidad como narrador, sino mi claridad mental, vitalidad interior y energía espiritual. Mi obra es un reflejo del proceso de desarrollo de mi *Yo*. El despliegue de cada párrafo y cada capítulo habla, además de mis conocimientos y capacidad de fabular, de un esfuerzo continuo por encontrar dentro de mí las frases más sinceras y las ideas más sentidas. Un esfuerzo de poco más de diez años, que como puede corroborarse si se ha llegado hasta aquí conmigo, no ha sido nada sencillo. Pero sólo así, creo yo, mi obra tiene mayores posibilidades de que el lector se vuelva más capaz de identificarse con mi trabajo.

≈

No hay escritor ni artista en estos días que no sueñe con la fama y el reconocimiento. Yo soy un individuo que anhela fama y riqueza, un tanto superfluo y deseoso de triunfo y admiración de los otros. No obstante, el ir definiendo exactamente qué tipo de lectores debería tener mi obra, para quiénes deseo escribir en realidad, me va permitiendo también delinear mi novela desde el primer capítulo.

El contacto con editores debido a mis traducciones al español de libros de psicología, me hace reflexionar mucho acerca de qué destino deseo para mi obra, a qué sectores sociales me gustaría dirigirla y qué tipo de lectores deberían ser los que tuvieran acceso a ella.

Cuando hablo de mi proyecto de novela con un par de editores independientes y otros comerciales, se muestran interesados en mi trabajo. El psicoanálisis es un tema que si es explotado con el suficiente sensacionalismo, me dicen, puede vender bastante y atraer a las masas consumidoras de *best sellers*, como le ha ocurrido a *Sicky Teens* de Alejandra Spielrein. El gran público está ansioso de espiar con morbo la vida íntima de las personas, expuesta y develada a su vez por el psicoanálisis. Una especie de *reality show* psicológico y literario.

Pero pienso que con una decisión editorial poco reflexionada, mi libro puede condenarse a ser leído por demasiado poca gente o por nadie. Aunque con los contactos adecuados, también puede penetrar en sectores sociales elevados, con alto poder adquisitivo, y sólo así proporcionarme el brillo y la fama que secretamente anhelo. Colocándome en el *top ten* de la literatura comercial, en los medios de difusión frecuentados por la crema y nata de la sociedad, no sólo nacional sino extranjera. Entonces yo podría aspirar a una vida intelectual soñada, de viajes, donde se me invite a fiestas y entrevistas, conocer artistas y personajes reconocidos de televisión y prensa. Es tentadora la posibilidad.

También tengo otra alternativa: la de extirparme todo anhelo de vanidad, reconocimiento y fortuna, y acercarme a los estudiantes de bachillerato y de los primeros semestres de universidad en mi país. Pensando principalmente en jóvenes de amplios sectores populares, de clase media y baja, quienes asisten a escuelas públicas o de modestas cuotas. Quienes de hecho son el grueso de la mayoría de población en mi país, y a quienes poco llegan los *best sellers* como *Sicky Teens*, por su elevado precio y porque la mayoría de estos posibles lectores ni siquiera visita una librería jamás.

Entregar mi libro a una editorial escolar o universitaria, utilizarla como un apoyo didáctico en los cursos obligatorios de psicología y literatura a manera de taller. Que pueda, además de entretener y hacer volar la imaginación de los jóvenes estudiantes, mostrarles que el psicoanálisis tiene mucho qué decir en el nuevo milenio. Que aún es posible hacer dialogar a Freud con las nuevas generaciones y los tiempos actuales. Hacerlos realizar un prolongado viaje de poco más de un siglo, en que el psicoanálisis se diseminó desde Viena a finales del siglo XIX, hasta llegar a una ciudad mexicana como Guadalajara. Hacerlo mediante talleres literarios libres, los cuales me permitan conocer qué tanto se identifican con mi obra los estudiantes, o qué tanto les es por completo ajeno y chocante mi trabajo.

Las editoriales y los escritores se quejan a menudo de que en nuestro país se lee poco. Pero no son muchas las casas editoriales ni los autores que procuren formar lectores ni acercarse a los jóvenes, a menos que no sea para tratar de engordar sus cuentas bancarias y su fama. Los mismos docentes en las clases de historia, psicología y literatura, no son en muchas ocasiones guías que sepan acercar los estudiantes a los libros.

En su mayoría la escuela más bien se encarga de generar en los muchachos aversión y molestia ante la lectura, al obligarlos a leer directamente a Cervantes, a Dante, a Aristóteles o a Freud, sin una preparación ni lecturas amistosas previas.

Existe una enorme distancia entre las casas editoriales, los libros y los autores, y el grueso de los jóvenes de dieciséis años en adelante, quienes podrían ser potenciales lectores y consumidores de libros. El problema fundamental es preparar a estos jóvenes para acceder a la literatura y la cultura escrita, entender el proceso social y psicológico de desarrollo que viven adolescentes y jóvenes en nuestros días, para adaptar los programas de formación y preparación de lectores a la realidad de la juventud en nuestro país.

Recuerdo hace un par de meses, un estudiante mío de la materia de psicología en la preparatoria, quien me decía que al verme siempre cargado de libros se despertaba en él el deseo de leer. Desgraciadamente aunque tenía un enorme interés por leer y poseer el hábito de la lectura, sus intentos lo habían llevado a fracasar luchando de corrido con una aburrida enciclopedia, y luego con *El Quijote*, el cual sin la preparación y los hábitos necesarios para acostumbrarse a su lenguaje, puede volverse somnífero e inaccesible. El resultado en su caso como el de muchos, fue una apatía y un rechazo tácito a los libros. La ignorancia puede llevar a una ignorancia aún mayor. Le doy como obsequio una obra de Juan Rulfo, que contiene sus cuentos de *El Llano en llamas* y la novela *Pedro Páramo*. Los cuentos lo llevan a devorar el libro completo y pasar a la novela. Luego me pide más, como adicto al opio, la marihuana, el descubrimiento del sexo, o cualquier otra droga cautivante en la que acabara de iniciarse. "Ahora debes leer a José Revueltas", le digo, entregándole el libro *Material de los Sueños*, una colección de cuentos redactados en un increíble estilo, escritos durante su última reclusión en la cárcel de Lecumberri, después de ser acusado de la autoría intelectual del movimiento estudiantil de 1968, y poco antes de su muerte en 1976.

❦

Mientras escribo, reflexiono y tomo notas para mi novela, contemplo a Isabel dormida en la que fue nuestra cama.

Escucho su respiración suave pero quejosa, al parecer sufre pesadillas y su sueño no es tranquilo. Creo que ella no ha superado aquel período de reproches y culpas que vivimos juntos, ni la pérdida de nuestra hija.

Pero no parece tampoco haber descubierto lo que quiere hacer con su vida. No ha aprovechado los años sufridos para aprender de su experiencia y analizarse a sí misma. Se fue de mi lado, regreso a Zacatecas con su antiguo novio, iba a casarse por fin con él, se retracto en el último momento. Intento dejar la pintura y trabajar con sus padres en el comercio, volvió a pintar, expuso un par de veces sus obras sin mucho éxito, abandono de nueva cuenta a ése novio y por último consideró el intentar volver a Guadalajara conmigo. La nostalgia la mataba, me confesó. Su alma no ha encontrado descanso y tranquilidad desde que se fue de la casa hace casi tres años.

Me hace pensar cuánto le llore y cómo sufrí por ella, los años compartidos a su lado, los viajes por Zacates, Nayarit, la Ciudad de México, Oaxaca, Cuba, en su compañía. Cuando creía que ella era el amor de mi vida. De hecho lo fue, pero sólo durante el tiempo que estuvimos juntos.

Pienso ya como algo muy lejano en nuestra hija muerta.

De la ternura que nos unía no parece quedar más que un poquito de simpatía y deseo sexual, cuando menos de parte mía, puesto que su cuerpo durmiente y semidesnudo se me antoja podría ser besado y poseído de nueva cuenta.

Intento seguir tomando notas, son las tres de la mañana, pero no puedo dejar de mirarla dormir, escuchar su respiración lastimera, su cuerpo vestido tan sólo con calzoncillos y en posición fetal, luchando por volver a los orígenes de su vida, cuando la angustia y el vacío no estaban presentes. Es la búsqueda del útero materno de su madre, de quien ella tanto reniega.

La encentro algo más gorda que la última vez que estuvimos desnudos y juntos, hace una eternidad. Sus caderas están un tanto más redondas, y sus senos algo más grandes y blandos. Su cuerpo todavía joven presiente los estragos del tiempo, como una temerosa obra de arte maltratada por el paso de los años.

Me acerco y mi nariz explora aquel cuerpo, el cabello diseminado en la colcha, la espalda brillante y curveada, el trasero ahora sin calzoncillos, sus glúteos redondeados que siempre creí poderme comer a mordidas, el ano y el sexo tranquilos. Aspiro el olor de la sudoración que emanan ambos orificios tras largas horas de actividad sexual, queriendo predisponerla de nuevo al amor. El humor agrio producido por su cuerpo después de viajar durante cinco horas, la pobre, en autobús desde Zacatecas a Guadalajara, tras dejar a su familia de nueva cuenta. Llevando a cuestas la duda constante y la incertidumbre, en un mundo donde no está segura si dedicarse al arte, a pesar de las nulas oportunidades, o de volver con su novio actuario y casarse para llevar una vida normal, o quedarse conmigo como cuando estábamos juntos y nos adorábamos.

–¡Ayyy…!

Grita bajito cuando me he colocado tras de ella, sin sacarla del todo de su sueño ni de la manera en que estaba sobre la cama. Embistiéndola de costado y por detrás, puesto que su sexo estaba al descubierto en la posición del feto.

Agitada hasta el orgasmo, desfalleciente, me dice un poco antes de volver a quedarse dormida:

–Me moría por a estar contigo de nuevo. Tú me das mucha calma…

Y cae en el sueño para dejarme otra vez sólo, en mi habitación y con mi novela.

"No te engañes", le digo únicamente con mis pensamientos, sin que me escuchen sus oídos.

എ

A la mañana siguiente, a las siete, cuando Isabel sale de la regadera renovada por el sexo y alegre, recién levantada y bañada, la despido con una frase breve y contundente, sin la menor muestra de resentimiento:

—Quiero que te vayas, que ya no vuelvas...

No es lo que esperaba la pobre. No me dice nada, no ataca ni se defiende como antes. Su rostro se marchita, oculta su amargura que se le derrama por todo su ser y la recoge en pedazos regados con su ropa y sus pertenencias esparcidas en el piso de mi cuarto.

Sale hecha un mar de llanto sin despedirse, cargando su bolso mal cerrado y algunos de sus lienzos y pinturas, llevando a rastras su orgullo maltrecho. Sin saludar a Chuy y a Margarita a quienes se encuentra al pasar por nuestro patio. No ve al Caballo que la espera fuera, dando saltos y moviéndole la cola al darle los buenos días. Él creía que se quedaría para siempre y ya no se iría nunca más.

4

Hitler dividió su ejército en tres contingentes y lo envió a tres diferentes objetivos en Rusia: el Caucazo, hacia donde marchó a su mariscal de campo List, hacia las zonas petroleras de Moscú y hacia Stalingrado. El Ejército Rojo de los soviéticos logró detenerlo parcialmente en los primeros dos objetivos, pero las defensas del Caucazo no pudieron sostenerse mucho tiempo y retrocedieron, perseguidas por la poderosa avanzada nazi con rumbo hacia el majestuoso río Volga, que marcaba los límites de la ciudad de Stalingrado.

Hitler temía que los rusos se reagruparan y emprendieran una dura contraofensiva, por lo que apuro a sus tropas para acabarlos antes de que llegaran a la ciudad, pero su avanzada no pudo darles alcance y los comandos del ejército Rojo lograron llegar a la capital y pertrecharse dentro de ella.

Aún a pesar del sangriento comienzo de la invasión que no fue nada fácil ni poco accidentado para los nazis, al ver retirarse a las defensas del ejército ruso, Hitler creyó que sería sencillo someter a los soviéticos. La toma de la ciudad de Stalingrado ya era una obsesión para él, la cual resultaría un triunfo simbólico sin precedentes que impresionaría a los aliados, ahora que sus victorias eran más bien pocas.

Su idea era acabar pronto con las resistencias soviéticas, y apoderarse de Rusia antes del arribo del invierno. La invasión comenzó un Junio de 1942 y no debía extenderse hasta Diciembre, a sabiendas que el frío ruso podría resultar mortífero y jugar como un factor en contra para sus tropas, tal como ocurrió con Napoleón Bonaparte cuyo ejército murió congelado, de hambre y cansancio en la misma empresa.

El ejército de Hitler estaba constituido en su parte más fuerte por poderosos tanques pantera, fabricados por sus ingenieros militares en Alemania, los cuales le resultaron hasta ahora infalibles al apoderarse de Polonia, Dinamarca, Francia. Nadie logro hasta ahora detener sus temibles panteras de hierro, blindadas y dotadas de efectivos cañones y ametralladoras. Iban precedidos por su infantería de a pié, conformada por soldados nazis sanguinarios y bien entrenados, armados con los rifles más modernos de su tiempo, ametralladoras, lanzallamas y gases mortales que usaban sin piedad. Los acompañaban unidades motorizadas que podían invadir los terrenos más hostiles e inaccesibles, armados con pequeños lanzadores de granadas y enormes metrallas a las que no se les acababa la munición.

Una mañana de finales de Junio de 1942 el río Volga que rodea la capital de Stalingrado, amaneció sitiado por casi cinco mil tanques pantera de manufactura nazi. Los alemanes habían conseguido llegar. La ciudad entro en pánico inicial, pero Stalin ordeno que se le impidiera a los civiles abandonarla y huir. El dictador soviético pretendía apostarle a la indomable alma rusa para soportar la resistencia y obligarlos a defender calle por calle su amada ciudad de los ejércitos alemanes, y no se equivocaba.

Comenzaron los bombardeos por aire sobre Stalingrado, murió ya demasiada gente para el primer día. Los tanques pantera estaban listos para ingresar a la ciudad al día siguiente destruyéndolo todo a su paso, la infantería pesada nazi entraría tras de ellos, acompañados de las unidades motorizadas. Pero el ejército Rojo y los civiles preparaban también una resistencia que los nazis no esperarían, se trataba de la Gran Guerra Patria para los rusos.

۵

Oscar partió en una épica travesía desde Austria, donde dejó a Renate contra su voluntad, pues la muchacha quería acompañarle y conocer por todos los medios el destino de su madre y hermanas después del inicio de la invasión. Se sabía que los nazis cruzaron hace días Bielorrusia tomándola, e hicieron entre sus principales prisioneros a los habitantes del barrio judío.

En Viena Oscar tomó un tren que le llevó hasta Hungría donde transbordó para tomar otro rumbo a Rumania. En Sibiu, una bellísima ciudad del medioevo rumano se adhirió a una unidad del ejército Rojo que marcharía hacia Stalingrado a caballo. En Sibiu, una fila de cincuenta mil jinetes se preparaba para atravesar territorios de Ucrania y Bielorrusia para apoyar la defensa contra los alemanes. Se trataba de un contingente conformado no sólo por soldados soviéticos, sino que también tenía sumados a sus filas voluntarios checos, polacos, turcos, griegos, afganos, mongoles, armenios, incluso chinos y veteranos de la guerra civil española, expertos en explosivos, trincheras y guerrillas como Oscar.

Fueron despedidos por algunas familias de rumanos, húngaros y griegos habitantes de Sibiu quienes les ayudaron a equiparse y abastecerse de víveres y cobijas para la enorme travesía. Resultaba conmovedor ver partir al contingente de a caballo, muchos de los voluntarios eran o demasiado jóvenes, casi niños idealistas y valerosos, o ancianos de espíritus decididos de diversas nacionalidades, y soldados profesionales del ejército Rojo. No sólo iban en las filas hermosos caballos militares de los soviéticos, sino mulas, viejos caballos de tiro con sus jinetes campesinos que antaño cultivaron las tierras de Europa Oriental, y varios centenares de pequeños caballos mongoles, acostumbrados a surcar las estepas pastoreando los ganados con sus expertos amos. Oscar incluso vio a varios jinetes de ojos rasgados, vestidos con pieles, armados con lanzas y sables, además de sus viejos fusiles de pólvora y sus enormes pistolas de mecha. Estos descendientes de Atila y Gengis Khan, iban dispuestos a batirse contra los tanques alemanes con los medios a su alcance, y no dudaban que podrían detenerlos.

∽

El objetivo del comando de jinetes no era enfrentarse directamente a las ráfagas alemanas que los habrían hecho pedazos de tenerlos en sus miras, con sus armas y tanques ultramodernos, sino llegar a Stalingrado con la mayor discreción posible. Debían evadir a toda costa las unidades alemanas que tenían sitiada la ciudad, a lo mucho acabar con alguna patrulla de exploradores nazis que se atravesase en su camino y entrar por la parte sureste de la ciudad sin ser captados por los alemanes.

Si cabalgaban cincuenta mil jinetes armados de diversas nacionalidades, los acompañaban otros veinte mil caballos de carga y mulas, cuyos lomos transportaban víveres, medicinas, ropa de invierno, cobijas, gasolina y municiones. Era un cargamento sumamente valioso en una época de guerra, destinado a auxiliar una ciudad sitiada por Hitler, para aliviar un poco las necesidades de la resistencia y ayudarles a prolongar la defensa todo lo posible. Debían resistir hasta la llegada del invierno, y jugar a que el agotamiento y el frío extenuaran a las tropas nazis. El cargamento fue costeado no sólo por los representantes del Partido Comunista de diversos países, solidarizados con Rusia, sino por simples voluntarios, campesinos, obreros y gente sencilla, incapaces de reaccionar de modo indiferente ante las masacres ocasionadas por Hitler.

Aunque los horrores de la política de Stalin, las desapariciones de políticos y artistas gestadas por los funcionarios de Moscú a su servicio, y sus pretensiones de anexarse toda Europa Oriental y Asia Central eran sobradamente claras, los pastores de las estepas indoeuropeas y los campesinos y obreros del Oriente europeo, se oponían a la invasión y masacre dirigida por los alemanes y se solidarizaron también con Rusia. A sabiendas de que al ayudar a los soviéticos alimentaban a otro monstruo tiránico tal vez más cruel en la persona de Stalin, quien no tardaría en hacerles padecer su insaciable y bestial ambición en cuanto tuviese el camino libre.

Cabalgaron durante un mes a través de territorios rumanos y ucranianos, hasta que llegaron en de Agosto de 1942 a Bielorrusia, siguiendo el rastro dejado por los tanques y las tropas de Hitler, encontrando pueblos destruidos y gigantescas tumbas colectivas donde fueron sepultadas poblaciones enteras tras ser masacradas.

Del barrio judío Oscar no encontró más que ruinas de lo que antaño fueron casas, comercios, escuelas y sinagogas, y una decena de fosas comunes donde fueron sepultados centenares de judíos tras haber sido torturados, ultrajados o fusilados bajo las órdenes de Hitler. Nadie supo darle noticia de Sabina ni de sus dos hijas, el rabino había muerto fusilado con su gente, sólo quedaban un par de niños huérfanos que se les escaparon a los nazis, y no sabían nada o no podían hablar tras el traumatismo psíquico. Oscar sabía que la noticia destrozaría a su joven esposa.

La caballería del ejército Rojo recogió a los huérfanos que encontró a su paso, los llevó consigo y prosiguió hacia el norte con rumbo a Stalingrado.

ఞ

Por el camino Oscar trabó amistad con un viejo soldado servio, jinete veterano de la primera guerra mundial y también voluntario en el ejército Rojo: Slavoj, cuyo caballo se llamaba Patrik, seguido también desde Rumania por un bello perro pastor Blanco llamado Sócrates.

Slavoj luchó en la primera guerra mundial hasta su término, las condiciones políticas de su nación al final de la guerra no le permitieron lograr una pensión como soldado retirado, aunque tenía varias condecoraciones. Su familia criaba, entrenaba y vendía caballos desde cuatro generaciones atrás, por lo que anduvo viajando con un par de sus amados caballos por diferentes lugares de Europa Oriental, hasta que se estableció en Bucarest, la bella capital rumana. Trabajó con sus caballos dedicándose a pasear niños y familias en un carruaje, reproduciendo y vendiendo sus adorados animales hasta que conoció a una hermosa judía, de la que se enamoró, con quien se comprometió y tuvo cuatro hijos. Vivió en Bucarest con su familia, criando caballos y paseando niños en un carruaje por las plazas de la ciudad, hasta el inicio de la segunda guerra mundial, en que tuvo noticias de las políticas de exterminio racial de los alemanes. En un momento dado, tras la rendición de Francia ante Hitler, previó que si los alemanes ganaban la segunda guerra mundial no podría continuar manteniendo a salvo a su esposa e hijos de ascendencia judía, por lo que los embarcó lo antes posible en España con rumbo a América, a México. Fue la primera vez que Oscar al escuchar al servio, pensó en América como una opción posible para emigrar si los alemanes ganaban la guerra y el fascismo triunfaba en el continente europeo.

Slavoj tuvo que quedarse en Bucarest hasta que no se arreglasen sus documentos como servio, su nacionalización como rumano y el permiso para salir. Luego se enroló en el comando de jinetes del ejército Rojo y ya estaban saliendo de Bielorrusia, de camino a Stalingrado cuando conversaban sobre los lomos de sus monturas.

ço

Al frente de los jinetes del ejército Rojo estaba un oficial de origen cosaco cuya familia de zapateros vivía en Moscú desde hace décadas, llamado Ivan Zhdanov, joven, diestro militar y hombre muy precavido.

Cuando estaban ya cerca de la ciudad los guió por una angosta brecha en medio de un camino boscoso y denso. El joven oficial se sentía demasiado responsable no sólo por el preciado cargamento, sino por la cantidad de vidas humanas y de voluntarios de todas las edades que dependían de su liderazgo y sus decisiones. Pero el cosaco no los defraudaría, daría hasta su propia vida por tal de llevarlos con bien a todos hasta su destino.

Ya era Septiembre de 1942, el invierno aún no entraba del todo, pero un viento hiriente y helado anunciaba el arribo de un frío implacable y cruel en los próximos meses.

Se envió un grupo de jinetes exploradores a las proximidades del este de la ciudad para ver si estaba despejado el paso. A lo lejos se escuchaban ya las explosiones, los nazis se afanaban en penetrar Stalingrado, y los soldados y civiles rusos se defendían con todo lo que tenían a su alcance.

Oscar iba al frente de los exploradores, al principio parecía que el camino estaba despejado y que el contingente de caballería podría ingresar a la ciudad por donde se tenia previsto. De pronto se escucharon unos agudos zumbidos en el aire y una bala alemana hirió en el cuello al pequeño caballo mongol que llevaba Oscar. La sangre del animal lo baño como una regadera y el pobre caballo se desplomó tirando al español. Oscar estaba ya encariñado con él, ambos se cuidaron mutuamente en todo el trayecto y Slavoj le enseño a cepillarlo y asearlo. Más que pensar en la patrulla de nazis que se les venía encima, Oscar se lamento por su caballo a quien bautizo con el nombre de Ergash, un nombre de las estepas.

Otras ráfagas zumbaron y cayeron dos voluntarios chinos y un pastor afgano quien montaba un bello caballo negro. El enemigo no tardo en dejarse ver.

Sócrates el perro, no paraba de ladrar enloquecido. Slavoj lo hizo venir gritándole con incomprensibles palabras en un dialecto servio-croata, y lo cogió por el lanudo lomo para subirlo a su montura. Los jinetes emprendieron la retirada y la patrulla nazi salió de unos matorrales abalanzándose sobre ellos, corriendo a pié y con una motocicleta de guerra piloteada por dos hombres y armada con una gigantesca ametralladora.

Oscar recogió la mochila con sus víveres y herramientas para manipular explosivos, y emprendió por propio pie la huida. En eso, Slavoj, quien iba en la retaguardia de los exploradores se precipitó con Patrik y Sócrates por un lado de la desbandada de caballos, esquivando a los jinetes que ya huían y prestándose a ayudar a Oscar. El servio le tendió su mano en un veloz gesto y le ayudo rápidamente a subir en el lomo de Patrik, luego se perdieron entre los matorrales llevando también en brazos al perro, siguiendo a los jinetes que sobrevivieron, y evadiendo la motocicleta que les pisaba los talones para asesinarlos.

Cuando la motocicleta nazi se preparaba para dar alcance al grupo de exploradores del ejército Rojo en desbandada, seguida por casi un centenar de alemanes a pie, un feroz jinete mongol quien estuvo con ellos desde su salida en Rumania se lanzó por un lado de la motocicleta, el sable desenfundado, y en un ágil movimiento equitativo cortó la cabeza del alemán que llevaba el volante del vehículo. El otro nazi que iba en ella ya disparaba la ametralladora cuando la moto fuera de control se estrelló contra unas zarzas afiladas, golpeando luego con su cabeza en unas rocas.

Una buena parte de los jinetes que esperaba noticias de los exploradores arrancó en su ayuda al escuchar los disparos y pronto se encontraron con los que huían y sus perseguidores. Aunque algunos voluntarios y oficiales rusos cayeron bajo las ráfagas de la patrulla nazi, los jinetes del ejército Rojo pronto los rodearon formando un círculo en movimiento con sus caballos y disparándoles, o cortándoles las cabezas con sus sables, incluso atravesándolos con sus lanzas los pastores de las estepas. Se escuchaban gritos y alaridos, de guerra y dolor, armas alemanas profesionales accionadas, sofisticados rifles soviéticos tronando, fusiles de pólvora humeantes, cuyas ardientes municiones penetraron los abrigos de cuero de los nazis y les daban muerte. Se trataba de unos setenta alemanes bien armados, pero no quedo ni uno vivo después que el comando de jinetes diera cuenta de ellos.

೭ಾ

Era el 2 de Septiembre de 1942 la madrugada en que los jinetes del ejército Rojo y los voluntarios ingresaron a Stalingrado, después de cabalgar desde la media noche para evitar ser detectados por los sitiadores. Fueron recibidos calurosamente por civiles rusos y oficiales agotados, hambrientos y necesitados del parque, los víveres y los medicamentos que les llevaban. Fue un día de celebración en que toda la tarde pareció que el fuego de rusos y alemanes se detenía momentáneamente después de dos meses de sitio, permitiendo una efímera tregua.

Al interior de la ciudad la gente estaba extenuada, sentían que no lograrían resistir un día más la embestida de los alemanes, las incursiones de los tanques y los vehículos blindados, la fina acción de los francotiradores nazis que cada día derribaban a centenares de civiles rusos como fáciles piezas de caza. Pero el arribo de los jinetes les dio esperanzas renovadas

Por su parte los nazis tampoco la pasaban nada bien: Hitler detuvo el envío de refuerzos y nuevos tanques, y el abastecimiento de víveres y combustible para sus tropas sitiadoras. Una de sus peores decisiones fue dividir las reservas para sus hombres y sus tanques, planeando atacar Stalingrado en dos etapas sucesivas, pero por completo insensible ante las necesidades de sus hombres en campaña que cada vez menos podían sostener el sitio, sin gasolina para sus vehículos y alimentándose con galletas enmohecidas y trozos secos de carne de caballo.

El invierno gradualmente hizo sentir su presencia en los dos frentes, castigando sobre todo a los alemanes que no estaban del todo preparados para soportarlo, puesto que el plan debía evitar a toda costa que se prolongase la guerra hasta la llegada de las heladas. Pero la llegada de la estación fría resultó inevitable, y los alemanes además de no estar acostumbrados a un frío polar, tampoco contaban con abrigos, cobijas ni ropa adecuada para afrontarlo.

સ

La lucha prosiguió en pleno invierno, tal como Stalin la quería, calle por calle y prácticamente cuerpo a cuerpo. Los civiles, voluntarios y oficiales soviéticos presentaban una resistencia que no dejaba de sorprender a los nazis, luchando con armas improvisadas, tendiéndoles emboscadas, perdiendo ciertamente a demasiados seres queridos, pero frenando el avance alemán.

La resistencia pronto ingenió la manera de poner en jaque a los tanques nazis, atacándolos con bombas molotov, fabricadas caseramente en botellas repletas de gasolina con una mecha llameante. Con ellas incendiaban los interiores de los tanques, calcinando a sus pilotos, o les quemaban sus sistemas de tracción, dejándolos inutilizados por completo.

Oscar se dio gusto lanzando este tipo de bombas molotov e incendiando los tanques alemanes. Desde que participó en la guerra en España se prometió así mismo nunca disparar ninguna arma de fuego contra nadie, así se tratase de un enemigo mortal. Así mismo la instalación y activación de sus bombas siempre obedecía a profundas reflexiones y planeaciones, en las que para él estaba de por medio la necesidad de destruir exclusivamente objetivos militares estratégicos, y evitar en lo posible herir o exponer civiles y gente inocente. Lo que no evitó que en Stalingrado fabricara destructivas bombas hechas con contenedores de gas estacionario de uso común, con las que en una ocasión pudo hacer explotar al mismo tiempo a cinco tanques pantera de un solo golpe, mientras los nazis intentaban ingresar a un callejón donde se pertrechaban medio centenar de oficiales rusos y voluntarios, salvándolos y convirtiéndose por ése día solamente en el héroe de la batalla.

∽

Para el mes de Febrero del año 1943, tras un prolongado y doloroso sitio los oficiales alemanes decidieron dar marcha atrás y retirarse, muertos de hambre, cansancio y frío. Los rusos estaban locos de alegría celebrando. La Gran Guerra Patria terminaba, no obstante que tristemente perdían a más de la mitad de la población de Stalingrado. A partir de esa humillante derrota a los alemanes, comenzaría una escalada de fracasos y pésimas decisiones gestadas por Hitler, que marcarían la rendición definitiva del ejército nazi.

∽

Los voluntarios empezaron a regresar a sus lugares de origen en viejos trenes rusos de la época de los zares, principalmente la gente de Checoslovaquia, Polonia, Ucrania y Rumania. Vendían a sus caballos por sumas simbólicas a los campesinos rusos o prácticamente los regalaban para deshacerse de ellos y poder retornar a sus casas lo antes posible después de la guerra. Todo el mundo quería ir de un lugar a otro del continente lo más rápido posible, incluso más lejos aún. Ya se presentía el final de la guerra, por lo menos en Europa, y la gente: civiles y soldados se mostraban ansiosos por reencontrarse con sus seres queridos, o saber lo que había sido de muchos cuyos destinos se ignoraban después de tanto caos. Era el momento de buscar a los viejos padres y reacomodarlos entre los edificios de Europa bombardeada, o darles santa sepultura y llorarles como era debido, reencontrarse con un amor a quien se adoraba a la distancia y por carta, conocer el paradero de un hermano, recuperar a los amigos perdidos, buscar el perdón y la redención, si esta fuera posible, tras tantos horrores contemplados.

Un comando de dos mil jinetes voluntarios de Mongolia, Turquía y Afganistán se preparaba para regresar a lomo de sus monturas, exactamente de la manera en que llegaron, incapaces de abandonar a sus animales en tierra extranjera, o de comérselos como fue el caso de muchos caballos y mulas que fueron sacrificados en la hambruna durante el sitio de la ciudad, en los momentos que escaseó la comida y la carne de caballo resultaba el único manjar disponible.

Los jinetes asiáticos eran incapaces de devorar a sus animales y mucho menos de abandonarlos pues los consideraban además de sagrados, como miembros insustituibles de sus familias. Por supuesto que el servio Slavoj se encontraba entre aquellos quienes preferirían morir antes que abandonar a sus animales, así es que Oscar regresaría con su amigo, montado en un caballo de campo polaco a quien encontró abandonado por su dueño, vagando y bebiendo de unas charcas de agua estancada entre las ruinas de la ciudad devastada.

Fueron tres semanas de alegre cabalgata por campos solitarios, pueblos arrasados cuyos sobrevivientes hacían lo posible por reconstruir sus vidas y su cotidianidad.

Al llegar a Bucarest nuevamente, Oscar y el servio se abrazaron con cariño, hablaron de reencontrarse, probablemente en América. Slavoj se iría en unos meses rumbo a México en un carguero, llevando media docena de sus caballos y su perro, en busca de un lugar para establecerse con su familia y de una nueva vida. Sería lo más agradable del mundo, pensó Oscar, reencontrarse algún día con el buen de Slavoj y sus caballos, en un lugar más agradable y tranquilo, lejos de la guerra.

El español tendría que tomar un tren de regreso a Viena donde le esperaba su esposa. La principal batalla no quedaba atrás en Stalingrado, sino que comenzaría ahora cuando tuviera que buscar las palabras adecuadas para hablarle a Renate de las fosas comunes en el barrio judío de Bielorrusia y la desaparición de su madre y hermanas.

5

En Octubre del 2001, mientras el mundo hierve con la guerra, los problemas sociales y ecológicos, para ti es una época de triunfos literarios y holgura económica. Contemplas las Torres Gemelas humeantes desde una pantalla plana traída de Boston en tu casa de Santa Teresita, acompañada de tu novio quien está todo lo que puede a tu lado.

George Busch modifica las garantías individuales de su país, lo que le permite arrestar dentro de los Estados Unidos a cualquier individuo simplemente por considerársele sospechoso de terrorismo o conspiración. El espionaje aumenta, promovido por el gobierno republicano de los Estados Unidos, nadie está tranquilo en ninguna parte.

La invasión a Afganistán, con el argumento de perseguir terroristas, termina en una carnicería de civiles inocentes. Los guerrilleros musulmanes, acostumbrados a enfrentar y domar potencias mundiales como la ingenua Ex-Unión Soviética, huyen a las montañas y desde ahí hacen padecer su suerte a los marines estadounidenses con emboscadas y hombres bomba.

Los discursos de los líderes religiosos se radicalizan más que nunca, el odio crece con cada frase citada de *la Biblia* y *el Corán*, por parte de cristianos estadounidenses y profesores de mezquitas en el Medio Oriente.

Pero Busch argumenta que todo es por el bien del Mundo Libre y en el nombre de Dios y la Libertad. Se prepara para lanzarse con voracidad sobre Irak con el pretexto de derrocar a su tirano y despojarlo de unas supuestas armas nucleares. Es probable que siga luego, y nadie parece poder impedírselo, sobre Siria, Irán y Corea del Norte.

En lugar de censurarlo o intentar detenerlo, España, Inglaterra, Australia y otros países líderes se solidarizan con su vorágine.

☙

Dejas por algunos años el psicoanálisis, concentrada en tu carrera como escritora. Sigues haciendo constantes viajes a los Estados Unidos, apareces en televisión, te entrevistan para la radio. Todo el mundo te pide tu opinión sobre cualquier cosa, los medios de comunicación te toman como una profunda especialista, observadora aguda de la juventud del siglo XXI. No sientes la necesidad por el momento de dar consulta ni volver a tus libros de los psicoanalistas que tanto amaste.

Todos te admiran y elogian, eres hermosa, lista, hábil narradora y la gente compra sin parar tus libros en las tiendas.

Te avisa el editor desde *Nueva York* que la tercera edición de *Sicky Teens 1* fue agotada en dos meses. No sólo lanzarán un tiraje doblemente grande de tus libros, sino que la traducirán al español y al francés. De cada traducción recibirás un cuantioso porcentaje.

La política mundial, en especial la estadounidense y la del Partido Demócrata norteamericano se encuentran en un periodo penoso y complicado. Los políticos demócratas parecen no tener voz en el congreso, o temblar de miedo ante Busch. Son incapaces de ponerle freno o prefieren esperar estratégicamente mejores tiempos políticos.

ↈ

Yusef hace lo imposible por estar todo lo que puede contigo, pero los constantes viajes lo mantienen lejos de ti.

En un momento dado, cuando los demócratas tienen ya una minoría inevitable en el congreso, Mafú no tiene más remedio que viajar constantemente entre México, Norteamérica y Medio Oriente, intentando en vano servir como mediador y disminuir en lo posible las consecuencias de la guerra. Pero el pobre no es más que un átomo de arena en un inmenso desierto de violencia e intereses corporativos que en el fondo persiguen los republicanos, las empresas privadas de armas y mercenarios, y sus aliados.

Para su desgracia, no le permites disfrutar del poco tiempo que le queda libre a tu lado en Guadalajara.

Algo en tu interior te orilla de manera irracional a comportarte con Mafú agresiva e intolerante ante el menor detalle, como cuando estabas con Javier el venezolano. En la única semana al mes en que están juntos en Guadalajara, debido a sus viajes o los tuyos, te dedicas a reprenderlo por su costumbre de dejar el piso del baño empapado después de lavarse, por el olor de sus grandes zapatos sudados regados en tu habitación y su hábito de comer recostado en la cama. Te encoleriza de manera excesiva su costumbre de hablarte a la cara, arrojándote su aliento de tabaco y paté de hígado, con la cercanía física que acostumbran al comunicarse los iraníes, arrojando el aliento al rostro de un pariente o amigo cercano al hablar. No entiendes, o pretender olvidarlo si ya lo sabías, que éste hábito es más una expresión de afecto y cercanía en la cultura de Mafú, que un signo de mala educación como te parece. Todo en el pobre persa te molesta.

En un momento dado, su relación entra en crisis y ya no puede sostenerse cuando discuten sobre un artículo recién publicado de Mario Vargas Llosa en varios periódicos conservadores del mundo. El escritor peruano ahora ultraderechista y conservador, apoya la invasión a Afganistán y la de Irak que se viene, argumentando que es justificada puesto que servirá para promover la democracia, los procesos de elecciones libres y la libertad en Oriente Medio. Tú amas los libros de Vargas Llosa y siempre has reconocido que en política tus opiniones son bastante conservadoras.

Yusef aguanta como puede tu mal humor y tu extraño e intolerante ánimo, pero tus opiniones políticas de derecha acaban decepcionándolo y llevándolo al límite de su resistencia.

Admites que aunque tu abuela Renate era comunista y liberal, y tú aprendiste mucho de psicoanálisis de ella, más bien detestas los discursos y las ideologías de izquierda. En esto es en lo único que difieres de ella, piensas. Por eso simpatizas con Vargas Llosa y votaste por el partido conservador de tu país que le dio el triunfo a un nuevo presidente en las elecciones de 1994. Estás a favor de un orden aparentemente justo y neoliberal llamado globalización, que lucha por imponerse o ya se instauró en todo el mundo, liderado por los Estados Unidos, con una supuesta fe en el progreso, la tecnología y la educación instrumental de las personas.

No es la primera ocasión que tienen discusiones al respecto. La última vez que hablaron sobre política Yusef prefirió inteligentemente cambiar el tema para no reñir contigo. Cuando sostenías que el gobierno de Alberto Fujimori en Perú, fue bastante benéfico para su país aunque la izquierda no lo reconozca, por pacificar su territorio y permitir que pudiese volver a circularse por sus carreteras de forma segura. Independientemente del exterminio de las guerrillas, la eliminación de comunidades enteras de indígenas y campesinos peruanos, mediante el uso de grupos paramilitares asesinos, con la colaboración de los Estados Unidos, y los fraudes millonarios tras los cuales regreso Fujimori huyendo a Japón.

Mafú no podía creer el pragmatismo y la frialdad con que hablabas, totalmente convencida de los discursos oficiales promovidos por los noticieros norteamericanos de CNN y los gobiernos ultra-conservadores de América Latina.

—¡¡¡¿Cómo un científico social y una escritora como tú, —te decía fuera de sí el persa—, puede estar a favor del peor pecado mundial, disfrazado de progreso, modernidad, justicia y libertad…?!!!

—La gente quiere seguridad, tranquilidad para comprar las cosas que le gustan y mirar la televisión en sus casas con sus familias… Eso es lo que quieren todas las personas, que los dejen en paz para ser felices. Te lo digo yo como psicoanalista…

Argumentas con la seguridad de quien ha encontrado la verdad absoluta.

—¡Una libertad falsa creada por el sistema y los medios de comunicación, para obligarlos a desear lo que no pueden comprar, o tener lo nuevo que en realidad nunca saciará sus falsas necesidades! ¡Alejandra, no seas ingenua, no creas los falsos mitos del mundo moderno…!

Pero ahora no sólo sus diferencias políticas acabaron con las fuerzas de Mafú, sino que está muriendo una relación que tú misma has vuelto inaguantable. El pretexto es la política.

Le dices a Mafú, sin importar lo que él piense, que estás en total acuerdo con Vargas Llosa y que gracias a las intervenciones norteamericanas podrá haber por fin elecciones libres en Afganistán e Irak.

—¡Por Dios Alejandra, me estás hablando como una fascista…!

Grita Yusef Mafú.

—¡Y tú no eres más que un pendejo idealista…! ¡Despierta Mafú, estos ya no son los años sesenta, la gente quiere ser feliz y disfrutar la vida, ya no le hacen falta utopías irreales y sueños socialistas! ¡El ingenuo eres tú…!

Yusef vacila, tiembla por los nervios. Nunca lo has insultado de esa manera. Los ojos se le enrojecen y hay espasmos en sus labios.

—¡No se trata de socialismo Alejandra….! ¡Me da mucho dolor escucharte hablar así…..!

No termina esa frase, toma las pocas cosas que tiene en tu casa y sale.

—¡Te dejo con tu "paz", tu "tranquilidad", tu "Vargas Llosa" y tus discursos fascistas!

Cierra la puerta balbuceando en el idioma farsi algo incomprensible, tal vez la respuesta a tu insulto, que desde luego te merecerías. Y desaparece de tu vida.

✧

Crees que como Javier el venezolano, Mafú regresará a comer de tu mano y te pedirá que vuelvan como si nada hubiera pasado, con la comodidad de no tener qué hacer nada por tu relación, más que esperar cual princesa a que toquen la puerta de su palacio. Del mismo modo que ocurrió con Javiercito de Venezuela, quien te rogó hasta el hartazgo para que no lo abandonaras, incluso durante años en los que requirió ayuda psiquiátrica para olvidarte.

Pero en éste caso no se trata de un joven aniñado como tu antiguo novio. Yusef ya es un hombre independiente y desarrollado emocionalmente. Aunque le duele muchísimo tu pérdida, como la amputación de una parte de sí mismo, sabe que no debe ni puede regresar a una relación donde se le ataca constantemente, y sobre todo donde hay diferencias tan profundas acerca de la actitud ante el mundo y la percepción de la vida.

Pasan los días, tres semanas, un mes. No aguantas las ganas de verlo ni la culpa. La verdad es que sí lo amas demasiado. Recuerdas cuando te propuso matrimonio, cuando te recomendó con tu editor de *Nueva York*, amigo suyo, los viajes en su compañía. Todos los detalles que tuvo hacia contigo.

Mes y medio después, eres tú, contra todo tu orgullo quien le habla a su celular en *Washington*, con el pretexto de solicitarle unos discos compactos y un libro que le prestaste hace tiempo.

No quieres reconocer que la verdadera razón por la que lo llamas es para hacerlo que te busque de nuevo y que regrese contigo. No te atreves a hablarle con la verdad y pedirle perdón, admitir que te excediste al insultarlo y tratarlo cruelmente en los últimos tiempos. Qué importan las diferencias ideológicas, piensa una parte no muy consciente, por desgracia, de ti misma.

—No se preocupe —te dice muy fríamente Mafú, hablándote de usted con distancia y protocolo, como si fueras una extraña—, tendrá sus cosas en un breve tiempo. Le pido no vuelva a buscarme de manera personal. Mi secretaria le hará llegar sus pertenencias hasta su casa. Cualquier asunto que tratar conmigo, será a través de Esperanza, mi secretaria.

Y al colgar el celular te derrumbas. Lloras y te dueles como nunca, te retuerces en tu orgullo herido y la amargura por perder a un ser tan encantador y amado.

Pero sobre todo te duele porque fue por causa tuya.

Ahora eres tú la que cae en una dura depresión y quien requiere la ayuda psiquiátrica para mantenerse a flote.

La melancolía te derriba, no puedes leer, no tienes ganas de viajar como te pide tu editor para promover tus libros, no puedes escribir. Pasas todo el día llorando, piensas en algunas ocasiones por primera vez, en el suicidio.

El doctor Ricardo, el psiquiatra, tiene que prescribirte poderosos antidepresivos para evitar que te hundas. En un momento dado aconseja que pases algunos días en observación en una clínica privada de enfermedades mentales en Valle de Bravo, en el Estado de México. Esos días se vuelven seis meses de internación.

Son en total dos años de duelo por Mafú, en los que tras salir de la clínica psiquiátrica tienes que volver con tus padres a Guadalajara, a vivir en la casa de Oscar tu papá y Martha tu madre, en la Colonia Providencia en Zapopan. Dejas por un tiempo el psicoanálisis, al final ya habías detenido temporalmente tus consultas.

Sicky Teens 2 tiene que esperar también, y eso que estabas a punto de terminarlo y entregarlo al editor antes que se fuera Mafú.

Dejas de escribir y leer por un buen tiempo. Es tu hora de sufrir por amor.

Capítulo 6

Don Gato y el psicoanálisis en México

Todo lo que hago en la vida real tiende siempre, a diferencia de los demás, a convertirse en fin de cuentas en la fiel reproducción de aquello que he visto en mi imaginación. "Imaginación" no es exactamente la palabra; "reminiscencia de la imagen primera" es lo que debería decir. Siempre he tenido el presentimiento de que todas las experiencias que me he viso llamado a hacer en mi vida no han sido más que pálidas repeticiones de una experiencia realizada anteriormente bajo la forma más brillante; nunca he podido deshacerme de esta creencia.

(YURKO MISHIMA – El Pabellón de oro)

Todo revolucionario auténtico es un representante de la forma social pasada, de lo contrario no sería revolucionario: la revolución ya estaría hecha. Se olvidan de que el revolucionario debe, en primer lugar, cumplir la revolución de una manera aparentemente idealista en su propia persona, antes de llevarla al mundo de una manera realista y plenamente consciente.

(IGOR CARUSO – El Psicoanálisis: Lenguaje Ambiguo)

No existe una madurez estática y abstracta. No hay más que una maduración en proceso constante, sólo dialécticamente formulable.

(IGOR CARUSO –El Psicoanálisis: Lenguaje Ambiguo)

Tener fe significa osar, pensar lo impensable, pero obrar dentro lo los límites de las posibilidades reales; es la esperanza paradójica de esperar al Mesías todos los días pero no descorazonarse porque no llegue cuando creíamos. Esta esperanza nos es pasiva ni paciente: al contrario, es impaciente y activa, y busca toda posibilidad de acción dentro del campo de las posibilidades reales. Y donde es menos pasiva es en lo relativo al desenvolvimiento y la liberación de nuestra propia persona.

(ERICH FROMM – Anatomía de la Destructividad Humana)

Tengo la viva impresión de que estoy bajo la influencia de cosas o interrogantes que quedaron sin respuesta para mis padres y abuelos. Muchas veces me pareció que en una familia existía un karma impersonal que se transmitía de padres a hijos. Me lo pareció siempre, como si hubiera de dar respuesta a cuestiones que se les plantearon a mis antepasados, sin que ellos pudieran responderlas, o como si debiera terminar o proseguir cosas que el pasado dejó inconclusas.

(CARL GUSTAV JUNG – Recuerdos, Sueños, Pensamientos)

El sufrimiento físico o mental es parte de la vida humana y el experimentarlos es algo inevitable. El rehuir la pena a toda costa sólo puede lograrse al precio de un asilamiento total, el cual excluye la capacidad para experimentar la felicidad. Lo opuesto a la felicidad no es, por consiguiente, el pesar o el dolor, sino la depresión que resulta de la esterilidad interior y de la improductividad.

(ERICH FROMM –Ética y Psicoanálisis)

El psicoanálisis es un arte, difícil de aprender, de la curación personal, o –dicho de manera menos altisonante- el arte de remendar lentamente, y sólo en la medida de lo posible, el desgarrado tejido de la historia vivida individualmente. Es una difícil praxis con un hombre concreto cotidiano, a la cual por lo general le son negados los éxitos espectaculares. Así es como se vuelve a superar lo desesperanzado en el psicoanálisis: si bien es un escepticismo desilusionado, también es a la vez una obstinada esperanza, casi absurda, en que el hombre se mueva a sí mismo a volverse más humano.

(IGOR CARUSO –Aspectos Sociales del Psicoanálisis)

La mayoría de las personas, cuando impulsados desde su intimidad o bien debido a la presión de su entorno exterior, se deciden a ser adultos y abandonar los románticos sueños de su juventud a fin de emprender, provistos de la lucecita de su Yo, la lucha por la vida, olvidan y reprimen la existencia del número 2, de lo inconsciente. Jung, en cambio, se decidió conscientemente a no negar el número 2, a considerarlo incluso como válido.

(MARIE-LOUISE VON FRANZ –C. G. Jung)

1

La principal dificultad para conjuntar el psicoanálisis freudiano con la crítica social del marxismo no era sólo de orden práctico, ya que Marx a partir de 1844 no escribía para curar las enfermedades mentales de los obreros. Lo hacía para explicar las causas sociales y materiales de su alienación y sufrimientos, a través del capital y energía humanos robados por los patrones, mediante condiciones laborales y de producción inhumanas. Condiciones que como bien previeron él y Engels, no mejorarían ni con el advenimiento del nuevo milenio, sino que se acentuarían, mientras las sociedades y los hombres no nos transformásemos verdaderamente.

Freud por su parte inició su aventura literaria y clínica a finales del siglo XIX, desde su experiencia con la hipnosis en pacientes burgueses poseídos por la histeria y la neurosis, y desde su papel como médico judío que aspiraba en su juventud a un nivel de vida más desahogado, que le permitiese contraer nupcias con su amada novia. Sólo hasta más adelante confirmaría Sigmund Freud su incansable vocación científica y sus dotes como genial observador e intuitivo literato.

Semejante dificultad para sintetizar ambos sistemas teóricos tan geniales y bastos, estribaba sobre todo en el método dialéctico, heredado de Heráclito y Hegel. Método de análisis de la realidad, perfeccionado desde su juventud por Marx, con el que él y Engels crearían su rica producción teórica, acerca del origen y desarrollo de los sistemas sociales, la dialéctica de la naturaleza y la evolución del ser humano a partir de su ser social y su auto-transformación en el trabajo.

Freud no partió de un método filosófico dialéctico que pudiese sintetizar contradicciones inmanentes de los fenómenos que le tocó estudiar, sino de un evolucionismo darviniano y un positivismo mecanicista. La teoría de la evolución de Darwin y las leyes de la física clásica constituían su principal arsenal de conceptos para entender la mente humana. De modo que desde su descubrimiento del inconsciente a partir de la *hipnosis y la asociación libre*, el modelo de hombre que se hacía Freud, era el de un sujeto cuya mente funcionaba igual que una máquina de vapor, una locomotora o un carguero. Nociones como peso, fuerza, volumen, presión, velocidad, están implícitas no sólo en sus primeras concepciones del *aparato psíquico*, sino en muy buena parte de su obra hasta casi el final de su vida.

No obstante, de manera paralela a su trabajo clínico, Freud desarrollaba una increíble intuición como poeta, novelista y dramaturgo. Las obras de Cervantes a quien leía en español, Dostoyevsky, Shakespeare, la literatura grecolatina, hebrea y la egiptología, le brindaban otra perspectiva que se imponía sobre sus concepciones mecánicas del hombre. Lentamente, gracias a la propia autocrítica que no dejaba de aplicarse a sí mismo, ni a su incansable *autoanálisis* personal, ante la ausencia de otro psicoanalista que estuviese a su altura, Freud pudo irse desprendiendo de sus viejas teorías y modelos, para crear otros y modificar sus puntos de vista anteriores. Imponiéndose cada vez más el literato y el psicólogo cultural, sobre el neurólogo positivista y darviniano.

En obras como *Moisés y la Religión Monoteísta, y Psicología de las Masas*, Sigmund Freud visualiza al inconsciente ya no como un cúmulo de energía biológica y sexual que funciona bajo las leyes de fuerza y presión, sino como un legado cultural transmitido de padres a hijos a través del lenguaje. Sus estudios sobre arte, mitología y literatura griega, romana, egipcia y hebrea, le permitieron identificar determinadas figuras paternas y maternas patentes en el inconsciente individual, y transmitidas como un patrimonio cultural a través de las relaciones entre padres e hijos, y consolidadas en las diversas etapas del desarrollo psicosexual del hombre a lo largo de su vida. De ahí el descubrimiento del Edipo, y luego los estudios del comportamiento de grupos y masas.

Luego vendría la muerte de Freud, después de años de achaques físicos agudizados por su adicción al tabaco y la cocaína, persecuciones planeadas por los nazis, su huída a Francia e Inglaterra.

Los avances en la física, la nueva biología y la teoría de sistemas de Bertalanfy aunque ya estaban en marcha, aún no se difundían completamente para cuando Sigmund Freud finalizaba su fructífera existencia. Einstein y su relatividad, Heisenberg y sus principios universales, las nuevas cuestiones de la teoría de la comunicación y el procesamiento de la información, los avances en lingüística, antropología, neurociencias, etología, genética, la idea de que el universo y el hombre eran fenómenos de complejidades inimaginables, apenas comenzaba a difundirse en Occidente y a ser asimilada por las nuevas generaciones. La idea del universo y del hombre como procesos físicos y biológicos mecánicos que animó y sustentó los trabajos de Freud ya no podía sostenerse. Pero esto no significaba que el psicoanálisis hubiese muerto con su creador. Todo lo contrario.

හ

En la década de los cuarenta y cincuenta, varias gentes como Wilhem Reich, Erich From, los teóricos de la escuela de Frankfurt entre quienes se encontraban Herbert Marcuse, Teodoro Adorno, Max Horkheimer, ya se planteaban la posibilidad de entender las relaciones entre el sujeto y la sociedad desde una perspectiva psicoanalítica diferente, y el objetivo de sintetizar el psicoanálisis y la teoría crítica de Marx.

Por su parte Jean Piaget incorporaba a su epistemología genética los avances de la nueva biología, de la teoría de sistemas, la cibernética, los problemas de la teoría de conjuntos, la lógica simbólica compleja, las matemáticas. Su obra era toda una propuesta epistemológica que pretendía dar cuenta de la construcción del conocimiento por el ser humano, como un ente activo y despierto, que no fotografiaba pasiva y mecánicamente el mundo, como afirmaban los positivistas clásicos en quienes Freud se inspiró.

Pero un verdadero psicoanálisis social, creado por un psicólogo, por un psicoanalista de formación, aún no surgía. Aunque ya se veía venir.

~

Sus alumnos le apodaban Don Gato sin que se diera cuenta, pero no lo hacían con ironía ni resentimiento, como ocurre con otros profesores menos apreciados, sino todo lo contrario, con bastante cariño. Le llamaban Don Gato por la nariz ganchuda que parecía elevar cuando miraba a un paciente a quien psicoanalizaba, o cuando escuchaba a sus alumnos y colegas en un seminario psicoanalítico, atendiendo a sus argumentos con sumo cuidado, antes de rebatirlos y confrontarlos con otros mucho más eruditos y fundamentados, o de apoyarlos y enriquecerlos con su sabiduría.

Caruso se quedó al frente del Círculo Psicoanalítico en Viena, que tenía relación directa y reconocía la paternidad de Freud, después que los analistas judíos huyeran principalmente a los Estados Unidos, Francia y el Reino Unido, perseguidos por los nazis. Aunque durante la ocupación alemana de Austria, el psicoanálisis estaba prohibido, Igor Caruso continuó estudiándolo, practicándolo con discreción y formando jóvenes analistas de todo el mundo.

Luego de la liberación de Viena y tras la derrota de Hitler, los psicoanalistas europeos fieles a la escuela de Freud consiguieron reagruparse alrededor de la figura de Igor Caruso, puesto que para entonces también existían ya muchas escuelas deudoras del pensamiento freudiano. Algunas de ellas disidentes de las enseñanzas de Freud, otras en franca oposición al patriarca, pero sin dejar de deberle demasiado todas, aunque lo negaran.

Don Gato fue de los primeros freudianos en recibir estudiantes de América Latina: jóvenes psiquiatras y psicólogos de Argentina, México, Brasil, Colombia acudían en oleadas hasta la capital del psicoanálisis no sólo para estudiar en los seminarios del Círculo de Psicología Profunda que Don Gato presidía, sino para psicoanalizarse bajo su tutela.

Caruso provenía de una antigua familia noble de Sicilia, emigrada luego a Rusia a inicios del siglo XIX y emparentada con príncipes y condes rusos. Su padre fue secretario de la nobleza zarista y su madre descendiente de aristócratas sicilianos. Gracias a sus relaciones, el padre de Don Gato ocupo varios cargos como diplomático en España, Francia y Alemania, por lo que desde niño tuvo la oportunidad de aprender muchos y diversos idiomas, y desarrollar un poliglotismo natural. Luego de diferencias con los zares y la nobleza, su padre se trasladó con su familia hasta Viena dejando definitivamente su vida rusa, tiempo antes del estallido de la Revolución de Octubre.

Se formó en Viena como psicólogo infantil con intereses espirituales y religiosos, herencia de su familia cristiana ortodoxa. Colaboró muy de cerca con jesuitas y teólogos protestantes reformadores, quienes planeaban dar un giro al cristianismo en general, para permitir a las iglesias una apertura hacia el evolucionismo de Darwin, el psicoanálisis freudiano, las tesis de Teilhar de Chardin, de Carl Jung y de Jean Piaget. Pero luego su pensamiento dio un giró intelectual hacia la izquierda, incorporando el existencialismo de Jean Paul Sartre, los postulados marxistas y las nuevas aportaciones de los teóricos sociales de izquierda como Geoerge Lukacs y Adam Schaft.

Poco a poco, gracias a su propio análisis didáctico, a sus lecturas de Marx, Engels, Sartre y Lukacs, se modificó su actitud teórica y práctica, hasta llegar al convencimiento de que el psicoanálisis no podía ser terapéutico ni revolucionario, mientras no develara ni denunciara mediante la práctica analítica, el papel de las falsas ideologías en los padecimientos mentales de los hombres modernos.

Su contacto con alumnos y pacientes de Asia y América Latina lo sensibilizó enormemente ante las realidades del Tercer Mundo y le hizo luchar por superar su eurocentrismo y acercarse a ésos otros continentes. Las lecturas del pensamiento marxista le hicieron encontrar una conexión natural entre las contradicciones de clase social de los hombres, y sus padecimientos emocionales. De modo que para la mitad de la década de los cuarentas, llegaba a la conclusión de que el objetivo del psicoanálisis, apoyado en los avances del marxismo, la antropología, las ciencias sociales y la etología, era el análisis y la crítica de las falsas ideologías que enfermaban y alienaban a los seres humanos.

&

Renate se sintió por completo intimidada cuando estuvo por primera vez frente a don Gato en su consultorio de Viena, a unas cuantas cuadras de donde vivió y trabajó Freud durante toda su vida. Para ésa época Caruso era un hombre de mediana edad, en pleno uso de sus facultades mentales, con el cabello ligeramente plateado en las sienes, unos ojos negros y pequeños, astutos como los de un cernícalo predador. Amado y respetado por sus alumnos, con un lugar bastante situado ya en el mundo del psicoanálisis.

Previamente Rosa Tanco, una hermosa colombiana a quien le presentaron sus contactos de la República española en el exilio, hizo las presentaciones y puso sobre aviso a Caruso, de que una joven de origen ruso, con estudios en arte y humanidades deseaba incorporarse como alumna y también ser psicoanalizada por él.

Durante la primera sesión de su psicoanálisis se comunicaron en alemán, a la joven le agradó el ligero acento eslavo con el que se identificó de inmediato con Don Gato, confirmando que el psicoanalista tenía orígenes similares a los de ella, los cuales se remontaban en parte, a una ascendencia rusa aún no perdida.

Se pusieron de acuerdo sobre los honorarios, la muchacha aclaro que por ahora, dadas las circunstancias de su trabajo, las que en ése momento no quiso rebelar, sólo podía asistir a las sesiones de psicoanálisis y a los seminarios por temporadas, dado que tenía que viajar en compañía de su marido con bastante frecuencia. Su tratamiento psicoanalítico y su formación como analista se interrumpirían por algunos meses, para luego ser reiniciados cuando sus ocupaciones le permitieran volver a Viena.

Don Gato se le quedó mirando sin decirle nada, omitiendo una pregunta que parecía obligada, por lo menos para ella: "¿A qué se dedica..." Pero Caruso no hacía más que escucharla hablar.

De pronto Renate irrumpió en llanto, la verdad es que no podía iniciar sus estudios ni su psicoanálisis ocultando su trabajo como espía, por lo menos no podía guardarse nada ante Caruso, quien le inspiraba inexplicablemente demasiada confianza, si es que deseaba que su psicoanálisis y su formación resultaran exitosos. Eran demasiadas cosas acumuladas, la desaparición de su madre y hermanas, vivir la guerra civil y su trágico desenlace, un matrimonio, viajes incesantes, las presiones de trabajar para el gobierno soviético: demasiadas experiencias en pocos años.

–Debe ser –le dijo Don Gato– muy interesante haber vivido todo lo que tú en éste tiempo.

Con esta simple frase Renate se sintió por completo acogida por Caruso. Se enjuago sus lágrimas mientras Don Gato la aguardaba en silencio. Unos segundos más, y ella estaba lista para continuar con su primera sesión de psicoanálisis.

Su marido la esperaba afuera, en la sala de estar del consultorio.

El entusiasmo de ella crecía, estaba emocionada de encontrarse por fin frente éste hombre tan interesante, y de la posibilidad de iniciar su psicoanálisis y su formación como analista freudiana en manos de uno de los mayores representantes del psicoanálisis

de izquierda. Pronto le contaría a Don Gato todo lo que ator-
mentaba su espíritu desde hace años: sus miedos, sus conflictos
con su madre Sabina, su ambivalencia inicial al psicoanálisis,
su tristeza al no conocer el destino de su madre y hermanas. El
ignorar quién fue su verdadero padre. No habría nada de lo que
Caruso no se llegara a enterar, que no fuera relevante para el
psicoanálisis de la muchacha.

ↄ

Las latinoamericanas no le simpatizaron en un primer vistazo.
Durante las sesiones de los seminarios eran las más ruidosas,
cuchicheaban en español entre ellas, creyendo que nadie mas las
entendía, comentando las lecturas que Caruso les encargaba trabajar y chismorreando. Pero Don Gato comprendía el español a
la perfección, y Renate aunque con mucho esfuerzo, comenzaba a
hablarlo también. Así es que el maestro no tardó en silenciarlas.

La mexicana era quien más llamaba su atención con sus comentarios. Muy lista, tal vez era la más rápida para entender
el sentido profundo de los textos que debían estudiar, y quien
captaba mucho antes que todos los demás lo que quería decirles
Don Gato. Lo cual no debía ser tan usual dado que ella era el
único médico de formación entre los estudiantes, y el psicoanálisis no formaba parte de los estudios obligatorios de médicos ni
psiquiatras en Europa ni América.

Con el paso de las semanas el grupo de jóvenes psicoanalistas en
formación fue modificando la dinámica de sus relaciones. Las latinoamericanas se separaron debido a chismes y habladurías y dejaron
a la mexicana sola, quien se negó a participar de sus banalidades.

Emilia Vizcaíno llegaba todos los días antes que los demás
alumnos, lo cual era todo un mérito pues tenía que trabajar
ocho horas a diario por las mañanas, sirviendo de guía de turistas
independiente en el centro de Viena, y mostrando a visitantes
norteamericanos, españoles, franceses, italianos y alemanes la

hermosa capital vienesa. Aprovechando que ella podía comunicarse a la perfección con todos ellos. Trabajaba para costear las mensualidades de los seminarios y la cuota acordada con Caruso de su psicoanálisis. También tenía que alcanzarle ése dinero para sus comidas y para pagar el hospedaje, pues no contaba con ninguna beca de manutención en Europa.

Ésta fue una de las razones por las que Renate empezó a identificarse con ella, aunque no habían tenido aún ningún acercamiento. Aquel espíritu de lucha de una mujer, capaz de hacer cualquier cosa a cambio del psicoanálisis le hizo pensar en su madre Sabina.

Emilia no era psicólogo de formación, ni tenía estudios en humanidades como la mayoría de los estudiantes europeos y latinoamericanos que para aquella época concurrían a los seminarios en el Círculo de Psicología Profunda de Caruso. El psicoanálisis ya daba un importante giro hacia las ciencias sociales gracias a Don Gato y a otros psicoanalistas de vanguardia.

Emilia Vizcaíno conocía demasiados idiomas y amaba la literatura y la filosofía, las cuales le llevaron a Freud. Egresada del Colegio Francés en la Ciudad de México, luego de la UNAM en medicina, y del Sistema de Salud Pública en psiquiatría. Hablaba perfectamente alemán, mejor que ni Renate, francés por supuesto desde niña y español, inglés, portugués, italiano y ruso. Por alguna razón, aunque acababa de llegar de México al viejo continente, era más europea que muchos de sus compañeros estudiantes. Su padre era un anciano y modesto médico internista, con ideas de izquierda y también lector y amante del psicoanálisis, quien la ayudó a pagar los pasajes a Viena desde la Ciudad de México.

Fue precisamente la lengua rusa la que las acerco por primera vez, ya que Renate no tenía aún un dominio suficientemente técnico del alemán para asimilar las nociones freudianas, cuando Emilia le presto su ayuda. Renate tenía problemas para traducir la noción de *pulsión* de Freud, sobre todo por la dificultad de convertir la palabra al ruso, su lengua materna. Caruso vacilaba demasiado al intentar trasladar el concepto al idioma de la rusa, no se convencía del todo. Entonces entró Emilia, dirigiéndose directamente y por primera vez a Renate en ruso, explicándole con sencillas palabras el significado del término *pulsión* en Freud, el cual no correspondía con el de *instinto* según las versiones de distintos traductores de Freud a diferentes lenguas.

A partir de ahí las dos chicas iniciaron agradables charlas en el idioma de Renate durante sus tiempos libres, entre una clase y otra. Luego la rusa la presentó a su marido español. A Oscar le fascinó la personalidad a la vez seria, disciplinada y grata de la mexicana, internamente también le pareció muy bonita esta mujer menuda de cabello castaño, piel tostada y caderas generosas.

Salían los tres juntos a los cafés de Viena y a los bares a beber una copa y escuchar jazz, conversando en español y ruso alegremente. Emilia también comenzó a adorarlos y sentirse acogida por ellos. Los tres muchachos ya formaban parte de un sentimiento de alegría, frenesí y miedo experimentado por los jóvenes de la posguerra. La gente en Austria estaba feliz y se desbocaba en las calles, aunque habían transcurrido algunos años desde la liberación de la ciudad y la derrota de Alemania, los vieneses parecían querer seguir celebrando su libertad. También pesaban sobre los jóvenes de aquella época y de todo el mundo, el temor de nuevas guerras y la horrible amenaza de los conflictos nucleares.

⁊

Caruso se aclaró la garganta antes de proseguir con su seminario, bebió un poco de agua en una breve pausa, en esta ocasión trataban el tema del *inconsciente*. Sus alumnos lo escuchaban con un silencio expectante, a la caza de cada frase que deshilvanaban sus palabras sabias y enciclopédicas.

Para Don Gato *el inconsciente* no era tan sólo un inconsciente individual incluido en cada persona, como lo era para los psicoanalistas ortodoxos, inspirados en el fisicalismo biológico de Freud, sino que era *el inconsciente*, la energía sexual vital que animaba el universo entero, del cual los seres humanos formaban apenas una minúscula parte. Todos los seres vivientes, incluso los hermafroditas y aquellos microorganismos que se auto-reproducían por bipartición celular, se encontraban divididos entre lo masculino y lo femenino, en la necesidad de buscar su contraparte sexual opuesta, aquella que les faltaba para complementarse. O de lo contrario, permanecer en el aislamiento total y el no-desarrollo.

La vida en todas sus expresiones era una lucha por separarse de los progenitores, padres y madres, por adaptarse a su medio ambiente y trascenderlo. Pero también una búsqueda para complementarse sexualmente con el otro. Los corales marinos machos que eyaculaban para que la marea transportase su semen a sus correspondientes especimenes hembras ubicados a lejanas distancias oceánicas, la reproducción de las plantas fanerógamas y criptógamas, los peces, los reptiles, las aves, los mamíferos, el hombre. El inconsciente era el patrimonio energético y biológico que animaba lo viviente y lo no viviente en el universo entero, y lo guiaba caóticamente a través de la cópula, el acoplamiento sexual en todas sus formas e intercambios, y el amor.

Para don Gato al igual que para Confucio, Buda, San Agustín y Freud, a quienes leía devotamente todos los días, los sentimientos humanos se reducían si se les desnudaba hasta sus últimas consecuencias, al *miedo* y el *amor*. Una manifestación de lo más mundana y cotidiana de *Eros y Tánatos*. Todas las formas de comportamiento humano se desprendían de aquellas dos formas básicas de emoción. Era el miedo y el temor lo que llevaba a los hombres hacia el crimen, la envidia, la esclavitud y la alienación. Era el amor el motivo y el fin último de liberación y emancipación de todo ser viviente.

Caruso tomó sus ideas biológicas y antropológicas del padre Teilhar de Chardin, el jesuita quien fue su mentor y maestro. La evolución de la vida, contrariamente a lo que pensaba Darwin, no dependía tan sólo de la adaptación pasiva al medio ambiente por parte de los organismos, sino que era guiada por una finalidad superior. En cada estadio evolutivo más desarrollado y complejo de las especies, la vida se hacía más perfecta y a la vez inacabada, para transitar nuevamente hacia una etapa de mayor trascendencia. La conciencia humana y el hombre eran el triunfo de la evolución que había acercado cada vez a la vida misma hacia el estadio máximo del *espíritu absoluto*. El hombre era la personalización de ése último estadio, a la vez cercano al espíritu universal y anclado en la tierra, un ser enteramente biológico pero también cultural y social. Dividido entre elevados ideales de amor, y destructivos sentimientos de egoísmo y aniquilación.

Pero Caruso no era creyente, su propuesta no era teológica. Era por completo marxista, partidario de un ateísmo místico, de un judeo-cristianismo crítico sin Dios. Precisamente el fin del psicoanálisis para él consistía en ayudar a los hombres a liberarse de la idolatría, de sus falsos Dioses para hacerlos plenamente responsables de sus acciones. Despojarlos de sus falsas ideologías y sueños enfermizos que les trastornaban. El hombre inventaba a Dios para justificarse, lo utilizaba para atribuirle sus propios defectos y virtudes, engañándose al creer que sus más bajas actitudes y acciones eran desviaciones de Dios. Atribuyéndole a Dios la intención de juzgar sus actos más ruines, y en la pueril creencia de que sólo él le redimiría. Dejándole perezosamente a Dios la tarea de su propia liberación, en lugar de iniciarla como debía, por sí mismo.

Para Don Gato el triunfo del psicoanálisis consistiría en hacer consciente al hombre de su lugar como especie biológica en la tierra y el universo, al mismo tiempo que de sus contradicciones culturales y sociales en las que se dividía. Despojado de las deidades que utilizaba para justificarse.

Aquellos alumnos conservadores quienes creían encontrar en Caruso al psicólogo cristiano, creyente, humanista e ingenuo católico, sufrían un espantoso impacto. Los que buscaban al psicoanalista freudiano ortodoxo, burgués y poco crítico se desconcertaban al igual que los otros, al encontrar en Don Gato a un ateo-místico, quien utilizaba el método dialéctico materialista de Marx, pero también las categorías y técnicas freudianas del psicoanálisis. Sus alumnos, quienes también tenían que psicoanalizarse con él al aceptar asistir a sus seminarios de formación, sufrían en el proceso analítico una transformación y conversión ideológica nada ausente de dolor y traumatismo psíquico. Un psicoanálisis desideologizador.

Caruso afirmaba una y otra vez sin cansarse, que el hombre revolucionario no podría serlo auténticamente mientras no efectuara la revolución primero en sí mismo, liberándose de sus vínculos incestuosos con la madre y el padre. Para luego aplicar plenamente la revolución en el mundo. De lo contrario toda revolución sería pervertida y estaría condenada al fracaso. La revolución acabaría esclavizando a los hombres en lugar de liberarlos.

෴

Esa noche, después de ése bello seminario, la rusa y la mexicana explicaron largamente a Oscar todo lo que les enseñó Caruso en la tarde, frente a unas tapas de jamón serrano, un plato de quesos y una botella de vino rosado. Los tres estaban fascinados, convencidos de que tendrían que revolucionarse primero interiormente antes de hablar de cualquier cambio social como pretendían los soviéticos.

La ruptura de Renate con Moscú ya se presentía cercana, su psicoanálisis y las enseñanzas de Caruso le brindaban gradualmente mayor claridad al respecto.

Oscar, al escuchar a las bellas jóvenes que le acompañaban, pensaba que el evidente fracaso de las revoluciones socialistas se debía a la no transformación interior de los hombres, a la búsqueda de lo humano y de Dios no dentro de sí mismos, sino fuera, en lo exterior, en el mundo material, muy lejos.

2

Nuestros destinos por fin se encuentran, no gracias a un esfuerzo conciente de nuestras voluntades y nuestros deseos por unirnos finalmente, puesto que no sospechábamos hasta ahora que llegaríamos a tener tanto que ver el uno con el otro. O que ya teníamos que ver desde siempre, por obra de incomprensibles ciclos cósmicos. Sino a partir de una obra literaria: mi novela y del pretexto del psicoanálisis.

ↄ

Me doy cuenta que por medio de la creación escrita puedo abrir agujeros en el tiempo que me permiten saltear la división tradicional entre pasado, presente y futuro. Al final es la ingenua razón la que crea la ilusoria separación entre lo presente, lo pretérito y lo posible, y puede no ser esto más que una frágil apariencia.

Apoyo en su totalidad a Freud, quien decía que en el *inconsciente* no se hace distinción temporal absoluta. En el *Ello* lo pasado sigue vivo y actualizado siempre, y del futuro es factible cualquier cosa siempre que se encuentre de antemano en el *Inconsciente* personal.

Soy capaz de evocar milenarios tiempos perdidos en la historia de la humanidad por medio de mi novela, conectándome con personajes extintos hace años y siglos, pero en espera de ser evocados de nueva cuenta, como Aníbal, Freud, Sabina Spielrein, José Revueltas, Igor Caruso y Carl Jung. Dispuestos a acudir para dialogar sobre el presente si se les sabe consultar y escuchar. Solícitos para transmitir su sabiduría y su experiencia, o coléricos al ser perturbada su paz y descanso eterno.

El sumergirme en la fabulación literaria y en la historia de la psicología me va convirtiendo en una especie de médium literato, capaz de hacer hablar a los muertos.

También el futuro se transforma desconcertantemente a través de la novela. O es posible que el *inconsciente* lo sepa ya todo de antemano, como afirmaban Carl Jung y los místicos medievales. Y que la obra literaria, al ser espejo directo del *inconsciente*, pueda develar los mundos futuros y posibles, e incluso evocarlos, atraerlos y llamarlos antes de que ocurran. En pocas palabras, me pregunto: ¿Podría predecirse el futuro a través de la creación literaria? Incluso: ¿Qué demonios es entonces éste hermoso ejercicio llamado escritura?

Es posible que a muchos les pueda parecer delirante y un atentado a la razón lo que ahora comento, pero curiosos sucesos me van ocurriendo a partir del avance de la novela. Pareciera que la obra va abriendo puertas en el tiempo y hacia otras dimensiones. En primer lugar, personajes que previamente fueron creados en los apuntes para mi obra, imaginados sólo por mi cabeza fantasiosa, aparecen en mi vida varios meses e incluso años después, ya en el mundo real. Como si la novela los invocara, o si la literatura pudiese anticiparse a los acontecimientos que le sucederán a su autor. El *inconsciente* verdaderamente parece saberlo ya todo, o toda la información del patrimonio humano, como decían Jung y Paracelso, debe estar contenida en la *matriz universal* del alma humana.

Conforme avanzo en la escritura se van dando oportunidades y encuentros extraños e insospechados: aparecen por azar libros que son capitales y claves en mi investigación para resolver cuestiones teóricas esenciales de la historia, sin los cuales mi novela presentaría vacíos. Basta simplemente pensar en él, o citar un libro que aún no he consultado pero que es fundamental para llenar un eslabón de mi historia, para encontrarlo al día siguiente en una librería de usado, que alguien me lo obsequie sin razón aparente, o incluso lo encuentre abandonado en una banca de un parque, como me paso con el libro Ética y Psicoanálisis de Erich Fromm.

Espero no se piense que estas palabras son secuelas y síntomas secundarios de mi internamiento en el psiquiátrico y del consumo de *cannabis*. Quiero simplemente confesar, aunque suene delirante y choque con las mentalidades más racionales, que primero apareciste en mis sueños y en los párrafos de mi obra. Luego, al parecer mi novela comenzó a llamarte e invocarte. Hasta que por fin te cruzase definitivamente en mi vida y ya eras parte de mi realidad.

છ્ર

Me encuentro en una relajante y fresca tarde de sábado de Enero de 2006. Escucho en una librería del centro de Guadalajara en mi estéreo portátil de discos compactos el material: *So tonight that I might see*, uno de los álbumes de la enigmática banda *Mazzy Star*, quienes mezclan post-punk con música folclórica norteamericana y ondas retro. Herederos de los *Velvet Underground* y los *Doors*. Como he mencionado antes, me encanta vivir entre los perdidos años sesenta y setenta, y el interés por el arte y la cultura que me son contemporáneos. Aunque éste disco de *Mazzy Star* es de los años noventa, pienso que no pierde su actualidad.

Mi corazón se ha vuelto cada vez más melancólico y solitario después de tantas cosas vividas. La música *down* y depresiva acompaña cada hora de mis tiempos libres.

Mientras hecho una ojeada entre las novedades de la librería suena en mis audífonos la lírica de una de las más bellas melodías de David Roback y Hope Sandoval: *Fade in to* you:

I want to hold the hand inside you
I want to take a breath that's true
I look to you and I see nothing
I look to you to see the truth

You like your life
You go in shadows

You'll come apart and you'll go black
Some kind of night into your darkness
Colours your eyes with what's not there

Fade in to you
Strange you never knew

A stranger's light comes on slowly
A stranger's heart without a home…

༄

Tengo entre mis manos el libro *Para no Sufrir más: El Buda en el mundo*. El último libro del joven escritor indio Pankaj Mishra, recién traducido al español y sacado apenas de la editorial. Me llama la atención que en apariencia, al revisar su título semeja un libro de auto-ayuda o superación personal, cuando descubro que en realidad es una joya de lo último en literatura.

Sé poco de Mishra: que estudió en Nueva Delhi negocios internacionales y una maestría en literatura universal. Es un escritor joven y con bastante reconocimiento, casi de mi edad aunque unos cinco años mayor, pero prácticamente de mi generación, con preocupaciones artísticas, místicas y políticas semejantes a las mías. Yo leí su primer novela: *Los Románticos* y me gusto muchísimo

Mishra no ha hecho una novela en el más puro estilo, sino una mezcla de diario de viajes, autobiografía, ensayo filosófico y psicológico. En su prosa hay trozos de narración personal de sus andanzas por el norte de la India, confesiones íntimas sobre la influencia del budismo en su vida, pero también reflexiones sociales y psicológicas sobre el legado del Buda. Descripciones históricas de hace milenios, perfectamente conectadas con situaciones políticas de actualidad en su país.

Como he dicho, parece que con la creación literaria voy abriendo puertas y acercándome cosas que me son muy propicias y me ayudan a trabajar en mi propio libro. También conectándome sin buscarlo concientemente, con inteligencias que poseen intereses similares a los míos.

En cierto modo el proyecto sobre budismo de Mishra es muy semejante a lo que yo he estado desarrollando con Freud, Jung y Caruso.

Pareciera que desde dos continentes lejanos entre sí, aunque mi trabajo es más modesto y no se acerca a la maestría literaria ni a la erudición de Mishra, ambos escritores nos hemos hecho preguntas semejantes y padecemos preocupaciones análogas. Ambos fuimos estudiantes universitarios pobres en países del tercer mundo que aún padecen las secuelas del colonialismo. Nuestras naciones se tragaron hace décadas el anzuelo del progreso, la modernidad y el desarrollo, y están luchando por incorporarse a la competencia de los mercados mundiales con los medios a su alcance. Una competencia no muy leal ni equitativa, cuyas consecuencias parecen las de un parto doloroso y poco afortunado. Dejando atrás sus antiguas tradiciones, perdiendo los valores comunitarios de sus sociedades y familias, desarraigándose de un rico pasado y una sabiduría ancestral. Entrando en un individualismo mercantilista que hace padecer esterilidad, pobreza interior y soledad a las personas. Quienes cada día sufren física y psíquicamente persiguiendo un sueño inacabable de riqueza, modernidad y desarrollo, un sueño prefabricado e importado. Un sueño del que tampoco podemos sustraernos los escritores, pensadores y psicólogos, sino que como Mishra ha sugerido: estamos obligados a comprender y reflexionar pues hemos surgido de él.

El budismo y el psicoanálisis aún pueden decirnos mucho en los tiempos globales e individualistas que vivimos. Más que nunca es necesaria su lectura y revaloración, pues ambos consideraban el conocimiento de uno mismo como la principal finalidad del hombre, y la sabiduría obtenida de dicha búsqueda como el máximo valor en la vida.

❧

Estoy absorto en la lectura del prólogo del libro, disfrutándolo y pensando cómo haré para pagarlo pues su precio es elevado, seguro de que tendré que ajustar mi presupuesto como profesor de psicología y terapeuta si pienso adquirirlo.

Incluso he sacado de mi mochila otro disco compacto para tocarlo en lugar de *Mazzy Star*. Me he desparramado en un pequeño sofá para leer y oír música dentro de la librería. Se trata del primer *long play* de los *Red House Painters*, una banda que mezcla el género *space rock* con guitarras acústicas y la voz dulce pero oscura de su vocalista. La música suave y espacial de las guitarras de esta banda me lleva mientras leo emocionado el libro de Mishra, ya muy seguro que me lo llevaré a pesar de que padeceré un fuerte desajuste en mi presupuesto.

–¡Te recomiendo muchísimo el libro, no te lo pienses…!

Me dice un hombre bastante alto, con acento extranjero, tal vez árabe o por lo menos de Medio Oriente. Mide casi dos metros de estatura y lleva unos pequeños pero gruesos anteojos. Me quito los audífonos para escucharlo mejor, y él como si me conociera desde siempre se precipita hacia mí con enormes pasos, pareciendo que puede arroyarme.

–Yo creo que sí me lo llevo, ya leí su primera novela y ésta obra me parece muy interesante…

Le digo queriendo que se vaya, pues me asusta su excesiva confianza.

–¡En serio leíste su primer libro: *Los románticos*, ¿no es increíble…? Pero es más interesante conocerlo en persona…

Insiste el extraño con obsesión.

–¿En verdad usted lo conoce…, conoce a Pankaj Mishra…?

Pregunto un tanto escéptico.

–Es uno de mis mejores amigos… Lo conocí en la India, aunque ahora vive en California. Lo conozco desde que era estudiante de literatura en Nueva Delhi.

Me quedo pasmado pues no esperaba que acontecimientos de éste tipo me ocurrieran en una librería de mi propia ciudad.

Hablamos largamente de literatura, se llama Yusef Mafú, trabaja para la embajada norteamericana en México. Es un político de una cultura excepcional, conoce muchísimos libros y escritores de todos los temas. Sin saber cómo, empezamos a hablar ahora en inglés de política y de la situación en el mundo, pues parece sentirse más cómodo en ésta lengua para explicarme detalles de unos estudios que anda haciendo sobre religión en Oriente Medio y sobre el actual gobierno norteamericano.

Desconociendo también yo los motivos, termino hablándole de mi novela, de los estudios históricos que estoy realizando sobre el psicoanálisis en México. El hombre parece muy interesado en mi trabajo. Ignoro las causas de ésta rápida intimidad lograda con un desconocido, pero Mafú me inspira demasiada confianza desde el principio. El tipo es tan transparente que se nota a primera vista, es una estupenda persona, además de un personaje por demás interesante. Es un flechazo de amistad instantáneo.

Pasa una hora y media sin que nos percatemos de lo rápido del transcurso del tiempo durante nuestra charla, hasta que Mafú mira su reloj:

—Tengo una cita en media hora y debo caminar todavía hasta la casa del secretario de la embajada… ¿Porqué no me llamas…?

Me dice aún en inglés y extiende con su larga mano una tarjeta de presentación en letras anglosajonas extraída de la bolsa de su camisa. Es asesor del gobierno norteamericano.

La tomo y nos despedimos con un cálido apretón de manos. El hombre da unos pasos y regresa para pedirme mi teléfono y mi correo electrónico: le encantaría dice, proseguir la charla frente a una taza de té o un whisky conmigo. Le doy rápidamente mis datos, los anota en una pequeña agenda de bolsillo y desaparece hacia su junta de trabajo.

Yo me decido por adquirir el libro de Mishra. Tras pagarlo no sin pensarlo todavía un poco por lo elevado de su costo, camino hasta la banca de un parque cercano y solitario para comenzar su lectura, acompañado de mi disco: *Red House Painters 1* en mi estéreo portátil.

❧

Dos semanas después recibo una llamada inesperada ya cerca de las once de la noche.

Chuy y yo escuchamos un buen disco de *regae* frente a unas tazas de café en nuestra casa del Centro, cuando suena el teléfono. Tememos que sea algún paciente de nuestra consulta que pida asesoría a deshoras por encontrarse en crisis emocional.

Es una mujer quien dice llamarse Esperanza Orozco, se expresa con acento colombiano o venezolano, por lo menos de algún sitio de Sudamérica. Es la secretaria de Yusef Mafú. Su jefe le ha pedido me preguntara si podría verlo para tomar un té con él y continuar la charla que iniciamos hace días en la librería.

Sorprendido, atónito y medio confuso acepto encontrarme con Mafú en su oficina de la Colonia Americana, cerca de la avenida Chapultepec y Guadalupe Zuno. Sin saber que al acceder a verlo me acerco a un destino preprogramado, y que éste encuentro será por demás significativo para el resto de mi vida y mi novela.

❧

Mafú sirve la esencia del té *chai* en dos tazas y luego vierte leche hirviendo con una pequeña máquina para preparar capuchinos, casi derramando la espuma humeante y color carmín de las bebidas. Un aroma delicioso a clavo y esencias de la India invade entonces su oficina, ubicada en el quinto piso de un condominio estilo clásico, austero, pero bello y a la vez elegante.

Todo este ritual de preparación del té indio transcurre en una interminable media hora, después de entrar al departamento donde está su despacho, tras saludar a Esperanza su secretaria en la recepción. Una mujer morena de entrados cincuenta y tantos años, quien se muestra muy amable conmigo y pronto se dirige a mí con excesiva confianza.

Mafú acomoda las tazas en una mesita de centro, frente a unos sillones de bejuco. Manipula el brebaje del té indio y los aditamentos para beberlo, las tazas, las cucharas, unas galletitas, como todo un experto. Sus modales evidencian la rigurosa disciplina inglesa para beber el té, en la cual se educó, y un exotismo producto de sus orígenes persas y sus viajes por la India, Pakistán, Nepal y el Tíbet.

En ése lapso inacabable de tiempo en que lo contemplo manipular los instrumentos del té con una elegancia que me hipnotiza y que contrasta con sus enormes manos elefantiásicas, no sé aún de qué hablar con él ni cómo iniciar la charla. Realmente el tipo es para mí un desconocido e ignoro también las razones de mi presencia ahí.

Al inicio tampoco Yusef hace mucho esfuerzo por hablar mientras prepara todo para que bebamos y nos encontremos cómodos en su despacho.

Una ojeada indiscreta de mi parte me permite comprobar que debe tener unos cinco mil volúmenes de historia, literatura, filosofía, religión y ciencias políticas en su biblioteca. Publicadas en diferentes lenguas, las que asumo, Yusef debe hablar y leer con total dominio.

–¿Qué tal va tu investigación sobre el psicoanálisis…?

Me pregunta distraídamente mientras coloca una taza de humeante te indio frente a mí, que lo espero ya sentado en uno de los sofás, y luego deja caer su enorme cuerpo sobre el otro asiento para iniciar por fin la conversación.

–Un poco atorado… –le respondo quemándome los labios al beber del exquisito pero hirviente contenido de mi taza– Pero podría ir mejor. Ando buscando unos libros que me hacen falta, y me gustaría localizar a algunos informantes para tomar algunos testimonios y amarrar unos detalles de la historia. Pero en general bien…

–Conozco a alguien que tal vez podría ayudarte…. No sé, tal vez accedería… Aunque es un poco especial… No es fácil que comparta información… Pero podemos intentarlo. Luego yo veré la manera de contactarte con ella.

Ignoro todavía, o creo ignorar de quién me habla. Luego desviamos nuestra charla.

Cuando le cuento que estoy leyendo un libro de Sudhir Khakar, un psicoanalista indio quien utiliza el psicoanálisis para describir los rituales chamánicos y los exorcismos en la India, Mafú y yo nos adentramos en una fascinante conversación. El psicoanálisis me ha llevado últimamente, sin que me diera cuenta cómo ocurrió, al orientalismo y al estudio de culturas tan diferentes como la de los fenicios, cartagineses, chinos, egipcios, indios y japoneses. Mi trabajo como psicólogo, aunque muy heterodoxo y ecléctico, se va acercando a la antropología y al análisis psicológico de las culturas. Me interesa estudiar acerca de pueblos de diferentes orbes, seguir escribiendo y viajar todo lo que pueda. Combinar la psicología y los estudios sobre arte y cultura. He vuelto a pensar en volver a El Salvador para estudiar Psicología Social.

Surge el tema del libro sobre budismo de Pankaj Mishra, el cual terminé de leer desesperada y apasionadamente en las últimas dos semanas, encontrando muchas simpatías con el autor, e inspiración e ideas para seguir con mi novela. De pronto Mafú y yo tenemos demasiados puntos en común. Ambos coincidimos en que es bellísima la obra del indio.

Mafú se levanta excitado por la charla y ya me trae un manual de religiones de la India editado en bengalí, un libro de iconografías chino, o una biografía de Erich Fromm ilustrada con fotografías que me hace salivar de envidia. Enciende un par de tabacos de los cuales me comparte algunos, y hablamos y fumamos, o miramos alguno de los volúmenes de su enorme biblioteca.

Me doy cuenta que he encontrado a un nuevo e interesante amigo.

Para entonces Mafú ya supero la separación tuya y el haberse apartado de tu lado por propia voluntad. Un proceso nada exento de dolor, por cierto.

Anduvo viajando por Medio Oriente como loco los primeros dos años, exponiéndose a que lo mataran, sin tomar descanso alguno y arriesgándose cada día más a las municiones de los talibanes y los marines norteamericanos, o a los coches bomba en Israel y el Líbano. Hasta darse cuenta que sufría una honda depresión por haberte perdido, y decidir rotundamente, desde su corazón, que era el momento de ponerte punto final.

En toda ésa época, del 2001 al 2006, Laura la inglesa, la dentista, madre de sus hijas, es quien se hizo cada vez más presente en su vida. Aprovechando la tristeza y soledad de Mafú para tratar de recuperarlo. Y aquella mujer británica no iba por un camino equivocado.

Por tu parte trataste de contactarlo con esfuerzos erráticos, poco sinceros y sin poner el corazón verdaderamente en ello. Intentaste saber de él por medio de amigos en común o de Esperanza su secretaria. Pero no te decían demasiado, no querían hacerlo, o tenían indicaciones de no decirte nada, como Esperanza.

La invasión a Oriente Medio orquestada por los Estados Unidos prosiguió hacia Irak después de dejar un Afganistán en la hecatombe y convertirla en zona de desastre. Luego la captura de Sadam Hussein en Irak, un trato inhumano a los prisioneros musulmanes en campos de forzados, muertes inacabables de civiles y marines día con día.

Fueron seis años en los que Mafú decidió regresar con Laura y sus hijas inglesas. Luego le pidieron asesorar el consulado mexicano en su sede de Guadalajara y servir como mediador en los conflictos migratorios, con el telón de fondo de la intención del gobierno estadounidense de establecer un estricto muro fronterizo hacia el norte de México.

Y para el 2006 ya estaba mudándose con su esposa e hijas a radicar en México, en busca de una vida más tranquila y tomándose un respiro de la situación en Medio Oriente.

෴

Es curioso, que un ser quien verdaderamente emana amor como Mafú, es capaz de atraer éste amor en donde quiera que se encuentre y superar todas las crisis de su vida, aplicando la fuerza motriz amorosa que le caracteriza y floreciendo en cada nueva etapa de la vida, a pesar de las dificultades. Cosa que te es más difícil a ti. Puesto que aquel que está pleno de amor interiormente, puede evocarlo y propiciar el amor de los otros sin pedírselos, tal como decía el joven Marx en 1844 en sus *Manuscritos Económico Filosóficos*, y luego corroboró Erich Fromm en su libro El Arte de Amar. Pero quien se encuentra estéril interiormente, sólo va dejando una estela de rupturas dolorosas y decepciones en su camino.

Cuando supiste que Mafú estaba en Guadalajara hiciste lo posible por acercártele. Ahora eras tú quien rogaba por unas gotitas de cariño. Al fin y al cabo seguían teniendo un círculo de amigos en común. Durante tu accidentada relación con Yusef, tus amigos psicoanalistas y antropólogos se hicieron amigos de él, y amigos de sus amigos. Al final tenían en común un basto círculo de amistades, compuesto por artistas, psicoanalistas, pintores, escritores, antropólogos y estetas. Por lo que no te fue difícil entrar en contacto con él apenas se instaló en Guadalajara.

Al verlo de nuevo en una reunión de amigos, después de más de cinco años de no saber nada de él, la frustración fue demasiado grande al comprobar que efectivamente Mafú te había superado. Esperabas por lo menos un gesto, una mirada, un rasgo anhelante y de deseo. Pero no había nada. No podías creer cómo, si otros hombres fueron incapaces de sacarte de sus mentes, o se volvieron locos en el intento como Javier.

Mafú seguía poseyendo ésa jovialidad que emanaba de su interior, aunque se acercaba a los cincuenta años de edad. Incluso parecía rejuvenecido a pesar de sus experiencias de los últimos años. Tenía menos cabello, pero su cuerpo seguía fuerte y fibroso como cuando hacía el amor contigo. No perdió nada de la enorme amabilidad y bondad que siempre lo caracterizo y que tanto te gustaba de él. Su trato hacia ti fue bastante cordial, sin un ápice de resentimiento pues él se encontraba muy bien al lado de Laura la inglesa y sus hijas.

Te dio un abrazo cuando se reencontraron, como si sólo fueras una buena conocida, y nada más.

Al mismo tiempo que se trataba del mismo Mafú de antes, también era otra persona, quien ya no sentía un afecto especial ni deseo alguno por ti. Y pensar que antes lo derretías con tu voz y con tus ojos.

Tal vez el verlo feliz e incluso mejor que cuando estaba contigo y lo maltratabas, fue lo que más lastimo tu orgullo.

Pero también se convirtió en tu maestro de todos estos años. Mafú te enseñó más que ningún otro hombre, no sólo en la cama, sino sobre todo cuando te dejó y no quiso saber más de ti. Te enseñó el costoso precio del amor. Que el amor no sólo es ganar. Que es posible superar cualquier tipo de vínculo amoroso a pesar de la locura y casi muerte que implica la separación del amante. Ahora que te demostraba poder seguir siendo tu amigo y tratarte con respeto y amabilidad a pesar de lo vivido a tu lado, y de lo que sufrió en su tiempo por ti.

Por su parte Mafú se encontraba hoy a una Alejandra un poco diferente. El sufrimiento y las crisis de melancolía, los tratamientos psiquiátricos en la clínica de internación, el reencuentro con tus padres y hermanas te habían ablandado un poco. Eras algo más paciente con los demás, sabías escuchar un poco más. También eras mucho más cuidadosa en tu trato con las personas, y mucho más sensible con respecto a los sentimientos de los otros. Puesto que ahora sabías verdaderamente lo que era sufrir.

Ya no imponías como barrera al relacionarte con los demás tus conocimientos como psicoanalista ni tus éxitos literarios. Por lo menos ya no lo hacías tan insistentemente.

✍

—¡No te gustaría trabajar para el Gobierno Norteamericano…?
Me pregunta Mafú hacia el final de nuestra cita, cuando estamos a punto de despedirnos, y he conseguido que me prestara la biografía ilustrada de Erich Fromm.

—¿Pero yo de qué les serviría a los gringos… ¿Para qué querrían ellos mis servicios?

Cuestiono yo, sorprendido y escéptico.

—Estamos reclutando entrevistadores, gente con el dominio del inglés, que también posea habilidades para analizar a las personas y conozca la cultura mexicana a fondo… ¡Quien mejor que un psicólogo mexicano hablante de inglés! Tú nos ayudarías a entrevistar personas que solicitan su visa para ingresar a los Estados Unidos. Serías parte de un equipo de administradores, comunicólogos y sociólogos que estamos reclutando.

Nunca me habría imaginado en todos mis años de ejercicio como psicólogo, egresado de una universidad pública, que se me brindaría una oportunidad tan singular de trabajo. No soy antiimperialista ni antiyanqui, pero tampoco apruebo, sobre todo últimamente, las políticas del gobierno republicano estadounidense. De tal modo que imaginarme como empleado del gobierno norteamericano me resulta muy difícil. Simplemente no me había planteado nunca ésa posibilidad.

Le digo que me dé tiempo para pensarlo, no esperaba una invitación de ése tipo cuando accedía a ir a su oficina.

—¡Necesito saber cuanto antes si estás interesado o no!
Me dice categórico y hasta un tanto hosco, sorprendido de que yo me lo piense tanto, pues otros morirían por una oportunidad de ése tipo.

—Está bien, no me vendría mal intentarlo… Acepto…

Le digo torpemente, sin saber cómo logro aceptar una invitación de ésa naturaleza.

∽

Seguimos en contacto por teléfono, mediante largas conversaciones por el auricular en las que Mafú me pone al tanto del protocolo y de los trámites que deberé hacer para ingresar al consulado como trabajador. Conversaciones en las que además de hablar de requisitos administrativos y psicológicos, aprovechamos para discutir sobre lo que andamos leyendo últimamente. Aunque Yusef adquiere un tono solemne y experto al describirme el funcionamiento del consulado, rápidamente recupera su jovialidad cuando volvemos a hablar de libros y culturas. Me queda claro que el persa ya es mi amigo por encima de cualquier cosa, e independientemente del resultado de mi aplicación para ingresar al consulado.

Me someto a una serie interminable de entrevistas y pruebas psicológicas, cuyas respuestas puedo manipular imperceptiblemente, sin que se percaten de ello los empleados del consulado. Pues ellos ignoran el profundo dominio que tengo de la psicología y sus diferentes técnicas para la evaluación de la personalidad y los procesos mentales. No es que lo presuma, pero conozco muy bien mi oficio, no sólo a nivel teórico sino en una muy buena parte de sus áreas de aplicación.

Les doy las respuestas que quieren escuchar: que no tengo conflictos hacia la autoridad, que puedo trabajar y colaborar en equipo, qué sé acatar órdenes pero también tomar la iniciativa cuando es necesario. Que mi personalidad es perfectamente adaptable a cualquier situación de trabajo por más complicada y caótica que se presente.

A la hora en que me aplican el examen antidoping mi sangre sale limpia. Llevo casi un año sin consumir más que café, cerveza y tabacos.

Una entrevista con el cónsul: Allan Winwood me hace saber que fueron satisfactorias todas las pruebas realizadas. El tipo me habla en un inglés del sur de los Estados Unidos, californiano, pienso. Parece un tanto hostil y desconfiado. Me hace saber que tendré que cortarme el cabello: mi amada melena leonina, y recortarme la barba, si es que deseo ingresar al consulado norteamericano.

—Necesito saber si en verdad me darán el trabajo. De lo contrario no pienso sacrificar mi cabello. ¿Sabe usted que llevo trece años dejándomelo crecer y cuidándomelo…? No pienso cortarlo si no me dan una respuesta concreta, y a la hora de la hora no me admitan y yo pierda mi cabello de todos modos.

Le digo imitando su estilo distante y desconfiado de hablar. Devolviéndole un poco de su frialdad y mostrándole que no estoy ansioso por obtener sus favores y entrar a su institución. Y que puedo prescindir de su benevolencia y el trabajo que me ofrecen.

—Lo único que puedo decirle hasta ahora —me dice con un discurso frío y protocolario, muy lejano de cualquier expresión emocional— es que sus anteriores pruebas fueron satisfactorias. Si en verdad le interesa trabajar con nosotros, ya debería estarse cortando el cabello. Además viene muy bien recomendado.

Pienso en Mafú y me quedo en un completo silencio. Alcanzo a entender que ya estoy dentro del consulado.

ဢ

Pasan tan solo cuatro días tras la entrevista con el cónsul, y un lunes del mes de Febrero del 2006, a las nueve de la mañana ya estoy frente a un escritorio escuchando los miles de argumentos desesperados que mis compatriotas explayan para tratar de convencer al gobierno norteamericano de que les admita en su territorio.

Para llegar a la entrevista, los mexicanos tuvieron que sacar una cita previa, por teléfono o Internet, hasta con seis meses de anticipación. Reunir una serie de documentos, entre los cuales se encuentren aquellos que demuestren que tienen trabajo en México y no una apremiante necesidad de quedarse a laborar en Norteamérica.

El consulado en Guadalajara se encuentra en la calle Libertad, cerca de la avenida Enrique Díaz de León, en la Colonia Americana. Y mis paisanos tienen que formarse en una prolongada fila durante buena parte de la mañana, pasar una serie de enrejados, minuciosas revisiones y verificaciones antes de ingresar a la fase de las entrevistas y que luego se les avise si obtuvieron el visado.

En tan sólo una semana escucho todo tipo de historias inverosímiles, la mayoría de ellas nada convincentes. Todos dicen que sólo estarán un par de semanas visitando a algún pariente o de vacaciones en los Estados Unidos. Pero es a leguas evidente que la mayoría de ellos desean ingresar a los Estados para quedarse a trabajar.

Sufro constantes conflictos morales y dilemas internos. Se supone que no debo permitir que aquella gente más desesperada obtenga su visado, pues se trata de frenar la migración, o mesurarla, sobre todo con la política del actual gobierno de Norteamérica. Pero se me presentan situaciones humanas límites a cada minuto. Campesinos que abandonaron sus campos ante las despiadadas políticas internacionales que exterminaron la agricultura en México desde los años ochentas, quienes no tienen más remedio que emigrar en busca de ingresos para sostener sus comunidades y familias. Obreros desempleados y urgidos de trabajo para dar alimento a sus hijos en los infames suburbios de las ciudades. Lo más impresionante: profesionistas, incluso con niveles de maestría que no pudieron encontrar fuentes de trabajo para desarrollar sus estudios universitarios y aplicar sus conocimientos, dispuestos aunque lo niegan, a trabajar en cualquier cosa en cuanto crucen la frontera estadounidense, independientemente de su grado de estudios.

Ciertamente hay muchos casos en donde la necesidad económica se deja ver, y hay una inmensa cantidad de personas que realmente no tienen ninguna otra opción, más que buscar irse de México a los Estados Unidos para hacer llegar ingresos a sus familiares. Independientemente de su nivel escolar, cultural y económico. Pero en una cantidad mucho mayor de casos, la gente parece impulsada por un deseo consumista sin precedentes. Aquellos quienes podrían utilizar sus conocimientos empíricos, cotidianos o universitarios y su experiencia para ayudar a sus familias y comunidades en su país, quieren irse a los Estados Unidos en busca de una vida materialista sin límites. La única noción de felicidad que conocen es aquella plena de objetos materiales y lujos inútiles. Cuando les escucho hablar no pueden ocultar su voracidad económica, y una latente capacidad de hacer cualquier cosa por tal de obtener riqueza y capital para despilfarrarlo, o peor aún, para presumirlo y tratar de sentirse por encima de sus coterráneos.

Una versión mexicana del sueño americano, donde el único plan de vida que se tiene, tanto en el campo como en la ciudad, es aquel donde se posean cantidades inacabables de capital para comprar todo aquello que dé satisfacción inmediata a sus sentidos.

En mis entrevistas alcanzo a distinguir al escuchar a mis compatriotas, que su única concepción de la felicidad es aquella donde el dinero y la posibilidad de despilfarrarlo les brinden la sensación final de ser alguien. Tratan de ocultarlo, pero mientras más guardan sus verdaderas intenciones mejor son captadas por mi ojo psicológico experto.

Además de la pobreza como motor de la migración, aprendo a distinguir que el mayor motivo de vida de mis compatriotas, para tristeza y pena mía, es el deseo irrefrenable de poseer dinero para gastarlo de inmediato, y para presumirlo y sentir que tienen poder de sometimiento sobre sus paisanos. Las personas, por encima del nivel económico, no conciben otro proyecto de vida más que la acumulación de riquezas, el lucir ante los otros éstas riquezas, y dedicarse a una vida materialista y superficial.

Como decían Hegel y Paulo Freire: *la dialéctica del amo y el esclavo* hace que el esclavo interiorice al amo, y tras largos años de cautiverio quiera él convertirse en verdugo y desquitarse con los de igual condición. Y tener por todos los medios aquello que pertenece al amo y que siempre anhelo, sin importar las consecuencias.

En poco tiempo aprendo a diferenciar algunos tipos de personas que buscan obtener la visa: aquellos estudiantes, empresarios y gente con ciudadanía, que por asuntos académicos y de trabajo ingresaran temporalmente a Norteamérica. Aquellos cuya última opción económica es emigrar, pues de lo contrario sus familias morirían de hambre. Y aquellos que aunque pobres y de baja escolaridad, o con algún grado de estudio e incluso universitarios, son impulsados a emigrar, arrastrados por un torrente de posesión material, ambición y riqueza más allá de su entendimiento. Por desgracia son mayoría, estos que anhelan riqueza y poder, y son capaces de vender su alma al diablo, o de prostituirse literalmente y vender a sus seres queridos, a cambio de obtener dinero fácil.

Soy testigo de un nivel de descomposición moral y humana como nunca visto en mi país, la cual se extiende en todos los niveles sociales matando las relaciones entre las personas y volviendo muertos vivientes a los individuos.

Más que nunca la lectura de Freud, Jung y Caruso, las enseñanzas de Buda y los libros de Erich Fromm me ayudan a comprender aquello que contemplo en la población de mi país.

૭

El libro de Mishra y mi proyecto literario cada vez más avanzado, coinciden en el esfuerzo por crear no una novela en el género tradicional, sino un libro que sea un crisol donde se entremezclen los más heterogéneos discursos: la narración histórica, el análisis psicológico, la reflexión filosófica, el diario de vida, sin perder tampoco la parte de la fabulación literaria, donde los personajes reales se disuelven con los de la ficción.

De modo que el resultado es un poliedro donde el lector avanza por momentos a través de una narración casi épica de las andanzas de sus personajes, pero luego se ve obligado a inmiscuirse en disertaciones psicológicas y filosóficas, o entrar en el mundo íntimo de su autor a partir de sus confesiones y diarios de vida. Un híbrido mezcla de novela, ensayo, relato antropológico y crónica literaria. Un mutante que no es una cosa ni la otra, pero que no deja de resultar interesante.

❧

El Buda vivió condiciones sociales de su época, en las cuales observó que el sufrimiento de la gente era motivado por deseos de posesión incesantes. Su fórmula para detener el sufrimiento, la angustia, la enfermedad y el temor a la muerte consistía en aquietar el alma y silenciar al *Yo*. En el momento que las personas eran concientes primero de sus deseos inacabables, de amor, sexo, posesiones materiales y riqueza, incluso deseo de poseer la voluntad de otras personas, comenzaba el cese del sufrimiento. Luego debían hacerse concientes del *Yo*, y por último volverse capaces de *desidentificarse* de ése *Yo* insaciable. Entonces ya estaban en el camino de la liberación.

Buda no propuso en ningún momento un nuevo Dios, quizá sea ésta una de las mayores genialidades de su pensamiento. Sino un método para disminuir el sufrimiento de las personas, a través de la meditación, la respiración sana y profunda, y la *desidentificación* con el Yo personal. Descubrir que al final uno no era lo que sus padres ni la sociedad donde nació le enseñaron a ser, o le dijeron que era.

Se comenzaba por aprender la postura de la meditación, sentado con las piernas cruzadas y respirando profundamente. Soportando los agudos dolores de mantenerse en la inmovilidad física durante largos períodos de tiempo. Se proseguía con el abandono paulatino de los deseos que maniataban el espíritu, mediante la concienciación de las demandas insaciables del *Yo*.

Mientras menos caso se hiciera al *Yo* y a sus deseos, más se avanzaba en el camino de la liberación.

Desidentificarse significaba dejar de sentir que al *Yo* le pertenece realmente algo, incluso dejar de experimentar que se pertenece a sí mismo. Y asumir el cambio incesante y la trasformación sin fin.

El último estadio de desarrollo para el budismo, cuando se alcanzaba la *Iluminación,* consistía en identificarse con la Nada Absoluta, con el Silencio Total y el Vacío. El vacío era el Buda. Y uno terminaría por descubrir que Buda vive en cada individuo, y que todos somos Buda.

∾

El Buda vivió en diferentes sistemas políticos y económicos en la India: monarquías, autoritarismos, dictaduras, antiguos intentos de democracias. Asesoro a príncipes, emperadores, políticos y líderes religiosos. En un momento dado, se dio cuenta que el fracaso de todos los sistemas sociales, políticos, económicos y religiosos de su tiempo, no dependía de la perfección de sus fundamentos, de la dificultad de llevarlos a la práctica, o de la manera en que consideraban la repartición de la riqueza y los bienes materiales. Sino debido a que no se proponían como meta máxima la superación de los deseos materiales y la codicia humana. Ni buscaban un cambio hacia una vida espiritual, en concordancia con los demás seres humanos, con otros pueblos y con la naturaleza.

La mayoría de estos sistemas que buscaban dar respuestas a los principales problemas sociales de la India en la época del Buda, prometían sino el advenimiento de un nuevo y más poderoso Dios, la espera de un mundo futuro mejor en donde la pobreza sería disminuida. Pero siempre centrando todo en el mañana, en el futuro y en esperar pacientemente por ellos. Promovían nuevos Dioses que en nada solucionaban el sufrimiento y los padecimientos de las personas, o pugnaban por una reforma social en donde sólo era tomado en cuenta el mundo material, y echada por tierra la importancia de la vida espiritual.

Todos los sistemas sociales y religiosos prometían siempre un futuro mejor, la gente sólo debía esperar, trabajar y pensar que mañana serían recompensados, sino en ésta vida, en la próxima. Fue aquí donde el Buda predicó que todo futuro, o esperanza de un tiempo mejor en el mañana, resultaría vano, irreal y una mera ficción del *Yo*, mientras no se aprendiera a vivir absolutamente centrado en el presente. Disfrutando del mundo en el momento actual y despojado de todo sueño ficticio del porvenir. El budismo volvía a sus adeptos por completo concientes de sus experiencias corporales y de su estadía en éste mundo. Sin pensar ni esperar un mañana de ningún tipo.

ᘓ

Por su parte Freud dividió la mente humana en tres instancias psíquicas fundamentales: el *Ello, el Yo y el Superyó*.

El *Ello* era una entidad constituida por los instintos y los impulsos biológicos más básicos. Los cuales pugnaban por emerger a la conciencia y por lo general no estaban de acuerdo con ella. El *Ello* era *inconsciente* debido a que la conciencia y el *Yo* no tenían conocimiento de él.

Los impulsos que provenían del *Ello* eran irracionales ya que no solían estar de acuerdo con el *Yo* ni la conciencia, e incluso los contradecían totalmente. Muchos de ellos podrían perturbar la conciencia por completo y también ir en contra de las normas sociales donde se vivía. Impulsos como el asesinato, la castración, el canibalismo, el incesto, la posesión sexual u homosexual. A estos impulsos inconscientes Freud los bautizó como *pulsiones*.

Las *pulsiones* eran tan importantes y vitales en la vida humana que cuando el *Yo* y el *Superyó* las reprimían e ignoraban, surgía la neurosis y la locura. Sobre todo por el carácter sexual de las mismas, y la importancia de la vida sexual para mantener el dinamismo y la salud en el aparato mental de los seres humanos. Freud descubrió desde una de las primeras etapas de su carrera, el papel esencial que tenía reprimir la sexualidad y las *pulsiones* instintivas en el surgimiento de la neurosis y las enfermedades mentales.

Pero el impulsivo cauce del *Ello* también debía ser controlado o cuando menos canalizado de algún modo, pues al permitírsele fluir con total libertad corría el peligro de desintegrar al *Yo*. Era lo que ocurría con la *esquizofrenia*: un padecimiento donde el maremoto del *Ello* había arrasado al *Yo* sin dejar vestigio de conciencia, y forzado al individuo a realizar actos irracionales, acordes con sus impulsos instintivos, y retornar a estadios primitivos no solo de la vida humana, sino animal.

Al evolucionar el *Yo* y desarrollarse, también posibilitaba que el ser humano dejara antiguas fases primitivas de la humanidad, donde era permitido el incesto por ejemplo, el canibalismo, o una sexualidad sin ninguna inhibición.

El *Superyó* en el otro extremo representaba las normas sociales y reglas morales, interiorizadas a lo largo de la infancia y toda la vida del ser humano. El *Superyó* proporcionaba al funcionamiento de la mente, la parte de respeto por la comunidad donde se vivía, respeto por las normas sociales y las reglas morales, que luego ayudaban al *Yo* a distinguir entre el bien y el mal.

Sin embargo, un *Superyó* excesivamente fuerte corría el peligro de oprimir cualquier manifestación del *Ello* y llevar al individuo a la represión y la enfermedad mental. Producto de una educación excesivamente moralista y puritana, donde no tenían cabida ni el cuerpo ni sus impulsos, e incluso se les castigaba. Como en el caso de sistemas religiosos y morales excesivamente represivos y negadores de la sexualidad.

Entonces el *Superyó* orillaría al *Yo* a ser incapaz de mediar entre las demandas imprescindibles del *Ello*, las cuales tenían su derecho inalienable a ser escuchadas y asumidas, y la necesidad de respetar las normas morales de su entorno.

El resultado sería un individuo incapaz de ser quien debe y puede llegar a ser. Un simple producto de su sociedad: un defensor fanático de una justicia abstracta, de unas normas y reglas sociales tan incomprensibles como lejanas, un juez implacable, un censurador, un reprimido.

El *Yo* por su parte era una entidad psíquica cuyo trabajo consistía en equilibrar, mediar y movilizarse constantemente, escuchando uno y otro extremo del *aparato psíquico*. En la medida que se desarrollaba y fortalecía podía hacerse conciente de las *pulsiones instintivas* provenientes del *Ello* que le demandaban su atención, o poner cuidado de respetar una determinada normatividad social y lineamiento moral para el mejor desenvolvimiento del sujeto en su sociedad.

El proceso de maduración del *Yo* no era nada sencillo ni libre de accidentes en los que se exponía su precario equilibrio a lo largo de toda la vida. El desarrollo del *Yo* no estaba exento de traumatismos obligados, como la relación de Edipo y la separación de los padres. La locura estaba de por medio en cada fase de su desarrollo. Iba madurando después de inacabables ejercicios de análisis personal y auto-conocimiento, tras sufrir múltiples traumatismos y heridas psicológicas, como el mismo Freud experimento en su propia persona. Separándose paulatinamente de su padre y su madre, dejando sus vínculos infantiles, salteando antiguos estadios de su desarrollo, superando relaciones incestuosas y venciendo a engañosos fantasmas.

❧

Para Freud los vínculos enfermizos hacia el dinero y la riqueza estaban relacionados con un órgano erógeno fundamental para el desarrollo de la personalidad en los primeros años de vida: *el ano.*

Los padres influían determinantemente en la manera que el niño aprendía a controlar sus esfínteres y retener o expulsar el excremento. Había una relación inconsciente muy estrecha entre las heces fecales y el dinero.

Desde pequeño se aprendía a retener el excremento por medio de la contracción del esfínter, y a gozar con dicho acto. El sujeto crecía sintiendo enorme placer al acumular riqueza, y regocijándose en el simple disfrute de tener cada vez más y de no dejar que se le fuera nada. Pero experimentando una enorme angustia cuando ésta riqueza no podía ser retenida, sino por el contrario, se extinguía, y el placer de posesión no lograba ser satisfecho.

Luego, estas personas extendían sus ansias de posesión hacia otros terrenos de la vida, como las relaciones afectivas y amorosas. Sintiendo que sus seres queridos y familias les pertenecían como se tiene una cuenta en el banco, las escrituras de una casa o las llaves de un auto.

La retención y el control propio o del entorno se volvían cuestiones vitales, las cuales proporcionaban un placer sexual secreto al ser satisfechas, o una angustia primigenia, mortal, cuando no podía retenerse ni controlarse nada. La carencia de cualquier tipo de bienes: materiales o afectivos, y la falta de control sobre sí mismo o sobre los otros eran las circunstancias más temidas

Otros órganos del cuerpo como la boca y los genitales también tenían una influencia preponderante en determinada etapa de la infancia. De la *fijación* a etapas orales de la vida por ejemplo, dependía que el adulto desarrollara fuertes dependencias hacia su madre o su mujer, en el caso de ser un varón quien fue destetado antes de tiempo o de manera violenta. En esto tenía mucho que ver el grado de madurez lograda por los padres para ayudar a los niños a transitar de una etapa a otra de su desarrollo. O de su propia neurosis. con la que transmitían su locura a sus hijos, dejándoles *fijados* en determinada etapa de la infancia.

La *fijación* hacia los genitales, en particular el pene, tenía que ver con la formación de un carácter centrado en el poder. El pene era el núcleo de la masculinidad, y en la infancia el varón se iba identificando gradualmente con él, o crecía con ambivalencias hacia su propio órgano sexual, incapaz de asumir su virilidad, o sujetándose de la de otros. Teniendo que sostenerse literalmente del pene de otros varones, o del sexo de una mujer. Puesto que también las chicas, según Freud, podrían identificarse con el pene de su padre y con su masculinidad, a tal grado de luego volverse mujeres *fálicas*. Mujeres que competían por el poder al igual que los hombres, y también literalmente eran capaces de penetrar en sus relaciones afectivas a sus seres queridos, a quienes dominaban por entero.

A este tipo de mujeres Carl Jung las llamo de *Eros exaltado*: mujeres capaces de convertirse en líderes que guiasen con justicia a sus familias y comunidades, bajo un régimen de feminidad y receptividad. Hacia formas de convivencia donde estuviese equilibrado tanto lo masculino como lo femenino. O por el contrario, en casos de perversión y patología: mujeres capaces de castrar a sus seres queridos y a quienes les rodeasen, con la posibilidad de llevar a la destrucción a sus comunidades al querer imponerse y competir por el poder a costa de cualquier cosa. Mujeres con formas de neurosis hacia el poder que llegaban a estrangular e impedir crecer a quienes estaban a su alrededor.

℘

En el proceso analítico el psicoanalista ayudaba al paciente a reconstruir su historia vital por medio de su lenguaje y del diálogo psicoanalítico. Examinando a detalle cada una de las fases de su vida desde la infancia, pidiéndole recopilar y obtener información de sus familiares. Obligándole a recordar cosas vividas en una infancia muy remota, eventos borrosos, casi sueños, pasajes de la vida guardados en *el inconsciente*, conocimientos sobre sí mimo de carácter *pre-psíquico*. Es decir, de los cuales el *Yo* y la conciencia no tenían conocimiento, pero en el fondo sabían que estaban ahí, esperando emerger

Llegaba un momento en donde la propia historia personal del sujeto dejaba de serle ajena, vivida por otro y experimentada por él de manera pasiva.

Freud descubrió que una de las características de los neuróticos e histéricos era el hecho de que su propia historia vital les resultaba ajena, o no les pertenecía. Los síntomas mentales surgían al no pertenecerse a sí mismos, al no ser los protagonistas de su propia vida. El síntoma y la enfermedad mental hablaban a manera de metáfora de *otro Yo*: alguien que desde dentro padecía y que inclusive estaba muerto en vida, sin que el sujeto se diese cuenta. A pesar del carácter anestésico de muchos tipos de neurosis, en los que el sujeto aparentemente se encontraba bien y no experimentaba malestar alguno. Insensible ante sus propios procesos internos y a lo que acontecía verdaderamente a su alma, olvidada en la búsqueda de estatus social y satisfaciendo las demandas de su entorno.

Por medio del psicoanálisis el paciente se apropiaba de su propia historia, dejaba de resultarle lejana o como si otro hubiese vivido su propia vida, a pesar de los traumatismos psicológicos y las desgracias experimentadas a lo largo de la misma.

El paciente se volvía capaz de contarse su propia historia y ahora era él el personaje central.

ה

Tras terminar una jornada de entrevistas programadas previamente a lo largo de la mañana en el consulado, estoy obligado a redactar prolongados reportes que se entregan a mi jefe, Allan Winwood. Quien luego realiza exhaustivos análisis con ellas y construye complicadas estadísticas y gráficas que seguro van a dar directo a Washington.

Mi relación con Allan, el secretario del consulado, al inicio es distante y fría. Simplemente no sé cómo relacionarme con un norteamericano anglosajón, protocolario y disciplinado. Dirigimos algunas palabras una que otra vez, luego yo no sé de qué hablar con él, y él tampoco hace mucho esfuerzo por interactuar conmigo.

Pero un medio día, mientras elaboro mis reportes de entrevistas de la mañana, escuchando mi estéreo portátil, Allan se detiene y me pregunta en su inglés, sureño pero diplomático:

–¿Qué escuchas…?

Me quito con velocidad los audífonos de las orejas, temiendo que me vaya a llamar la atención por escuchar música mientras trabajo.

–¿Perdón…?

Pregunto yo algo sobresaltado y temeroso de haber hecho algo indebido.

–¡Te pregunto que qué escuchas….!

Me repite en su inglés del sur de los Estados Unidos, esforzándose por parecer amable con alguien quien también le resulta distante.

–Eh… *Radiohead*… una banda inglesa de rock alternativo…

–¡Excelente…! ¿Qué disco es….?

–Es el *Ok Computer*…

Le respondo veloz, amable, pero por pura cortesía.

–¡Para mí es el mejor disco…!

Me dice, dejándose venir hacia mi escritorio y poniéndome más nervioso.

Resulta que como yo, también es un melómano, coleccionista de discos compactos y adorador del *rock and roll*.

Pronto comenzamos a hablar de música. Descubrimos que ambos coincidimos en los gustos hacia muchos grupos. Le encantan al igual que a mí varias bandas alternativas de la escena canadiense, como los *Cowboy Junkies, Feist, Young Galaxy, Lovedrug* o *Brocken Social Scene*. Grupos poco conocidos en México, o poco sonada su música en las estaciones de radio comerciales.

Al conversar coincidimos que en general ha decaído la calidad musical de la radio en México y en los canales de videos norteamericanos. Un buen amante de la música, sea de rock o jazz tiene que avenirse a las estaciones de Internet y andar a la caza de páginas electrónicas que recomienden nuevos materiales musicales y bandas interesantes.

En los días subsecuentes iniciamos un intercambio de discos compactos por demás rico. Mi fonoteca y mi acervo musical se enriquecen con una buena cantidad de bandas de todos los géneros que me facilita Allan. Él tiene preferencia por la música electrónica, el jazz clásico y el jazz pop, cosas como *Sarah Jane Morris* y *Sant Germaine*, o la música brasileña contemporánea: Bebel Gilberto Ivan Lins, aunque igualmente gusta del rock alternativo.

Allan queda fascinado con los materiales musicales que yo le facilito. Me dice que nunca había puesto atención a algunos grupos de los setenta como *Led Zeppelin, Pink Floyd, Yes* o *Rainbow*, de los cuales le hago llegar material, así como todos los discos de Jimi Hendrix. Por influencia mía comienza, aunque se resistía, a crear copias y respaldos de todos los discos que le presto.

Allan estaba empeñado en comprar exclusivamente música original, dado que reprobaba la piratería y la copia ilegal de discos y películas. Sin embargo, tras empezar a amistar conmigo acaba corrompiéndose y respaldando enormes cantidades de discos. Sin quererlo se ve influenciado por la cultura mexicana donde ahora vive y cayendo en la piratería.

~

Yusef Mafú se deja ver algunos días por el consulado. Pero no está todo el tiempo con nosotros. Su principal labor es tratar temas administrativos y políticos con Allan, apoyarlo en la elaboración de los reportes semanales sobre el trabajo del consulado que envían a Washington. También debe atender a empresarios norteamericanos que están de visita en México y ayudarlos a instalarse, o realizar sus trámites de nacionalización, u obtener permisos para iniciar empresas en México.

Cuando viene al consulado se aparece por mi privado a la hora en que han terminado las entrevistas para saludarme y conversar largamente. Se sienta frente a mí y me pregunta sobre lo último que ando leyendo.

Sin quererlo acabo siendo absorbido cada vez más por el ambiente y la dinámica del consulado. Llega un momento en el que me siento como en mi casa en ése lugar y con ellos. Es extraño para mí dedicar tanto de mis energías a una institución. Dado que hasta ahora mi ejercicio como psicólogo era más bien independiente: como psicoterapeuta o profesor de bachillerato en la Universidad con algunas cuantas clases.

❧

Una noche acabamos saliendo los tres: Allan, Yusef y yo a bebernos unas cervezas. Llegamos a una cantina del centro de Guadalajara llamando la atención de todos los presentes. Debemos resultar un trío de lo más pintoresco: un antropólogo persa avecindado en México, un gringo anglosajón vestido de traje y corbata, y un psicólogo mexicano de gruesos anteojos y barba. Hablamos de música, de cine, de lo último que hizo Kiewslowski pues a los tres nos encanta. Luego de política, hay puntos donde no estamos de acuerdo. Es muy claro que Mafú no apoya la política oficial del gobierno norteamericano, y que Allan es un ferviente simpatizante de los republicanos. Pero nunca llegan a un tono ofensivo, se respetan como dos fieras de la misma capacidad de agresión. Me doy cuenta que son amigos a pesar de sus diferencias políticas e ideológicas. Es difícil de creer para mí, pero hay un alto nivel de intimidad entre Mafú y Allan a pesar de tener procedencias políticas contrarias.

Allan me confiesa con un perfumado aliento a cerveza, hablándome al oído en un momento de la juerga, ya medio ebrio, que cuando George Busch le pidió que se viniera a México a trabajar al consulado, le respondió diciéndole que sólo lo haría si le asignaban a Yusef Mafú como asesor. Pues aunque Mafú era demócrata y ellos republicanos, no había en los Estados unidos nadie en quien pudiera confiar para el trabajo tanto como en el iraní.

Todo eso me va enseñando muchas cosas nuevas acerca de la amistad entre las personas, y los lazos tan profundos que pueden unirlas por encima de diferencias culturales, políticas y religiosas.

ຂຈ

Es poco más de la media noche cuando salimos de la cantina caminando, alegres y estimulados por las cervezas, y Allan y Mafú me invitan a seguir con ellos la farra en una fiesta de unos amigos suyos.

No estoy muy convencido pues al día siguiente es sábado, y yo dedico los fines de semana a trabajar como psicoterapeuta en mi consultorio, ya que el consulado me ha absorbido todo mi tiempo de lunes a viernes. Tendré que trabajar al día siguiente con un grupo psicoterapéutico de pacientes jóvenes que tenemos en nuestra casa en colaboración con Chuy.

Pero acabo accediendo y me dejo arrastrar por el par de extravagantes fiesteros hacia la avenida Hidalgo, en la misma Colonia Americana donde está el consulado.

Hace años que no participaba en ninguna juerga. Mi distanciamiento gradual de la marihuana me alejó paulatinamente de ambientes donde se consume excesivo alcohol y se vive la vida con frenesí. No es que tenga algo contra el alcohol, las drogas y las fiestas, pues me parece imprescindible que la gente tenga que vivir con intensidad la vida y pueda destaparse sus inhibiciones en determinados momentos y épocas de su vida. No quiero moralizar en lo más mínimo, ni indicarle a los otros lo que está bien o está mal. Simplemente aclaro que mi tiempo de excesos, que a todo mundo le consta que lo tuve, se va terminando poco a poco. Con el trabajo y el avance de los años en que fui protagonista de prolongadas juergas donde abundaban el vino y la marihuana, me siento cada vez más cansado. Hastiado de andar de un lado para otro con drogadictos inquietos, rodeado de individuos que no tienen la menor idea de qué hacer con sus vidas. Deambulando de una cantina a otra, o de una fiesta a otra donde sobran los amigos ocasionales, los amantes pragmáticos y las sustancias estimulantes.

Con los años también me vuelvo paulatinamente más silencioso. Mas receptivo y observador, más atento para oír y escuchar y menos parlanchín.

En mi primera época de estudiante de finales de bachillerato e inicios de universidad, en los años noventa, con las lecturas de adolescencia y los autores de iniciación: Herman Hesse, Nietzsche, Bakunin, Ciorán, Sade, José Revueltas, Jung, Freud, Marx, sentía la imperiosa necesidad de hablar compulsivamente de todo lo que iba leyendo. Quería comunicarle al mundo que los conocimientos que adquiría eran fascinantes, deseaba con ansía hablarle a los demás de ellos y compartirlos.

Ahora pienso que ésa es tan sólo una etapa inicial en la formación de todo psicólogo o estudiante de las ciencias sociales, en la cual como señala Vygotsky, los conceptos científicos aún no se han *interiorizado* por parte del alumno y aún se encuentran en una fase *externa* psicológicamente. Entonces el estudiante habla imparablemente de ellos y los aplica a diestra y siniestra, sin discriminar y en ocasiones de manera burda. Es una fase del conocimiento *egocéntrica*, donde el sujeto requiere hablar para sí mismo de los nuevos conceptos que va adquiriendo en su carrera y le fascinan. Pero donde en realidad a quien habla es a él mismo. Él es su principal interlocutor, puesto que al hablar incesantemente de lo que va aprendiendo y que es novedoso para él, va reorganizando por sí mismo su propia mente y reacomodando los nuevos aprendizajes.

Con los años, contrariamente, yo me voy haciendo un poco más silencioso y meditabundo. Hablo sólo cuando es necesario y más bien procuro observar y escuchar. Mis lecturas sólo son para mí mismo, para ayudar a mis alumnos y pacientes, o para aplicarse en mi trabajo en el consulado. Actualmente con la lectura vivo más bien un proceso en la cual me regocijo de manera personal con ella, en silencio, enriqueciéndome con los autores que me gustan, dialogando conmigo mismo en un profundo pero rico silencio interior.

Al parecer el desarrollo humano, tal como sugirieron Freud, Piaget, Vygotsky y Erich Fromm sigue complejos espirales, donde los procesos psicológicos comienzan dentro y fuera de la mente del hombre. Cambiando el énfasis de su funcionamiento, sea externo o interno en el lenguaje, según vaya evolucionando el individuo.

El ser humano comienza su desarrollo en parte, de un estado de aislamiento relativo en el útero materno, para luego entrar a un mundo abierto de interacciones, símbolos, estímulos y emociones sociales al nacer y luego ir creciendo. Pero en varias etapas de su desarrollo, el hombre necesita volver de nuevo hacia dentro de sí mismo, para reorganizar su cerebro y sus pensamientos, reacomodarse y estar listo para la siguiente fase de su vida.

Luego volver a salir de su propia cápsula mental para adquirir nuevos conocimientos, estimular su crecimiento psicológico y descubrir nuevos horizontes. De lo contrario se quedaría estancado, caería en el autismo o la locura. Para regresar nuevamente hacia sí mismo, en otra fase de interiorización, más enriquecido y con nuevos elementos en su sistema mental.

Y así sucesivamente a lo largo de su vida, en un espiral interminable de apertura o reacomodo interior, de vuelta a sí mismo e introspección. Abriendo y cerrando su ser incesantemente en cada fase de su existencia. Una existencia cuyo fin no culmina sino hasta el día de la muerte individual. Donde también la misma muerte es una poderosa experiencia de conocimiento, la cual todos los organismos debemos realizar. Tal vez la experiencia que humanamente requiere mayor apertura por parte del ser humano.

Lo que voy concluyendo con las lecturas y mis experiencias de ésa época es que la mente humana no está sólo dentro de las cabezas de los individuos, sino en una especie de red cognitiva, lingüística, social, biológica, cósmica, en la que todos los organismos estamos integrados.

La mente no es "nuestra mente" como nos hacen creer el individualismo psicológico y los mitos de la modernidad. Sino que literalmente todos "estamos en la mente", todos "somos la mente", como sugería el Buda.

დ

Subimos por el elevador de un lujoso edificio de condominios hasta el *pent house*. Al abrirse las puertas del elevador nos encontramos con una lujosa y amplia sala donde se lleva a cabo la fiesta.

Estamos en el piso diecinueve. Un gigantesco ventanal permite ver de un solo vistazo las luces de la noche en media ciudad de Guadalajara. Los asistentes están dispersos en pequeños grupos, de no más de dos a cuatro personas, charlando ruidosamente. En el fondo de la estancia suena melancólico un álbum de Carlos Jobim a quien nadie parece escuchar, el cual capta inmediatamente mi oído amante de la música.

Allan y Mafú saludan a los presentes, olvidándose momentáneamente de mí y se dispersan por entre la gente, saludándolos a todos, repartiendo apretones de mano, abrazos y besos.

El aire acondicionado de lugar me lleva el olor a tabaco y a diferentes perfumes femeninos. Todo en el lugar es escotes y delicados hombros desnudos asomando por elegantes blusas, costosos sacos deportivos, camisas sin corbatas y barbas de pseudo-intelectuales.

Me acerco un tanto desconfiado hasta una cava donde hay infinidad de botellas, me sirvo un tanto apenado un whisky sin que nadie pose los ojos sobre mí. La verdad es que no conozco absolutamente a nadie.

Hasta que una voz madura de mujer pronuncia mi nombre:
—¡José…!

Es Esperanza, la secretaria de Mafú, a quien he visto sólo un par de veces, pero por quien he sentido una inmediata simpatía. La mujer es colombiana, una socióloga quien trabaja para el persa desde hace años.

Me toma del brazo y me lleva hacia el centro de la estancia, donde empiezan a reunirse todos los asistentes. Llegamos junto a Mafú. Aún soy incapaz de darme cuenta que ésta colombiana me arrastra hacia un destino que se volverá determinante en mi vida. No soy aún muy conciente de lo que me espera, sólo hay una angustia ligera y desconocida en mi corazón, como si temiera encontrarme ante el cumplimiento de una antigua profecía.

Yusef Mafú habla con una mujer. Al principio me parece desconocida, es alta, elegante, guapa. Va vestida muy arreglada, con un traje sastre y un maquillaje y peinado discretos pero impecables. Voy teniendo en mi interior una sensación creciente de familiaridad hacia ella. "¿Dónde te he visto...?"

Una armoniosa voz femenina se escucha provenir de su garganta, fuerte y musical. Es la voz de una mujer bastante dueña de sí misma.

Llegamos hasta ellos y Yusef me mira con sorpresa y pena, disculpándose con su mirada por olvidar mi presencia en ese lugar, aunque él y Allan me trajeron hasta aquí.

—¡Es mi amigo José Modesto, un psicólogo que trabaja en el consulado con nosotros....!

Dice Mafú al presentarnos rápidamente. Unos ojos grisáceos, enormes, con forma de almendras me enfocan. Extiende su mano alargada, de dedos finos y prolongados, como cuchillas. La estrecho, lo primero y único que pienso hasta ahora es que esas manos son algo más largas que las mías.

—Alejandra Spielrein...

Pronuncia ella de manera atenta, como respuesta a la presentación de Mafú.

Cuando escucho aquel apellido no lo asocio de inmediato a la exitosa escritora de novelas para jóvenes de quienes todos hablan, sino a una figura del psicoanálisis a quien estoy investigando para mi novela: Sabina Spielrein, la ex-paciente de Jung.

–José esta escribiendo una novela sobre la historia del psicoanálisis en México.

Dice Mafú tratando de que ella y yo simpaticemos.

–¿Ah sí…?

Responde solamente ella, con un tono de incredulidad que me desconcierta y no me agrada en lo absoluto. Dando a entender que no me cree capaz de tal empresa, aunque ni siquiera me conoce.

Todos los asistentes se concentran en unos sillones al centro del piso. La mujer se coloca en un sofá individual, con la actitud de quien no quiere estar demasiado cerca de los otros. Yo quedo en el otro extremo de la habitación, sentado en medio de Esperanza y de un Allan bastante ebrio.

El primer contacto con la mujer no es nada afortunado, además de su reacción ante el proyecto de mi novela, me molesta su excesivo protagonismo. No hay conversación en donde ella no tenga un papel sobresaliente, opina de todo y no para de hablar. La primera impresión que tengo hacia ella es de desagrado y rechazo.

Entre los asistentes hay gente proveniente de alguna escuela de letras, arte, antropología, o se dedican a la pintura. Hay varios psicoanalistas también, personalidades de televisión y políticos. Sus conversaciones me parecen demasiado lejanas, pero no por los temas, puesto que todos me son familiares: libros, cine, política y psicoanálisis. Sino por los códigos que utilizan, la manera en que se relacionan y se dicen las cosas. Hay un abismo social inmenso entre un psicólogo pobre, egresado de una universidad pública e hijo de un modesto jardinero, y una serie de individuos que han estudiado en su mayoría en el extranjero. No por el nivel académico y los conocimientos, en los cuales pudiera superar a muchos de ellos, sino en los modos, las expresiones, la forma de decir las cosas. Son una serie de códigos que me resultan por completo desconocidos. No logro entender sus bromas y su sarcasmo.

De cuando en cuando Mafú, quien también lleva la batuta de la conversación, se dirige hacia mí para preguntarme algún detalle con respecto a un libro del cual él está seguro que yo he leído. Causando la extrañeza de la mujer y de los asistentes, quienes no me conocen.

La conversación se centra en algunos detalles de la novela *Lolita*, de Navocob. Me doy cuenta que nadie de ellos, ni la mujer ni Mafú han leído la obra. Pero todos hablan con seguridad acerca de ella, solamente basándose en las varias versiones cinematográficas que se han filmado sobre ella. Fingiéndose todos conocedores y expertos.

Interrumpo entonces la superflua conversación para aclarar algunas claves de la trama, sólo perceptibles si se ha leído la novela completa. Pues es una de mis obras favoritas. Con una cuantas palabras logro enfatizar algunos detalles del libro de Navokob, y develar con sutileza las pretensiones de intelectualidad e ignorancia de los presentes. Todos los asistentes, incluyendo a la mujer de ojos almendrados centran sus miradas en mí, preguntándose quién soy yo. Quedando en evidencia que nadie, ni Mafú ha leído la novela, aunque todos opinaban de ella con total certeza.

Luego comienzan a hablar de sus viajes en Europa y Asia, dejándome ahora a mí en completa desventaja, excluyéndome. Pues tan sólo he conocido buena parte del territorio de mi querido país, Cuba y El Salvador. Jamás he pisado Europa ni Asia, aunque me encantaría. Todos han viajado a múltiples lugares del mundo: Lisboa, Madrid, Jerusalén, El Líbano, Marruecos, Túnez. No tengo mucho qué decir pues sólo he conocido esos lugares a través de libros.

Después de un rato de aburrida charla, el grupo vuelve a dispersarse y yo me libero del brazo de Esperanza para buscar el aparato de sonido, de donde proviene la cadente voz de Paula Morembaum, interpretando *Fotografía*, de Carlos Jobim: pura sensualidad brasileña. Una guitarra en *bossa nova* y un piano acompañan la voz de la brasileña mientras camino hacia un moderno aparato de sonido y me dedico a ver la colección de discos. Es el departamento de un político del Partido Conservador, arquitecto y empresario, aparentemente amante del arte y amigo de todos los asistentes. Tiene un excelente gusto musical, una inmensa colección de óperas, jazz y música brasileña que me parece envidiable satura unos estantes sobre las bocinas del aparato de sonido.

A lo lejos escucho a la mujer de ojos almendrados hablar de mí con Esperanza:

—Creo que lo conozco, lo he visto antes –le dice–, me parece que se psicoanalizó con Emilia. Estoy segura de que estuvo internado en el psiquiátrico.

La mujer dice "se psicoanalizó". Un término que no sería jamás utilizado por los psicólogos egresados de las universidades públicas, aunque conozcamos bastante, practiquemos y dominemos el psicoanálisis con tanto dominio como ella. Simplemente es un término que pertenece a un dialecto muy lejano a mí socialmente. Yo diría "fue a terapia", o "se terapió con Emilia". Reflejando que los grupos sociales de los que ambos provenimos son muy distintos. Ella da muestras sin presunción de poseer una muy refinada educación, pero que además entiende por psicología y por psicoanálisis algo absolutamente diferente a lo que yo entiendo por esa ciencia y esa disciplina.

Me queda claro por ése comentario a mí también, de donde provenía mi sensación de familiaridad hacia ella. La conocí cuando estuve internado en las salas psiquiátricas del Hospital Civil. Ella iba con el jefe de psiquiatría, el doctor Ricardo, y con otros psicoanalistas algunos días antes que me dieran de alta.

—Pero es encantador...

Le responde simplemente Esperanza.

Yo las miro de reojo y alcanzo a percibir la silueta alta y estilizada de la mujer de ojos de almendra. La verdad es que es muy bella, reconozco al fin.

Después de quince minutos más tengo suficiente. Ha sido bastante fiesta y alcohol para una noche.

Me despido primero de Esperanza, quien está ligeramente ebria y me da un besito en la mejilla, abrazándome con sus prominentes extremidades. Dándome a entender que no quiere que me vaya, extrañamente cariñosa. Diciéndome con su cuerpo que si yo lo quisiera, podría llevármela esa noche a la cama, aunque casi me lleva veinte años de edad, y como quince kilos.

Entonces ocurre algo por completo singular y fuera de lo común. Cuando me acerco y ofrezco mi mano a la sofisticada mujer de grandes ojos, ella aproxima su rostro para despedirse de mí con un beso en la mejilla. Pero yo no estoy tan acostumbrado a despedirme de una desconocida con un beso, no está presente ése tipo de cosas en mi código para relacionarme con las personas. Así que mi reacción es lenta y torpe ante ella. Me le acerco tenso, tieso y temeroso. Y la joven, en el impulso y la confusión que le transmito, resbala hasta caerse sobre mí.

Yo la tomo del brazo para ayudarla a sostenerse. Entonces nuestros cuerpos chocan aparatosamente. Sus senos se estrellan contra mí. Hasta entonces percibo que aquellas bubis tienen bella forma y tamaño, se refriegan contra mi pecho y mi brazo acariciándome como dos peces enormes y solícitos para ser capturados.

La situación es rápida, un breve lapso de tiempo, pero deja claro que nuestros cuerpos saben de antemano mucho sobre nosotros sin que lo sepamos.

Se pone rojísima y se disculpa.

–Mucho gusto….

Le digo serio y distante. Sin acertar a disculparme o decirle algo más. Ocultando las emociones poderosas que ése contacto físico con sus pechos me han desatado. Sus ojos me miran estudiándome, encendidos y rojos por el impacto de la situación, queriendo penetrar en los míos, buscando algo en mi interior, como reconociéndome de otra vida, de antes, de hace milenios.

Pareciendo que se ha reencontrado con alguien, pero sin estar del todo segura de quién se trata. Confundida y excitada.

Me alejo para despedirme de Allan y Mafú. El secretario del consulado está dormido, roncando en una silla con la boca abierta. Mafú me da un abrazo cálido y me dice que nos veremos la semana entrante.

Los ojos almendrados y grisáceos me siguen aún interrogantes hasta que desaparezco por el elevador.

Yo salgo torpemente del lugar, también como embriagado, pero no tanto por el alcohol. Sobresaltado, a tientas, asombrado, confuso. Sin tener la menor idea de nada. Llego hasta mi casa del centro sin saber cómo hice para regresar, siguiendo un automatismo inconsciente hasta mi cama. Perdiéndome en la Nada absoluta del sueño. Girándome todo mi mundo interior.

3

Una de las tareas que Caruso encargo a Renate como parte de su psicoanálisis fue averiguar la identidad de su padre. Tarea de lo más difícil pues Renate lo ignoraba por completo.

A lo largo de su vida Sabina nunca quiso rebelarle quién fue su progenitor, simplemente le dijo que se trataba de un antiguo novio a quien amó bastante.

La muchacha nunca se convenció del todo con esta escasa e incompleta información, pero tampoco logro sacarle nada más a su madre. Notaba que el tema era delicado para Sabina, era claro que la psicoanalista amaba aún demasiado a ese hombre desconocido, incluso mucho más que a Pavel Scheftel, su padrastro y padre de sus hermanas.

La búsqueda del padre se volvió un tema recurrente en sus sesiones analíticas frente a Caruso, un tema que por lo general producía graves desviaciones de la conversación por parte de la chica, ante las discretas pero no poco hábiles preguntas de su psicoanalista. Tratando de evitar tocar un punto que a leguas se notaba, era también doloroso y conflictivo para Renate.

Debía indagar en la identidad de su padre no sólo desde un punto de vista físico, de contactar realmente con él, sino de relacionarse direcamente con la propia imagen paterna de la rusa. Por medio de una búsqueda interior, hasta averiguar la concepción de hombre que guiaba su vida y su propia relación con los varones y con la autoridad.

Algo que llamo la atención de Igor Caruso y que sin miramientos le hizo el analista ver a la rusa, fue el rabioso ateísmo, casi tan fanático como la adhesión más ciega a una religión de la muchacha. Renate no sólo no creía en Dios, sino que odiaba cualquier posible manifestación de un Padre Divino. Su ateísmo tan amargo y duro, le parecía a Caruso más bien algún tipo de *rencor edípico*, fruto del abandono del Padre cuando la muchacha era apenas una niña y más necesitaba de los cuidados y la cercanía de la figura paterna. O como resultado de no haberlo conocido jamás. Parecía que la chica abrazó el marxismo, el psicoanálisis y el ateísmo como una respuesta *racionalizante*, pensaba Caruso, una forma de ideología de tapadera, ante la necesidad del amor paterno que caracterizó su infancia y adolescencia. Propiciándole a la muchacha un rencor exacerbado hacia Dios, hacia los hombres y hacia toda forma de autoridad masculina. Pero al mismo tiempo un enorme deseo de lograr el amor y el reconocimiento de los hombres, lo cual se manifestaba en su extremosa relación con Oscar y en su ambivalencia hacia Caruso.

A ratos se rendía ante Don Gato como una discípula dedicada y sumisa, más luego se volvía rebelde y en exceso crítica en medio de sus seminarios. Con una rebeldía la mayoría de las veces infundada y colérica.

No obstante Caruso era paciente y discreto hacia con ella, la escuchaba y le permitía desahogarse en medio de las sesiones de estudio frente a sus compañeros de formación, hablando interminablemente de la revolución femenina y del papel de las mujeres en el psicoanálisis y el marxismo. Luego la ayudaba, ya en sus sesiones individuales de psicoanálisis, a cuestionarse a sí misma su propia fiereza hacia la autoridad masculina, al mismo tiempo que su necesidad imperiosa de ser reconocida y amada por los hombres.

Al parecer Renate proyectaba en Caruso la figura de un padre, quien por momentos le resultaba benevolente y poseedor de una sabiduría que ella ansiaba, pero en otros momentos Don Gato se le figuraba una imagen de autoridad a quien debía atacar y destruir, un patriarca prepotente de quien debía rebelarse sin saber porqué.

Con Oscar se acrecentaban los conflictos. Aunque en el fondo lo adoraba y tenía muchas cosas en común con él, como los gustos hacia las mismas lecturas, el jazz, los mismos cuestionamientos que les hacían dudar de los totalitarismos comunistas como el de Rusia, y de las promesas seductoras del capitalismo norteamericano. A pesar de todo se la pasaba confrontándose con él y recriminándolo por cualquier minucia.

Se lanzaba muchas veces sin razón contra su joven marido, agrediéndolo verbalmente por su impulsividad y falta de concentración. Aquellos rasgos del español que en otro tiempo la seducían y fascinaban, ahora se volvían pretextos para regañarlo constantemente y recriminarle por una manera de ser de su esposo, la cual Oscar nunca le ocultó. Su espíritu aventurero, su valentía y poco temor ante el peligro, su falta de concentración y su sencilla manera de ser que antaño la enamoraron, ahora la hacían renegar de él sin cesar.

Por eso era menester que Renate investigara la identidad de su padre y conociera al hombre que vivía dentro de ella, al padre a quien tanto rencor parecía mostrar, pero de quien tanto en el fondo necesitaba.

Renate creció al exclusivo cuidado de Sabina, sin hablar de su padre con ella más que en unas cuantas ocasiones. De niña fue testigo de una devoción y una dedicación casi religiosas observadas hacia el psicoanálisis por parte de su madre, en especial hacia Freud y Jung. Y muchas veces sospecho que su nacimiento fuera fruto de los viajes de Sabina a Viena, quizá de la secreta relación con algún compañero psicoanalista. O quizá con el mismo Freud, llegó a pensar por instantes la muchacha. Sin embargo nunca llego a estar segura de nada.

೧

Su joven marido hacía un verdadero esfuerzo de abnegación y paciencia hacia con ella, intentando entender que la agudización de sus estados de ánimo amargos se debía a un duro proceso de disciplina interior propiciado por el psicoanálisis. Pero no siempre le era sencillo.

Por aquella época de inicios de los años cincuenta, mientras Renate estudiaba obsesivamente las obras de Freud, los apuntes de Caruso y asistía a psicoanálisis con el mismo Don Gato, sobrellevando sus duros conflictos interiores, el español se fue acercando cada vez más a Emilia Vizcaíno.

No fue algo premeditado, aunque a Oscar siempre le pareció bonita la mexicana, sino que fue surgiendo de manera natural. Aunque Emilia ya tenía un novio francés, un psiquiatra quien se integro después que ellas a los seminarios de Caruso y con quien se divertía, se fue creando un íntimo lazo entre ella y el marido de su amiga. Pasaban largos ratos juntos mientras Renate iba a sus sesiones de psicoanálisis o se encerraba en la biblioteca, argumentando que necesitaba cada vez más tiempo para estudiar, y distanciándose sin quererlo de su marido.

En esos momentos de soledad, Oscar pasaba las horas conversando con Emilia. La mexicana era una interlocutora menos ardiente que la rusa, pero muy paciente para escuchar, sabía perfectamente cómo tratar a los hombres y hacerlos sentir en confianza. El español la acompañaba por las mañanas en sus visitas con los turistas a las plazas de Viena, comía varias veces a la semana con ella y a veces la veía también por las tardes. Mientras Renate se debatía con los libros de Freud y su psicoanálisis didáctico con Caruso.

Fue tan espontáneo y tan natural el día que iban caminando cerca de la casa donde tenía su sede el Círculo de Psicología Profunda de Caruso, cuando Oscar en un acto reflejo de su mano, entrelazo la pequeña y delgada mano de Emilia. Tomándola luego por la cintura y besando aquella boca generosa y dispuesta, nacida en México.

ல

Precisamente la recomendación de Caruso y la necesidad por su parte de averiguar la identidad de su padre le hizo a Renate plantearle a su joven marido la posibilidad de regresar a la Unión Soviética.

También eran los celos, pues comenzaba a sospechar que un lazo cada vez más profundo lo unía con la mexicana. Era tiempo de reencontrarse con su esposo, buscar a su padre y volver a sus raíces maternas. Rusia era el lugar más inmediato para todas esas búsquedas y alejar a su marido de Emilia Vizcaíno. Pretendía investigar en el departamento de su madre en Bielorrusia por si quedaban algunos documentos personales, cartas, que pudiesen brindar alguna pista acerca de la identidad paterna.

El fin de su psicoanálisis con Caruso y de su formación como analista en Viena ya estaba cerca. Era el año 1954. Los jóvenes esposos seguían trabajando para el gobierno ruso a la distancia, haciendo esporádicos viajes a Italia, España, África, redactando cartas y reportes que les solicitaba el Partido en Rusia. Pero su sede era Viena. Todo se acomodó durante nueve años para permitirle estudiar y psicoanalizarse bajo la tutela de Don Gato.

Un par de cartas al Partido en Moscú y resulto relativamente sencillo que Renate pudiese volver a la Unión Soviética en compañía de su marido. La situación mundial había cambiado, los enemigos ya no eran los alemanes. Los comunistas ahora dirigían sus esfuerzos bélicos y de espionaje hacia Norteamérica, como mayor representante del Capitalismo artero.

En todos esos años Renate logro estudiar en Viena becada por el Partido Comunista, argumentando que tomaba unos cursos de teoría social y desarrollo infantil. Sin especificar que en realidad en lo que estaba metida era el psicoanálisis. Los soviéticos no le objetaron demasiado, debido a la fama de Caruso como hombre liberal y simpatizante de las izquierdas mundiales. Los rusos no conocían del todo las duras críticas que Caruso solía hacer al Partido Comunista y a las injusticias propiciadas por Moscú, a pesar de ser un profundo marxista. Además de que en general en el mundo comunista era muy escasa la información que en general se poseía sobre el psicoanálisis. Según Don Gato, el comunismo y el marxismo no justificaban de ninguna manera, e incluso insultaban los fundamentos humanistas de la izquierda, cuando se utilizaban como pretextos para los campos de exterminio en Siberia y las desapariciones y persecuciones gestadas por el Partido Comunista Internacional.

Renate no evito sentir celos cuando se dio cuenta de la tristeza que padecía Oscar al preparar el viaje para Rusia. Sabía que a su marido le dolía separarse de su amiga mexicana. Aunque tampoco conocía a ciencia cierta hasta donde había llegado la relación de ella con su esposo.

Mucho más estremeció e hizo rabiar a Renate por dentro cuando se despidieron de Caruso y los amigos psicoanalistas. Emilia Vizcaíno los abrazó llorando. La rusa sabía que más que llorar por la despedida de su amiga, lo hacía por Oscar a quien ya no vería, y que era evidente, amaba. Oscar respondió al abrazo de la menuda y hermosa mexicana sin poder ocultar sus ansias y dolor. Las extremidades del anarquista español por poco la estrangulan cuando rodeo a Emilia y le dio un tronante beso en la mejilla, hundiendo su rostro en el sedoso cabello castaño de la psiquiatra. Renate tampoco dijo nada, interiormente sabía que ella misma propició el acercamiento entre su marido y la mexicana. Pero un callado rencor se anidaba en su corazón.

∾

Ya en la Unión Soviética fueron recibidos por un par de funcionarios del Ministerio de Educación. La idea era que Renate se incorporara como directora de una escuela de lenguas en Moscú y que Oscar ayudara a los rusos en una fábrica de armamentos, aprovechando su experiencia en la guerra civil española y en Stalingrado.

La censura del partido se había acentuado. Los comunistas se denunciaban unos a otros, acusándose de traidores, burgueses y antirrevolucionarios. Había quien se dedicaba por pasatiempo a denunciar a sus camaradas por cualquier simpleza. Mucha gente era enviada a los campos de forzados en Siberia por la menor nimiedad. La carrera nuclear armamentista crecía aunque supuestamente la guerra mundial estaba superada. Las fábricas soviéticas de explosivos y municiones trabajaban a su máxima capacidad. Oscar presentía que una tercera guerra mundial estaba cerca y que los rusos estarían entre los primeros en participar. Rusia, tal como planeó Stalin se extendía apoderándose de los territorios de Europa Oriental y Asia Central. La Unión Soviética ya era un enorme, gigantesco y temido monstruo devorador de pequeños países asiáticos y europeos. El comunismo soviético amenazaba con extenderse hacia América y África. Por otro lado, Norteamérica también desarrollaba sus temores hacia el comunismo, sus sistemas de defensa, tecnología nuclear y un estilo de vida que prometía la satisfacción de todos los sueños materiales.

೮೧

Las cartas que encontró Renate en el departamento de Sabina no le dieron ninguna pista clara. Con tristeza la joven psicoanalista rusa recogió algunos pocos documentos de su madre y las obras empolvadas de Freud, autografiadas personalmente para su madre por el propio patriarca del psicoanálisis.

Cuando se disponía a marcharse del departamento, entre las obras de Freud encontró unos apuntes elaborados por su madre, apenas los esbozos de donde debió surgir un libro hace muchos años: *Sicopatología del Alma*. Poderosos esfuerzos por conjuntar el psicoanálisis de Freud con el de Jung por parte de Sabina. Su madre le hablo cuando era niña muchas veces de éste libro extraviado y de la grandeza de Jung, pero ella nunca le prestó demasiada atención. Hasta ahora Renate no era muy simpatizante de las propuestas junguianas, consideradas por los marxistas como magia y religión pura disfrazada de psicoanálisis.

Guardo todo en un par de cajas de cartón y se dispuso a incorporarse a su trabajo como directora de escuela en Moscú.

Ilusamente creía que sería fácil introducir el psicoanálisis en la formación de educadores y psicólogos en Rusia. Renate estaba convencida al igual que su madre Sabina y que Ana Freud, la hija del patriarca, que el psicoanálisis tenía una aplicación práctica en la educación infantil, de gran utilidad en el trabajo con niños y en la formación de jóvenes.

La rusa trabajo durante días diseñando un par de cursos para capacitar profesores y estudiantes de psicología y pedagogía, con los cuales planeaba enseñar y aplicar el psicoanálisis en algunas escuelas de infantes en la Unión Soviética. Su puesto como directora de escuela y supervisora de programas educativos le permitiría proponer algunas innovaciones teóricas a la formación de docentes y psicólogos.

Para entonces la psicología de Vygotsky continuaba prohibida y olvidada. Piaget y su Epistemología Genética eran nombres impronunciables. Toda la enseñanza en la formación de psicólogos y pedagogos estaba centrada en oxidados manuales de psicología rusa, los cuales recitaban interminables y monótonos pasajes de las obras de Marx y Engels. Todo debía estar dirigido a mantener y reproducir el comunismo en todas las esferas de la educación y la sociedad.

Sin embargo el marxismo que se aplicaba en la educación y la psicología por aquella época en Rusia, no era el revolucionario y liberador materialismo dialéctico que planteó el joven Marx. El cual aplicaron Vygotsky y sus discípulos, creando la maravillosa Psicología Histórico Cultural. Sino un marxismo mecánico de manuales, el cual obligaba a creer a profesores y psicólogos que los individuos eran un reflejo pasivo de su sociedad, y se debían devotamente al Colectivo, al Partido Comunista y a la Revolución Internacional.

El entorno para introducir el psicoanálisis en Rusia era incluso peligroso en esa época en que se acentuaban las luchas ideológicas y se preparaban los conflictos nucleares entre Rusia y Occidente.

Sin embargo Renate se atrevió a proponer dos cursos de psicoanálisis infantil para psicólogos y pedagogos.

Las primeras semanas estuvieron abarrotadas por jóvenes estudiantes de psicología y profesores en formación que añoraban conocer enfoques refrescantes para la aplicación de la psicología, y se sentían atraídos por el pensamiento de Sigmund Freud, aunque estaba prohibido en su país. Sobre todo a los jóvenes les apasionaba el pensamiento freudiano y el de Igor Caruso. Por un instante Renate creyó que sería posible ir innovando la educación en Rusia y crear un espacio para el psicoanálisis en ella.

Pero no tardo en ser denunciada ante el partido por uno de sus estudiantes, un joven espía.

Una carta contundente ordenándole clausurar sus seminarios y detener las enseñanzas del pensamiento de Freud llegó dirigida desde el mismo Kremlin, firmada personalmente por la coordinadora de Asuntos Educativos.

Sin embargo Renate no se amedrentó y continuó con sus seminarios, aunque la asistencia disminuía por el temor a los encarcelamientos y a la reclusión en los campos de forzados. Si alguien era acusado de antirrevolucionario o burgués, podría pasar hasta veinte años en Siberia cortando leña y congelándose en los campos de concentración. Tan sólo por la posesión de libros o documentos considerados prohibidos, o por hacer cualquier afirmación o juicio considerado como inapropiado o peligroso para Moscú. Los jóvenes psicólogos acabaron huyendo impulsados por el miedo a la represión del Partido Comunista.

∽

Pero la primera señal de verdadero peligro para la joven pareja se dio cuando Oscar dejó repentinamente de ir a trabajar a la fábrica de bombas. El anarquista, espíritu libre pensador y de fluir espontáneo, se sentía cada vez más oprimido por el sistema de producción soviético. Lo irritaba y enojaba la desaparición de algunos de sus

compañeros obreros, causada tan sólo por un par de bromas y comentarios sobre el gobierno. Tras los cuales eran denunciados por
otros obreros y vecinos, y luego no se volvía a saber nunca más de
ellos. La policía soviética estaba vigilando a los trabajadores todo
el tiempo, se temía el surgimiento de una revuelta, principalmente
encabezada por los anarquistas. Aquellos anarco-socialistas quienes
antaño lucharon en la revolución de Octubre, la que en los veintes
impuso a Lenin y los bolcheviques en el poder. Aquellos obreros
y poetas quienes fieramente defendieron la República española y
Stalingrado de los nazis, como Oscar. Ahora eran perseguidos y
encarcelados, o asesinados sin volverse a saber más de ellos.

El español dejó simplemente de ir a trabajar, molesto y triste
ante el secuestro por parte de la policía soviética de dos de sus
más queridos compañeros trabajadores.

Los espías comenzaron a buscarlo e indagar por su ausencia
en la fábrica, sospechando de la preparación de un posible movimiento de sublevación obrero-anarquista.

Oscar se refugió con su mujer, planeando la mejor manera de
huir de Rusia lo antes posible. México ya estaba como su objetivo
más importante hacia dónde dirigirse. Sobre todo ahora que tenía
noticias del regreso de Emilia Vizcaíno a su patria.

Renate le pidió esperar. Todavía creía ella por efímeros instantes
que sería posible vivir en la Unión Soviética y aplicar el pensamiento freudiano. La idea de regresar al lado de la mexicana y
acercarla a su marido tampoco le agradaba.

∽

A los dos meses, mientras abría su oficina de la dirección escolar
por la mañana, Renate fue avisada de que la coordinadora del
Ministerio de Educación Socialista estaba esperándola en uno de
los salones de clases.

Una mujer de unos cincuenta años con el cabello surcado de canas, acompañada de tres funcionarios comunistas, vestidos con sendos abrigos grises la esperaban en actitud inquisitiva.

—¿Porqué se ha empeñado en introducir ideologías burguesas e intentar corromper las mentes de nuestros jóvenes psicólogos….? ¿Sobre todo después de la confianza y los privilegios que le ha otorgado el Partido….?

Le dijo fríamente la mujer.

—¡El psicoanálisis no es ninguna idea burguesa…! ¡Freud denunció la represión sexual y las falsas ideologías con la misma contundencia que Marx….!

Respondió fuerte pero doloridamente la joven psicoanalista. La verdad es que tenía miedo. La simple presencia de los altos funcionarios educativos de Moscú podría significar el antecedente de su detención y la de su marido, y un encarcelamiento cruel y prolongado.

—¡Desde luego que sí…. El psicoanálisis es una nueva religión burguesa….! ¡Ese intento obstinado de encontrar sexo en todas partes…!

Dijo con voz chillona uno de los funcionarios que acompañaban a la coordinadora. Un tipo ignorante, por cierto psicólogo, a quien ya había visto Renate en Moscú.

—¡Pero esa es tan sólo una etapa del pensamiento psicoanalítico! ¡Freud evolucionó demasiado en sus concepciones, hasta llegar a una comprensión social y cultural del ser humano…!

Ataco Renate.

—¡Ah sí…!

Gruñó en tono de burla la vieja cincuentona.

—Les recomiendo ampliamente que lean su obra. Y sobre todo que no me quiten el tiempo con sus comentarios sin fundamentos. Tengo mucho trabajo. ¡Por favor, salgan de aquí…!

Les indicó agriamente Renate. Sabiendo que una orden de aprensión contra ella y su marido era lo que seguía.

–Muy bien…, nos vamos…

Señaló despreocupadamente la funcionaria saliendo con sus acompañantes.

En cuanto se fueron, Renate guardo sus obras completas de Freud heredadas por su madre y se precipitó a su departamento en busca de Oscar. Debían huir, ahora sí cuanto antes. Su corazón por poco se sale al no encontrar a su marido en el apartamento. Irrumpió en un llanto escandaloso e infantil, como una niña de lo más desvalida que perdía a su padre. Todos los temores del mundo pasaron por su mente en unos segundos al no encontrarlo. Temía que la policía secreta rusa se hubiese adelantado y detenido a su marido. Que incluso tal vez ya lo hubieran matado torturándolo para que denunciara a sus compañeros anarquistas. Y Oscar, como era, no les diría nada ni aunque le arrancaran los brazos o lo quemaran.

Los gemidos y llantos de la muchacha alcanzaban a escucharse hasta la calle.

Se oyeron luego en la entrada unos pasos que le hicieron callarse y contener sus lágrimas. Podría ser la policía secreta que ahora volvía por ella. Enjuago sus lágrimas y se ocultó tras uno de sus libreros temiendo lo peor. Comenzó a dolerle el pecho en el lado izquierdo, temió el inicio de un infarto, pero no se asustó por el dolor. Prefería incluso morir de miedo antes de ser detenida.

En ese instante, sin saber la razón, la imagen de Carl Jung apareció en su mente sin ningún motivo. Con todo y el temor a la muerte que la inundaba, supo repentinamente que si salía con vida de Rusia, buscaría a Jung para preguntarle sobre su madre. Desconocía las causas de tal decisión, pero la necesidad de buscar al psiquiatra suizo se le aclaró como una revelación. Por fin todos los comentarios y charlas de su madre acerca de Carl Jung cobraban sentido.

❧

La puerta se abrió, se escuchó el ruido de unas pesadas botas industriales caminando. Ella conocía esas botas, aquellos zapatos de obrero que la siguieron desde España. Esas botas que la asediaron hasta conquistarla y hacerla sentir querida y adorada.

–¡Vámonos de aquí corazón… Huyamos hacia América…!

Le susurró él en español arrojándole su aliento sobre el cuello.

–¡Sí…!

Respondió ella anhelante, abrazándolo y besándolo. Recordando cuanto lo quería, y cómo le dolería si lo perdiera a manos de los soviéticos.

4

Existen numerosos tipos de sueños descritos no sólo por el psicoanálisis, sino también por los estudios sobre arte, la psicología y el chamanismo.

Desde los inicios de la humanidad, los hombres intuyeron que los sueños contenían una enorme sabiduría. El antiguo testamento nos da cuenta de ello con un gran intérprete de sueños: José, vendido por sus hermanos a los egipcios, quien logra descifrar los vaticinantes sueños del emperador de Egipto, anticipándose con ello a catástrofes que afectarían dicho reino. Luego José fue reconocido como sabio, hombre de enorme conocimiento y gran influencia. Se supo entonces que el contenido de los sueños de las personas podía transformar determinantemente los destinos no solo de los individuos, sino de pueblos enteros.

Pero también desde la antigüedad, las culturas se dieron cuenta que el acceso a la información guardada por los sueños no era sencillo. Requería un trabajo de interpretación de orden superior, fuera del alcance de las mentalidades profanas y los charlatanes. Aunque estos nunca faltaron. La cuestión era que el conocimiento de los sueños no estaba al alcance de los hombres comunes. No cualquiera, aunque lo intentase o fingiera hacerlo, podía extraer la sabiduría transmitida por los sueños.

Debido a su inaccesibilidad, la tarea de la interpretación de los sueños y el conocimiento secreto de sus contenidos, quedo en manos de sabios iniciados, médicos brujos y hombres de conocimiento. Individuos quienes tras un duro trabajo de purificación interior e inmersión en el mundo espiritual, eran capaces de acceder a los mensajes de los sueños.

En cierto modo, Freud también siguió un duro trabajo de auto-. conocimiento, purificación interior y desarrollo espiritual a través de su propio *auto-análisis*. De alguna manera, aunque creía fehacientemente en la razón y la ciencia, también descubrió el océano inacabable del *inconsciente* y penetro en el mundo de los espíritus. Mucho le sirvieron no solo las lecturas sobre la antigüedad judaica, egipcia y griega, sino su experiencia terapéutica en la hipnosis. Y sobre todo su propio trabajo interpretando sus sueños durante décadas. Llegando a conclusiones fascinantes y a un nivel de conocimiento de sí mismo que muy pocos individuos de su época imaginaban. Su obra teórica es inseparable de un esfuerzo por conocerse interiormente y auto-explorarse fuera de lo común.

✍

Freud indicó que los símbolos contenidos en los sueños eran de carácter *afectivo, libidinal,* es decir, que poseían una poderosa carga emocional capaz de influir enormemente en la psique humana, incluso de trastornarla.

Los símbolos de los sueños también tenían una función *condensatoria*, lo que significa que un mismo símbolo podía sintetizar y absorber múltiples significados para un mismo sujeto, y por consiguiente también implicar múltiples interpretaciones. En pocas palabras, cualquier símbolo que apareciese en un sueño podía a la vez tener una referencia sexual, por ejemplo un bastón o una torre. Los cuales tendrían un carácter fálico, o de relación con el pene. Pero los mismos símbolos también podían simplemente hacer referencia a la figura paterna, incluso al Poder de Dios en la tierra, como la Torre de Babel o el bastón de un alquimista, el cual representaba una especie de poder divino asignado a un hombre sabio.

Resumiendo: que el inconsciente a través de los sueños, al hablarnos de un cosa y mostrarnos unos símbolos definidos, en realidad nos quería decir otra por completo distinta que no tenía nada que ver con la primera.

Por su parte Carl Jung hizo exhaustivos seguimientos a los sueños de sus pacientes a lo largo de años, los cuales le hicieron inquietantes revelaciones. Jung descubrió que en los sueños de un mismo sujeto, a través de toda una vida, existía una continuidad y una tendencia hacia algo. Los sueños daban cuenta de determinados movimientos del inconsciente con una cierta finalidad. Parecía que el inconsciente tenía sus propios procesos, en completa autonomía e independencia de la conciencia. El *inconsciente* trabajaba y se desarrollaba por sí mismo. ¿Pero cual era esa finalidad expresada en los sueños hacia la cual se dirigían el *inconsciente* y el alma humana?

Los sueños de muchos sujetos, de diferentes culturas y desde tiempos muy antiguos, estaban sembrados de símbolos de carácter universal. Símbolos que hablaban de una tendencia a la Totalidad y a la Integración. Jung dedujo que el inconsciente tendía desde tiempos inmemoriales y en la psique de todos los seres humanos, a la Integración de todas las esferas del sujeto. Otro *Yo Superior,* desconocido por el individuo, el *Sí Mismo,* como lo denominó Jung más tarde, parecía hacerse presente a lo largo de la vida de los hombres en sus sueños. Todos los hombres estaban llamados a realizar ese proceso de Integración y Realización interior; Cristo era el máximo ejemplo de esa *Fuerza Integradora Máxima* existente en las profundidades del alma.

Para bautizar a estas figuras de Totalidad aparecidas en los sueños, Jung tomo prestado el término oriental de *Mandala.*

෨

En la mayoría de los sueños el sujeto vivencia de manera pasiva las escenas de las que es presa en su dormir profundo. No teniendo voluntad ni iniciativa en su actuar, al vivir una determinada historia soñada. No quedándole más remedio que padecer las imágenes oníricas, en el caso de una pesadilla, o gozar, cuando su *inconsciente* fuese benevolente y le proporcionara pasajes agradables, eróticos o gozosos como soñante. Los sujetos por lo general no tienen un control voluntario ni conciente al estar dormidos y experimentar un sueño determinado.

Sin embargo existe un tipo de sueños descrito por los chamanes, apenas mencionado por Freud y Jung: el *Sueño Lúcido*.

Alejandro Jodorowsky y Carlos Castaneda describieron el *Sueño Lúcido* como aquel donde el sujeto tiene, aunque suene paradójico, conciencia de estar soñando. Es decir, está en medio de un sueño en la fase más profunda de su dormir, y sin embargo sabe de algún modo que lo que vivencia es un sueño.

La tarea indicada por Jodorowsky, Carlos Castaneda y su mentor don Juan Matus, consistía en ir adquiriendo un paulatino y trabajoso control del inconsciente en ésos *sueños lúcidos*. Se comenzaba por proponerse el objetivo, en la noche previa antes de dormir, de mirarse por ejemplo el brazo derecho mientras se estaba en medio del sueño. Luego, el sujeto que comenzaba este extraño proceso de iniciación, iba logrando literalmente aprehender una cantidad de símbolos aparecidos en sus sueños, mediante el enfoque de su atención. Se dirigía la atención de manera conciente, en medio del sueño, hacia cualquier símbolo que apareciese. Al enfocarse con los sentidos, en esa especie de estado alterado entre el sueño y la conciencia, el sujeto aprehendía y se posesionaba concientemente de los símbolos proporcionados por su inconsciente.

Paulatinamente a través de esta actividad lenta, angustiante y en ocasiones aterradora, pues no estaba exenta de demonios y fantasmas interiores, el sujeto lograba el Verdadero *Poder*. Sin embargo era un proceso muy largo, de décadas. Un largo y traumático proceso que conllevaba demasiadas angustias, desviaciones, extravíos y constantes coqueteos con la locura. Algunos individuos perdían el rumbo y sucumbían sin remedio a la muerte psicológica en ese proceso tan singular y duro. Pero unos cuantos, los que sobrevivían o no desistían a pesar de las durísimas pruebas, iban logrando enriquecer su espíritu y ganar el Verdadero *Poder*.

El Verdadero *Poder* implicaba superar todos los temores internos y trascender aquellos miedos humanos más importantes: el temor a la muerte y a la locura.

A éste extraño proceso de iniciación, Carlos Castaneda lo denominó *El Arte de Ensoñar*.

Alejandro Jodorowsky habla de la *Obra Interior* para referirse a éste proceso de integración psicológica.

Al respecto los seguidores de Jung, muchos años después de su maestro hablarían de la *Imaginación Activa*.

ల

Se cuenta que Sigmund Freud tuvo en sus primeros años como médico de almas, un sueño de estas características. Se encontraba en medio de una fase de atasco intelectual, donde no podía continuar escribiendo y no lograba armar en un todo coherente sus teorías. En aquella época trabaja apenas en el descubrimiento de la *represión sexual*.

Entonces una noche, en esa etapa de su juventud, de confusión e incertidumbre intelectual, económica, emocional y teórica, tuvo un sueño perturbador. Se encontraba en una iluminada sala en su consultorio, mirando por la ventana hacia la calle, cuando al voltear se encontró a su lado a una de sus pacientes de pié muy cerca de él, una joven mujer con la que particularmente no podía avanzar tampoco en su tratamiento analítico.

La mujer le hizo saber, comunicándole en una suerte de telepatía, sin abrir sus labios para nada, que el joven Freud debía abrirle la boca para auscultarle el interior de la garganta, pues en ella se encontraban los síntomas manifiestos de su enfermedad, y la clave para idear el ansiado tratamiento que la curase.

En ese instante, antes de atreverse a abrir la boca de su paciente y mirarle la garganta, Sigmund Freud cobró conciencia de algún modo, que se encontraba soñando. Pero que no obstante también contaba con cierto poder de decisión conciente, de hacer caso a la paciente o huir de ella.

Se le planteo el dilema psicológico y moral de enfrentarse a las oscuridades de la garganta de su paciente, en pocas palabras: encarar las aterradoras profundidades del *inconsciente*, o desistir y retirarse sin atreverse a mirar.

Vaciló unos instantes, y la decisión que tomó enseguida marcaría de manera definitiva el resto de su vida y su obra. Se dio cuenta que no podía dar marcha atrás desde donde había llegado con tanto esfuerzo. Una vez iniciada la aventura intelectual con el inconsciente y el profundo compromiso con su vida y su obra, no existía manera de retroceder. Tomó los labios de su paciente y los abrió, acercando su rostro para mirar al interior de la garganta de la enferma.

Lo que vio le erizó la piel. La garganta de la mujer estaba sembrada de llagas, granos, tumoraciones y pequeñas heridas que supuraban sin cesar, una mezcla entre pus, sangre y otros fluidos amarillentos y verdosos producto de la infección y la descomposición de la carne.

Era una metáfora de los temores propios que debía enfrentar si en verdad quería llegar al conocimiento *del inconsciente*. La madurez del *Yo* implicaba superar constantes dilemas morales y personales. Y esto le quedaría bastante claro para el resto de su vida.

∽

Carl Jung no estuvo exento de este tipo de sueños.

Para el final de su vida a menudo tenía un sueño que se repetía insistentemente, en donde ya anciano, caminaba en el interior de una caverna descendiendo también hacia el *inconsciente*. Al llegar al fondo, siempre encontraba a un hombrecillo barbudo sumido en un profundo sueño, un duende dormilón.

También, de algún modo, en medio del *sueño lúcido*, se le planteó el dilema de despertar al pequeño sujeto, o retirarse. Algo en su interior le decía que era menester despertar de su sueño al hombrecillo.

Observó que a lo largo de unos cinco años, cada vez se acercaba un poco más al diminuto personaje y lo miraba desde diferentes ángulos en el fondo de la caverna. No obstante, antes de haberse atrevido a despertarlo, vacilaba y retrocedía, presa de un inmenso miedo a que despertase aquel extraño gnomo. Durante cuatro años previos al final de sus días estuvo vacilando, avanzando y a la vez evitando despertar a este personaje. Nunca se atrevió en su *sueño lúcido* a dar el paso definitivo.

ᘓ

Siguiendo a Jung, sobre todo a sus fascinantes descubrimientos descritos en su libro: *Psicología y Alquimia*, yo comencé a dar seguimiento a mis sueños a lo largo de varios años.

Desde mi psicoanálisis con Emilia Vizcaíno me hice a la costumbre de anotar aquellos sueños que llamaban más mi atención. Los escribía en un cuaderno al día siguiente, después de haberlos tenido.

Una secuencia de sueños a lo largo de dos meses fue uno de los sucesos más significativos registrados por mí cuando cumplí treinta años de edad. En el primer sueño de esa secuencia, volvía a mi época de estudiante en el colegio, donde sufrí mi primer ataque de neurosis y donde fui atendido por Belinda, la psicóloga de enormes senos. En ese sueño, por alguna razón, mi colegio de la secundaria estaba ubicado en Europa, y el viejo continente era presa de la segunda guerra mundial, en medio de un bombardeo de origen alemán. Probablemente me encontraba en mi colegio de la pubertad, pero a su vez, por alguna desconocida razón, mi escuela estaba ubicada en algún país enemigo de Hitler. Pero yo ya no era un púber de trece años agobiado por las angustias neuróticas ni los temores a la física y las matemáticas. Sino un adulto joven quien ya estaba casado con una bella esposa: una mujer de cabello rubio, bajita y menuda. Íbamos tomados del brazo, no hablábamos y también por alguna razón, ambos sabíamos de antemano que tendríamos que separarnos.

Pero aquella separación me llenaba de una angustia gigantesca e insoportable. Yo la iba a abandonar y sabía interiormente que ella no podría resistir nuestra ruptura y que moriría por la separación. Era una mujer frágil y hermosa, quien no se parecía a ninguna de las novias que yo conocí, mucho menos a Isabel quien es alta, morena y estilizada.

Siguiendo a Jung deduje que esta delicada dama era una representación de mi *ánima*, de mi *arquetipo femenino*, mi mujer interior. Con la ayuda de mis aprendizajes con Emilia, también pude ver cómo la escena del sueño representaba la separación dolorosa, paulatina y necesaria de mi imagen materna. Mi liberación de la imagen de mi madre. Aunque dicha liberación implicara un doloroso trauma para mi imagen femenina y para mi madre real. Pero también era un avance muy importante hacia nuevas fases de mi vida, un poco más maduro, más independiente y menos poseído por el espíritu de mi mamá.

En la segunda parte de la secuencia, en otro sueño, me ubicaba en la casa de Lizeth, una amiga del último año de la escuela primaria, cuando ambos teníamos doce años de edad. Por esos años de la infancia yo adoraba a Lizeth y estaba enamorado de ella. Algunos indicios reflexionados posteriormente me hacen pensar que ella también me quería. Pero nunca me atreví a materializar mi deseo hacia ella y declararle mi amor. Me limité en la infancia a molestarla, quemarle sus trenzas, alzarle el vestido del uniforme escolar, y pasar interminables horas en su casa charlando con ella. Esa casa en donde padecí profundas emociones, pues realmente quería a esa niña, aunque siempre tuve miedo de mostrarle mis sentimientos.

Hubo un tercer sueño importante en esta secuencia, con contenidos similares. Regresaba aún más atrás en mi época escolar: hasta segundo de primaria con el primer amor de mi vida: Yadira. Una niñita pequeña, regordeta, hermosa y obstinada, hija de un narcotraficante. Fue la primera niña de la que me enamoré con siete años de edad. Nos encontrábamos en el colegio de la primaria, charlando y jugando. En aquel sueño me sentía enormemente feliz, presa de un sentimiento muy puro, alegre, enorme y pleno que me invadía totalmente. Varias veces en mi vida en la infancia y la adolescencia fui poseído por esas emociones renovadoras: cuando recién me enamoraba de alguna chica, o cuando comenzaba el verano en el mes de Junio, porque iba a ser mi cumpleaños y porque terminarían los cursos escolares. Entonces saldríamos todos los niños de la colonia por las mañanas a cazar ranas, tortugas, mariposas y libélulas que llegaban con las lluvias del verano, y podríamos jugar en pandillas de chiquillos durante los más de dos meses que durasen las vacaciones escolares. Cuando aún se podía jugar en las calles de Guadalajara y la cantidad de automóviles no representaba un peligro mortal para los transeúntes. Cuando los niños no estaban tan poseídos por los juegos de video y las series de televisión enajenantes. Cuando los nubarrones de Julio y el olor a lluvias me hacían pensar en una época de renovación y aventuras.

Reflexionando y conectando los tres sueños en una secuencia, me di cuenta que mi inconsciente estaba tratando de decirme algo. En cada uno de los tres pasajes, mi inconsciente me hacía retroceder cada vez más desde mi juventud hasta mi infancia, en distintas épocas de amor: desde una mujer imaginaria, europea, hasta Lizeth, de finales de la primaria, y por fin hasta Yadira, realmente mi primer amor, de quien ya no me acordaba.

Parecía que retrocedía en estos sueños cada vez más, hasta una forma de amor cada vez más puro y primigenio. Me di cuenta que mi inconsciente me llevaba gradualmente hacia una forma de amor básico, fundamental, no encarnado ni dirigido hacia una persona en particular.

¿Si hubiese seguido la secuencia, que ya no continuó después, o ya no pude yo seguirla, hacia qué forma de amor hubiera culminado esta cadena de historias, en un cuarto sueño romántico…?

Concluí que mi inconsciente estaba tratando de llevarme hacia una forma de amor básico y universal, hacia un amor a lo humano como totalidad, un amor a la vida misma, una formidable forma de apertura hacia el mundo. Era el amor de mi *Dios interior* que me tocaba y me ayudaba a vencer mi *narcisismo*, mi *Cristo personal* que me llamaba, como afirmaban Carl Jung y Alejandro Jodorowski. ¿Pero cómo atender a su llamado y no perderse en la inercia, los temores, la vanidad y la mediocridad…?

ೋ

El viejo Jung se levantó ésa mañana sobresaltado, sin poder recordar lo que soñó la noche anterior. Aunque poseía una poderosa disciplina interna que le permitía recordar todo el tiempo cada detalle de sus sueños.

Se dio cuenta que esa mañana se encontraba de muy mal humor por no lograr recordar nada de su incómoda noche anterior, aunque intuía que el duendecillo lo había visitado de nuevo nocturnamente, como era costumbre desde hace algunos años.

Se lavo la cara y se dirigió a su torre, ubicada a casi treinta metros de su casa en su bella propiedad, hacia el norte del lago de Zurich.

Permaneció desde las ocho de la mañana hasta el medio día, casi hasta las tres de la tarde, estudiando y profundizando en unos antiguos manuscritos medievales sobre la piedra filosofal que le consiguió un conocido anticuario.

Justo a las tres de la tarde escuchó unos golpes llamándolo en la puerta de su torre. Supo que se trataba de su ama de llaves, la única persona con la que ahora vivía, después de enviudar, enterrar a su esposa y casar a sus hijos ya adultos.

Descendió a regañadientes la escalera de madera circular que atravesaba su torre de Babel inundada de libros y manuscritos, y abrió la puerta.

—Doctor —le dijo la vieja ama de llaves, ahogándose por la carrera desde la casa— lo buscan Doctor…

—¿Quién…?

Respondió Carl malhumorado, reafirmando que ni a esa edad ni nunca le gustaron las visitas ni las interrupciones a su trabajo.

Sobre todo ahora que preparaba un enorme libro sobre los contenidos del *inconsciente colectivo* y la alquimia medieval.

–Una mujer joven y su marido….

–¿Quiénes son…, qué es lo que quieren…?

Volvió a responder Carl desinteresado.

–Parece que vienen huyendo, vienen desde Rusia… La mujer dijo que usted sabría quién es ella Doctor… Dice llamarse Renate Spielrein… Que usted sabría reconocerla inmediatamente por su apellido…

El viejo Carl palideció y se le puso el rostro blanco, espantando a su ama de llaves, quien lo apreciaba bastante y se preocupaba por su salud. La mano le templó sobre la perilla de la enorme puerta de hierro de su torre y la frente se le humedeció.

–¡No la conozco! ¡Dígale que se vaya, que no tengo nada que hablar con ella, que me dejen trabajar…!

Recitó agudamente Carl, y azotó la puerta en las narices de la pobre mujer.

Los violentos hechos históricos de la primera década del siglo XX lo habían decepcionado y vuelto aún más desconfiado. Además, aquel apellido Spielrein le evocaba vivencias y fuerzas más allá de su control. Tenía alguna lejana noticia de que Sabina tuvo una hija luego de su relación con él. No hubo día en que pudiera dejar de pensar en su amante rusa en todos esos años. La noticia de la muerte de la psicoanalista a manos de los nazis lo hizo encerrarse durante dos días en su torre, en un silencio atroz.

El desenlace de la segunda guerra mundial nubló un poco su brillante carrera después de muchos años de triunfos y fama. Cuando los nazis fueron derrotados no hubo manera de dejar limpio su nombre. Se supo que el maestro Schöndolf, su mentor, fue asesor personal de Hitler. Carl estaba por demás vinculado a su maestro.

Al parecer Hitler pretendía llevar el movimiento nazi no sólo hacia metas militares y políticas. Unos fines esotéricos, ocultistas e iniciáticos estaban de por medio en el movimiento nacional socialista alemán. Schöndolf le propuso a Hitler llevar la ciencia nazi hacia el descubrimiento de arcaicas sabidurías. Según el maestro, la tierra estuvo poblada antes de la humanidad por unos gigantes, sabios de enorme tamaño quienes poseían todos los conocimientos que luego tardaría tanto en encontrar el hombre moderno. Schöndolf convenció a Hitler de contactar nuevamente a esos sabios, quienes supuestamente aún vivían en el centro de la tierra, ocultos y en espera del mensaje preciso para volver a la superficie. Unos sabios de hasta tres metros de altura que poseían todos los conocimientos del mundo y practicaban la alquimia, los cuales le ayudarían a ganar la guerra contra los aliados. Aquellos gigantes le proporcionarían a Adolf Hitler un arma secreta para vencer a sus enemigos. Sobre todo hacia el final de la segunda guerra, cuando la situación de Alemania era penosa e iba de un fracaso militar a otro.

Después de la muerte de Hitler y de que los aliados persiguieran a los nazis, la policía británica se concentró en capturar al maestro Schöndolf. Sin embargo, el burlón alquimista supo desvanecerse con habilidad. Al fin y al cabo sobrevivió dos mil años de historia sin sufrir un solo rasguño, según lo que contaban sus alumnos. Desapareció sin dejar rastro.

A Jung no se le vinculó directamente con los nazis, incluso Carl criticó duramente al movimiento hitleriano en varios de sus libros. Pero era amigo y discípulo de Schöndolf y no pudo salir invicto de aquella relación. Era una época en que las ideologías eran demasiado importantes, y las amistades lo podrían comprometer a uno demasiado.

ళ

Al recibir la joven pareja el mensaje del viejo psiquiatra, la mujer no pudo ocultar su desilusión. Los esposos esperaban en la entrada de la propiedad de Carl, mal vestidos, hambrientos, claramente se veía que venían huyendo de algo. La muchacha con el rostro ensombrecido, cargando una mochila en los hombros, un puñado de libros heredados por su madre, unas cuantas ropas y el dinero suficiente apenas para llegar a España, se dispuso a marcharse de la lujosa propiedad en compañía de su marido.

Su esposo la tomo de la mano entrelazando los dedos y la jaló, indicándole que debían proseguir la marcha hasta antes del anochecer. La policía soviética les seguía los pasos, Moscú tenía espías por todos lados. Los agentes comunistas estaban infiltrados en prácticamente todas las naciones del mundo. En cualquier momento podrían detenerlos y forzarlos a volver a Rusia para iniciarles un proceso y luego enviarlos a un campo de prisioneros políticos. O asesinarlos en lo despoblado.

La muchacha se dejo llevar, aún presa del impacto de la negativa del viejo alquimista a entrevistarse con ella. No quería pedirle ayuda, ni dinero, aunque lo necesitaban, sólo quería hablar con él, saber cómo era su voz y conocerlo un poco. Sería su último intento de contactar con su padre, nunca más querría volver a saber más de su persona, pero tampoco podría dejar de estar interesada en los libros y en la fascinante obra de Carl Jung. Continuaría vinculada a Carl a través de sus geniales obras, planeaba profundizar, en cuanto tuviera el tiempo y la tranquilidad, en todos los volúmenes publicados por Jung.

❧

Los jóvenes esposos desaparecieron por el lindero de arcilla que bordeaba la costa del lago de Zurich, donde se ubicaba la propiedad de Carl. El ama de llaves los vio alejarse sin lograr comprender nada de la reacción inusitada y nerviosa del doctor, ni de la tristeza de la muchacha. Sin dejar tampoco de sospechar que un secreto y oscuro vínculo los unía.

5

En los días que prosiguen a la fiesta con los amigos de Yusef Mafú no puedo dejar de pensar en ti, no existe la manera de sacarte de mi mente.

Me doy cuenta que en los últimos cinco o seis años se desarrollo en mí un temor hacia las mujeres, en particular hacia las bonitas o las que me despiertan algún interés, sea erótico o romántico. Temor incubado en mí desde mi ruptura con Isabel. No atino a imaginarme cerca de ninguna mujer después de mi relación con la zacatecana. Ya son casi cinco años de no lograr apartarme del recuerdo de ella, pese a lo destructivo de nuestra relación, y a que yo mismo opté por no volver a verla. Aunque hubiera podido regresar con ella y disfrutar de su delicioso cuerpo si lo hubiera querido. Pero era más importante para mí crecer y apartarme de vínculos envenenados, de personas cuya relación no me llevara a ningún lado.

Pienso sin cesar en tu imagen y eso ya es un triunfo, eres la primera mujer a la que puedo desear desde Isabel.

Por fin llamo a Mafú para que me proporcione el número de tu celular.

—¿Es para lo de tu investigación de psicoanálisis….?

Me pregunta con mucha discreción, no muy sorprendido de mi interés, pareciendo que él esperaba que yo te buscaría desde mucho tiempo atrás. Sugiriéndome con su tono de voz que si te quiero para algo más que para mi investigación, de su parte no hay ningún problema.

Tardo otros tres días nada más dándole vuelta y masticando como rumiante las múltiples posibilidades que implicaría mi llamada: ¿Qué pensarías de mí?, ¿Te diría que te llamo sólo para que me ayudes en mi libro, o es que acaso hay algo más?, ¿Creerías que tengo intensiones ocultas y que en realidad te deseo y que me gustaste mucho desde la última vez?

Opto por el psicoanálisis y por mi libro como pretexto. Aunque ni yo mismo me lo creo. Marco tu número de celular desde mi cubículo en el consulado, a la hora que han terminado las entrevistas. Tardas en contestar innumerables secuencias de tonos, pasa casi un minuto y pienso que no vas a atender mi llamada. Estoy a punto de colgar, me doy de topes por dentro, pues me parece una tontería pensar que podría haber un acercamiento entre tú y yo. Aunque tampoco tengo idea de para qué quiero contactar contigo.

Pasan casi tres minutos más y tú sin contestar. Hasta que un sonido abrupto interrumpe la secuencia rítmica de tonos de marcación. Alguien contesta:

–¿Aló…?

El simple estilo tuyo para preguntar por quién habla me desconcierta, me resulta demasiado poco mexicano. Me habla de una persona proveniente de un mundo muy lejano al mío. En mi universo diríamos "¿Bueno,,?", "¿Quién…?", "¿Sí…?", o "¿Diga…?" al contestar el teléfono, pero de ninguna manera "¿Aló…?"

–Hola….

Digo simplemente yo. No puedo evitar que cuando una situación me pone nervioso, mi voz y mis expresiones emocionales adquieren un tono en exceso solemne y serio.

–¿Si… quién habla…?

–Soy José Modesto. ¿Te acuerdas de mí, te conocí de la fiesta del otro día con Yusef Mafú…?

"De la fiesta del otro día". La verdad es que me escucho a mí mismo ridículo y patético. Debería colgar y mandar todo al diablo, olvidarme de ti. Estoy seguro que podría avanzar en mis investigaciones y en mi libro sin tu ayuda. Al fin y al cabo tengo toda la biblioteca de Emilia Vizcaíno para mí solo.

–¡Ah claro…! El tipo serio quien iba con Alan y con Mafú, el psicólogo que anda investigando sobre psicoanálisis en México…

"El tipo serio…" ¡Chingada madre…! Esa expresión por verdadera y por provenir de ti me hace sentir aún más ridículo.

–Si soy yo… ¿Te acuerdas de mí…?

–Por supuesto… ¿Cómo estás…?

Lo dices con un tono de seguridad que me exaspera aún más. Pareces acostumbrada a las llamadas de los desconocidos y a los acercamientos de los extraños. Probablemente debido al tipo de vida que has llevado, viajando y estudiando en todos lados. Hablando con gente de todo tipo, habituada a los coqueteos de los oportunistas deseosos.

–Mira… Te llamo porque me gustaría platicar contigo acerca de mi libro, quisiera que me dieras tu opinión dado que tú eres psicoanalista de formación. Y de paso que podamos tomar un café por ahí…

Te digo sin más rodeos.

–¡No suena mal…!

–¿Qué te parece…? ¿Cuándo podría verte…?

–Sólo que tengo todavía varios pendientes que arreglar, tengo mucho que escribir y estoy comprometida a entregar un nuevo libro en este mes a mi editor. Y pues no he escrito tanto como quería… Dame un par de días para adelantarle a mi trabajo y yo te devuelvo la llamada…

–Está bien…

Respondo resignado.

–¡Pero no vayas a creer que es una negativa eh…! Dame unos días y yo te marco…

Vuelves a decirme de manera un poco coqueta, pareciendo que conoces de antemano hasta donde puede ir mi interés, y esto es mucho más allá de mi investigación. Sabiéndote deseada, recordando el último contacto físico que tuvimos, por demás engorroso y encantador.

No digo nada más, no me queda más remedio que resignarme a esperar hasta que tú me llames. Colgamos mucho más rápido que todo lo que me tarde en marcarte y que tú me contestaras

La verdad es que mis complejos de inferioridad me hacen considerar un error haberte llamado. Ese pretexto de que tenías que escribir debido al compromiso con tu editor puede ser tan sólo un falso motivo para evitar reunirte conmigo, pienso. Al fin y al cabo no es mucho lo que puede resultarte de interés un humilde psicólogo empleado del consulado.

Vuelvo a darme de topes a mí mismo. Me doy cuenta de que vuelvo a mis conductas de autocompasión y conmiseración hacia mí mismo que tanto me hizo ver Emilia en mi psicoanálisis. Al final, decido, si me devuelves la llamada como quedaste, pues estará muy bien, me repito a mí mismo. Pero si no vuelvo a saber de ti, pues no pasa nada, yo seguiré con mi vida, mi trabajo y con la culminación de mi libro, la cual se ve cada vez más cercana.

∽

A la semana más o menos, mientras estoy en la sala de nuestra casa, disfrutando la última película en DVD de Jim Jarmusch: *Brocken Flowers*, una genial historia protagonizada por Bill Murray, en compañía de Chuy y Margarita, suena el teléfono. Por lo general la mayoría de las llamadas que recibimos son de nuestros pacientes que desean nuevas citas para asesoría psicológica, o cambiar algún horario porque algo se les atravesó. Así es que ninguno de los tres nos entusiasmamos por levantar el teléfono. Ese día salí a las seis de la tarde de mi trabajo, y me desplacé en autobús hasta el Centro de Guadalajara, donde está nuestra casa. A donde previamente quede con mi amigo y su novia de reunirme para ver la ansiada película, acompañados por unas tazas de café veracruzano y unas palomitas de maíz que cocinó Margarita para nosotros.

Nos encontramos los tres recostados en los sillones antiguos pero cómodos de nuestra casa, una vieja sala estilo clásico que alguien le regaló a Chuy algo usada, pero que se ve muy bien en nuestro estudio de televisión. El teléfono suena varias veces, hasta que Margarita decide levantarse, en medio de una de las escenas más importantes de la película, para contestarlo.

–¿Diga…?

Pregunta mi amiga nicaragüense y luego guarda un enorme silencio. Ni siquiera me imagino de quién se trata.

–¡Eh sí… un momentito….!

Expresa mi querida monja, con ese acento nasal exacerbado en la N, típico de la forma de hablar de la bella Nicaragua.

–¡Que es para ti José… es Alejandra Spielrein…!

Pronuncia Margarita con mucha naturalidad, pues yo he puesto al tanto de cada detalle a ella y a mi amigo de esta mujer psicoanalista que conocí y que me gusta.

Me levanto como resorte disparado del sillón donde reposo al lado de mi cuate músico, frente a la televisión y el reproductor de DVD. Chuy le pone pausa a la película para que no nos perdamos ningún aspecto esencial de la trama mientras su novia me entrega el teléfono, ella regrese a su lado y yo termine la llamada. El puño de mi corazón golpea, como en un poema de Jaime Sabines, azotando la puerta de mi pecho para que le abra y lo deje salir. Han sido muchos años de tenerlo encerrado. La sangre se me agolpa en las sienes y en el pecho, me tiemblan un poco los dedos de las manos al coger el teléfono.

–¡Hola…!

Expreso yo a manera de saludo.

–¡Si, con Alejandra…! ¡Soy la tipa seria de la fiesta de Mafú…!

Me dices en broma y luego sueltas una carcajada, cuyo sonido me gusta mucho, al igual que el disfrute de la música más ansiada. Con tu frase te parodias un poco a ti misma, del día en que te llame por primera vez y dijiste que yo era el tipo serio.

–Si, claro…

Respondo yo sin poderme apartar de la solemnidad con la que me cubro cuando algo me pone nervioso.

–Oye, te llamo como quedamos, para vernos… ¿Cómo andas de tiempo…?

Ahora eres tú quien pregunta para hacerse un espacio en mi agenda. Es jueves y el fín de semana ya está muy cercano, y puede ser que el sábado sea el mejor día para verte.

–¿Qué tal el sábado por la tarde…? ¿Cómo a las cinco….?

–¡Muy bien…!

Expresas tú animada. Hasta después me enteraré que incluso estabas emocionada, y que hace muchos años que no te alegrabas tanto de salir por primera vez con un desconocido, aunque no te han faltado las invitaciones de tus múltiples admiradores, hombres y mujeres.

Quedamos de vernos en la esquina de la Avenida Niños Héroes y Enrique Díaz de León. A la entrada de un enorme supermercado.

Cuando regreso a mi lugar en el sillón al lado de Chuy, ya no logro volver a concentrarme en la película, aunque me estaba encantando esa última producción de Jarmusch, y durante días planeamos reunirnos los tres en la casa para verla. Mis amigos notan que estoy en extremo excitado y emocionado por el encuentro que se dará en dos días.

৵

El día de la cita me desplazo caminando desde el centro de la ciudad, donde vivo, hasta la esquina donde acordamos encontrarnos. En el plazo del jueves al sábado logre estar mucho más tranquilo y contemplar las cosas tal como son. Aunque me estimula de alguna manera verte y hablar contigo, pienso que nada en la vida debe ser tan apremiante como para robarse mi tranquilidad de esa manera. Me parece que no es bueno estar tan entusiasmado por una desconocida, pues todo puede ser efímero y fugaz, y uno es quien en muchas ocasiones le brinda demasiada importancia a cosas que quizá no lo sean tanto.

El día está lluvioso. Es una nublada y húmeda tarde de Mayo de 2006. El verano comienza, la mejor época para la renovación espiritual, cuando menos para mí. Unas gotas de lluvia, pequeñas pero incesantes y torturadoras caen sin parar sobre los transeúntes de ese sábado a las cinco de la tarde. Tú tomaste un taxi desde Santa Teresita, en la casa de tu abuela Renate, a donde regresaste a vivir luego de recuperar los ánimos y recobrar fuerzas tras la separación de Mafú, hace ya varios años. Yo estoy del otro lado de la Avenida Enrique Díaz de León, a punto de cruzar la calle hasta el sitio acordado, cuando te veo bajar del taxi en el que llegas. Estás envuelta en una chamarra de cuero algo desmodada, como de los años ochenta, con unos pantalones de mezclilla y zapatos tenis. El cabello recogido y con poco maquillaje. En comparación con la última vez que te vi, que me pareciste radiante, en esta ocasión no pareces poner mucho empeño en tu arreglo.

Yo llevo un viejo abrigo de lana gruesa que compré en un mercado de viejo, con el que me protejo de la lluvia. Mi cabello ha crecido de nueva cuenta en una mata abundante, gruesa, negra y lustrosa. Lo traigo recogido en una cola de caballo como en mis mejores tiempos. La barba me ha crecido nuevamente, y contrasta en mi rostro con mis gafas de armazón grueso.

—¿Cómo estás José…?

Me dices coquetamente, y me gusta la musicalidad con que pronuncias mi nombre. Aunque sólo lo hayas escuchado un par de veces desde que nos conocimos, me da la impresión que estuviste pensando bastante en mí desde nuestro encuentro, en la reunión con Alan y Mafú. Seguro también pensaste en la vez que nos vimos en la sala psiquiátrica de varones, en el Antiguo Hospital Civil.

—Yo muy bien, ¿y tu….?

Y esta vez nos damos un beso en la mejilla con cierta precaución, aunque interiormente, al rozar la piel de tu cara, me encantaría apresarte y no dejarte ir más. Ahora para mí está más claro que me gustas demasiado.

Caminamos hasta el templo Expiatorio, un recinto religioso gótico, siendo mojados por la lluvia. Tu envuelta en tu chamarra desmodada estilo *Cindy Lauper* en los años ochenta, y yo con mi abrigo viejo y desgarrado por la luna, como dice José Agustín en sus novelas. Nos ubicamos en una terraza donde sirven bebidas y se contempla la tarde lluviosa bajo unas sombrillas.

ᘓ

Bebemos como cuatro cafés americanos cada uno. Desde el inicio no nos cuesta nada de trabajo entablar conversación. Sorprendentemente hemos leído casi los mismos libros. Me parece demasiada coincidencia que hayamos tenido búsquedas intelectuales similares. Resulta que eres respetuosa y amante de Freud, y yo soy también su fiel seguidor. Coincidimos aún más cuando me dices que has estudiado todo lo que escribió Carl Jung. La verdad es que yo no conocía a nadie más que hubiese profundizado y dominara la obra junguiana. Por lo general Jung es despreciado por los psicoanalistas ortodoxos, y en los ambientes universitarios se le evita por su complejidad y por oler a magia y esoterismo. Pero la verdad es que es fascinante y poco estudiado. Hasta ahora me sentía un solitario lector de Jung, pues no conocía a nadie más a quien le gustara la obra del psiquiatra suizo. Incluso Emilia Vizcaíno lo despreciaba, quizá por la influencia marxista de Caruso sobre ella.

Me gusta mucho también el hecho de que al igual que yo, aunque amas demasiado el conocimiento, no estás tan influida ya por los ambientes académicos. Estás a favor, lo mismo que yo, de la opción utópica de combinar conocimiento, lectura, vida, aventura y exploración interior. Ambos somos escritores y yo te robo las palabras de la boca, cuando te digo que la vida debe ser inseparable de la obra, sino nada tiene sentido y la creación artística se volvería hueca y desprovista de alma. Esas palabras las habías escuchado ya decírtelas a Pankaj Mishra en el norte de la

India, y aunque te costó años y bastantes sufrimientos aceptarlas, últimamente entendiste el significado real de la frase: escribir para vivir, y vivir para escribir.

Al llegar al punto en que hablamos de mi libro, te quedas pasmada y sin palabras. Al contarte los avances de mi trabajo y mis descubrimientos, se te rebelan cosas de tu propia familia que ignorabas, que tu abuela Renate no te contó, que incluso tu madre Martha tampoco sabía, o no te quiso decir.

Yo descubro para mi sorpresa que eres descendiente directa de Sabina Spielrein. Ningún otro informante me podría brindar mejor información para mi libro que alguien de su familia.

Nuestro encuentro se vuelve de repente un intercambio en donde mutuamente nos aportamos algo que los dos andábamos buscando. Tú me proporcionas mucha información que me ayuda a llenar huecos de mi historia, a completar vacíos de datos y dar sentido a fragmentos inconexos que hasta ahora no podía hilvanar. Yo te sorprendo con mi investigación y te ayudo a corroborar mucha información de tu historia familiar. Hay cosas que ignorabas y que yo descubrí por medio de los libros de Emilia Vizcaíno, de la información que me proporcionó su secretaria o que obtuve de otros viejos psicoanalistas a quienes he entrevistado.

❧

Pasan poco más de dos horas y media, y me preguntas si quiero acompañarte al cine, pues exhiben una película que te mueres por mirar: *Las Estaciones de la Vida*, de Kim Ki-duk.

Nos desplazamos en autobús desde el Expiatorio, a la función de las nueve de la noche en el cine del Bosque. Donde proyectan durante años las mismas películas sin quitarlas, y donde es uno de los pocos lugares en que puede apreciarse aún algo de buen cine de autor en Guadalajara.

Por esos días estoy bastante familiarizado con el budismo, gracias a la lectura del libro de Pankaj Mishra, de los *Evangelios del Budismo* de Ananda Coomaraswami, de otro gran libro: *La Práctica del Zen*, del maestro Teisen Deshimaru, y de abrevar en las obras del psicólogo transpersonal Allan Wats. De modo que la película, una hermosísima expresión del cine budista, me fascina, además de tu compañía. Hablamos de la importancia de los animales en el Zen, y de cómo los movimientos del Tai Chi imitan las habilidades de determinadas criaturas del mundo animal. Te contemplo llorar al final de la película, estás conmovida. Son poco más de las once de la noche, cuando el filme nos muestra que hacia el fín de cualquier ciclo, todo vuelve a su comienzo.

Al salir de la sala cinematográfica, mientras caminamos todavía juntos durante una hora, sobre las calles mojadas porque hace poco que terminó de llover, te hablo de las similitudes que encuentro últimamente, al estudiar las enseñanzas de Buda, con las de Don Juan Matus descritas por Carlos Castaneda. Estas de acuerdo conmigo, la verdad es que últimamente, al igual que yo, estuviste releyendo la obra de Castaneda y reelaborándola a la luz de nuevas experiencias de vida y nuevas lecturas.

Hablamos de nuestros libros. Tú trabajas en la culminación de un cuarto libro de tu serie *Sicky Teens*, la cual no me gusta e incluso me repugna, y lo cual además te digo con toda sinceridad. Luego me siento algo apenado al producirse en ti un prolongado silencio, temo haberte ofendido al sincerarme contigo. Pero es la verdad, tus libros no me gustan en lo más mínimo, aunque tan sólo aguanté leer el primero, el *Sicky Teens 1*, y me produjo una severa indigestión mental. Te ríes mucho cuando utilizo el término "indigestión mental". Pero es la verdad. Con tu risa se disipa mi tensión, me doy cuenta que te gusta mi sinceridad. Estás acostumbrada a que te alaben y te digan todo el tiempo que eres genial. Así que algo de variedad no está mal.

La verdad es que lo leí porque mis pacientes psicológicos me hablaban todo el tiempo de *Sicky Teens* como un paradigma en sus vidas, de modo que se volvió para mí una obligación moral leerlos, y saber de lo que trataban. Pero no dejaron de decepcionarme.

Especulamos sobre la posibilidad de escribir un libro en colaboración, mano a mano, algo sobre una manera alternativa de aprendizaje. Un libro que pueda conjuntar las aportaciones del budismo, las enseñanzas de don Juan Matus y las de Freud. Una obra que hable acerca de cómo encontrar la sabiduría más esencial de la vida. De cómo la experiencia emocional es mucho más importante que el conocimiento intelectual. De cómo la mayoría de las veces, la educación moderna nos deja sólo en el nivel de la razón y no nos enseña realmente a vivir. De la manera en que las escuelas echan a perder a los jóvenes, al brindarle mayor importancia al conocimiento intelectual y la memorización, por encima de la experimentación personal y la vivencia sensual.

Estas muy contenta por haber encontrado tantas cosas en común con un nuevo amigo. Se te nota el entusiasmo en tu paso elegante y en la sonrisa discreta y bella. Te acompaño durante más de una hora caminando hasta tu casa de Santa Teresita, a través de las calles húmedas de Guadalajara.

Cuando nos encontramos por fin en la puerta de tu casa, la cual también funciona como consultorio, como biblioteca y estudio para la escritura, te me acercas para darme un beso en la mejilla. Es hora de despedirnos. Pero yo soy rápido y no tan torpe ni solemne como aparenta mi habla pausada y mi mirada tranquila. Tomo tu rostro con mis dos manos oprimiéndote las mejillas plateadas por las luces de la noche, y beso tu boca.

No te me resistes. Respondes aprehendiéndome también con tus labios. Tu respiración entra por mi nariz y yo la absorbo, enviándola a algún abismo en mi interior. Adoro el sabor de tu saliva y su nivel de acidez, como dice una canción de Gustavo Cerati. En un momento determinado del prolongado beso, eres tú la que va un poco más allá, introduciendo tu lengua en mi boca, tal como te enseño Javiercito el venezolano cuando estabas en Córdoba y estudiabas tu licenciatura en psicología.

¿Me encontraré por fín ante la cuarta mujer que me faltaba?, ¿Serás la mujer desconocida del cuarto sueño que aún no se presentaba, de aquella secuencia de sueños que estuve anotando?, ¿Apareciste por fín, surgiendo desde el mundo de los espíritus, después de la reaparición de mis amigas de la escuela primaria: Lizeth y Yadira…?

Eso apenas será una hipótesis por comprobarse, pienso.

6

Mi amigo Chuy trabaja desde varios meses atrás en el tratamiento psicológico de una joven paciente con esquizofrenia. Pero es un trabajo que le resulta por demás complicado.

Yo me encuentro en este momento embriagado por tu presencia, pues desde la última ocasión nos hemos encontrado varias veces, y con la experiencia fascinante de conocerte. Mi novela va avanzando enormidades. Me propuse reconstruir la llegada del psicoanálisis a México, pero particularmente el arribo de los enfoques de Carl Jung e Igor Caruso. Pienso que estoy muy cercano a terminar el trabajo y entregarlo a la editorial con la que he colaborado como traductor. Hay bastantes posibilidades de que la publiquen. Es un estudio histórico hasta ahora muy riguroso, aunque relatado de manera novelada, producto de profundas búsquedas bibliográficas y entrevistas con informantes.

Chuy me contó algunas cuestiones de su trabajo con esa paciente esquizofrénica. Yo no la conocía personalmente. Él iba a visitarla y darle psicoterapia al servicio de psiquiatría del Hospital Civil, donde tenía un par de meses internada, tras una severa crisis de locura.

Para entonces nuestra casa funciona como una clínica psicológica cada vez más exitosa y con más pacientes. Después que sus compañeros músicos lo abandonaran, mi amigo logró desarrollar un importante prestigio como terapeuta y psicólogo clínico, haciendo crecer su consulta en nuestra casa, y convirtiéndose en un psicólogo brillante y reconocido. De mi parte continué trabajando en el consulado, aplicando bastante psicología social y psicoanálisis cultural en mi trabajo en las entrevistas. Pero alejándome de la consulta individual cada vez más.

Noté que Chuy estaba cada día más tenso y nervioso desde el inicio de su labor con esa paciente. Sabía que la muchacha representaba un caso difícil, varios psiquiatras y psicólogos intentaron previamente curarla. Pero yo desconocía la gravedad del asunto y la manera en que el caso complicó la vida de mi amigo.

Para cuando Chuy solicita desesperado mi ayuda, su vida entera está hecha un nudo.

Unas amistades de la paciente le pidieron que la atendiera, como última opción tras una laga historia de internamientos en clínicas psiquiátricas, electrochoques, sesiones psicoanalíticas abortadas y fallidos tratamientos psicológicos de diversa índole. Tenía que ir a verla al servicio de psiquiatría del Hospital Civil un par de veces a la semana.

Chuy creyó que trabajar con ella, con su experiencia como psicólogo, habilidades terapéuticas y gran sensibilidad, sería sencillo. Pero mi amigo comenzó a obsesionarse con la paciente, y al parecer, la joven mujer le aplicó varias de sus tácticas de seducción y manipulación, las cuales quebraron las defensas psicológicas de mi amigo. No lograba dejar de pensar ni hablar de ella en ningún momento, empezó a descuidar su trabajo con otros pacientes, a pasar todas las tardes visitándola en el Hospital Civil, a vivir para ella.

"Te estás involucrando demasiado…"

Le dijo Margarita, la monja y novia, pero Chuy ya no escuchaba. Al parecer la paciente necesitaba cada vez más de su presencia en el Hospital, y él era incapaz de negarse, e incluso hacía todo lo posible para estar con ella.

Su propia relación con Margarita se estaba tambaleando. Ella se sintió celosa y molesta por la manera en que mi amigo se involucraba con la paciente. Llego un momento en que la monja lo amenazó con dejarlo si no tomaba distancia de esa mujer, incluso a exigirle que dejara totalmente el caso, de lo contrario se iría y lo dejaría.

Vencido, agobiado, en extrema angustia, Chuy me solicita atender a la paciente y liberarlo del laberinto en que se metió. Ya no logra diferenciar entre lo que es parte de sus propios procesos emocionales y lo que pertenece a sus pacientes. Su consulta psicológica y su vida se le volvieron un embrollo incomprensible.

Al fin y al cabo, me sugiere, yo conozco de manera personal la locura, y he entrado y salido varias veces de ella.

Es aquí que aparece la presencia de una nueva mujer en mi vida.

✦

Aurora nació en Guadalajara. Fue una hermosa y sobresaliente niña, hasta que decidió irse a la Escuela Nacional de Música, en la Ciudad de México, a estudiar canto clásico. Quería ser cantante de ópera. Su madre se oponía a que se marchara, pero Aurora obtuvo todo el apoyo de su padre para realizar su sueño, o el sueño de ambos: "Tú eres especial querida, debes dedicarte al canto…." Le dijo su papá antes que se marchara a la capital, pese a los desacuerdos con su madre.

En sus primeros semestres se aplicó como buena estudiante de ópera al estudio de sus materias, sus maestros estaban orgullosos de ella. Su voz se hacía cada día más poderosa y bella. Todo apuntaba a que Aurora se convertiría en la diva del canto que soñaba su padre.

Transcurrieron tres semestres de sus estudios, cuando apareció desnuda en su apartamento de Coyoacán, cantando fragmentos de la Traviata y melodías de José Alfredo Jiménez frente a sus vecinos. Era la manifestación de una esquizofrenia severa.

En los días posteriores al brote de la enfermedad, se rapo todo el cabello ella misma con unas tijeras, su mirada perdió el enfoque y se dirigió hacia un mundo imperceptible por los demás, habitado nada más por ella. Luego trazo ideogramas incomprensibles con su propia mierda en las paredes de los baños y las aulas de la Escuela Nacional. Embadurnando su excremento como pintura hedionda e imborrable.

Estas excentricidades hicieron que fuera expulsada de la Escuela Nacional de Música. Tuvo que regresar a Guadalajara, donde la esperaban los problemas de pareja entre sus padres y nuevos conflictos con su madre resentida. De modo que colocar un poco de veneno para ratas en el vaso de leche de su mamá, culminaba una difícil relación madre-hija, donde no era la primera vez que intentaban liquidarse una a otra metafóricamente. La madre se fue para el hospital intoxicada y por poco muere, y pese a todo, el padre se paso totalmente del lado de Aurora. Era una rivalidad de Edipo llevada a su máxima realización.

Pero al salir del hospital, ya recuperada, la madre pudo desquitarse a su antojo: en plena fase de locura de Aurora, la echó a la calle. Habían transcurrido también innumerables intentos por curarla: hospitalizándola en clínicas psiquiátricas, con medicamentos, terapias de electrochoques y todo tipo de tratamientos psicológicos: psicoanálisis, terapia familiar, etc.

Aurora sin más remedio anduvo vagando por las calles sin rumbo fijo y exponiéndose a muchos peligros. Alguien la violó una noche, dejándola embarazada. Siguió deambulando sola, indigente, abandonada y con su embarazo. Unos amigos suyos de la preparatoria la encontraron hablando sola en las calles, mal vestida, mugrosa y preñada, se apiadaron de ella y la llevaron al Hospital Civil, donde yo estuve internado años atrás, en las salas de psiquiatría

∽

Las viejas salas de manicomio del Hospital Civil me recuerdan mis años de rehabilitación e internamiento. Una voz de mezzo-soprano rebota en todas las paredes del servicio de psiquiatría y se proyecta poderosa aún más allá, hacia los pasillos del resto del Hospital, ambientándolo todo con sus notas. Es una voz melodiosa y hermosísima, pero al mismo tiempo triste y e inquietante. Es la voz de un ángel del averno.

—Es ella…

Me dice el jefe de psiquiatría, el doctor Ricardo, refiriéndose a los cánticos operísticos que inundan todo el servicio de atención para enfermos mentales. Dándome algunos detalles al respecto del caso, después que le cuento que he venido para platicar con la paciente.

El médico me refiere que la muchacha venía embarazada cuando la trajeron, pero después de varios meses, a pesar de los cuidados que le proporcionaron los médicos, dio a luz a una niña muerta. No sé porqué, pero ésta parte de su narración clínica me produce escalofríos. Quizá me recuerda pasados y dolorosos pasajes de mi vida: en éste Hospital estuvo internada Isabel cuando su embarazo fue mal, aquí estuve yo mismo hospitalizado en mi etapa de sicótico y drogadicto.

Al saber que su niña era un cadáver, continúa el médico, Aurora se levantó vuelta una fiera, agrediendo al personal de ginecología del mismo Hospital, gritando y buscando a su pequeña hija. Por fin recuperó de un pestilente cesto de desperdicios ginecológicos y de los partos de cientos de pacientes, el cuerpo inerte de su hija, y se encaramó sobre la azotea del hospital, huyendo por el techo de los pasillos del Antiguo Hospital de Guadalajara. Evitando ser capturada por lo enfermeros y llevando el cuerpo en descomposición de su hijita. Cantando durante días sin parar, piezas clásicas y antiguas canciones rancheras.

&

Tengo que subir a la azotea por una vieja escalera de mantenimiento y caminar por todos los techos de la parte vieja del Hospital, fundado hace siglos por el fraile Antonio Alcalde. Me dirijo hacia donde proviene el armonioso sonido de su voz. Se escucha una conocida canción: *Por ti*, del admirado compositor mexicano Oscar Chávez. Ella la canta mejor que muchos intérpretes de Chávez.

Aurora es bonita. Mi amigo Chuy intentó tratarla psicológicamente, pero pronto fue seducido por ella. Estuvo viniendo a visitarla, obedeciendo a las exigencias cada vez más demandantes de Aurora, y a su obsesión hacia ella que también crecía. Hasta que Margarita le puso un alto y lo amenazó con dejarlo. Chuy se encontró en el dilema de seguir visitando y ayudando a su hermosa paciente o perder a su monja.

☙

Aurora tiene los ojos moros, como dice una canción de Agustín Lara: negros, profundos y enormes, parece una muchacha marroquí, de Granada o Córdoba. Como los ojos descritos por algún amoroso poema del medioevo español, cantado por un trovador musulmán, por Ibn Hazn de Córdoba. Tiene el cabello negrísimo, azabache. Es de corta estatura, diminuta, muchísimo más pequeña que Alejandra y que Isabel, quienes casi son de mi estatura. Se aprecia algo de su desnudez bajo la única prenda que la cubre: una mugrosa sábana hospitalaria, la cual tapa a la mitad sus senos abultados y su sexo. Sus caderas se insinúan generosas, y al igual que sus piernas redondas, parecen estar manchadas de suciedad y lodo. Al acercármele lentamente, un fuerte olor a excremento, orines y mugre agria inunda mis vías respiratorias, quitándome el oxígeno. Lleva semanas sin bañarse.

No deja de cantar más bajito ante mi presencia "¡Por ti…" de Oscar Chávez

Conforme me acerco a ella despacio, veo que lleva aún entre sus brazos el cadáver descompuesto de su hija. No puedo evitar recordar a Isabel y a la época en que esperaba una hija nuestra, también muerta en este lugar.

–¡Oh…! –Me dice Aurora– ¡Por fin has llegado…!

Creí que la muchacha ignoraba que ahora yo me haría cargo de su atención psicológica en lugar de mi amigo. Pensé que nadie le había mencionado nada al respecto y que Chuy dejó de venir sin despedirse debido a las presiones de su novia.

–¿Chuy te aviso que vendría…?

Pregunto Yo.

–¡Oh…, desde luego que no! –Vuelve a decirme– Yo sabía que mi trabajo con él era sólo por un tiempo. A quien esperaba es a ti.

–¿Cómo…?

Pienso que intenta seducirme y lograr control sobre mí con alguna de sus tácticas esquizofrénicas manipuladoras. Pero no pretendo dejarme atrapar como Chuy.

–Si… Toda mi vida te estuve esperando… Te he estado llamando a través de tus sueños… Yo era la siguiente mujer…

–¿Qué…?

Parezco ignorar de qué me habla.

–Después de Lizeth y Yadira… En tus sueños, yo soy la mujer del cuarto sueño que te faltaba.

Me pongo a temblar. Se me eriza la barbilla, y un invisible alfiler de hielo surca toda mi piel. No sé cómo logró averiguar que yo trabajé anotando y analizando una secuencia de tres sueños míos. Una saga donde apareció primero una mujer europea desconocida, luego Lizeth y por último Yadira: mis primeros amores de la escuela primaria.

Mi mundo interior se derrumba de nueva cuenta en mi vida. Cobro conciencia de que efectivamente faltaba un sueño para completar la secuencia. Un sueño que, o yo no era capaz de recordar, o no se presentaba aún.

¿Acaso me encuentro ante la última mujer que me faltaba conocer, a quien quizás ya conocía? ¿Una primera forma de amor fundamental? Hasta ahora creí que la cuarta mujer, la definitiva, era Alejandra Spielrein. Parece que estaba en un error. ¡Cuán equivocado me encontraba…!

Aurora me sonríe hermosamente. Es bonita, reconozco, pese a las manchas de suciedad en su rostro y a la pestilencia que emana de su cuerpo y del cadáver que arrulla al ritmo de su voz divina.

Me entrega con devoción a su hija muerta. No me opongo en lo más mínimo. Extiendo mis brazos tranquilos y arropo con ternura el cuerpo sin vida. No me asusta la carroña envuelta en una cobijita, ni el rostro verdoso de su niña, como el de un gatito momificado.

De alguna manera simbólica, esta joven paciente me devuelve a mi hija muerta hace años. Tengo la certeza de encontrarme por fin en el lugar a donde debí llegar desde hace cientos de años. Ya me estaba tardando.

ೞ

Aurora sigue cantando: "Por ti… me ha dado por llorar como el mar…"

Soy poseído por un espíritu desconocido. Comienzo, sin saber el porqué, a cantar con ella:

"Por ti… me he puesto a sollozar como el cielo… Me ha dado por llorar…."

Nuestras voces se unifican, se acoplan a la perfección, la mía de barítono y la de ella de mezzosoprano. Como si fueran ambas, los graves y los agudos de un mismo ser, el cual hasta ahora se encontraba dividido. Pugnando durante siglos dolorosos, hasta dar finalmente con su otra mitad complementaria, pero extraviada.

Capítulo 7

Gris es toda teoría, verde es el árbol dorado del conocimiento

El conocimiento de lo humano debe ser mucho más científico, mucho más filosófico y en fin mucho más poético de lo que es.

(EGAR MORIN –El Método 5: La Humanidad de la Humanidad)

¿Porqué estudio? Estudio –se estudia, se debe estudiar- para conocer. No quiero aprender, sino precisamente conocer. Aprender es quedarme con lo que estudio, como si eso fuera mi propiedad privada.

Quiero conocer, porque conocer es transformar y transformarme. Porque si yo conozco la lluvia, digamos, la transformo en río y me transformo en nube.

(JOSÉ REVUELTAS – México 68: Juventud y Revolución)

Todo cuanto hay que aprender debe hacerse por el camino difícil. Aprender por medio de la conversación es un desperdicio y una estupidez. El hombre vive solo para aprender. Sólo a un chiflado se le ocurriría emprender por cuenta propia la tarea de hacerse hombre de conocimiento. Un maestro sólo puede señalar el camino y poner trampas. Un maestro nunca busca aprendices y nadie puede solicitar las enseñanzas; lo que señala al aprendiz es siempre un augurio. El maestro debe enseñar al aprendiz a actuar sin creer, sin esperar recompensa, a actuar por actuar.

(LEONARDO DA JANDRA – Entrecruzamientos I)

El resultado final que los chamanes como don Juan Matus buscaban para sus discípulos era darse cuenta de algo que por su sencillez era tan difícil de lograr: que somos, de hecho, seres que vamos a morir. Por lo tanto, la verdadera lucha del hombre no está en la lucha con su prójimo, sino con el Infinito, y esto ni siquiera es una lucha; es, en esencia, un asentimiento.

Voluntariamente tenemos que asentir con el Infinito. En la descripción de los videntes, nuestras vidas se originan en el infinito y terminan donde tuvieron su origen: en el Infinito.

(CARLOS CASTANEDA –Las enseñanzas de don Juan.

1

Un estruendo lejano retumbó a lo largo de todo el edificio de la Universidad.

Dado que aquel ruido se escuchó considerablemente seco y distante, como un eco sordo y lejano, nadie más que Oscar se despertó del profundo sueño en que estaban sumergidos todos.

Sus oídos expertos, acostumbrados a registrar el sonido de bombas y la acción de armamento pesado, le hicieron incorporarse de inmediato del suelo duro y frío donde dormía, al lado de sus compañeros de estudio y lucha.

Caminó evadiendo los cuerpos durmientes de los estudiantes que estaban tendidos a lo largo de aquella helada aula de la Facultad de Sociología. Se acerco a uno de los ventanales para percibir con mayor agudeza el origen de la explosión sacando su cabeza hacia la oscuridad, y unos alaridos y quejidos distantes, provenientes de la entrada de la Universidad llegaron transportados por el viento helado de la madrugada. Era el fin del mundo, o el castigo de Dios sobre Egipto, Roma y Jerusalén. Era la invasión de todos los demonios del infierno hacia las puertas del cielo.

"¡Una bazuka…! –Se dijo a sí mismo el español– ¡Esos desgraciados han volado la puerta principal…!"

—¡¡¡Todo el mundo arriba, carajo…!!! ¡¡¡Que los guachos han volado la puerta y están entrando y dándole a todo el mundo por el culo, vámonos…!!!

Los jóvenes, quienes dormían amontonados en el duro suelo tardaron en reaccionar. Pero el anarquista los movió, incluso pateándolos y gritándoles violentamente para que se apuraran.

—¿Qué pasa…?

Pregunto la voz rasposa del maestro, despertando sobresaltado y aún con el peso del sueño y el adormecimiento.

—Esos desgraciados volaron la puerta principal con una bazuca, ya están entrando y jodiéndose a todo el mundo…

Le respondió Oscar ayudándolo a ponerse de pié.

—¡No pierdan la calma, vamos a salir todos juntos, ordenados y lo más rápido posible…!

Volvió a gritar imperativamente el anarquista español, con la autoridad de quien ha participado y sobrevivido dos guerras.

Oscar tomó su mochila de campamento, aquella que le acompaño desde le guerra civil en España y cogió la mano de Emilia Vizcaíno. Ya se escuchaban gritos en todas partes de la Universidad. El ejército parecía haber tomado el control del sagrado edificio, después que los estudiantes la tuvieron en su poder durante varios días, reunidos en sus sesiones de discusión teórica y política, organizando su Comité Estudiantil Revolucionario.

Oscar salió del aula encabezando una ordenada fila de estudiantes, llevaba cogida de la mano a su adorada psiquiatra y su mochila en los hombros. Tras de él iba el maestro, resguardado por Atila Vargas, uno de los líderes del Comité Revolucionario Estudiantil y luego una fila de jóvenes estudiantes de humanidades, todos entre los veinte años de edad. Oscar, Emilia y el maestro eran los más grandes.

—Por aquí maestro… Conozco una salida por la puerta trasera de una bodega de mantenimiento, por ahí podremos escapar…

Le dijo Atila al viejo barbudo, quien se dejaba llevar, escoltado por los jóvenes.

Estaban ya cerca de la bodega desde donde podrían escapar del edificio de la Universidad antes de ser alcanzados por el ejército, cuando los interceptó un joven con el cabello a rape, muy moreno y armado de un grueso garrote, en una actitud francamente amenazante.

—¡Pinche Gachupín…! ¡Entrégame a Revueltas…!

Le gritó a Oscar el bélico joven, refiriéndose al maestro.

—¡Ni madres Chino…! ¡Tú no le harás nada al maestro…!

Respondió Emilia al agresivo joven quien les impedía el paso.

—¡Déjanos pasar Chino…!

Le grito ahora Atila Vargas, quien resguardaba al amado maestro.

El agresor se apodaba el Chino, fue un mal estudiante de filosofía antes que lo expulsaran de la Universidad, y aunque tenía años sin ser estudiante de manera oficial, nunca se desvinculó de los grupos políticos estudiantiles. Cuando el movimiento estalló, se incorporó supuestamente como parte del Comité Estudiantil del lado de los estudiantes revolucionarios. Pero luego Oscar se enteró que era un infiltrado, trabajaba para la CIA y se hacía pasar por universitario. Los estudiantes del Comité de Sociología, a donde asistía haciéndose pasar por miembro del grupo de estudios que presidía José Revueltas, lo expulsaron de sus filas. Ahora que el ejército entraba a la Universidad, regresaba pero no como estudiante, sino para golpear y desatar toda su furia sobre los jóvenes universitarios. Era un halcón, un paramilitar contratado por el gobierno mexicano para hostigar a los estudiantes.

Oscar sin miramientos se le acercó antes que el Chino pudiese reaccionar, y cogió el garrote con que el halcón pretendía agredirlos. El moreno jaló por el otro lado de la prolongada arma para evitar que el español se lo quitara, y en el forzamiento, cada uno de los contendientes tirando de un extremo de la vara, Oscar lo golpeó en la boca con el propio extremo que sostenía el Chino.

El halcón escupió una bocanada de sangre y dientes quebrados gritando. Luego Oscar, ya con el arma a su total disposición, le dio un fuerte garrotazo en el hombro, haciéndolo caer.

—¡Esto es para que aprendas a ser leal con tu gente y con tu patria, desgraciado traidor...!

Y le dio un durísimo golpe con el arma en el tobillo, fracturándoselo para que no pudiese seguirlos. El Chino grito aún más, pareciendo una bestia lamentable y herida.

Emilia cerró los ojos para no ver el charco de sangre y dientes rotos en que se retorcía el halcón y luego se abrazó a Oscar.

Los jóvenes y el maestro lograron salir a salvo por la puerta trasera de la bodega. Aún no amanecía cuando el grupo se perdió por las calles de la Ciudad de México y se dispersó para evitar ser capturados por los halcones y el ejército.

En los días subsecuentes se darían completa cuenta de la magnitud de la toma de la Universidad. El ejército introdujo comandos armados, como si se tratase de una batalla a muerte, policías con macanas, halcones disfrazados de estudiantes y armados con garrotes, francotiradores. Hubo muertos, heridos, torturados, desaparecidos.

∾

El maestro estaba acostumbrado a las persecuciones. A lo largo de su vida recorrió una cárcel tras otra desde los quince años: correccionales, preventivos, hasta las Islas Marías. Siempre por estar vinculado con grupos de izquierda y por relacionarse con los comunistas, por defender y asesorar a los ferrocarrileros y a los campesinos, por realizar labores clandestinas para el Partido Comunista. También desde muy temprana edad comenzó a escribir y a leer vorazmente.

Su frase predilecta era aquella de Goethe: "Gris es toda teoría, verde es el árbol de oro del conocimiento".

José Revueltas, Pepe Revueltas, Revueltas, como era conocido en los círculos de izquierda. El maestro, como lo llamaban los jóvenes estudiantes a finales de la década de los sesenta.

Provenía de una notable familia de artistas: los Revueltas precisamente. Su hermano Silvestre fue el inmenso compositor musical, director de orquesta y violinista.

Pepe Revueltas, siendo de los hijos menores de una numerosa y antigua familia de Durango, quedo huérfano de padre a los ocho años, no quedándole más remedio que comenzar a trabajar desde la infancia, sin más estudios que tres años de la escuela primaria. Sin embargo, conforme trabajaba desempeñando múltiples empleos y oficios, inició en las bibliotecas públicas que visitó en todo México, una de las más interesantes carreras de manera autodidacta como novelista, cuentista y ensayista; experto en literatura universal, amplio conocedor del marxismo, de toda la filosofía y la sociología escrita hasta su tiempo. Amante de Hegel y Tolstoi, dostoyevskiano hasta el tuétano, como él mismo se decía.

Desde la publicación de sus textos comenzó a ser conocido en todo México, aunque siempre evito la vida de los escritores de éxito, y prefirió abrazar las causas de los pobres. Pronto los jóvenes comenzaron a identificarse con sus novelas y cuentos: *El luto humano, Dormir en tierra, Dios en la tierra, Los muros de agua*. Pero cuando publicó su densa obra teórica: *Ensayo sobre un Proletariado sin Cabeza*, una dura y aguda crítica al Partido Comunista Mexicano y a las izquierdas en México, sus compañeros comunistas le dieron la espalda, dejándolo aislado y echándolo del partido.

Sin embargo, para 1968 Revueltas lograba encarnar el arquetipo del maestro intemporal, del sabio revolucionario que nunca envejece, del enigmático profeta. Más que nunca los jóvenes y estudiantes encontraban en él, en una época de confusión ideológica y uso comercial de las revoluciones y las izquierdas, una figura a la cual seguir y a la cual escuchar.

Cuando los estudiantes tomaron la Universidad, no sin varias provocaciones por parte del ejército, Revueltas inmediatamente se les unió, considerando no a los obreros anestesiados ni a los comunistas dogmáticos, sino a los jóvenes universitarios, como los motores del cambio social y renovador que necesitaba su país. Fue él quien volteó hacia los jóvenes y no hacia las izquierdas paralizadas y en decadencia.

Los estudiantes saturaban sus seminarios sobre Hegel y Marx, participando en sus reflexiones sobre política educativa, sociología, literatura. Preguntándole, cuestionándolo, pidiéndole que los aconsejase y les infundiese ánimos. Los muchachos lo seguían para cachar cada frase que con gusto les proporcionaba el maestro. Para él el conocimiento no era una propiedad privada. Hablaba constantemente a sus jóvenes seguidores de la *Democracia Cognoscitiva*, la cual enseñaba que no era posible aprender algo para quedarse con el conocimiento. Sino que era necesario *conocer* en lugar de *aprender*, puesto que el *conocer* implicaba adquirir conceptos para transformar la realidad. Y el *aprender* significaba quedarse con los aprendizajes como si estos fueran para uso exclusivo del individuo, y no para transformar y beneficiar su mundo.

Por aquellos días Revueltas traía el cabello canoso, largo y enredado, unos gruesos lentes y una prolongada y aguda barba al estilo Trotsky, a quien tanto admiraba.

Para Revueltas la literatura era un método científico, una forma de conocer y penetrar la realidad. En él, su vida y su obra literaria eran inseparables. Viajó por todo el mundo aprovechando sus conexiones con artistas y políticos, leyó demasiado, era una verdadera enciclopedia autodidacta que se desplazaba y se dirigía con generosidad hacia los muchachos. Enfrentó persecuciones, cárceles, enfermedades, horas de insomnio en que escribía incansables y hermosas novelas, y leía sin parar.

Esa congruencia que emanaba de su persona: cálida, sencilla, gustosa de beber alcohol, fumar cantidades industriales de tabaco y dialogar con los jóvenes, era lo que más admiraban los estudiantes y les hacía seguirle a todos sus seminarios. Asqueados de los profesores acartonados y tradicionalistas, quienes impartían clases sólo por el hecho de no tener otra cosa mejor a la cual dedicarse. Hartos de aquella educación que reproducía mecánicamente un sistema de aturdimiento y enajenación.

❧

Para entonces Oscar y Renate rompieron definitivamente, poco tiempo después de su llegada a México.

Fueron los contactos del grupo psicoanalítico de Caruso los que les ayudaron a salir de Europa, unas cartas de recomendación que les proporcionó Don Gato, la ayuda de Emilia Vizcaíno y la amistad de Slavoj, el serbio quien estuvo en Stalingrado con Oscar, y quien ya vivía en México con su familia desde hace años los que les ayudaron a llegar a México e instalarse.

Slavoj trabajaba en Guadalajara con sus caballos, maniobrando calesas tiradas por sus amados animales que transportaban a los turistas por las calles del centro de la ciudad. Pronto consiguió un trabajo temporal a Oscar, también como cochero y le asigno uno de sus caballos y una calandria para que se ganara la vida.

Pero el rompimiento entre el español y su esposa se dio a los pocos meses de su llegada a México. No ocurrió tan sólo debido a la presencia de Emilia, a quien de hecho Oscar se vino buscando desde Europa, sino a un lento proceso de descomposición conyugal iniciado en Viena, desde que Renate estudiaba psicoanálisis.

A pesar de una inminente ruptura y ya en México, tras dejar Rusia y atravesar Suiza, Francia y España, Renate venía encinta de una hija: Martha, como llamaría a su primogénita y única hija que nacería en tierras mexicanas. En honor de su abuela rusa, Martha, la esposa del rabino y madre de Sabina.

Pero el nacimiento de Martha no contribuyó a que los esposos pudieran entenderse. Después del intento de acercarse a Jung,

Renate se volcó con fiereza sobre Oscar, como vengándose de todos los hombres, atacándolo nuevamente sin cesar y sin motivos importantes, acrecentando un proceso de ruptura que ya se venía dando. Oscar la escuchaba, intentaba ser paciente con ella, pero cada día se imaginaba su propia vida, más tranquila y amorosa al lado de Emilia.

Poco tiempo después de su instalación en Guadalajara donde los esperaba Slavoj, Oscar ya no resistió los radicales cambios de humor de Renate y decidió marcharse a la Ciudad de México, en busca de Emilia.

Lejos de propiciar un periodo de reflexión y negociación en la pareja, el anuncio de la separación causó en Renate más cólera y reclamos, sabiendo la rusa que su marido se iría para alojarse inmediatamente en el corazón de Emilia Vizcaíno. Clausurando de manera definitiva cualquier futuro diálogo de Oscar con su nueva hija y con ella, intentando no volver a saber nada de él y tratando de romper todo vínculo. Esto no hizo más que acelerar la separación y la certeza en Oscar de que debía irse de cualquier modo.

Al final la ruptura fue inevitable. Renate intentó fingir que no le dolía tanto la pérdida de su esposo, estaba a punto de dar a luz, la tristeza la atacó con severos síntomas sicosomáticos, dirigiéndose a su estómago y sus intestinos, transformada también en una depresión permanente que ya no la abandonaría nunca. Hizo lo posible por sobrellevarlo, abrió una consulta psicoanalítica en la ciudad tapatía, se involucró en la formación de un círculo psicoanalítico en Guadalajara y en el entrenamiento de jóvenes analistas. Dio a luz a su hija Martha apoyada por sus colegas freudianos.

Como se esperaba, Oscar fue recibido en los cálidos brazos de su adorada psiquiatra mexicana, en el departamento que ella tenía cerca de la Universidad, en Tlaltelolco. Emilia laboraba ya como profesora y también como psicoanalista. Pronto se involucraron los dos jóvenes en grupos revolucionarios. Emilia Vizcaíno era una asidua lectora y amiga de José Revueltas, lo admiraba y apreciaba bastante, ahora ya no era Caruso, sino Revueltas su mentor. Para 1968 fue muy natural que ella y Oscar se unieran junto con el maestro a los universitarios. Era la oportunidad, tal como lo veía Revueltas para contribuir a un verdadero y humanista cambio en toda la sociedad mexicana. Los estudiantes eran el motor que crearía conciencia en el pueblo de México y lo prepararía para una profunda revolución cultural.

❧

Después del mes de Octubre de 1968, luego de una dura represión militar y de varios intentos de los líderes juveniles por reorganizar a los estudiantes, los medios de comunicación se encargaron de hacer ver al movimiento como una rabieta juvenil, incentivada por intereses internacionales y por individuos extranjeros sin patria. Se les acuso de delincuentes, comunistas, hippis, revoltosos y mugrosos.

❧

Cuando los agentes del Ministerio Público le fueron a preguntar al maestro, si él era el líder del movimiento estudiantil, Revueltas les dijo que desde luego que sí. No iba a dejar de ser congruente consigo mismo y con los jóvenes en ningún momento.

Lo encerrarían durante varios años en la prisión de Lecumberri, como castigo por atreverse a ser joven por siempre. Sería en las celdas de esta cárcel donde idearía dos de sus más importantes y hermosas obras literarias: *Material de los Sueños* y su novela: *El Apando*. Su estilo como guionista de cine y crítico del séptimo arte se perfeccionaría también durante su estancia en la crujía de los artistas y los presos políticos.

2

Siguiendo un poco las enseñanzas dejadas por Sigmund Freud en sus libros, logro ir deduciendo que para él, la vida del ser humano es una pregunta a la que debe darse respuesta. Un enigma por aclarar, un acertijo por resolver. Un cúmulo inconexo de historias sin un hilo conductor aparente, sin un guión fijo. Al cual debe dársele sentido e interconectar coherentemente. El desarrollo humano asemeja un rompecabezas cuyas piezas fueron revueltas, y algunas incluso extraviadas del conjunto.

La tarea de rearmar y reconectar los fragmentos de la historia no es sencilla, en la mayoría de las ocasiones no es suficiente el transcurso de una vida para culminarla. Se debe trabajar armando y desarmando muchas veces. Encontrando algunas pocas certezas relativas. Volviéndolas a destruir porque luego son insuficientes o falzas.

Hay piezas que le faltarán al rompecabezas y que nunca reaparecerán. Deberá reconstruirse el fragmento faltante en el conjunto, a partir de la información que proporcione el resto de los que sí están. En una suerte de deducción-adivinación-inferencia, y en ocasiones inventando, digamos recreando la información que hace falta. Uno es el autor de su propia historia, de su *novela personal* y *familiar*, como gustaba de afirmar Freud.

Yo estoy convencido que todos los individuos, cuando menos en Occidente, estamos llamados a echar una mirada en nuestra *novela personal*, en el rompecabezas cambiante de nuestra vida interior. Es una verdadera irresponsabilidad no hacerlo. Debe iniciarse la tarea de reconstrucción, comenzarse la obra de restauración de nuestra propia subjetividad.

Es al mismo tiempo una actividad que nunca llega a ser definitiva ni acabada. Es incesante y frágil. Probablemente no culmina ni con nuestra muerte.

La obra de restauración emocional nos trasciende probablemente a nivel individual y atraviesa a todas las generaciones de nuestro árbol genealógico. Desde nuestros padres hasta más allá de nuestros ancestros. Influye en nuestros hijos, y se transmite en nuestra herencia psicológica y cultural hacia nuestros descendientes. De ahí que nuestros errores y pecados ofendan a nuestros padres y abuelos, o dañen a nuestros hijos, y a los hijos de sus hijos. Por ello Freud hacía tanto hincapié en reconstruir el pasado, y afirmaba que en inconsciente no transcurría el tiempo. A ello se debe la importancia que otorgaba también Sigmund Freud a revisar nuestras relaciones con el Padre y la Madre, porque de ellas dependía cómo procedíamos después en el mundo y con el resto del los hombres.

Siguiendo ahora a Jacques Lacan, un fascinante psicoanalista francés, me queda claro que precisamente la mayor dificultad del enfermo de locura, consiste en armar y dar sentido al rompecabezas de su vida.

Sus procesos de pensamiento transcurren no como si fueran experiencias mentales propias, sino pareciéndole a él que su fantasía se desarrollara fuera de su cabeza.

El enfermo mental grave no atina a conectar los pasajes de su vida entre sí, en un todo provisto de sentido y continuidad. De hecho, en todas las personas, con menor grado de severidad, se experimenta esta dificultad de dar sentido y encontrar la continuidad entre todas las historias que conforman la *novela personal* de nuestra vida. Otros deforman su propia historia, como una forma de evasión y llegan a narrar su vida en extremos fantasiosos, como si se tratase de un cuento donde todo el mundo es feliz.

♥

La percepción del loco con respecto a sí mismo y al mundo es nebulosa, como si recorriese un laberinto interminable y angustioso. Sus conflictos interiores son proyectados a tal punto fuera de su ser, que los aprecia al igual que el espectador de un largometraje en una sala cinematográfica. A estas experiencias se les llama *delirios y alucinaciones*.

De ahí que al exteriorizarse sus conflictos y problemáticas personales no resueltas, crea que el mundo es el que está mal y no él. Sintiéndose todo el tiempo perseguido y atacado por los otros. Y no se necesita estar demasiado loco para experimentar esto, pues según nuestro grado de madurez, todos creemos en alguna medida que los demás son los que tienen que cambiar y no nosotros. Por ello Freud señalaba que la diferencia entre el neurótico y el esquizofrénico –es decir, al que nombramos loco-, no es cuestión de grados, sino que se trata de procesos que ocurren simultáneamente. Que entre el loco y nosotros existe una frontera escurridiza y poco clara.

es

Jacques Lacan dice que la totalidad de los hombres estamos inmersos en la locura. El psicoanalista francés lo llamo *El Circuito*: una red delirante de comunicación sin sentido lógico, a la que está conectada la humanidad a lo largo del planeta entero. *El Circuito* nos tiene a todos sumidos en un sueño eterno, y nos impide ver al otro tal como es. Gracias al *Circuito,* al relacionarnos con los demás, lo que apreciamos no es al amigo, al vecino, al compañero de trabajo, ni a nuestra pareja. Sino una repetición automática de la imagen de nuestro padre o nuestra madre. Un *Edipo Planetario* que nos impide conocer verdaderamente a los demás y ver las cosas tal como son. Un sueño colectivo y prolongado.

La cuestión es cómo despertar. El psicoanálisis no da respuestas acabadas al respecto. Tan sólo brinda unas cuantas pistas a seguir, algunas señales, unas pocas indicaciones relativas.

Entrar en el mundo de Aurora es por demás una pueril ilusión. Es mi locura la que está de por medio al lado de la de ella.

Nunca debe intentarse razonar con un loco utilizando la lógica ordinaria, ni tratar irrespetuosamente sus delirios y fantasías, por deformes que parezcan. Para dialogar con el loco es necesario funcionar en una lógica muy distinta a la que enseñan en las universidades, una lógica muy diferente a como funciona el mundo de la mayoría de las personas. Debe interactuarse con el lenguaje de los sueños, de la poesía, se trata de trabajar con una sabiduría inherente a la vida.

ღ

Todos los psiquiatras y psicólogos de Aurora intentaron razonar con ella mediante la lógica de las escuelas, las universidades y el mundo moderno. Tratando de hacerla entrar en ella para "curarla". Pero el loco funciona en un orden de pensamiento muy antiguo, arcaico, no con menos astucia y sagacidad que el hombre moderno, pues en el mundo de la fantasía el demente le lleva ventaja al cuerdo. Se trata de un lenguaje simbólico que sólo entienden los seres ancestrales, los locos, los artistas, los niños y todos los animales del mundo. Por eso la pequeña paciente logro engañar y manipular a los médicos y psicólogos que intentaron curarla.

ღ

Lo único que hago al inicio de las sesiones en que estoy con ella, es ponerme a cantar siguiendo su voz. Acompañando las melodías que interpreta Aurora y que yo también conozco, o tararear simplemente, siguiendo su tono de voz cuando se trata de una obra de ópera a la que nunca he escuchado.

Salgo todos los días a las cinco de la tarde del consulado, y dos veces a la semana después de mi trabajo, abordo el camión del transporte público para ir al Hospital Civil en el Centro de la ciudad a verla.

En sus primeras sesiones no habla casi nada conmigo, de hecho lleva varios meses sin hablar con nadie desde que Chuy dejo el caso. Nos limitamos a cantar acompañándonos, y al hacerlo, su mirada deja de estar alejada y perdida en el Más Allá. Cuando Aurora canta parece el ser más cuerdo y coherente que habita las salas manicomiales del Hospital Civil, incluso más cuerdo que todos los médicos y que yo. Es un ser hermoso y etéreo, poseedor de una voz sin igual.

Transcurren así cinco semanas, cantando, mirándonos mutuamente, con prolongados silencios que abarcan toda la hora que le dedico en las tardes para trabajar en su tratamiento. A excepción de alguna que otra pregunta que le hago y que me contesta ella con un simple "Si" o "No".

Hasta que un día, al llegar después de mi trabajo y no encontrarla más en el servicio de psiquiatría, me dice uno de los enfermeros que Aurora escapó del Hospital. Los médicos y enfermeros creyeron, al verla tan tranquila, solamente meciendo a su niña y cantando, que no necesitaría más vigilancia. Aurora sepultó en uno de los jardines de la parte antigua del Hostal el cadáver de su hija, y después salió por la puerta principal. Sin que nadie le dijera nada, y sin que a nadie llamara la atención el hecho de que una paciente que evidentemente no se encontraba bien de la cabeza, saliera del nosocomio como de su casa.

El suceso inexplicablemente me pone muy triste. Coincide con la aparición de nueva cuenta en mí, de síntomas melancólicos, una tristeza inexplicable y una tensión mental que me recuerda viejos tiempos. De nuevo me visitan miedos infundados y mortales: miedo a volverme loco, aunque ya lo estoy, a contraer alguna enfermedad incurable. Aunque no tendría razones para temer ni perder mi tranquilidad. Pero todos sabemos que así es la locura que nos acompaña.

Trato de consolarme y evadirme del asunto porque comienzo a verme contigo cada vez más seguido. Te vas haciendo parte de mi cotidianidad. Nos vemos por las tardes varias veces a la semana para tomar un café. Nos reunimos en tu casa de Santa Teresita, o en la mía del Centro de la ciudad para ver una película en DVD que conseguiste o que alguien me facilitó del mercado de la piratería. Pasamos muchas horas discutiendo sobre nuestras lecturas y sobre el avance de nuestros respectivos libros.

Una tarde, miramos largamente en mi casa la película noventera: *Singles,* dirigida por Cameron Crow, aquella que describe entre otras cosas el contexto donde surgió la música *grunge* en Seatle, Washington.

Me platicas que la ciudad de Seatle es bellísima y está llena de propuestas culturales. Será por mi ligazón de origen con la música de los noventas: bandas como *Pearl Jam, The Stone Temple Pilots, Nirvana, Sound Garden y Alice in Chains,* pero Seatle es desde hace un tiempo, una de las ciudades que más me muero por conocer. Yusef Mafú me hablo también de la posibilidad de ayudarme con sus contactos en el Gobierno Norteamericano para pasar algún tiempo trabajando en aquella ciudad.

En la época en que era estudiante de licenciatura, precisamente en los años noventas, quería viajar por Latinoamérica, realizar unos viajes de interés comunitario y social, de hecho estuve en Cuba, Guatemala y El Salvador. Perseguía sueños de cambio social que yo mismo no lograba entender del todo. Pero ahora, esperando no se trate de un proceso de patética transculturización, me interesan mucho más algunos lugares de los Estados Unidos, como Seatle o New Hampshire, e incluso viajar a algunas partes de Canadá. Desconozco las razones de estos cambios efectuados en mí, pero simplemente mis motivos de interés se desplazan hacia otras orbes. El proyecto tan acariciado de volver a El Salvador para estudiar una maestría en psicología social queda en el olvido. Cuando menos por ahora en que me encuentro idiotizado con nuevos intereses.

Al terminar la película de Cameron Crow, que ya la había visto pero me encanta, me preguntas si quiero acompañarte a una fiesta de unos amigos tuyos, antropólogos, la cual se efectuará en Tlaquepaque.

Acepto, y después de los créditos finales de la película, nos desplazamos en autobús a tu casa en Santa Tere, nada lejos de la mía. Espero durante media hora en tu sala, en una situación ya muy familiar para mí, pues así espere muchas veces a Isabel mientras se arreglaba en su casa de Zacatecas o en la mía del Centro.

Sales de tu habitación renovada, llevas el cabello suelto y alborotado sobre tu rostro, un ajustado pantalón negro que acentúa tus glúteos abultados y hermosos, y una blusa roja. Me resultas bellísima. Abordamos un taxi hacia Tlaquepaque a las ocho de la noche. El tráfico es muchísimo e inaguantable. Son las nueve y media de la noche cuando logramos llegar por fin al barrio viejo de San Pedro, donde es la casa de uno de tus amigos, una antigua mansión aristocrática de la época de Porfirio Díaz, perteneciente a una añeja y acaudalada familia de artesanos.

≈

Debo confesar que así como desde el inicio yo no les agradé a tus amigos, tampoco ellos me simpatizaron en lo más mínimo. La mayoría de ellos son psicoanalistas, psicólogos, antropólogos como Tito el anfitrión, o gente relacionada con el arte y las ciencias sociales.

Aunque yo posea conocimientos suficientes e incluso bastos para relacionarme con ellos y poder entablar, si lo quisiera, prolongadas conversaciones, simplemente no conforman un ambiente que busque acogerme. Ni yo hago demasiado esfuerzo por resultarles simpático.

Tus amigas: Magy de la Ciudad de México y Rosa de Colombia, psicoanalistas y procedentes de familias adineradas, te dijeron, por supuesto que no frente a mí, que yo les resulto en exceso serio y hosco. Además, te han confesado con mucha discreción, ellas sospechan que me he metido en tu vida para aprovechar tu prestigio y contactos, ya que evidentemente yo soy un escritor que apenas comienza y necesita un empujoncito. Incluso ellas creían que tú fuiste quien me consiguió mi trabajo en el consulado.

Aunque les hablas de mi llegada por propia cuenta al consulado y que soy amigo personal de Mafú, no quedan convencidas. La verdad es que no les agrado, ni ellas a mí. Me resultan en exceso superfluas, pasaron por años de formación en psicoanálisis, pero sus torpes conversaciones sólo reflejan un conocimiento memorístico y mecánico de Freud. La mayor parte de sus charlas consisten en recitar de memoria pasajes de alguna determinada obra de Sigmund Freud, incluso mencionando la página y el párrafo del libro con exactitud. Pero sin dar un verdadero contexto de los conceptos ni aplicar el conocimiento psicoanalítico. Me parecen iguales a algunos ingenuos protestantes y católicos, quienes para todo te sueltan una letanía del evangelio de memoria, pero son incapaces de tratar cristianamente a sus semejantes. Mucho menos capaces de vivir internamente el dogma de Cristo e imitar su vida, como querían Erich Fromm y Carl Jung.

Pronto te integras en la fiesta, pues conoces a todo el mundo. Estás en tu ambiente.

Hasta la música que ponen forma parte de un estereotipo preestablecido, muy masticado y ensayado por ellos, acerca de lo que escucha la gente "culta" y "liberal": Lila Downs, Caetano Veloso, Jack Jonson, Buena Vista Social Club, Manu Chao y una serie de conjuntos cubanos, puertorriqueños y colombianos que se consideran en la onda "culta alivianada". Los cuales constituyen la música obligada que debe escuchar todo sujeto que se presuma de haber recorrido el mundo. Yo prefiero quedarme con el *rock and roll* de los sesenta, setenta, ochentas y noventas, y seguir siendo un sujeto localista y anacrónico.

Permanezco sentado solo durante una media hora, bebiendo unas deliciosas cervezas holandesas, hasta que me rescatan Yusef Mafú y Allan Winwood, apareciendo ya con algunas copas encima en la aburrida y esnob fiesta. No tardamos nada en crear nuestro propio ambiente, nuestro microespacio festivo, bebiendo, hablando de rock y de los asuntos que nos interesan. A estas alturas nos tenemos una excesiva confianza debido a los muchos meses que tenemos de trabajar juntos y de compartir bastantes cosas. Nos aislamos en nuestro entorno privado, sosteniendo una interesante y divertida conversación en inglés.

La música sube de volumen y luego toda la fauna de histrió-nicos invitados se suelta bailando salsas y sones cubanos como locos y locas furiosos. Alan, Mafú y yo no gustamos de sacudir nuestros cuerpos al ritmo de la música, no porque no nos gustaría hacerlo, sino porque preferimos los placeres verbales y mentales de la conversación. No salimos de nuestra charla. No les hacemos mucho caso a los enfiestados y seguimos en lo nuestro, hablando de asuntos del trabajo y divirtiéndonos al compartir en inglés los chismes íntimos sobre nuestros compañeros de trabajo.

Durante unos minutos te contemplo bailando en los brazos de Tito, tu íntimo amigo, y no me preocupo demasiado porque me contaste que es homosexual, lo considero una situación de poco peligro. Sin embargo no dejo de mirarte de reojo, bellísima y demasiado sensual, bailando *La vida es un Carnaval* de Celia Cruz entre los tentáculos de Tito, quien se ha transformado de un serio antropólogo en una loca desfogada.

Sigo conversando con mis amigos hasta que te veo venirte literalmente encima de mí. Llevas varias copas encima ya y me jalas del brazo incitándome a bailar contigo. Me arrojas tu aliento a sabroso ron con unas palabras que me embrutecen:

–Me olvidé un momento de ti cielo… Pero aquí estoy de nuevo…

"¿Cielo…?" Nunca me llamaste de esa manera, pero me gusta. Tiras de mi brazo, pretendiendo arrastrarme contigo a la impro-visada pista de baile en medio de la sala de Tito.

–¡Vamos amigo…!

Me dice animándome Allan ya ebrio y desde otra dimensión.

Intento bailar con movimientos torpes y poco rítmicos. Te esfuerzas por enseñarme a seguir los cambios de ritmo en las salsas y los sones, y cuando envuelvo tu cintura con mi brazo, juntando tu pubis contra lo que se esconde bajo el cierre de mi pantalón, brota de mí un desconocido espíritu del Caribe. No soy muy bueno para bailar pero estoy excitadísimo, la verdad es que la música de los Jubilados que es la que ahora suena nunca fue de mi interés, pero hoy me sabe deliciosa. Estoy demasiado caliente y te siento también cachondísima al pasarte mi mano, acariciando tu trasero amplio, siguiendo el ritmo de un sabroso tres cubano. Sintiendo la ínfima tanga ubicada sobre el centro de tus nalgas voluminosas. La erección en mi pantalón podría estrangularme el miembro desesperado, o traspasarte toda como con una espada si no estuviésemos vestidos.

Seguimos bailando. Yo bebía cerveza, luego Mafú me dio algo de vodka con naranjada. Mientras te tengo en mis brazos, frotándote y muriéndome por secuestrarte a rastras de ahí, Tito me pasa unos toquecitos de marihuana. Llevo años sin frecuentarla. Es como estar en mi época de adolescencia, pero al mismo tiempo ser otro. Ahora tengo más poder. Con esos dos toques tengo suficiente, logro frenar el impulso a seguir quemando la hierba hasta saturar mi cerebro como antaño, o a beber vodka y cerveza hasta borrar la línea entre la conciencia y el entresueño.

⁊

Son las cinco de la mañana cuando Mafú nos deja en mi casa del Centro de Guadalajara.

Con cierta malicia yo mantuve bastante mi sobriedad a pesar del alcohol y la maría. Quería estar con la mayor lucidez posible para disfrutar lo que se preparo y gesto durante el baile. Por fín entiendo a los espíritus caribeños: cubanos, venezolanos y colombianos que saben vivir la vida y la rumba, para quienes el baile es el preámbulo del sexo.

Aunque bebiste considerablemente, también conservas cierto nivel de sobriedad. La suficiente para tenderte sobre mi cama como una presa recién capturada, la cual se entrega amorosamente a su captor, para que te despoje de tus ropas. Abres las piernas y los brazos recibiéndome en tu cuerpo. Descubro que la inquietante tanga es color blanco, casi transparente y de minúsculo tamaño.

La consumación de aquello precocido durante el baile dura eternas horas. Nos atacamos y vencemos mutuamente a lo largo de toda la mañana. Acabamos con dos cajas de preservativos. Sudamos tanto sudor como para llenar el lago de Chapala en Jalisco, o el de Zurich, ahí donde vivió Jung sus últimos años. Nos lastimamos, nos chiqueamos como mascotitas salvajes, nos vaciamos de nuestros fluidos internos, se consumen todas nuestras calorías. Hay mordidas, sofocamientos y aturdimientos. El sol sale y llega a su plenitud. Es hasta el medio día que podemos dejarnos uno al otro en paz y logramos conciliar el necesario sueño.

∾

Son ya las tres de la tarde. Lo único que alcanzo a percibir antes de quedarme dormido son tus piernas torneadas, igual de largas que las mías, al mirarte desnuda y profundamente en calma a mi lado.

Me doy cuenta que ya nada podrá ponerme a salvo de ti, ni a ti de mí, ni a mí de mí, ni a ti de ti.

3

El maestro lucía considerablemente pálido y mucho más delgado. La estancia en la prisión por casi tres años lo consumía. Su diabetes se le agudizo debilitando su vista y haciéndolo sentir cada día más cansado y sin ánimo. La dieta poco adecuada de la prisión volvía más dulce su sangre, poniendo en peligro sus órganos internos, en especial en páncreas y el hígado. Además de los sobresaltos constantes, debido al hostigamiento por parte de los policías, los agentes del ministerio público y otros internos que colaboraban con el sistema para fastidiar sin descanso a los presos políticos.

A pesar de ello, lucía su barba prolongada y puntiaguda, su melena larga y canosa aún llena de brillo. Fumaba sin cesar con el mismo ánimo de siempre y charlaba con más vitalidad que nunca.

—¿Cómo se encuentra maestro…?

Pregunto Emilia al hombre, y éste como única respuesta le sonrió. Quería evitar hablar del desgaste físico y mental que sufría desde el inicio de su encierro.

—Estoy escribiendo un cuento sobre Hegel…

Dijo a la pareja de amigos quienes le visitaban.

Sus ojos adquirieron en la cárcel un brillo que reflejaba una sabiduría y una libertad interna poco común. Oscar y Emilia eran contagiados por la fortaleza y visión superior del maestro. A pesar del encierro y los hostigamientos, Revueltas lograba conservar entero su ánimo, su dignidad y su inmensa creatividad.

—¿Sobre Jorge Federico Hegel, el filósofo alemán…?

Preguntó Oscar.

—Así es, y de hecho es un cuento filosófico. Vuelvo a Hegel un personaje literario, un paralítico que anda en silla de ruedas y que vive conmigo en mi celda. Un enano que me hace la vida cansada con su dialéctica…

—¿Cómo se va a llamar su cuento…?

—¡*Hegel y yo…!* De hecho comienza hablando de la imposibilidad de mis compañeros de cárcel para pronunciar su nombre:

"Ejel, Ejel…" Pronuncian los presos… Y yo les digo: "¡Que no se dice Egel, que es Hegel…. Jorge Federico Hegel…!"

Oscar y Emilia lo escuchaban con sumo interés. Ni los años de encierro, luego de la represión estudiantil, conseguían apagar su ánimo juvenil ni su deseo de continuar luchando políticamente, escribiendo materiales de crítica social y cultural, creando novelas, cuentos, guiones cinematográficos. Seguía leyendo sin parar.

El gobierno pagó a los presos de una de las crujías vecinas, donde estaban recluidos los delincuentes más peligrosos: asesinos, violadores, crueles asaltantes y una fauna de la más baja calaña. Los infames invadieron la crujía de los artistas y los presos políticos, donde estaban Revueltas, Eli de Gortari, el profesor de filosofía de la UNAM, guerrilleros del sureste de México, miembros de sindicatos de izquierda, rebeldes ferrocarrileros y también algunos de los principales líderes estudiantiles. Los golpearon, los ultrajaron y les robaron sus pertenencias: libros, escasas ropas y materiales de trabajo.

Revueltas les contó que se llevaron sus tomos de la *Estética* de George Lukacs, la *Fenomenología del Espíritu* de su amado Hegel y los *Endemoniados*, de Dostoyevsky:

–¿Para qué los quieren esos infelices…? ¡Imagínate: la *Estética de Lukacs* y la *Fenomenología del Espíritu*! ¡Ni siquiera los podrán leer, no les entenderían ni una palabra esos miserables…!

Decía Revueltas, triste y resignado…

–También se llevaron la tesis de doctorado que terminaba Eli de Gortari. ¡Una tesis de lógica…! ¡Hubieran visto al pobre de Eli, me abrazo llorando cuando vio desaparecer su amada obra, todavía no la acababa…!

Volvía a insistir el maestro, ahora sí perdiendo un poco su calma y ahogando su aliento en la desesperación.

–¡Yo sé para qué los quieren… ¡Para limpiarse con ellos el culo cuando vayan a cagar!, ¿Para qué carajos mas…?

Recitó Oscar con ironía. Y luego los tres se rieron escandalosamente en medio del salón para las visitas de Lecumberri. Rodeados de cientos de presos y sus humildes familias. La broma y la risa hacían que el maestro recuperase momentáneamente un poco de su tranquilidad y se olvidara del patético ambiente carcelario.

∾

Revueltas respetaba a Freud, pero no era tampoco un seguidor del psicoanálisis. Lo leyó con cuidado por recomendación de Emilia, y porque la psiquiatra le regalo todas las obras del patriarca del psicoanálisis. Pero Revueltas era principalmente materialista dialéctico.

El maestro aplicaba el método dialéctico materialista creado por Marx y Engels a su literatura. Estaba convencido de que la literatura debía constituirse en un método para profundizar y estudiar la realidad social. Sus descripciones de personajes al interior de sus cuentos y novelas, daban cuenta de un profundo conocimiento no sólo de la psicología humana, sino de las circunstancias sociales en las que vivía la gente. La literatura para revueltas debía revelar el drama humano en toda su extensión, producto de las contradicciones de clase social y de las opresiones de aquellos que detentaban el poder sobre los pobres y desprotegidos.

Últimamente leía con sumo interés a William Faulkner, el novelista norteamericano y premio novel, porque los críticos literarios comparaban sus cuentos y novelas con la obra de Faulkner. Y Revueltas aunque nunca hasta entonces lo leyó, se sintió plenamente identificado con sus personajes y con su manera de narrar historias sin respetar secuencias de tiempo, confundiendo y estableciendo duros retos a sus lectores.

Revueltas y Faulkner eran muy exigentes con aquellos que se atrevían a leer sus obras. Cuando menos en un inicio, en que el lector se acostumbraba a su lenguaje poco común, a sus personajes sórdidos, turbulentos y nada heroicos. De hecho bastante humanos. A su concepción del tiempo y el espacio completamente anárquica, la cual podía ir y venir entre el pasado y el presente en jaloneos y caprichosos *flash backs.*

Pero una vez que el lector pasaba la dura prueba de habituarse al mundo revueltiano o faulkneriano, encontraba a dos autores inmensamente sabios y benevolentes. Capaces no sólo de compartir conocimientos e historias fascinantes, sino de transmitir también una experiencia de vida interesantísima y plena que desbordaba sus obras. Ambos autores eran capaces de abrir un universo entero a sus lectores, de despertar y literalmente fecundar la mente del que se aventurase en sus libros.

Precisamente Emilia y Oscar le llevaban ese día a la cárcel El *Sonido y la Furi*a, una de las obras más celebradas de Faulkner que Revueltas se moría por leer. La cual le consolaría y le alegraría enormemente su vida carcelaria en el tiempo que le restaba para finalizar su condena. Al fin y al cabo no le faltaba tanto tiempo, y ya se hablaba de una posible política del gobierno de México para absolver a los presos políticos y de conciencia, o cuando menos de disminuirles su castigo.

✧

Para entonces, en la década de los setenta, algunos de los estudiantes se incorporaron a trabajar en el gobierno, absorbidos por el sistema contra el que antaño lucharon. Varios ingresaron en algunas secretarías de educación y cultura y se les asignaron plazas o puestos de confianza, otros recibieron becas para trabajar o estudiar en el extranjero, principalmente en Europa y Norteamérica. La actitud de algunos ex-militantes del movimiento estudiantil fue de asimilarse al sistema y trabajar a favor de un cambio cultural, como el que quería Revueltas, pero desde dentro. Esto molestaba sobremanera a Oscar, ya que él consideraba esa actitud como una desviación de los fines de la revolución. Su estilo radical y siempre bien definido le hacía no poder comprender a la gente que antaño luchó y sufrió represiones, que luego se involucraba para recibir los beneficios del sistema. El mismo Atila Vargas, uno de los más fieles seguidores de los seminarios de Revueltas, se fue a vivir a Inglaterra con una beca del gobierno mexicano, huyendo después de la represión. Se supo que aunque era uno de los miembros más atentos y dedicados de los grupos de estudio de José Revueltas, trabajaba en secreto para la CIA y rendía cuentas al gobierno de Norteamérica, sin que nadie se diera cuenta. Cuando salió la verdad, Oscar y otros de los estudiantes le buscaron para pedirle por lo menos una explicación. Entonces Atila salio del país sin decir más, algunas noticias posteriores les hicieron saber que estaba en Londres estudiando un doctorado en estudios literarios. Años después, hasta 1985 regresaría a México para trabajar como funcionario de gobierno y crítico literario en prestigiosas revistas culturales.

Revueltas no los recriminaba, los comprendía e incluso los aprobaba. Le explicaba constantemente a Oscar que esa era también una actitud buena y revolucionaria, que de cualquier manera podría gestarse un cambio cultural y un despertar político en el país, si aquellos muchachos que estuvieron en sus seminarios o que participaron en el movimiento, luego ayudaban a crear conciencia y a trabajar con honradez a favor de un ansiado cambio cultural en México desde dentro del sistema. Que todo era para bien. Al fin y al cabo ya llevaban en su corazón la semilla del cambio.

La cárcel y la represión no lo habían amargado ni endurecido su alma. Era capaz de conciliarse y entender a gente de las más diversas ideologías, incluso aunque no fuesen revolucionarias como la suya ni las compartiera en lo absoluto, principalmente en lo que tenía que ver con el arte y la literatura, que para él eran capítulo aparte:

—¡No muchachos…, la poesía está por encima de todo, por encima de patrias, de banderas! ¡La poesía está por encima de todas las ideologías…!

Decía el maestro apasionándose dentro del salón para visitas semanales de la cárcel de Lecumberri.

ぴ

Por su parte Renate criaba sola a su hija, sin tener más que escasas noticias del padre. La relación entre la rusa y el español se volvió en extremo distante y reducida exclusivamente a tratar los asuntos relativos a la manutención de su hija Martha, y a algunas cuantas visitas que les hizo el anarquista en los primeros años de la infancia de Martha. Renate seguía guardándole rencor, sabiendo que el amor de su esposo era irrecuperable. La rusa aún no era capaz de reconocer su buena parte de responsabilidad para que Oscar se marchara de su lado y se fuera con la psiquiatra. Ella seguía pensando que su esposo era un ingrato y su amiga mexicana una traidora.

Oscar le pidió por fín el divorcio, después de varios años de estar separados. Quería casarse con Emilia Vizcaíno. Renate, aunque nuevamente fingió que no le dolía en lo absoluto, firmo los papeles y aceptó, sabiendo que la relación con Oscar era insalvable, y guardando nuevos resentimientos contra Emilia y el español. Sabiendo que una parte de su alma se fragmentaba definitivamente.

Oscar y Emilia se casaron en la ciudad de México bajo un matrimonio civil. El español consiguió la nacionalidad mexicana y empezó a aprender el oficio de zapatero y a vivir de él. Por su parte Emilia continuó trabajando en la Universidad, como profesora en la escuela de psicología y en la de medicina, ayudando a promover el psicoanálisis, colaborando en la organización de seminarios psicoanalíticos que traerían a México a Erich Fromm y a Igor Caruso como profesores invitados en los años siguientes.

ぴ

En la década de los setenta se hizo sentir una persecución aún mayor sobre los universitarios. Había espías del gobierno que monitoreaban a los estudiantes y a los intelectuales. Un ambiente de miedo y desconfianza tras la desaparición de amigos y profesores, y el encarcelamiento de muchos otros que continuaban en Lecumberri. Varios escritores e intelectuales decidieron exiliarse voluntariamente en Cuba, Europa y los Estados Unidos, tanto por el miedo a las persecuciones del gobierno como por inconformidad con los resultados históricos del movimiento y las acciones represivas. Octavio Paz renunció a su puesto en el Servicio Exterior Mexicano con sede en la India, solidarizado con Revueltas y con la gente que sufrió la violencia política.

Algunas células estudiantiles inconformes con los resultados de la represión y con la aparente resignación de la gente, decidieron aliarse con otros grupos, ya no de universitarios, sino relacionados con movimientos guerrilleros y grupos de veteranos de la guerra civil española. Gente que estuvo en Cuba junto a Fidel y el Che, en Nicaragua, Guatemala y el Salvador, españoles de la República exiliados en México, aún en activo y con deseos de continuar en la lucha. Algunos de estos grupos simplemente seguían reuniéndose de manera clandestina para estudiar, convivir y discutir sobre las últimas noticias de México y el mundo. Otros estaban convencidos que la lucha debía seguir en una fase de mayor compromiso y peligro: tomando las armas.

Oscar, como experto en explosivos fue invitado a colaborar en una de esas células que pretendía constituirse en una guerrilla urbana, y actuar ya no sólo mediante la discusión teórica y el estudio de los textos revolucionarios, sino tomando las armas y respondiendo directamente al gobierno. Desde el inicio no le gusto mucho como olía la situación. Al grupo lo constituían jóvenes estudiantes preparatorianos, alguna gente que estuvo en los grupos de estudio de Revueltas pero que se radicalizó al extremo. Individuos que pelearon en la revolución cubana, gente que iba y venía a Centro América contactándose con grupos armados. Personajes que estuvieron en Rusia y en China después de la revolución de Mao, donde estudiaron los manuales marxistas y se capacitaron en el uso de armamento y explosivos. Sujetos con verdaderas nobles intensiones y deseos sinceros de un cambio real a costa de lo que fuera. Incautos enrolados por la labia de los veteranos, ingenuos confundidos que ignoraban por completo la naturaleza del asunto en el que se metían. También individuos resentidos por años de persecuciones, cárcel y represión, quienes eran los que embaucaban a los más jóvenes e inocentes. Personajes que habían escapado a la muerte en más de una ocasión, sufrido torturas, pérdidas de seres queridos y quienes también debían más de alguna vida. Gente que no encontraba cabida ya en ningún sector de la sociedad, tras haberse inmiscuido en movimientos revolucionarios y luego sufrir la marginación e inadaptación social. Personajes que no sabían hacer otra cosa más que estar metidos en la conspiración, planeando la subversión y la rebeldía incesante porque no podían o no querían dedicarse a nada más.

El mismo Chino, aquel a quien Oscar fracturo un tobillo en el 68 y quien trabajó para la CIA y el gobierno, tras ser encarcelado por violar y apuñalar a una estudiante, fue absuelto y sin tener nada más a que dedicarse, se enrolo en la guerrilla urbana dispuesto a cualquier cosa.

Revueltas no aprobaba este tipo de acciones, en sus cuentos e historias quedaba descrito con lujo de detalle, por experiencia propia, la soledad y el delirio de persecución a que eran condenados los revolucionarios. No porque la gente no debiese rebelarse y practicar la crítica de sus gobiernos y sociedades, sino por la inmadurez de los partidos y movimientos de izquierda, sobre todo en México. En su libro: *Ensayo sobre un Proletariado sin Cabeza*, dejaba bastante claro el débil papel de la izquierda en México, y lo poco a la altura que había estado esta izquierda mexicana, con respecto a las circunstancias históricas del país. Lo poco que verdaderamente se comprometían con el pueblo y lo mucho que se beneficiaban sus líderes, quienes utilizaban los partidos y los movimientos izquierdosos para su beneficio personal.

De modo que la última recomendación de Revueltas para Emilia y Oscar fue que se abstuvieran de colaborar con esos grupos guerrilleros. Para el maestro, el cambio debía dirigirse por lo pronto, a la promoción de los hábitos de lectura en los jóvenes, a la relectura y revaloración de la filosofía y la literatura clásica. Debía promoverse el arte y la reasimilación de toda la cultura humana. Un pueblo educado, de poetas, escritores, científicos y artistas sería el cambio cultural y definitivo que debería dar México.

Pero el espíritu aventurero de Oscar y su carácter comprometido y radical serían seducidos más de una vez, para participar en las acciones que los guerrilleros urbanos emprenderían.

4

Algo que es necesario describir en detalle antes de acercarme al final de esta historia, es la naturaleza de abordar la escritura con la que yo trabajo. Debo confesar que en algunos aspectos soy un analfabeto tecnológico. Tardo meses, incluso años en dominar las funciones de un nuevo reproductor de DVD. Debo esforzarme demasiado para encender una computadora, manejar algún programa para procesar palabras y transcribir mis libros. No utilizo teléfono celular, no porque no me gustaría traer uno, sino por la confusión de la que soy presa cuando es necesario manipular sus funciones y marcar un número o contestar una llamada. Los celulares me aterran, me hacen sentir incapaz y con deseos de arrojar a metros de distancia el teléfono. Mi generación, ahora entre los 29 y los 35 años de edad no creció en contacto directo con las computadoras, sobre todo si la crisis económica de 1994 les afectó directamente como para ver demasiado lejana la posibilidad de adquirir una maquina propia. Aunque yo soy un caso extremo, lo sé.

Trato de no ser afectado tanto por mis circunstancias históricas. Me compré últimamente una computadora portátil, una *lap top* con mi sueldo del consulado y comienzo a entrar en ella cada vez más. Asesorándome de algún adolescente computarizado, extraído de entre los pacientes psicológicos de nuestra consulta, quienes sí crecieron al lado de estas máquinas y poseen un natural dominio de las mismas. Además de que estos jóvenes son bastante solícitos cuando los más viejos requerimos sus conocimientos y asesoría para dominar programas informáticos o máquinas nuevas. Digamos que en cuestiones de tecnología voy lento pero con seguridad, a la saga y remolcado por los más jóvenes, pero con la apertura suficiente para ir aprendiendo cosas nuevas.

ഗ

De modo que mi estilo de escribir es el tradicional. Como material de trabajo de escritura, recopilé unas quinientas hojas de papel revolución color marrón, yo mismo las até, pegué y cocí a mano, con hilaza y pegamento amarillo. Formando con una pasta de cartón mi libreta de apuntes y manuscritos personalizada.

Trabajo escribiendo a mano en ella, anotando con plumas de tinta china y marcadores de punto fino en un solo lado de las hojas. Repitiendo varias veces un mismo párrafo, arrancando muchas hojas porque en ocasiones lo escrito no me convence o pienso que es mejorable. Hay muchos intentos, repeticiones, vueltas al mismo tópico.

Se nota cuando alguien escribe primero a mano, porque hay muchos que ahora lo hacen directamente sobre el tablero de la computadora.

Para mí la escritura a mano tiene un trabajo artesanal, un cuidado en cada palabra y oración que sigue el ritmo fisiológico de los músculos, huesos y articulaciones de la mano.

El que escribe primero a mano, sigue un proceso psicológico y de ordenamiento interior muy distinto al que lo hace directamente sobre su computadora. El que trabaja con papel y pluma debe forzarse por meditar un poco más sus propias ideas antes de anotarlas, y adaptarse al ritmo muscular que le permite su mano. No es posible forzar a la mano a escribir con una pluma a la misma velocidad del capturista entrenado frente a una computadora. Al mismo tiempo, esto le brinda la posibilidad de ver en un plano distinto sus propios pensamientos y frases cuando van siendo plasmadas sobre el papel. Hay una relación *anatómica-fisiológica-lingüística* directa con las palabras por parte de quien escribe primero en papel.

El que escribe sobre la máquina, aparentemente, sobre todo si sabe mecanografía y es rápido para teclear, plasma sus ideas en la máquina en el instante en que le surgen en su pensamiento. Es rápido y certero, y hay muy buenos escritores que trabajan de esta manera. Pero debe realizar un esfuerzo de relectura sobre los párrafos que ha escrito, en una perspectiva visual y corporal muy diferente al que está posado sobre su cuaderno de trabajo. Asignando a los ojos toda una carga de trabajo escritural que antaño se dividía entre la espalda, los hombros, la totalidad del brazo que sostenía a la pluma y la gracia de los movimientos de la mano. Además está la relación con el papel, el tacto sobre su textura que aunque no se lo crea nadie, también forma parte de los procesos emocionales que acompañan a la creación escrita.

Hay un ritmo musical muy particular e íntimo que transmite la escritura plasmada primeramente sobre el papel: un cuidado de las cosas, como las del dibujante experto con su tinta y su cartoncillo, la del cocinero tradicional sobre la carne de cordero y la sal de grano, del músico vernáculo sobre sus instrumentos de madera preciosa.

Para mí es inolvidable un pasaje de Norman Mailer en su novela: *El Evangelio según el Hijo*, donde Jesús de Nazareth reflexiona acerca de cómo era capaz de sentir el poder y la vida que le transmitían las maderas de distintos árboles en su trabajo como carpintero. Así me parece, es la relación del que escribe sus creaciones literarias con las hojas de papel y la tinta.

❧

Así es que para mi desgracia, la que se relatará en seguida, escribí todos los avances de mi casi finalizada novela histórica, a mano y en mi cuaderno elaborado por mí mismo. Teniendo una sola copia de la obra escrita a puño y letra en esa enorme y rústica libreta.

Me ufanaba y enorgullecía de mostrarles a los demás mi estilo tradicional de trabajo. Me fascinaba la forma en que podía esculpir las oraciones y los párrafos al verlos modelarse sobre las hojas. Mi propia caligrafía delicada me extasiaba. Esta presunción vendría a ser el veneno que me tragaría por mi propia vanidad y amor a las cosas materiales.

Despierto ese día después de la fiesta en la casa de tu amigo Tito. Contento, satisfecho por el sexo matutino, aún agotado por el baile de la noche anterior. Como a las seis de la tarde, desde un sueño bastante profundo alcanzo a percibir que te levantas de mi cama, te posesionas del baño y abres la regadera para borrar de tu cuerpo los vestigios de un encuentro amoroso nada lejano.

Voy despertando yo también con el ruido que produce tu trajinar para recuperarte físicamente, refrescarte y vestirte. Pero el sueño es tan pesado aún que vuelvo a quedar completamente dormido, agotado por el esfuerzo sexual y dancístico de las últimas horas. Pierdo total conciencia y no sé nada de ti.

Hasta las nueve y media de la noche de ese día logró abrir por completo los ojos y ponerme de pié. Deambulo por mi habitación y me doy cuenta que ya no estás. Tampoco me dijiste nada antes de irte. Salgo de mi cuarto hacia el enorme patio interno de nuestra vieja casa, donde solo reina el silencio de la noche. Las plantas y flores que una vez dejó Isabel sembradas en macetas, y que nosotros hemos seguido cuidando y cultivando, son las únicas testigos de tu ausencia desde hace mucho rato.

Subo al segundo piso donde habitan Chuy y Margarita. No saben nada de ti, ni siquiera se dieron cuenta que habías entrado conmigo en la madrugada de ese día. No te vieron tampoco salir. Es evidente que saliste desde varias horas antes sin avisarme. No me preocupo, pues nuestra relación no es de ninguna manera formal, no ha habido la obligación entre nosotros de darnos demasiadas explicaciones mutuamente, ni justificar los motivos de nuestros actos. Ni siquiera somos novios formalmente, aunque hace unos días me preguntaste si yo quería que lo fuéramos. Y yo te hable sobre la necesidad de dejar que las cosas tomaran su cause natural y terminaran en lo que debían terminar.

Me olvido de ti por un rato creyendo que no tardaremos en volvernos a encontrar o buscarnos.

Bebo un fuerte café chiapaneco para espabilarme y muerdo un pan de nuez que nos preparó Margarita para ayudar a mi estómago a recuperarse de las recientes mal pasadas, tomo también una taza de yogurt con plátano. Vuelvo a mi cuarto para reordenar la cama y los objetos regados, producto de horas de intensidad y maremoto en la intimidad. Enciendo un cigarro sin filtro, busco mi cenicero de grueso cristal con un alacrán disecado en Durango, para tirar los desperdicios del sabroso tabaco. Me dispongo a volver a mi viejo escritorio de cedro, donde siempre está mi libreta de apuntes con los avances de mi libro con la finalidad de retornar al trabajo escrito.

Un terror me hiere mortal por dentro del pecho. Mi cuaderno no está por ningún lado. Nunca lo muevo de mi escritorio. Solo extraigo mi libreta de la casa cuando voy a la terraza de un café, para escribir y beber en solitario, buscando encontrar nueva inspiración e ideas en algún lugar de mi ciudad. Mi cuaderno de apuntes debería estar en el escritorio, pues estoy seguro que ahí lo dejé la última vez que escribía, apunto de cerrar el final de mi obra. Pero no está y nunca volveré a verlo. Lo sé.

∽

Hasta una hora después de andar revolviendo toda mi recámara en busca de mi preciada obra, descubriré el papel arrancado de mi propio cuaderno, donde dejaste anotadas unas últimas palabras cínicas:

"Hola, Cielo:"

"Se trata de la historia de toda mi familia. No podía permitir que disfrutaras de los créditos de algo que es exclusivamente mío."
"Yo sé que tú te tomaste el trabajo de investigar, incluso cosas que yo no sabía de mi abuela y su madre. Sé que hay muchas revelaciones personales tuyas. Un trabajo de escritura de cuando menos

cuatro años. Yo soy también escritora, conozco el esfuerzo que implica escribir tanto tiempo. Son casi trescientas páginas. No te preocupes, serán respetadas tus confesiones personales y aparecerán tal cual en el libro. El narrador en primera persona seguirá siendo un hombre en honor a ti. Pero el crédito será exclusivamente mío. Te dedicaré el libro cuando sea publicado con mi nombre. No luches, no me busques, pues no me volverás a ver, espero... Por favor no te enojes tanto conmigo. Tu sabes que en el fondo ésta es mi historia..."

"Se trata de mi familia, no podía permitirte disfrutar el crédito de algo que es mío."

"Debes saber también, que comenzaba a quererte de cualquier manera. Todo lo que pasó entre nosotros fue muy importante para mí. Fuiste muy lindo conmigo. Pero la literatura y los libros son en mi vida mucho más importantes que una relación. Las relaciones y los novios nunca son para siempre, los libros si... Deberías saberlo tú porque eres amigo de Mafú, a quien también quiero mucho. Por favor perdóname..."

"Adiós, Cielo..."

"Alejandra S."

5

Para colmo de males, en ésa misma semana desaparece mi perro Caballo. Al parecer el vagabundo y sátiro animal se alborotó con alguna callejera en celo y se fue tras de ella hasta que perdió el rastro y no fue capaz de regresar a la casa. Estoy muy triste, pues temo que lo atropellaran o lo refundieran en el antirrábico para sacrificarlo por libertino. Temo al pensar en su largo cuerpo convertido en cadáver, pudriéndose bajo las llantas de los autos en cualquier calle, o calcinado en el incinerador de Salubridad Pública con otros animales extraviados y sacrificados.

De un palmo, en el lapso de una semana pierdo a mi querido perro, recuerdo de la época con Isabel. En la misma semana se escapa mi paciente Aurora del Hospital, con quien estaba progresando bastante, pierdo también un trabajo de casi cuatro años con mi novela y una bella amante y amiga, tú. Pues la verdad es que me estaba encariñando contigo. Me duele tanto por dentro, que la herida me hace saber del cariño ya sentido hacia ti.

Los síntomas de la depresión y la melancolía, antes latentes se acentúan y crecen hasta trastornar nuevamente mi vida.

En la casa, Chuy y Margarita hacen todo lo posible por alegrarme y estar a mi lado. Intentan motivarme para volver a escribir la misma historia pero de otra manera. Más yo no puedo pensar en recuperar tanto tiempo invertido en un trabajo que alguien más listo se robó. Ni remotamente siento ánimos de volver a escribir, menos la misma historia desde el principio. El pensar siquiera en ésa historia me hace sentir demasiado triste y sin ánimos. Además de que sinceramente, te extraño y añoro las tardes que pasamos juntos en salas de cine, en cafés y en nuestras casas admirando películas y besándonos sobre un sillón. Pensar que sólo nos pudimos conocer durante dos meses, aunque por instantes llegué a pensar que eras la añorada mujer que tanto andaba buscando. ¡Qué error, chingada madre…!

Me cuesta mucho esfuerzo ir a trabajar. Allan y Mafú tratan de alegrarme también. Mafú no puede creer cuando le cuento que te llevaste mi libro. Hace lo posible por localizarte por medio de tus amigos, me acompaña a la casa de tus padres en la Colonia Providencia para ver si saben de ti.

Tus padres: Martha y Oswaldo también están sorprendidos y preocupados, nos cuentan que saliste del país con demasiada prisa y sin decirle a nadie tu destino. Nadie sabe dónde te metiste. Con el paso de los días se hace evidente que no pretendías dejar el menor rastro de hacia donde te dirigías al marcharte. Lo único que sabemos es que fue hacia el exterior de México, pues tu madre Martha, quien por cierto aún es tan bonita como tú, nos rebela a mí y a Mafú que antes de irte, pasaste muy rápido por tu visa y tu pasaporte, los cuales tenías guardados en la caja fuerte de tu padre.

Tus amigos tampoco saben nada de ti. Pronto se entera todo mundo gracias a las indagaciones que me ayudan a realizar Allan Winwood y Yusef Mafú con todos sus conocidos, que huiste llevándote mi novela.

Tito, el antropólogo homosexual me mira incluso con algo de compasión cuando le preguntamos acerca de tu paradero. La verdad es que aunque todos te creían bastante individualista y capaz de hacer muchas cosas con tal de obtener lo que quieres, tampoco consideraban que fueses capaz de llevarte una obra que no era tuya. Demasiada gente en México conocía el tema de mi obra e incluso el título del libro en el cual yo trabajaba desde hace años. Hablé con muchas personas al respecto durante el proceso de su escritura. Me entrevisté con psicoanalistas, profesores universitarios, editores, psicólogos. Un par de editores conocían a detalle el trabajo en el que yo andaba metido, y prometieron revisarla para publicarla en cuanto estuviese finalizada. Su publicación ya era casi segura.

El entorno en tu país se vuelve en tu contra, yo me encargo de enlodar tu nombre como venganza, victimizándome y diciéndoles a todos que hurtaste mi libro. De seguro sabes que volver a México en las circunstancias de tu huida no será tan fácil. Pues ya estoy en todos los círculos sociales que frecuentas y todos me conocen y saben del libro que me robaste. Lo cual nos hace pensar a todos que tardaras bastante en volver, o incluso nunca regresarás.

No me doy cuenta que al enlodar el nombre tuyo y tratar de ensuciar tu prestigio como persona y escritora, en realidad estoy matando una parte dentro de mí, la cual aún te adora.

℘

En esos días tengo un sueño por demás extraño, significativo y revelador. En el sueño me encuentro caminando cerca del Edificio Central de la Universidad de Guadalajara, cuando aparece en una esquina, desnuda, Aurora bañando a mi perro Caballo. Ella sujeta con su mano derecha una enorme manguera verde que arroja agua con bastante fuerza, y con la otra mano enjabona y talla el pelo lanudo y blanco de mi perro. Es un sueño marcadamente erótico, el anuncio de una nueva fase en mi vida. Me acerco, Aurora me mira, aproxima su rostro a mi cara y me da un beso en la boca. Su boca es una boquita pequeña, como un moño de envoltura de regalo. Un regalo que me es obsequiado. Luego comienza a bañarme con la manguera a mí también, al inicio me desconcierta y no me agrada el agua helada, pero acabo empapado, ayudándola con mis manos a terminar de bañar y limpiar al Caballo. Siento el pelambre empapado del animal, su cuerpo larguirucho y de altas ancas dejándose asear con sumisión.

En los días posteriores al sueño salgo de trabajar a las seis de la tarde del Consulado y regreso rápidamente a mi casa para recluirme. No quiero encontrarme ni hablar con nadie. No puedo ver películas como tanto me gusta, pierdo temporalmente el interés en escuchar la música que tanto me fascina y abandono mis discos en sus repisas donde los colecciono obsesivamente. Sólo puedo leer como loco. Vuelvo a mis libros de psicoanálisis. Leo por cuarta vez en mi vida *La Separación de los Amantes*, de Caruso. Siempre vuelvo a leer ese libro al terminar una relación amorosa. Leo los *Seminarios* de Lacan y releo *Psicoanálisis de los Cuentos de Hadas*, de Bruno Betelheim.

ფ

Una tarde en que decido no regresar como siempre a mi casa después del trabajo sino deambular por las calles cercanas al Consulado, casualmente, o sin causa conocida aparente, paso por la esquina de la calle Juárez, donde está el Edificio Central de la Universidad, el cual apareció en mi último sueño significativo. Doy vuelta en esa esquina sin un rumbo determinado, guiado por desconocidos motivos, cuando aparece tras de mi Aurora, llamándome.

–¡Hola! ¡Por fín llegas…!

–¿Dónde te habías metido, te busqué…?

Le digo yo un tanto enfadado después de voltear hacia ella. Hace más de un mes que no la veía.

A su espalda aparece el Caballo. Con su lanudo pelo lavado y cepillado.

–Yo sé que lo quieres mucho. Lo encontré perdido en la calle y lo cuidé para ti.

El animal se precipita sobre mí, lamiéndome y parándose en dos patas para encimarse sobre mi pecho en una forma de abrazo de oso y saludo. Aurora lo trae amarrado con una cuerda para que el inquieto animal no se le escape. Me entrega la cuerda y con ella me devuelve al adorado perro.

–¡Mil gracias…! Estaba muy triste porque no aparecía, la verdad es que lo quiero mucho…

El encuentro con la muchacha y el perro me anima un poco. Llevaba semanas sintiéndome muy mal.

—Nosotros también estábamos tristes... Te llamábamos desde tus sueños pero no nos hacías caso...

Sus últimas frases me desconciertan. Es la segunda vez que se dice capaz de meterse en mis sueños y alterarlos para llamarme. ¿Es posible que realmente me llamara a través de mis sueños para que la encontrara junto con el Caballo?

❧

Nos ponemos en marcha. Caminamos juntos, yo por el lado izquierdo de la banqueta con el Caballo sujetado a mi mano derecha por la cuerda. Y a un lado de nosotros Aurora. Nos dirigimos a la casa. A partir de entonces no volveremos a separarnos, no nos queda más remedio que seguir juntos, Aurora no tiene ningún otro lugar a dónde ir. Soy responsable de ella. Probablemente ahora ella lo es también de mí.

6

El encuentro entre Aurora, Chuy y Margarita causa un revuelo en la casa. No soy capaz de explicarles la razón para llevarla, pero es obvio que la chica no tiene dónde ir y que estoy en deuda con ella, tanto por traerme de nueva cuenta a mi perro como por no haber terminado el tratamiento psicológico con ella, el cual se interrumpió al escapar Aurora del Hospital.

Margarita se pone muy mal y realmente me odia, pues ella supone que al volver Aurora a la vida de su novio, Chuy se obsesionará de nueva cuenta con ella. Mi amiga nicaragüense se enoja muchísimo y me exige sacarla de inmediato de la casa

Yo trato de tranquilizarla, explicándole que trataré de que su estancia sólo sea por un tiempo, cuando menos en lo que avanza su tratamiento. Pero sinceramente no tengo idea de cuándo podrá irse mi paciente.

Tras largas horas de discusión en que no llegamos acordar absolutamente nada, los habitantes de la vieja casa del Centro decidimos no volvernos a hablar y retirarnos a nuestras habitaciones. Aurora se aloja en la biblioteca, durmiendo sobre un sillón.

෧

A partir la llegada de mi paciente, Margarita se hunde en un triste silencio, no nos habla ni a Chuy ni a mí, menos a Aurora. Cae en una profunda melancolía que la enferma y le impide levantarse de la cama por las mañanas.

Chuy se encuentra angustiado de nueva cuenta, apenas lograba cierta tranquilidad deseada después de librarse de su paciente loca, cuando Margarita cae en ese trastorno nervioso de silencio y dolor.

Mi amigo me sugiere sin atreverse a pedírmelo explícitamente que me lleve a Aurora de ahí cuanto antes, pues le preocupa la salud mental de su amada monja y su relación con ella.

Yo me encuentro entre dos fuegos, por un lado aprecio mucho a la nicaragüense y a Chuy, pero tampoco puedo ni quiero echar a Aurora, estoy en deuda con ella por no finalizar su tratamiento psicológico y porque encontró a mi perro. Ella no tiene a donde más ir, así que tampoco puedo abandonarla así como así.

Una noche Margarita sufre una severa crisis de nervios, poniéndose a gritar y a llorar asustándonos a todos, se queda finalmente dormida, extenuada por el cansancio emocional y nervioso. Entonces Aurora sin decirnos nada, se recuesta a un lado de Margarita y se queda inmediatamente dormida. Chuy y yo no somos capaces de decir nada, nuestras razones no pueden comprender lo que contemplamos, pero nuestros corazones saben de alguna manera que algo bueno para todos se avecina.

Lo siguiente nos lo relatará Margarita al despertar, pues ocurre en el sueño de mi amiga nicaragüense y sólo pueden dar cuenta de él ella y Aurora.

Margarita soñando se encuentra en patio de nuestra antigua casa, cuyas viejas bardas aún están hechas de adobe, tal como fueron construidas hace casi dos siglos. Nuestro patio trasero colinda con la bodega de un antiguo cine que se incendió y fue abandonado por lo menos desde hace cincuenta años. A través de la barda de adobe que nos separa del tétrico cine, en ocasiones se brincan gatos y ratas a nuestro patio, los cuales son perseguidos y atrapados por nuestro perro.

En su sueño, Margarita encuentra a un pequeño gato blanco, aún cachorrito y diminuto. El Caballo quien también es un personaje de su sueño, al verlo intenta darle caza y el pequeño felino se refugia muerto de miedo en un agujero, escalando hasta lo alto de la barda de adobe, asustado y temeroso de caer en las fauces del perro. Entonces Margarita se acerca al escondite para tratar de ayudarlo, trepa como puede la barda de adobe hasta la altura del orificio donde se metió el gato. Al introducir su mano en la guarida del minino e intentar sacarlo para auxiliarlo, recibe una terrible mordida en su dedo. Es presa también de un increíble miedo, un temor desproporcionado en comparación con el tamaño del gatito. Se está enfrentando con un temor que va mucho más allá de lo que puede darse cuenta. Un temor ancestral que la persiguió desde la infancia.

En medio del sueño, de pronto aparece Aurora, trepando con velocidad sobre la barda y ayudando a Margarita a no caerse de espaldas, poseída por el miedo y el dolor de su dedo que se desangra tras la mordida. Después de ayudar a Margarita a mantener el equilibrio, la diminuta cantante de ópera comienza a hablarle bajito al tímido y agresivo felino, haciéndole chiqueos con su voz, y a cantarle la canción: "¡Pinpón es un muñeco... ¡"

Su hermosa voz tiene un efecto hipnótico sobre el animal y logra domarlo. De pronto el pequeño gato blanco sale de su escondite y comienza a ronronearle a Aurora, permitiéndole por fín que pueda cogerlo. Aurora desciende de la barda hasta donde ya la espera Margarita a salvo, y le entrega a la monja nicaragüense el gatito. El cual inmediatamente ella abraza y acurruca entre sus brazos. El gatito comienza a lamerle la herida del dedo, limpiándole la sangre, como disculpándose por haberla lastimado.

Margarita despierta llorando, presa de contradictorias emociones: ternura, enojo, alegría, liberación. Encuentra a Aurora durmiendo a su lado en su propia cama y se da cuenta de lo ocurrido. La pequeña mezzosoprano se introdujo en sus sueños para curarla, no solo de la melancolía, sino de viejos traumas que la perseguían desde su dura infancia en una Nicaragua que finalizaba los conflictos militares de los años ochenta. Guerrillas, crímenes, grupos paramilitares, muertes, represión.

A partir de entonces Aurora es aceptada en la casa. Los cuatro conformaremos una familia.

❧

Esa noche, todos nos ponemos contentos nuevamente. Bebemos tequila, comemos unos frijoles que nos cocina Margarita. En el sueño, al ayudarle a Margarita a encontrar el gatito, Aurora nos devolvió una tranquilidad y una alegría que hace mucho no teníamos. Hasta el Caballo está muy contento y pronto se hace amigo de la nueva habitante de la casa.

No estoy seguro de cuánto podrá durar esta felicidad al lado de mis amigos, pues recientemente recibí el ofrecimiento de Yusef Mafú para trabajar un año en la ciudad de Seatle, Washington, en los Estados Unidos. Será solamente una experiencia de un año, y no significará desvincularme de mi trabajo en el Consulado. Viajar a Seatle es una de las cosas que más me gustaría en estos momentos de mi vida. Por lo tanto este instante de alegría en la casa me lo saboreo con mucho gusto y ansias.

–¿Porque no escribes otra novela…?

Me interroga Aurora en medio de los frijoles, haciéndome recordar mi libro robado. Pronto es apoyada por Chuy y Margarita que se encuentran con nosotros cenando. Quieren que retome las novelas y vuelva a escribir como antes.

–Sería incapaz en este momento de mi vida de volver a escribir. Mis libros me han traicionado, no tengo fuerzas…

Les respondo tratando de olvidarme de mi libro y desvío la conversación. Bebemos tequila, fumamos tabacos. Chuy y yo sacamos nuestras guitarras y pronto la voz de Aurora y la mía son acompañadas por los acordes de nuestros instrumentos.

Una versión de *Bésame Mucho* de Consuelo Velásquez al estilo *bossa nova* es la que se apodera del ambiente. Chuy, Aurora y yo estamos concentradísimos en el bolero con ritmo brasileño que interpretamos los tres, nosotros cantando y Chuy acompañándonos con su habilidoso requinto. Un ambiente de tranquilidad y sensualidad exuda todo el patio de nuestra casa. El perro está echado cerca de nosotros, escuchándonos, hace mucho que no había música en vivo en la casa.

❧

Es la una de la mañana cuando todos nos vamos a dormir, cansados, contentos, llenos de una renovada esperanza.

Recupero algunas hojas de papel revolución en el interior de mi habitación, las acomodo pues estaban revueltas desde la última vez que escribía, antes que desapareciera mi libro. Me hago de unos marcadores de punto fino y me planto en mi viejo escritorio de madera preparándome para escribir de nuevo. No tengo una idea muy clara, trato de exprimir mi cerebro, intento e intento sacarle algo, pero ya no puedo escribir.

Se dan las tres de la mañana. Me doy por vencido. Todo en nuestra casa es silencio y oscuridad, sólo los grillos y algunos ladridos ocasionales del perro desde el patio son los que me acompañan.

Decido abrir la regadera y darme un baño para despejarme. Probablemente intentar escribir un nuevo libro sea inútil. Tal vez el destino tenga razón y yo no sirvo para la literatura, por eso se llevo mi novela.

En el baño empiezo por enjuagarme mi largo cabello negro con un tratamiento especial para que no se me caiga y crezca largo y sano. Mi melena hinchada por el agua de la regadera sobrepasa mis hombros y acaricia mi espalda con la espuma.

Entonces unas piernas diminutas se introducen en el viejo baño de antiguo azulejo del siglo diecinueve. No la rechazo, para nada. Sus pies desnudos son pequeñitos. Su cuerpecillo es devorado por el agua abundante de la regadera y se fusiona con el mío. Nuestras cabelleras largas y negras se entremezclan en una jungla de cabello empapado, enredándose, atándonos como en un antiguo conjuro de brujería.

Sus caderas, amplias y redondas se plantan sobre mi cintura, haciéndome resbalar y caer de un sentón sobre el piso del baño, clavándose en mi ingle y montándome a la perfección.

∾

Como a las tres de la mañana, todavía húmedos por el jabón y el agua de la regadera, secándonos con mis sábanas y girando el uno sobre el otro, me dirá su voz de mezzosoprano, susurrándome cerca del rostro, muy bajito y cariñosamente:

—No escribas una novela sobre el psicoanálisis, ¡Cuenta la historia de tu vida y tus influencias del psicoanálisis!, ¡Cuenta tu relación con Alejandra Spielrein...!

Y su aliento se extinguirá en un quejido, cuando me introduzca entre sus muslos para penetrarla.

Nuestra historia como paciente y terapeuta se termino para siempre, nuestra relación se ha transformado irremediablemente. No hay marcha atrás.

ɛⁿ

Esa noche, mientras durmamos me guiará a través de un laberinto onírico, metiéndose en mis sueños para mostrarme todo un mundo diferente. También yo la retendré cogiéndole la mano, tomándole los senos y acariciándole las nalgas, haciéndole el amor en nuestros sueños. Demostrándole que no sólo ella puede maniobrar en medio de los sueños sino que yo aprendí a navegar en ellos también. Somos un par de *onironautas* citadinos.

Capítulo 8

Los onironautas de guadalajara

Los estudios avanzados de psicología parecen demostrar la existencia de un estado diferente del sueño y de la vigilia, un estado de consciencia superior en que el hombre estaría en posesión de medios intelectuales decuplicados. A la psicología de las profundidades, que debemos al psicoanálisis, añadimos hoy una psicología de las alturas que nos sitúa en el camino de una posible súper-intelectualidad. El genio será sólo una de las etapas del camino que puede recorrer el hombre dentro de sí mismo para alcanzar el uso de la totalidad de sus facultades. (…) Podría ser que estuviésemos a punto de descubrir, o de redescubrir, las llaves que nos permitan abrir, en nosotros, puertas detrás de las cuales nos espera una multitud de conocimientos.

(LOUIS PAUWELS Y JAQUES BERGIER —El retorno de los brujos)

Todo hombre es un hombre-Dios, carne y espíritu. Por ello el misterio de Cristo no es sólo el misterio de un culto particular sino que alcanza a todos los hombres. En cada hombre estalla la lucha entre Dios y el hombre, inseparable de su deseo ansioso de reconciliación. Casi siempre esta lucha es inconsciente y dura poco, pues un alma débil carece de fuerzas para resistir por largo tiempo (…)

(NIKO KAZANTZAKIS —La última tentación)

Siendo incapaz de nombrarlo, ni de creer en aquello, puedo de manera intuitiva sentirlo en lo más profundo de mi ser; puedo aceptar su voluntad, voluntad que crea el universo y sus leyes, e imaginarlo como aliado, suceda

lo que me suceda. Eso es todo, no necesito decir más, las palabras no son
el camino directo, lo señalan pero no lo recorren.

(ALEJANDRO JODOROWSKY –El Maestro y las magas)

Yet this book is to prove no matter how you travel, how "successful" your
tour, or foreshortened, you always learn something and learn to change
your thoughts.

(JACK KEROUAC –Satori in Paris)

Querer algo por propia voluntad, y con la recta intención, no era sed. (…)
Había un ansia por escapar del dolor, y también por conseguir riqueza, poder
y categoría social; un ansia de placeres sensuales y otra de opiniones rectas.

Cada ejemplo de ansia implicaba una nueva huida del aquí y ahora,
un deseo de convertirse en otra cosa o de estar en otro lugar distinto de lo
que ofrecía el momento presente. Pero buscar incesantemente ese nuevo
estado mientras al mismo tiempo uno se esforzaba porque las cosas fueran
permanentes, era exponerse a la frustración.

(PANKAK MISHRA – Para no sufrir más. El Buda en el mundo)

1

Aníbal abrió cuidadosamente un compartimiento secreto bajo
el zafiro de su anillo de oro. Descubrió un polvo blancuzco que
le proporcionaron unos médicos en Egipto hace algunos años.
Un veneno recomendado por sus seguidores, de rápidos efectos
y con pocos malestares una vez ingerido. Lo vertió sobre las dos
copas doradas de vino colocadas sobre su mesa de trabajo, luego
cogió ambos contenedores con el vino y el veneno y los meció
con sus manos para que se mezclasen a la perfección.

Monómaco, el antiguo capitán de su Batallón Sagrado miraba
desde afuera de la tienda de campaña, con la mano posada sobre
el mango enfundado de su espada. A ratos observando cariñosamente a su líder, y en otro momento echando un ojo vigilante
hacia las llanuras de Etiopía, por si se divisaba la llegada de los

romanos. El viejo guerrero egipcio lucho con los cartaginenses desde la época de Amílcar, el padre de Aníbal en la Primera Guerra Púnica, y prometió a éste cuidar a su hijo hasta la muerte. Hoy se cumpliría el destino de ambos. El egipcio tenía ochenta y dos años, pero aún podía empuñar perfectamente una espada romana con la mano derecha, y un puñal africano con la siniestra, a la manera de los soldados de Cartago. Sin ningún problema podría destripar en segundos a un legionario de Roma a pesar de su longevidad y del cansancio, tras recorrer el mundo al lado de su amo Aníbal, gozando triunfos y sufriendo derrotas.

Monómaco siguió a Aníbal después de la guerra de desgaste emprendida por los romanos en Italia. Regresó con él Cartago, luego de una humillante derrota y la muerte de Asdrúbal el Bello, hermano del comandante africano. Los cartaginenses estuvieron a punto de vencer al Imperio romano y de cambiar drásticamente la historia de la humanidad. Pero el destino decidió lo contrario.

Fue asesor y guardaespaldas de su comandante durante los diez años en que Aníbal gobernó hábil y sabiamente Cartago, hasta que las intrigas de los propios africanos le hicieran huir de su amada ciudad, expulsado por su propia gente. Estuvo con él en la batalla final de Zama, cuando los romanos dieron el golpe mortal al impero cartaginense, destruyendo en su totalidad al imperio africano más fuerte de su época. No dejando ni una sola roca en pie de lo que fue la hermosa ciudad del África Mediterránea, sacrificando a la totalidad de la población.

Se refugió junto con su amo Aníbal hacia el sur, huyendo de la persecución que sin cesar iniciarían los romanos sobre ellos. Le ayudo en los varios intentos que realizó Aníbal para organizar a los pueblos de África y frenar el ambicioso avance de las conquistas de Roma.

Hace un mes, al cumplir Aníbal los sesenta años de edad, tuvieron un último intento de detener la voraz avanzada romana. El príncipe de Etiopía dio todo su apoyo al temido comandante cartaginense para aplastar a los romanos. Pero Roma ya era invencible y contaba con el apoyo de todo el mundo conocido. El ejército africano fue derrotado y Aníbal obligado a huir de nueva cuento hacia el sur de Etiopía. Siempre hacia el sur.

Los romanos triunfantes querían que el príncipe etíope, fiel seguidor de Aníbal lo traicionara y les entregara al comandante. Deseaban vengarse de todas las derrotas y humillaciones que en otros tiempos les infringió el cartaginense. Planeaban torturarlo y descuartizar su cuerpo. Aníbal encarnaba los mayores miedos de Roma, y representaba el máximo ejemplo de que ningún imperio era eterno ni indestructible.

Pero el príncipe de Etiopía no se atrevió a traicionar a un gran amigo y aliado. Simplemente les indico de manera general el sitio del escondite de Aníbal y no entrego al comandante como quería Roma. Los legionarios se precipitaron como sabuesos hambrientos para cazarlo. Ansiosos del prestigio y la fama que obtendría quien arrancara la cabeza del africano.

ᘓ

Aníbal y Monómaco bebieron el contenido mortal de sus copas. El comandante tenía ya sesenta años y su vasallo era un octogenario. Aníbal se quedo sentado serenamente sobre el asiento de su mesa de trabajo, Monómaco el egipcio continuó recargado en la entrada del escondite, como un guardián quien cuidaría por la eternidad al comandante cartaginense.

Al llegar a su tienda en el desierto, las legiones de Roma los encontraron tranquilos y con los ojos cerrados. Parecía que dormían. Aunque eran demasiados soldados romanos, veinte mil, para los dos viejos que reposaban plácidos y para siempre en la tienda, aún se estremecían de miedo al pensar en el temido comandante Aníbal.

Roma recordaría por siempre al comandante, y haría temblar de miedo a sus niños y a sus jóvenes cuando pensaran en la vulnerabilidad de la vida y lo efímero de cualquier imperio. Aún en su muerte, Aníbal los había vencido al impedirles que lo capturaran vivo.

Esa noche Carl Jung se acostó temprano, abrumado por todo tipo de pensamientos molestos y desgastantes.

Su ama de llaves lo ayudo a acomodarse bajo las sábanas de su cama. Pero tampoco quería dormir del todo. Siempre padecía mucho y sufría antes de irse a dormir. Temía más que nada en la vida a las visitas realizadas por el duendecillo de la caverna en sus sueños, lo cual le ocurría desde hace años. Aquel duende se le volvió una obsesión que no le dejaba descanso en ningún momento.

Sin embargo su inconsciente fue más traicionero de lo esperado. No tardo en caer en el sueño profundo y encontrarse de nueva cuenta en la entrada de la conocida cueva. Vaciló otra vez, pero no pudo dejar de entrar como tantas veces en su vida hacia el interior de aquella caverna donde habitaba su pequeño amigo.

El esperado duende barbudo dormía igual que siempre en el fondo, recostado sobre una roca. Se le planteó a Carl otra vez la posibilidad de atreverse a despertarlo por fín o huir. Ahora sí estaba decidido a ponerle punto final a ese asunto y enfrentar sus mayores miedos.

Se acerco a la cabeza del pequeño sujeto, estuvo a punto de moverle para que abriera los ojos. Pero un horror insoportable e inmenso se apoderó de él antes de despertar al pequeño individuo y atreverse siquiera a tocarlo. Retrocedió al igual que otras veces, a punto de caerse de espaldas. Y salió corriendo del interior de la cueva, incapaz de dar el paso decisivo.

En la mañana despertó sobresaltado y con taquicardias, el cuerpo empapado por el sudor y adolorido por la tensión, revolviéndose de miedo.

Había dudado en el momento de la decisión crucial.

Al poco tiempo se iniciaría en él un precipitado proceso de decadencia física y mental. Su cuerpo acentuaría los síntomas de las enfermedades que ya lo aquejaban, agravados por la edad. Su mente comenzaría a perder su precario equilibrio senil. La locura lo visitaría a continuación, luego la muerte le seguiría.

☙

El teatro estaba a reventar. Sigmund Freud se asomó por detrás de las bambalinas para no ser visto por los asistentes y a su vez poderlos mirar él. Sin hacer mucho caso del joven psicoanalista quien estaba a su lado. El muchacho de origen gitano, se sentía inmensamente afortunado de estar cerca del patriarca del psicoanálisis en ese teatro de Londres.

Era un importante congreso de psicoanalistas. Pero Sigmund desconfiaba de las multitudes, criticó a las masas por su irracionalidad y bestial conducta en sus libros. Así es que no le satisfacía este congreso de psicoanálisis.

–¡Debe ser un gran honor para usted, tener reunidas a tantas personas en torno al psicoanálisis…!

Le dijo el muchacho entusiasmado, tratando de alagar al viejo patriarca.

–¿En serio lo cree usted así jóven…?

Respondió el anciano Freud en un tono de ironía y burla, sin dejar de mirar tras las cortinas hacia el público.

Freud se acercaba al término de sus días, pero su ojo agudo y crítico estaba más encendido y afilado que nunca. Llevaba una prótesis de plástico en lugar de maxilar. El cáncer le consumió la mandíbula, parte de la mejilla, el paladar y la quijada, producto de años de tabaquismo. Su voz sonaba cavernosa y algo distorsionada debido al uso de la burda prótesis en su boca. Pero no parecía importarle demasiado. Estaba un tanto satisfecho y tranquilo, aunque no conforme con el desarrollo de su obra. Se reprochaba así mismo por las respuestas fanáticas de sus seguidores, nunca deseo que el psicoanálisis fuese tomado como una religión de masas como ahora parecía suceder. Tampoco podía hacer nada al respecto.

—Yo creo que debe ser para usted motivo de orgullo el éxito y el reconocimiento tan grande que ha obtenido su creación maestro, ¿no...?

Volvió a insistir el ingenuo joven gitano, creyendo que halagaba la vanidad del patriarca.

—Lo que yo creo —dijo por fín el maestro, a modo de que ése sería su último comentario al respecto, y dando a entender que no deseaba seguir hablando con él— es que me resulta imposible creer que todas esas gentes sean psicoanalistas y que por consiguiente aplicaran el psicoanálisis adecuadamente. Sinceramente me da vergüenza pensar en el psicoanálisis como un recetario al alcance de las masas. Pero no tengo más remedio que soportarlos, pues estoy aquí en Inglaterra, huyendo, sin patria, refugiado de las persecuciones de los nazis.... Así es que no estoy de acuerdo con usted jóven... Y permítame retirarme, que debo presidir la inauguración de este congreso. Ellos esperan por mí...

El jóven se puso pálido ante la respuesta del patriarca. Agachó su cabeza avergonzada creyendo que ofendía al maestro, y se disculpó.

Luego el viejo judío se ajusto el cuello de su abrigo, antes de desplazarse hacia el estrado donde ya lo esperaban sus admiradores para venerarlo.

∽

Don Gato abrazó a Renate Spielrein después de años de no verla. Luego de su partida desde Viena hacia Suiza, España y por fín México, Renate y Caruso se encontraban finalmente en el Hotel de una playa mexicana, en Puerto Vallarta.

Se celebraba la clausura de la serie de conferencias dictadas por Don Gato en México, organizadas por los grupos psicoanalíticos afiliados al Círculo de Psicología Profunda fundado por Caruso. Sus alumnos aplicaban fielmente sus enseñanzas y difundían con devoción el pensamiento freudiano en América Latina, no sólo en México, sino en Colombia, Brasil, Ecuador.

Caruso recorría todo el mundo dictando conferencias y presidiendo seminarios sobre psicoanálisis, formando analistas y transmitiendo el pensamiento de Freud.

Después de Octubre de 1968 en México y tras las múltiples represiones políticas sobre los estudiantes y universitarios, Don Gato envió al presidente de México en turno, una carta donde le hablaba a favor de los estudiantes y maestros encarcelados. Su carta nunca tuvo respuesta.

Caruso y Renate estuvieron hablando largamente sobre sus vidas: el divorcio de la rusa, su hija Martha nacida mexicana, la situación del psicoanálisis en México, la política mundial.

Más tarde se les unieron el resto de los alumnos del Círculo de Psicología Profunda. Bebieron, comieron, alguien llevó un mariachi y entonaron canciones mexicanas. Caruso llevaba años sufriendo una profunda depresión que le llenaba de dolor espiritual en cada instante de su vida. Sus esfuerzos por continuar la enseñanza del psicoanálisis, la creación de libros originales para difundir el pensamiento freudiano y el suyo propio le ayudaban a sobrellevar los estragos de la presencia de la muerte en vida, enmascarada por la depresión. De modo que el ambiente festivo, el cariño de sus estudiantes y la contemplación de cómo se difundía el psicoanálisis por el mundo le brindaban un alivio temporal.

Esa noche en Puerto Vallarta, al finalizar la fiesta con sus discípulos latinoamericanos, abrazo a Renate y a Emilia Vizcaíno diciéndoles conmovido y feliz por la recepción que se organizaba en su honor, que después de una reunión tan cálida y rodeado de sus amigos tan queridos, ya podía morir en paz.

Las dos mujeres analistas lo miraban angustiadas, ambas querían bastante a Don Gato y no deseaban de ninguna manera que hablara de esa manera de su propia muerte. Hacía muy poco tiempo de la desaparición de Oscar, Emilia hacía lo posible por sobrellevar la pérdida de su esposo español, Renate también sufría por su ex-marido, a quien adoraba. Ahora era capaz de perdonar un poco y acercarse también un tanto a su amiga mexicana. En los años posteriores se reencontrarían en Guadalajara, cuando Emilia emigrase desde la Ciudad de México ante el ambiente de presión política vivido en los setentas por los universitarios. Años después se reconciliarían por fín las dos discípulas carusianas, colaborando juntas en la formación de jóvenes psicoanalistas en la ciudad de Guadalajara, realizando investigaciones donde se aplicaría el pensamiento de Freud y Caruso en el ámbito social.

Después de esa fiesta en Puerto Vallarta Caruso regresó a Europa, llevando su insidiosa depresión a cuestas, con un malestar en el corazón que finalmente reclamaría su vida en Viena, cerca de la sede de su Círculo de Psicología Profunda.

ເ৯

El Buda se recargo debajo de un árbol para descansar su cuerpo longevo y cansado. Estaba enfermo y sufría una severa infección intestinal. Un día antes comió carne de jabalí, la cual le produjo un profundo malestar en su estómago. Su cuerpo ya era muy viejo para soportar la embestida de una indigestión por carne de cerdo salvaje. Pero no se arrepentía de haberla ingerido, pues gustaba demasiado de comerla, aunque con moderación. A esas alturas se cuidaba bastante: comía con mucha medida y no cenaba. Su cuerpo era delgado y viejo, más sin embargo aún se mantenía fibroso y con bastante vitalidad. La suficiente para haber realizados recientemente varios viajes caminando, acompañado por sus discípulos, pronunciando sus discursos ante cientos de personas, asesorando emperadores, políticos, siendo escuchado por mucha gente.

Sin embargo, la violencia en la India en los últimos tiempos sobrepasaba la espiritualidad de sus enseñanzas, y esto interiormente lo entristecía un poco. Unos imperios del norte de la India se disputaban los territorios de todo el país, luchando entre sí, matando a miles de campesinos y gente humilde. Los pueblos se encomendaban fanáticamente a sectas que prometían la salvación y una vida plena de recompensas después de sufrir calladamente la actual. Falzas promesas, fanatismo y barbarie se multiplicaban por toda la India.

–¡Ay maestro, te nos mueres…!

Dijo calladamente Ananda, el más cercano de sus discípulos al punto de romper en llanto. Era un joven triste y temeroso ante la cercana muerte de su mentor.

–No debes temer a la muerte Ananda. ¡Qué no has aprendido nada…!

Le dijo el Buda recriminándolo con molestia, y luego se hundió en el silencio sin mencionar nada más. Sería su más importante y última enseñanza para el joven discípulo.

"¡Qué no has aprendido nada…!" Una frase tan sencilla y contundente, muy semejante a la que pronunciaría siglos después Jesús de Nazareth ante sus discípulos cobardes, mientras navegaban en una barca en medio de la tormenta: "¿Porqué todavía no tienen fe?". Hostigando a los miedosos apóstoles quienes temblaban ante la posibilidad de morir ahogados. Serían dos maestros que hacia el final de sus días vencerían a la muerte y al demonio. Dos sabios quienes enfrentarían toda la violencia, la ignorancia y la ignominia de su tiempo.

Tras calmar a Ananda con sus palabras, el Buda se quedó luego muy tranquilo debajo de aquel árbol, pareciendo que dormía.

❧

Los jóvenes entonaban la Internacional Comunista en medio del cementerio en la Ciudad de México. Una veintena de estudiantes y amigos, seguidores de sus seminarios y gente que estuvo en el 68 con él cargó el féretro hacia su tumba.

Los años de cárcel en Lecumberri lo debilitaron a tal punto de mermar su salud y debilitar su cuerpo de forma irrecuperable. La diabetes consumió en buena medida sus órganos internos y su vista. Décadas de adicción al tabaco endurecieron sus arterias y afectaron su corazón.

El viejo poeta Efraín Huerta ya no podía hablar ni muchos menos cantar la Internacional acompañando a los demás asistentes, lo que no impedía que marchara trabajosamente tras la caravana fúnebre que acompañaba animosa al maestro en su último viaje. Cogida de su brazo iba Emilia Vizcaíno, cubriendo sus ojos con unos lentes oscuros, ayudando al poeta a proseguir la marcha, pero también sosteniéndose del brazo del anciano. Emilia quedo embarazada poco antes de la muerte de Oscar y llevaba ya en su vientre un hijo suyo con siete meses de gestación. Sufría bastante, por la pérdida de Oscar, la de Revueltas y la de Caruso. A pesar de todo decidió ir al entierro y estar con el maestro hasta el último instante. Su marido español se involucró con una guerrilla urbana, a pesar de que el propio Revueltas lo desaprobaba y de que a Emilia le daba mucho miedo. Fue en una misión en la carretera entre México y Acapulco que el coche donde iban Oscar y otros revolucionarios estalló en medio del camino. El cuerpo del anarquista se perdió, calcinado entre las cenizas del automóvil. Se decía que los propios miembros del grupo clandestino los asesinaron por cuestiones estratégicas. Emilia casi se murió de pena cuando recibió la noticia, ya embarazada de él.

En el entierro de José Revueltas, a todos se les partió el alma cuando descendió el féretro y comenzaron a cubrirlo con tierra. Se escucharon palabras de esperanza y tristeza, discursos idealistas y memoriosos.

Sorprendía que la mayoría de los cientos de asistentes fuesen personas jóvenes: muchachos que asistieron a sus seminarios y talleres literarios, juveniles amigos que le seguían para que les enseñara a escribir novelas y les recomendara libros. Simples lectores que amaban sus obras.

José Revueltas seguiría inspirando aún después de cárceles, persecuciones, enfermedad y muerte, a los jóvenes de muchísimas generaciones. A todo aquel que se atreviera a seguir el llamado de su propio interior y a no envejecer espiritualmente jamás.

2

Te refugias en Madrid con mi libro, huyendo de todo. Julieta te hospeda en su departamento y no desaprovecha tampoco la oportunidad para tratar de seducirte.

Las primeras semanas te dedicas a transcribir mi novela, tecleas directamente en tu computadora personal copiando de mi libreta de anotaciones. Te gusta lo que lees en mi cuaderno y lo copias tal cual, corriges sólo alguna que otra frase mal elaborada. Te confiesas a ti misma que soy bueno para escribir y que mis años de práctica y esfuerzo en la escritura realmente fructificaron. Te acuerdas de mí con cierta nostalgia, también piensas en las tardes que pasábamos juntos viendo películas y besándonos, no puedes olvidarte de todo lo que hablamos. Al leer mi libro no cesas de recordar nuestras pláticas y lo que yo te contaba, te ríes a ratos con lo que encuentras escrito, te conmueves con algunos pasajes relacionados con tu abuela y tu familia. Luego te olvidas definitivamente de mí, el libro tiene para ti una finalidad más trascendente que el recuerdo de un pobre psicólogo amante.

Julieta no tarda en meterse una noche en tu cama. Ella cree poder encontrarte igual de vulnerable a cuando vivían juntas en los cuartos de estudiantes de California. Esta vez la rechazas escapándote de sus brazos y ordenándole dejarte dormir en paz. Ya eres una persona mucho más fuerte y autosuficiente emocionalmente, en comparación con la frágil y confundida estudiante de antropología quien compartía su habitación en los noventa.

A las tres semanas el ambiente en Madrid se te vuelve inaguantable. Julieta se comporta seca y distante al no conseguir disfrutar de tu cuerpo como tanto desea. Consideras necesario dejar su departamento, no es posible seguir viviendo con ella aunque la quieres como amiga. Intentas hospedarte en un hotelito en la capital española, cerca de la Plaza Mayor, pero ya no consigues concéntrate después de los desagradables capítulos con tu amiga lesbiana.

Decides tomar un vuelo para Nueva York. En la ciudad norteamericana tuviste bellísimos momentos al lado de Mafú, el recuerdo de perdidas épocas de felicidad al lado del persa puede darte ánimos suficientes para trabajar.

Tu cuarta serie de *Sicky teens* se vende bastante bien. Las regalías de tus libros te permiten vivir desahogadamente en los Estados Unidos varios meses. Logras concentrarte para trabajar en un pequeño departamentito alquilado en Manhatan. Por lo pronto no estás dispuesta a regresar a México, y no piensas hacerlo en un buen tiempo. De cualquier manera llegas a sentirte bastante acogida y cómoda en la ciudad.

Entonces te reencuentras con Javier Gutiérrez, tu ex-novio venezolano a quien conociste en Argentina. La casualidad lo hace reconocerte en una librería del Centro de la ciudad. Javier tenía años sin saber de ti, una vez te vio desde lejos en la Feria Internacional del Libro en Guadalajara, pero prefirió mantenerse a la distancia y no hablarte. Tu recuerdo y el de tu abandono lo seguían lastimando. Sin embargo esta vez siente un enorme gusto al encontrarte y se precipita para saludarte.

También te da gusto verlo. La verdad es que llevas semanas sin hablar de manera íntima con nadie en esa gran ciudad, así es que una cara conocida te cae muy bien. Te estabas sintiendo sola en Nueva York.

Él está tomando un año sabático en la Universidad Estatal, aunque vive en Canadá desde que termino la carrera de psicología. Te sugiere comenzar a verse y salir, ya que viven en la misma ciudad.

Javier está emocionadísimo por encontrarte de nuevo, nunca dejó de quererte desde que lo terminaste en Córdoba. Comienza a buscarte cada vez más, a invitarte a las fiestas de la universidad en la que está trabajando. A inventar pretextos para poder verse contigo.

A ti no te molestan sus acercamientos cada vez mayores e insistentes. Muy pronto te adaptas a su carácter, en extremo tierno y caballeroso, siempre teniéndote demasiadas consideraciones y cuidados desde que eran novios. La relación con él es cómoda, al igual que lo era cuando estudiaban en Argentina: Javier es en extremo tranquilo, paciente, cordial y respetuoso de tu persona y tu espacio, jamás te contradice. No te apasionas demasiado con él, pero sí se te revive el cariño que le tuviste. Javier no te exige demasiado, te deja tomar siempre la iniciativa para cualquier cosa y respeta cualquier decisión tuya. Tu palabra es un mandato para él.

Ni siquiera pasan tres meses desde que se encuentran de nuevo cuando te pide matrimonio, mientras realizan una caminata en uno de los bellos parques de Nueva York. Te lo piensas un poco, pero tampoco dudas demasiado en responderle a su proposición, admirada con el brillante en el suntuoso anillo que te ofrece para sellar el compromiso.

❧

De Nueva York viajan a Miami donde viven los padres de Javier. Tus padres y tus hermanas te esperan también ahí. Viajaron desde Guadalajara para verte y estar contigo. La boda es sencilla pero lujosa y muy cuidada, pues los padres de Javier son unos empresarios venezolanos residentes de Miami. Ellos tienen el suficiente capital como para organizarles una agradable velada en donde no falta ni sobra nada.

Pasas un par de meses de luna de miel en Miami recorriendo Orlando, Disneyandia y luego visitando los *Ever Glades*, comprándote ropa y terminando de transcribir mi libro.

Le muestras los avances de la obra a tu editor en Estados Unidos. Él está feliz, es una especie de historia literaria de tu familia y de algunas escuelas del psicoanálisis. Firmada con tu nombre, ya bastante situado en el ámbito de la literatura comercial, será un éxito seguro.

Antes de viajar para la Columbia Británica en Canadá, donde trabaja Javiercito como psicólogo experimental, entregas mi libro a tu editor completamente trascrito en archivo electrónico.

Cuando yo trabajaba en él le faltaba una parte del final, tú decides dejarlo así sin concluir. De todos modos el experimento literario se sostiene en sí mismo sin necesidad de llegar a un final muy acabado. El libro queda prácticamente como yo lo escribí: con mi estilo, respetando algunos pasajes de índole personal, los cuales hablan de la influencia del psicoanálisis en mi vida. El libro que se publicará es un recuerdo de aquel psicólogo mexicano que conociste en Guadalajara y con quien mirabas películas en la sala de tu casa y te besabas.

೮೨

Al emigrar junto con Javier a Canadá te volverás aún más lejana para mí y para todos los que te conocimos. Tus libros serán aún más difundidos comercialmente en el mundo, te permitirán la suficiente solvencia económica para seguirte dedicando tan solo a la escritura, viviendo al lado de tu esposo, sin apasionarte demasiado con él pero aprendiendo a ser mucho más tolerante y paciente hacia con los hombres.

En Canadá te prepararás para un éxito comercial sin precedentes, aún mayor que *Sicky Teens*, cuando en Junio del año 2007 salga mi libro publicado con tu nombre. La gente morirá por comprarlo y conocer más sobre tu historia familiar y tus influencias psicoanalíticas. Tras su publicación en inglés seguirán las traducciones a varios idiomas y las reediciones incesantes. A pesar de su éxito y de que es un homenaje a la obra de Freud, Jung y Caruso, no volverás a dedicarte a la práctica del psicoanálisis nunca más.

3

Tengo 31 años, recién cumplidos este mismo mes de Junio del año 2007. Estudié la carrera de psicología en la Universidad de Guadalajara y trabajo para el Consulado Norteamericano en México. Practico una mezcla de psicología social con psicoanálisis y literatura. Hago una especie de literatura psicológica híbrida. Me dedico a realizar experimentos literarios psicoanalíticos. Ese es mi fuerte.

Espero durante dos horas en el aeropuerto de Guadalajara el vuelo que me llevará a la ciudad de Seatle, Washington, con escala en Los Ángeles. Me dirijo a Seatle para realizar una estancia en una *high school* con jóvenes inmigrantes. Yusef Mafú me arregló por medio de sus contactos en el gobierno gringo, una plaza durante un año para impartir clases de literatura latinoamericana e historia de México a jóvenes de origen mexicano.

Las dos enormes mochilas que llevo ya fueron recogidas por los encargados de la línea aérea en la cual viajaré. También llevo con mi equipaje una guitarra acústica de sonido clásico, la cual me acompañará en los largos meses en un país extraño. Lo mejor que uno puede llevar desde su patria al extranjero son sus recuerdos y sus sentimientos.

Mientras se llega el tiempo de abordar el vuelo, leo ansioso e interesado los *Entrecruzamientos* de Leonardo da Jandra. Una trilogía de novelas escrita por un filósofo que vive en las costas de Oaxaca. Me prometo a mí mismo visitar Huatulco y las playas de Oaxaca la próxima vez que regrese a México, y cuando lo haga buscaré Playa Tortuga, donde vive da Jandra para saludarlo.

A la hora de abordar el avión me toca el asiento del lado de la ventana. Me gusta mucho mirar a través de la ventanilla las nubes y los paisajes abismales, formados desde la altura aérea y con los nubarrones que va cortando la nave. Aunque amo viajar en avión no dejo de experimentar un fuerte vértigo cada que la nave despega, o cuando está por aterrizar. Por ello siempre padezco un leve nerviosismo nada preocupante, el cual se disipa con la emoción y el gusto de viajar.

Una hermosa azafata nos pide abrocharnos los cinturones de seguridad y nos brinda indicaciones acerca de cómo usar las máscaras de oxígeno mediante un lenguaje mímico.

Luego de abrochar nuestros cinturones, la nave se pone en marcha. Una carrera por tierra sobre su tren de aterrizaje y luego un suave despegue que apenas se siente. Le agradezco al piloto, a quien no conozco, su expertez y sensibilidad hacia los pasajeros fóbicos y nerviosos que viajamos.

Abro la obra de Leonardo da Jandra para seguir leyendo, sin dejar de echar un ojo cuando las azafatas nos permiten subir las escotillas de las ventanas para poder mirar el bello paisaje. Es una lindísima mañana de finales de Junio de 2007, el cielo se encuentra en extremo claro y de un turquesa deslumbrante, casi incandescente y cegador. Al inicio nos encontramos pocas nubes, pero luego se cruzan en nuestro camino algunas líneas vaporosas blancas, las cuales son penetradas por nuestro avión como un inmenso falo sobre unas gordas nalgas. Es una pequeña fantasía erótica aérea.

Una mano pequeña, delicada y morena se posa sobre la mía cogiendo mis dedos y rescatándome de mis enfermizas cavilaciones. Su boca diminuta como un moñito se me aproxima para besarme, dejando sobre mis labios un delicioso rastro húmedo, como el jugo de una pequeña flor exprimida y destripada. Unos ojos moros, arábicos, negros y tan profundos como la altura a la cual viajamos, me miran con sus dilatadas pupilas antropófagas.

Tras besarme sonriente, Aurora reclina su asiento para quedar completamente recostada y se duerme casi al instante, dejándome solo con mi lectura y mis pensamientos.

☙

En la Feria Internacional del Libro en Frankfur, Alemania, Pankaj Mishra autografía libros y saluda a sus lectores. La gente acoge con calidez y enorme gusto su obra: *Para no sufrir más: El Buda en el Mundo,* la cual sigue proporcionándole muchas satisfacciones. Mishra es amable y solícito con sus admiradores, el tema del budismo tratado desde una perspectiva literaria de manera tan magistral por el autor indio es un gran éxito.

Pero su lugar en la feria no es tan concurrido como el de la editorial que publica la serie *Sicky Teens,* donde te encuentras firmando autógrafos y dedicando libros para tus seguidores. De nueva cuenta te conviertes en el centro del universo y eso te hace muy feliz. Tu nuevo libro sobre la historia de tu familia y la influencia del psicoanálisis en ella, es un éxito comercial aún mucho mayor que el libro de budismo de Mishra. Has decidido titularlo: *El diván de Renate,* en honor a tu abuela, un nombre muy distinto al que yo pensaba darle.

Al terminar la extenuante sesión de autógrafos y entrevistas con los reporteros, tú y Mishra se saludan afectuosos. El enojo que le tuviste hace varios años debido a sus comentarios sinceros sobre tu obra ya no existe. Te da mucho gusto verlo. Le cuentas que dejaste a Mafú hace mucho tiempo y que ahora estás casada con un psicólogo venezolano y vives en Canadá. Que dedicas exclusivamente a practicar la escritura.

Mishra te da un beso y un abrazo como saludo. Su barba oscura te raspa las mejillas y te produce toques eléctricos. También sientes mucha alegría al verlo, recuerdas pasadas épocas de felicidad en la India, cuando lo conociste y viajabas al lado de Mafú. Te has dado cuenta que al hombre que mas quisiste en tu vida y a quien en cierto modo sigues amando es a Yusef Mafú. A Javier lo respetas y le tienes cariño, eso ya es mucho con tu historia de corazones rotos y hombres abandonados a tu paso. De mí tienes un agradable recuerdo de las tardes de Guadalajara y algo de culpa por enriquecerte con mi libro. Una cierta culpa que no has podido manejar del todo, y la cual probablemente nunca te abandonara, aunque a mí me importa cada vez menos. Para mí tú eres una cicatriz casi borrada, un lunar en la espalda decolorado con los años, unas antiguas notas escritas sobre un viejo papel amarillento, acerca de un pasaje hermoso de mi vida ya casi olvidado.

Le obsequias uno de tus nuevos libros a Mishra: *El diván de Renate*. Lo que más le da gusto a Pankaj Mishra no es el éxito que ha conseguido la obra, ni el bello y fino diseño de la portada, sino que ya no está firmado en la portada por Alejandra Spielrein solamente. El nombre que aparece es: Alejandra Limón Spielrein.

Decidiste por fín recuperar el nombre de tu apellido paterno real, y darle el lugar que merecía.

Al extender las páginas para leer el primer párrafo de tu novela, lo único que recibes de Mishra es una hermosa sonrisa de aprobación y benevolencia.

એ૦

Los oficiales nazis sacaron a todos los habitantes del barrio judío en Bielorrusia. Los obligaron a cavar una enorme fosa de veinte metros de longitud y cuatro de profundidad. Los prisioneros trabajaron todo el día, temblando de miedo y deseando no acabar nunca con la tétrica tarea, pues presentían la utilidad que darían los emisarios de Hitler el enorme pozo.

De cuando en cundo los oficiales alemanes le daban algún duro puntapié a alguien para que se apurase a cavar, o le gritaban para que se levantase si había caído extenuado por el trabajo de toda la mañana y la tarde.

La psicoanalista intentaba no separarse por nada del mundo de sus dos hijas, quienes rondaban entre los doce y los catorce años, y ya eran muy bonitas.

Para las siete de la noche, los nazis consideraron que la fosa era suficientemente grande. Mandaron formarse a una línea de prisioneros judíos, en primer lugar a los hombres, de espaldas a la boca del enorme agujero. Alinearon a sus francotiradores y dispararon unos tiros secos, casi silenciosos y huecos sobre los pechos de los judíos. Nadie se quejó de entre los ajusticiados, sólo las mujeres prisioneras quienes contemplaban la escena y esperaban su turno lloriquearon histéricamente, tratando de contener sus alaridos al ver a sus hombres morir.

Una nueva hilera de judíos se coloco de espaldas a la fosa por órdenes de los alemanes. El rabino y las mujeres lanzaban sus plegarias implorando la compasión de su Dios antes de recibir las balas. Sabina abrazo a cada una de sus hijas con sus dos brazos, como procurando en vano que después de los estruendos sus cuerpos no se separasen al precipitarse sobre el interior del gran agujero.

Las descargas tronaron casi sin sentido, pareciendo apenas disparos de rifle alemán. No eran balas, sino mecánicos relámpagos. La psicoanalista judía se desplomó de espaldas con suavidad, como un ave herida de muerte. Si alguien estuviese filmando el suceso, sería una escena en cámara lenta. Sus niñas no se soltaron jamás de su delgada cintura al caer, ni ella se despegó de sus hombros. Los cuerpos de las tres fueron amortiguados por el grueso cadáver del rabino, aplastándolo y extrayéndole una gruesa bocanada de sangre con bilis y jugos gástricos.

Los cuerpos fueron cubiertos con cal. La fosa común se selló con ayuda de un tractor que volvió a colocar la tierra en su lugar y compacto los cadáveres con las rocas y el suelo, pasando sus llantas por encima.

4

Para mí un *onironauta* es un ser capaz de viajar y desplazarse a través de los sueños. En los estados de *ensoñación lúcida* que he experimentado, mi conciencia viajaba a través de túneles transparentes, recorriendo laberintos sin fin, girando, dando piruetas como en un vuelo. Es una sensación muy similar a la de viajar en este avión, elevarse, perderse entre las nubes.

Desde tiempos antiguos se dice que por medio de los sueños todos los seres estamos conectados, que es posible comunicarse a través del *inconsciente* con los muertos, con otros seres ubicados a grandes distancias y de otros mundos. Los sueños son el medio del transporte hacia el mundo de los espíritus. Estoy convencido gracias a los trabajos de Jung y Carlos Castaneda que en *el inconsciente* existe mucho más información que la referente a la historia individual del soñante. *El inconsciente* es un depósito inagotable de información, un océano que conecta todos los puertos. Una matriz universal del alma humana.

∽

El avión se introduce en una densa masa gaseosa color blanco. La nube nos devora como un blando y blancuzco cuerpo femenino, abriendo sus extremidades para recibirnos. La nube es traspasada por nuestra aérea nave fálica, prosiguiendo intrépida su vuelo. No creo ser el primero en comparar los aviones con los penes.

wAl arribar a Seatle nos recogerá una psicóloga educativa de origen egipcio, Zeida, amiga de Mafú, ella nos ubicará en el apartamento que el Gobierno de los Estados Unidos nos asignó para habitar durante los once meses que permaneceremos en Seatle. Pronto nos integraremos a la vida laboral de ese estado de Washington: por las mañanas yo impartiré clases de historia y literatura latinoamericana a jóvenes hijos de emigrantes en una *High School* del estado. Y por las tardes cantaremos en un pequeño restaurante que Aurora contacto por la Internet desde

México. Seremos un dueto exitoso: ya nos esperan para cantar, tocar y dar clases.

Antes de dejar México entregué el manuscrito finalizado de una nueva novela que escribí por sugerencia de Aurora. No es una historia oficial sobre el psicoanálisis y su llegada a México. Esta es una historia absolutamente personal. Es una novela que cuenta en su totalidad mi relación con algunas escuelas psicoanalíticas y su influencia en mi vida, sobre todo cuenta la historia de mi breve e intenso encuentro contigo. Esta no es tu historia, es mi historia. Su titulo será: *Histérica y Adorada: Cuentos de psicoanálisis en México.* ¿En honor a quién crees...? El editor en México me dijo que será publicada en Noviembre del 2008. Probablemente mi obra no tendrá el mismo éxito ni la mundial difusión que la tuya, pero se trata de una historia absolutamente mía. Resume mi vida en sus treinta y un años, sintetiza y da cuenta de las lecturas psicológicas y literarias que asimilé en los últimos quince. Es un libro, el cual sella el pacto de justicia y lealtad que firmé conmigo mismo. Un pacto de eterna fidelidad a mi propia persona.

Terminamos de atravesar los inmensos glúteos nubarrónicos en que andaba perdido nuestro avión extasiado. Aurora despierta para preguntarme qué horas son y cuánto tiempo llevamos volando. En veinte minutos estaremos aterrizando en el aeropuerto de Seatle, le digo besándola. Ya me muero por recorrer sus calles, ir a todos los conciertos de rock que pueda, buscar los bazares de libros y discos usados. Le digo a Aurora que en cuanto haya oportunidad debemos viajar a Oregon, como a unas tres horas de Seatle en automóvil y buscar a Chuck Palahniuck, el novelista norteamericano autor de *Nana y The Fight Club* para conocerlo y charlar. Parezco un cachorro feliz por salir finalmente al mundo, con ganas de comérselo todo. Aurora me dice que sí asintiendo con la cara, sonriendo y cerrando sus ojos.

Por un instante me acuerdo de mi maestría en psicología social comunitaria, la cual pensaba cursar en El Salvador. En unos años, estoy seguro que sí, más adelante regresaré a Centro América, pienso. Después de volver a México y terminar mi estancia en Seatle. Una nueva columna de nubes, más ligera que las pompas gaseosas anteriores se nos atraviesa. Pronto es penetrada por nuestro avión como una saeta certera. Tomo la mano de Aurora. De pronto todos los pasajeros nos quedamos en silencio. Somos sobrecogidos por el magnetismo de la ciudad que ya es visible desde las alturas. La aeromoza nos recuerda en un encantador inglés culto que debemos tener bien ajustados los cinturones para el descenso y que debemos cerrar las escotillas de las ventanas.

Comienza a descender nuestro avión. Alcanzo a percibir el aroma del perfume de la bella azafata. Para mí su fragancia se apodera en su totalidad de la atmósfera en el interior de la nave. También surgen la voz de Aurora, sus ojos moros, un beso cariñoso, el vértigo del aterrizaje, la fuerza de la gravedad que nos atrae desde el abismo revolviéndonos las tripas.